阿娜河畔

ALONG
THE TARIM RIVER

阿舍 著

北京十月文艺出版社
宁夏人民出版社

图书在版编目 (CIP) 数据

阿娜河畔 / 阿舍著. — 北京：北京十月文艺出版社；银川：宁夏人民出版社，2023.9
ISBN 978-7-5302-2311-6

Ⅰ. ①阿… Ⅱ. ①阿… Ⅲ. ①长篇小说—中国—当代 Ⅳ. ① I247.5

中国国家版本馆 CIP 数据核字 (2023) 第076619号

阿娜河畔
ANA HEPAN
阿舍 著

出　　版	北京十月文艺出版社
	宁夏人民出版社
地　　址	北京北三环中路6号
邮　　编	100120
网　　址	www.bph.com.cn
发　　行	新经典发行有限公司
	电话 010-68423599
经　　销	新华书店
印　　刷	北京盛通印刷股份有限公司
版　　次	2023年9月第1版
印　　次	2024年3月第2次印刷
开　　本	850毫米×1168毫米 1/32
印　　张	16.75
字　　数	280千字
书　　号	ISBN 978-7-5302-2311-6
定　　价	68.00元

如有印装质量问题，由本社负责调换
质量监督电话　010-58572393

版权所有，未经书面许可，不得转载、复制、翻印，违者必究。

献给我的父辈

目录

1 第一章

110 第二章

164 第三章

242 第四章

284 第五章

373 第六章

450 第七章

第一章

1

开学典礼在一片吵嚷声中开始。

这一天是一九五七年九月五日,只有十四个娃娃的茂盛农场子弟小学正式开学了。典礼在场托儿所大院举行。场长葛有才站在人群之首一张漆皮斑驳的课桌之后,朝着两步之外的人群喊话。九月的戈壁滩炎热干燥,赤辣辣的光线晒得葛有才宽大黝黑的大脑门子直冒火星,他眉头紧皱,宽阔的两腮和厚墩墩的嘴唇上却满是笑意。

茂盛农场的政委、指导员、托儿所阿姨、托儿所大班娃娃、场部职工和挺着大肚子的家长围成一圈,人人眼光流动,喜笑颜开,望着排成两列纵队的十四个一年级新生,又是点头,又是小声嘀咕,像是望着一网活蹦乱跳的鱼不知如何是好。人群里,一半是当妈的,有一个终于看出了自家孩子的破绽，顾不得会被当作笑话，一步上前，冲手心吐了口唾沫，然后抹在儿子前额乱糟糟的头发上，使劲地按压之后再捋一把；另一个，则一把将儿子揪在跟前，帮他把扣错了的扣眼重新扣好。

宣布完子弟小学成立的意义，以及对学校未来的打算，葛有才猛地沉下脸，像是在争执不休中拟订一个一锤定音的作战计划，他清清喉咙，用一口东北腔说道："我们这些小嘎豆子，是生在戈壁滩的第一代人，是土生土长的农场子弟，是爹妈的宝，是茂盛农场的宝，更是国家的宝，万里戈壁千里荒漠，光靠我们不行，还得靠他们。小孩子光有身体不行，还得有文化，学好了文化，靠着他们，戈壁滩才能建得更好。所以说，起小儿就得好好受教育，得好好念书。我宣布，今天起，茂盛农场的娃娃，只要到了年龄，都得上学校里来念书。"

托儿所大院是个方方正正的"凵"形，灰白色的碱土地面上什么设施、什么遮挡物也没有，仿佛就是为了让孩子们撒丫子奔跑。从托儿所的正门出去，沿着门前那条灰尘滚滚的沙土路往东走三百米，就到了茂盛渠。这是一条人工干渠，渠水引自阿娜河河水，茂盛农场的全场职工，只要有手有脚的，都是它的缔造者。九月的茂盛渠渠水碧绿清澈，渠帮上栽种的钻天杨已经有碗口粗细，微风拂过，深绿色的树叶窸窣作响，像是在为水面上随风远去的碧波轻声吟唱。站在茂盛渠大桥桥头向东远眺，在被开垦出来的荒地之外，那接连地平线的黄白色地段，即是被称为"进去出不来"的干海子大沙漠。

茂盛渠将茂盛农场一分为二。左岸人多，住得也集中，场部、托儿所、卫生队、学校、商店、机械修配厂、加工连、种子库……都在这一片，积满尘土的马路和稀疏的林带已经显示出拓荒者的到来。沿着渠岸，一块块农田、菜地和果园由北而南缓缓伸向未开垦的荒原。场部和场直属单位的办公区已经换成了土坯垒就的平房，家属们都还住在地窝子里，讲究和勤快一些的人家会将全下陷的地窝子改造成半下陷式，也就是在挖出的坑洞上再砌上半米高的墙面，好让屋舍显得宽敞和亮堂些。右岸地广人稀，十二个生产连队、畜牧连、园林队……各农业生产单位分布其上，居民点星散其间。农田里按季种植着水稻、小麦、高粱、大豆、葵花，无论庄稼抑或野草，同样由北而南、由西而东迅速伸向未开垦的荒原。

农场初建，万事开头难，茂盛农场三百平方公里的荒漠戈壁上，缺的是人和人才。子弟小学所谓开学，也只有一个年级一个老师一个校工，另外两个老师正在师部参加教师培训，两个月后才能到岗。唯一的老师名叫尤汪洋，四十五岁，婚姻情况不详，上海人，私立复旦大学毕业，曾在重庆中美合作所工作，一九四九年随国民党起义部队留在新疆，经整编，辗转来到茂盛农场。此人多才多能，大学学的是文科，来到农场，先搞棉花良种培育，再搞养鸡场，鸡生的蛋多，孵出的小鸡也多，农场视他为万金油，遂遣他来当老师。

场长葛有才给尤汪洋下的命令就是把农场的孩子们教得和他一样什么都能干。尤汪洋是葛有才从国民党起义部队带来的部下。一九四九年，葛有才作为起义部队的将领立过战功，后随部队整编至此。葛有才为人憨厚和善，见人多数时间都笑呵呵的，冷不丁会用一句东北土话把大家逗得哈哈大笑，但在正事和大事上绝不含糊，谁要是不按规矩和纪律来，说翻脸就翻脸，再加上他那魁梧壮实的身材，一般人都不敢惹他发火。葛有才儿时上过三年学，家境不好才去当了兵，这件事被他自己视为终生遗憾，所以他打心眼儿里敬重和看重读书人。尤汪洋就是他倚重的读书人，起义后一直追随他，直至来到万里荒原上的茂盛农场。

人群中，有一位名叫明双全的山东男人，他是茂盛农场生产四连的连长，今天专程前来参加大儿子明中启的入学典礼。四连距离场部十二公里，是茂盛农场最大、生产任务最重的一个生产连队，但今天他必须抽空出来，一为安顿儿子上学住宿事宜，二为妻子买些生产用的草纸、肥皂什么的。妻子李秀琴怀着第三胎，若非已经出现临产迹象，这些事是用不着他亲手操办的。

山东汉子明双全脸黑胆大资历傲人，参加过扶眉战役，打过兰州，徒步翻越过祁连山，又在解放新疆的战斗中平定过地方势力的叛乱。一九五〇年，明双全就地转业，随部队投身大生产运动。那时阿娜河下游两岸还是一片杳无人迹的戈壁与沙漠，宛如月球一般荒凉，只零星分布着一些当地居民，他们半牧半农，住在芦苇搭建的窝棚或者土坯筑就的低矮平房里，几乎没有人会讲汉语，也不知道世界发生了怎样的变化。部队来到这里，住得比当地居民更差，他们连窝棚也没有，只能在地里挖个坑洞，洞顶搭上红柳或者芦苇捆，露个豁口当作窗户，再铲出一个斜着通往路面的通道当作进户门。洞内阴暗、潮湿、狭窄，官兵们称之为地窝子，还不当回事地夸赞地窝子冬暖夏凉，比行军打仗时露宿雪地和泥沼里好上几百倍。这一年，明双全所在的生产部队在三百八十公里长的荒原上种下小麦、玉米、大豆和高粱，初来乍到，人人信心百倍，浑身是力，却没什么种植经验，小看了这里干燥无雨的天气、盐碱过量的土壤，因此事倍功半尝到了教训。当年秋收后，生产部队立刻将当务之急转为修建水利设施，明双全所在的三营要在四个月内挖出一条十二公里长的主干渠。从龙口到上户的一段戈壁滩全是砾石，明双全一个月磨光了三把坎土曼，创造出每天挖石十方、挖土四十五方的全团最高纪录，天黑放工回到地窝子，他的双手已经僵如雀爪。明双全天生有股狠劲，开荒、挖渠、烧砖、积肥样样都把别人甩在后头，后来三营筹建铁木工厂，他又去打镢头、做桌椅、制牛车，凡事不在话下。一九五六年秋天，阿娜河下游两岸筹建五个新农场，明双全奉命由六师三营基建科副科长赴任茂盛农场生产四连连长。

除了劳动排在人前，明双全还有一件招致全团战友羡慕眼红的大喜事。当年就地转业之际，部队里大多是赤条条一根老光棍，打仗时性命朝夕不保，顾不上想女人，而今要在戈壁与荒漠间安营扎寨，没有女人，时间可熬不下去。想女人，可是这么大数量的女人上哪儿找？陕西女兵来了，湖南女兵来了，山东女兵来了，甘肃女兵来了，一批又一批，瞪着眼苦等，也不一定能等得来属于自己的那一个。就在别人眼巴巴等女人想女人的时候，经上级批准，明双全的女人来了，不仅女人来了，还带来了他们的头生子——六岁的儿子明中启。明双全参军前就在老家山东成亲，婚后半年，即参军跟随部队开拔，就此与妻子一别数年。转业头一年他想让妻子出来，但部队自己的粮食都不够，怎的再添人口？一九五二年年底，打下的粮食不仅够吃，还能兼济外省，于是，妻子李秀琴兴冲冲来了。明双全接来妻儿的那天晚上，营里鸦雀无声，气氛如临大敌，众多战士趴在明双全家地窝子的屋顶上，渴望借屋内的幸福之音慰藉自己焦灼不安的身体。故而，一九五七年，茂盛农场全场职工千人出头，少有人比得上明双全家人丁兴旺。

"葛场长，这么多娃娃，大的大小的小，怎么教啊？"有人问。

"小的教完，教大的。你用不着担心教不好，这是实话，家长们，学习不光是老师的事，你们当爹妈的，在家里也得好好教育，让娃娃们知道，念书是件大事，光荣的事。"葛有才说。

人群又吵吵起来，嚷成一片。

"现在，我点名，点到名的，上来领书、领本子、领笔。明中启——，何姜——，何相吉——，杜卫央——"

一群南飞的大雁也来凑起了热闹，飞过茂盛农场的上空时，突然就放开嗓门，前后呼应着鸣叫起来。雁阵每传出一道嘎嘎声，天空仿佛就明亮一些，惹得不少人抬头仰望。

娃娃们挨个上前领书的时候，场部警卫排排长何一福凑到明双全跟前。

"明连长，你大老远也跑来了。"何一福用一口河南方言的大嗓门嚷嚷道，今天他的一双儿女也都入学了。

"来了,家远,我帮他把铺盖拿上。"

"晚上别回了,咱哥儿俩喝点。"

"不成,孩子他妈,这两天就要生了。"

"老娘们儿生娃娃,有你什么事?"

"嘿嘿,那可不成,连队不像场部,条件不好,临时有个事,身边得有个人。下回,下回吧,酒给我留着。"

"中,中,给你留着。"何一福突然压低了嗓门,附在明双全耳边说,"老伙计,我怎么瞅着不对劲啊。你瞧,咱们的娃娃,怎么让一个起义过来的人教,他能教得对吗?"

"人家可是有大学问的读书人!全场上下,没人比得过他。"

"这不是学问大小的事。我可听说北京的大教授都出问题了啊。"

"咱们这儿不一样,葛场长不也是起义过来的,哪里干得不好?这种话,你还是少说。"

"明连长,秀琴姐是个女秀才,你家中启早被她教育好了,还用得着上学吗?"人群里走过来一个大高个子的女人,打断了明双全和何一福的谈话。

"她能教什么,就是识几个字罢了。"明双全乐滋滋地说道。

"谁说的,我现在能读报纸,都是秀琴姐教的。"女人话说到一半,也放低了声音,"明连长,要不是跟着你待在四连,秀琴姐八成今天也能当老师。我们把孩子交给她,总比交给别人放心。"

"她那点文化,都是过去的老一套,哪能教农场的娃娃。"

明双全听出了女人的言外之意,原本畅快的心绪跌落下去,心底深处,明明暗暗涌起一些凌乱又不安的感觉。

2

一年级的教室,在托儿所大院右翼把头一间,面积将近二十平方米。原先这里是堆放杂物的一间库房,农场没有多余的房子,孩子们又赶集似的从娘肚里往下掉,掉出来又比野麻长得还快,转眼到了上学年纪。大人们忙着开荒造田,没日没夜,打荒、挖渠、开沟、抢收,天天累得吐血,总不能由着这些七八岁狗都嫌的娃娃在戈壁滩上撒野,被狼叼走的事虽没在茂盛农场发生过,但总归不能放任。只好把这间托儿所的小仓库拾掇出来,将这批农场职工的头茬娃娃安塞进去,管束起来，好好学习文化。久不住人，仓库里有股呛鼻的霉腥味，尤汪洋将杂物腾空，铲去浮在地面上的碱灰，再夯实、找平，然后搭了四个长两米宽三十厘米的长条形土墩作为课桌，土墩子上面连块木板都没有，用泥抹平，学生们趴在上面写字读书，从早到晚浑身是土。再靠墙砌了一个高一点的土墩，放老师的黑板、粉笔和教材。

尤汪洋教学很有一套。开学头一堂课，拼音算术什么也不讲，先讲阿娜河和茂盛农场的历史，十四个坐在土墩后面高矮不齐大小不一的学生虽然听得一知半解，记不住多少，但很快都能在他画在黑板中间的中国地图上指出自己所在的方位。

"古代一个叫桑弘羊的中原商人到过这里，回去后，他给汉武帝形容过此地的景貌，说这里至少有五千顷可以灌溉的良田，五谷种下去就能生长，粮食和中原收得一样多。所以啊，不要看阿娜河附近都是戈壁沙漠，实际上它的历史悠久得很，久得都找不到尽头。

"在阿娜河下游两岸，除了我们的茂盛农场，还有另外四个农场，它们分别是双河农场、好汉农场、碱泉农场和老生地农场。就像你们得记住自己同学的名字一样，你们也得知道咱们的邻居是谁。四个农场里，离我们最近的是双河农场。

"从前，生活在这里的人只能勉强吃饱肚子。风呼啸来呼啸去，戈壁滩要不光秃秃的，要不长满了荒草，白花花的盐碱跟着河水一起走，四处侵蚀土壤，芦苇、红柳、胡杨、骆驼刺、罗布麻、甘草……能够在荒漠里生存的植物，少得可怜……

"现在不同了，阿娜河下游两岸有了人，戈壁荒滩已经因为你们爸爸妈妈的到来醒来了，到处是欢声笑语，到处是电力的马达声、机械的轰鸣声，不久以后，这里将会成为瓜果飘香大树成荫的荒漠绿洲。"

进入一年级学习的头茬娃娃十个在六七岁之间，剩下的，一个九岁，两个十岁，一个十一岁。明中启是年龄最大的一个，个子大，肩膀宽，一开口嗓子像锯子锯木头。

打上学的头一天起，明中启就成了老师尤汪洋的好帮手。一个年级，一位老师，开了五门课——语文、算术、地理、音乐、图画。明中启懂事又好学，尤汪洋忙不过来的时候，不仅让他帮着一起管理班级，有时干脆让他当起了"小老师"，一年级的拼读、算术，小一半的作业批改，都交给了他。同学们也都喜欢明中启，尤其年纪小的，受了欺负，都哭着找他告状。

明中启按说该上四年级，之前没地方上学，现在只有尤汪洋一个老师，所以，只能待在一年级。白天，他大多数时间在班里给尤汪洋当帮手，下了课，尤汪洋再单独给他上课。

尤汪洋这样信任明中启是有原因的，虽然明中启没有上过学，但语文和算术基础已经比得上一个初中生，如此成效，得益于其母李秀琴的家庭教育。李秀琴幼时上过私塾，十岁时进入进步人士开办的乡村实验学校，农事、家事以及新兴的国文、珠算、笔算皆有所习，后因父亲早逝家境困窘而辍学。初到新疆的那几年，明双全不停调换工作地点，劳动生产任务重，条件艰苦，大生产所在的营地没能办起学校，明中启也就没法上学，只得靠李秀琴在家教他识字和简单的算术。后来，李秀琴自己无法胜任，就把不知从何处讨来的《初中国文》《朱氏初中国文》《初中新国文》《高中国文》，以及包含算术、代数和几何内容的《新中学教科书初级混合算学》塞进明中启手中，盯着他在油灯下一遍遍自学和温习。

明中启早慧又早熟。一九五二年，跟随妈妈来到新疆，明中启头一次见到爸爸明双全，他盯着这个黑脸膛、看起来有些凶巴巴的男人看了许久，觉得自己从来没有远离过他。初来新疆的那段时间，他没有学上，母亲李秀琴因为识字成了部队识字班的老师，他就坐在一边和大人们一起读写。家里谁也顾不上他的时候，他就去他能找得到的地方游荡，他去铁木工厂看打铁的过程，去毡筒厂看如何制毡筒，看女人编粪筐，看新来的河南社会青年打地窝子，看开荒工地上举行的露天结婚典礼，然而他观察和体会得最深的，还是自己的父母。妈妈李秀琴有时候会有委屈，会哭着怨爸爸明双全不照顾家里，会喊苦。爸爸明双全从来不帮家里做家务，妈妈有一次让他挑桶水回来洗衣服，多说了两遍，爸爸竟然要把脏衣服扔进火炉里烧掉。妈妈只能忍气吞声，否则，爸爸会烦闷地大声喝止，偶尔，还会更加暴躁，说出令人胆战心惊的话："多少人打完仗都换了老婆，抱个细皮嫩肉的女学生回家，我明双全没嫌弃你，千辛万苦把你接来，你委屈什么？我看你真是不知天高地厚，不如把你娘儿俩扔在老家！嫌苦你就自己走，哪儿舒服去哪里。"说完即摔门而去。明中启这时候就恨爸爸明双全，小小年纪便在心里发下誓言，长大后要替妈妈报仇。但后来，当爸爸回来，屁股挨在床沿上，转手不知施了什么方法，妈妈不仅抹去泪水，脸上竟焕发出羞怯又幸福的笑意。这时候，他又悔恨自己发过的誓言，也比从前更心疼妈妈李秀琴。

无边无际的荒原，土灰色的大地，地洞般的屋舍，土黄色打着补丁的制服，严明的部队生活纪律，五湖四海的邻居，咸涩发苦的井水，振奋人心的超负荷劳作，热情激昂的信念，毫无怨言的忠诚与服从……少年明中启透过这个新环境感受着他和家人的新生活，许多时候，他的内心感受无人分享，当他感到困惑的时候，也没有人有时间向他解释为什么。

每天清晨，喇叭里的起床号会叫醒每一个人，有时候明中启实在困得起不来，就在黑暗里倾听父亲的咳嗽声和母亲进进出出挑水舀水的声音。人们的脚步声从他头顶传来，顺带着，地窝子顶棚里的灰土还会随着某个人的脚步声掉到他的脑门上眼睛里。冬天，寒风扫过荒原，他学会了顺着雪地上的足印追踪和捕获野兔子；春天，要等风沙把自己的脸颊吹得又红又皱，才能在阿娜河或者毛蜡湖的岸边捡到野鸟蛋；夏收的时候，他经常在茂盛渠里逮野鱼，有时候还会跑到麦田地头看宣传队表演节目；秋天是他最喜欢的季节，除了农田里就要收获的庄稼，还有路边和排水渠边密匝匝的野麻、甘草、铃铛刺、红柳、苦豆和胖姑娘草，在他眼里，是这些沙漠植物让茂盛农场显得不那么荒凉和贫瘠。

四连离场部十二公里，上了学的明中启要住校。学生没有宿舍，还得借住在托儿所。托儿所的大班、中班的休息室都是大通间，尤汪洋就对葛场长和托儿所所长说："将大通间一分为二，中间加道火墙，一年级娃娃就有住的地方了。"

葛场长说："这有啥不行，但是没有土坯，也没人帮你，你得自己想办法。"

九月底，天气还未转凉，尤汪洋对明中启说："咱俩得抓紧时间脱土坯。"

一个星期六的下午，十一岁的明中启跟着尤汪洋来到托儿所菜地旁，在只剩豆角秧的地头挖了一个一米深、六米见方的大坑，填入挖出的沙土，然后去涝坝里挑水泡土。明中启身高稍欠，尤汪洋就叫他搅泥。泡土大概用了三十桶水，夜里十点他们收工。第二天上午十点，尤汪洋负责挑泥，明中启负责团泥倒泥。下午四点，两人一共脱了六百六十块土坯，尤汪洋说："够了，够用了，不脱了。"

"老师，你怎么知道够了？"

"这有什么难？你学的算法，长宽高一量，就知道墙有多大面积，这一块土坯，也有长宽高，墙面和土坯的面积加起来相等，不就知道要打多少块了吗？"

见明中启不吭气，尤汪洋又说："学的知识要用到生活和劳动里才好。"

土坯晒了半个月，干透后，尤汪洋带着明中启砌墙，先砌中班的女生宿舍。取直、找平、墙体加固，尤汪洋不多解释，叫明中启自己观察体会。临到砌火墙，没等明中启开口，他用沾满泥灰的左手夹着一支刚卷好的莫合烟，一边吞吐烟雾，一边挥动拿着瓦刀的右臂，讲起火墙的结构与空气流动的力学原理，讲如何利用弯道使烟迅速排出，又如何保留住火的热量，"这是当地人想出的取暖办法，知识就藏在劳动的智慧中"。

很快,明中启被老师尤汪洋的博学给迷住了,在他眼里,这个身材瘦弱、戴着眼镜、长着络腮胡、说话慢吞吞的上海先生既和蔼可亲又深不可测,因为他总是在一些让人毫无觉察的时刻表现出他的无所不知。

明中启十二周岁的生日恰好是个礼拜天。早上九点,晨曦照进低矮的窗棂,在墙角笨重的朱红色老木箱上留下一块雾蒙蒙的光斑。明中启睡了一个踏实的懒觉,睁开眼,左右望望,五岁的弟弟明千安面朝糊着旧报纸的墙壁,仍在熟睡中,他瘦弱的肩膀露在棉被外,随着几乎听不见的呼吸微微起伏。千安在四连上托儿所,哥哥中启周末一回来,他便缠着问哥哥学校里的事情,他盼着与哥哥同去场部上学。

欠身拉开窗帘一角,窗外景象立即挥去了明中启的睡意。空地上,高大的胡杨树树荫下,热腾腾坐着一堆人,十来位与妈妈年纪相当的阿姨,有的怀抱还在哺乳期的婴儿,有的手扶刚会走路的幼儿,每人捧一本《速成识字课本》,一边带娃,一边跟着妈妈识字。妈妈教人识字的场面总是令他格外开心,他像看不够似的继续往窗外瞧。这群被他叫作七姑八婶的女人,头发和脸上永远蒙着一层洗不干净的灰尘,脚上蹬着粗布鞋或者翻毛皮鞋,有的坐在矮凳上,有的坐在土坯上,一边看顾着怀里和身旁的娃娃,一边又笨拙又认真地齐声朗读。她们的口音天南地北，神情却一致地又专注又温顺。李秀琴现在是四连扫盲班班长，工闲时就把没上过学的妇女揪来识字念书，她在院子当中立了一块小黑板，上面写了六个字，上行"元，袁，员"，下行"园，圜，圆"，她一边教字一边埋着头洗衣，任劳任怨的身影仿佛永远不知道疲倦。

明中启穿上妈妈为他洗好的干净衣裤，来到外屋，见灶台上的一只瓷碗当中，放着三枚煮鸡蛋，一旁横放的案板上，一只深褐色瓦盆扣着和好的面团。早上吃煮鸡蛋，中午吃捞面，每年生日都这么过。妈妈李秀琴似乎有一种打点时日的才华，将每天每月每个节日都早早装进心中，画成大格子小格子，再往每个格子里均匀或有所侧重地放进家人的需要与期盼，什么时候买鸡蛋，什么时候吃捞面，谁在几月份添新衣，谁的被头需要拆洗，谁的裤兜破了，洗脸水或者洗脚水谁先用谁后用，她全知道怎么做。她的心，因此也像是装得下所有人所有事，像是亮着一盏永不熄灭的灯烛。

洗完脸，中启先去大屋瞅了一眼，爸爸不在家，七个月大的妹妹——明珠——还在安睡。转过身，他轻轻拉开咯吱作响的屋门，站在众目睽睽下。

"哟，瞧，中启，长这么高了，你妈该给你踅摸媳妇喽。"一位阿姨说。

"瞧啊，我们中启书读多了，里里外外都是墨水味。"

"中启啊，你要啥样的媳妇？妹妹们都比你小，你等不等得及？"

中启站在门边，任由七嘴八舌的长辈们拿他逗乐，五月的晨风吹乱他额前刘海，两个蹒跚学步的娃娃移到他腿边，他抓住他们脏乎乎的小手，耐心地将他们牵回他们各自母亲的身边。

大伙儿继续学习，李秀琴给睡醒的女儿明珠换了尿片，催中启把鸡蛋吃了。中启吃了自己的那一份，抱起妹妹，去里屋叫弟弟千安起床。十二点半，识字班学习结束，李秀琴洗完衣服，开始做午饭。明双全在棉花地间苗，李秀琴让中启先吃，她给他捞了满满一碗面条，撒了辣椒面，多滴了两滴清油和酱油，又为他剥了半根葱，满脸疼爱坐在他对面，看他额上生津，大口吸溜，直至碗底见光。队里有职工食堂，按规定职工不能自己开灶，但食堂的饭既不够量也不可口，所以想吃什么，只得自己设法攒粮攒油。

"妈，吃完我就回学校。"明中启边说边把最后一根面条扒进嘴中。

"这还早呢，急什么？"

"我要去学校找尤老师，上一回，他给我讲鸦片战争，刚开了个头就被人叫走了。"

"那给尤老师带个鸡蛋。"

步行将近三小时,明中启回到场部,直接进了尤汪洋的地窝子。

"老师,先给我讲讲上海吧。"明中启还记得上一讲尤汪洋提到的英租界。

"上海啊,那可是说上几天几夜都说不完的。"尤汪洋小心剥着明中启给他带来的鸡蛋,每剥下一片蛋壳,都要贴在舌头上,吮下哪怕针头大小的鸡蛋白。

明中启满含期待地看着尤汪洋。

尤汪洋从上海的人口讲到上海的学校,再从上海的外滩码头讲到上海的街道。他描述了上海的无轨电车几点钟停在"和丰号"米店对面,小火车上的马赛和球赛广告,虹口日租界里穿和服木屐的日本女子,街头好莱坞女星的巨幅力士香皂广告,黄浦江上的穷苦船民,鸟市场,小书摊,餐厅前挑蟹肉和龙虾肉的小伙计……最后,他滔滔不绝讲起上海的社会教育。

"上个星期,我给你讲过鸦片战争。鸦片战争之后,上海作为第一批通商口岸被迫开放,很多人把这件事当作耻辱,但是,它又确实给上海,给我们国家的经济带来了发展。很简单的道理,口岸一通,那些西方人就要进入上海做他们的生意,这叫殖民经济,他们开银行办公司,这就给上海人创造了许多就业机会，他们自己没那么多人嘛。刚开始，上海人不去，去的都是广东人，但时间一长，广东人都有了钱，上海人一看，也想去做工了。但凭什么去做工啊，你什么都不会，不会说英文，不懂新式算法。所以啊，上海马上就兴起了学英文热、教育热。这时候才是十九世纪七十年代啊，你想想，上海人在那时候就接触英文了，而且都是自己要去学的。什么促使他们要学习的？就是生活。

"再后来，情况发生了变化。上海的企业和工厂越来越多，这些企业和工厂的老板不再是西方人，更多是上海人自己，这叫什么，这叫民族经济，自己的国家和民族嘛。自己的民族经济一起来，变化就更大了。企业和工厂需要大量职员和工人，职员和工人也不是随便能当的，要有专业知识和技能，英文打字、银行、纺织、卫生、商业、会计、税务、机械、电力、水利……什么样的技能都需要。于是，上海就有了数百家各式各样的职业学校、职业补习学校和民众学校，钱富余的人家去上交学费的职业学校，钱不够的穷学生就上不花钱的补习学校和民众学校，总之，普通人想去做什么，就到什么样的学校里去学习。也是为了生活，为了改变生活，为了过上好日子。

"我当年上的是大学，我的弟弟则去了中华职业学校，学的是铁工科，毕业没几年就当上了工程师，后来去了国外。大学毕业后，我个人也觉得职业学校所教的实用技能更适合在社会上生存，所以，便到当时全国最大的立信会计补习夜校学过一阵子会计学。总之，这些职业学校的目的，就是要为社会培养更多实用型人才，用学来的这一技之长既可自谋生路，又可服务社会。千万不要小瞧这样的职业学校，任何一个社会或者集体，想要发展得快，首先需要的，就是这些有一技之长的人才。我们农场，现在就急缺这样的人。地开出来了，可是在这种几百年内没有耕种过的沙土地上，怎么去治碱，怎么修水渠，怎么种粮食，怎么修机械，怎样孵育优良的畜种……问题太多了，困难太多了，不能只凭一股热情，不能只靠蛮力，要用脑子，要用技术，所以，每个工种都需要技术人员。当然，最缺的，是老师，是既能教学问又能教技能的老师。

"上海的经济就是这样发展起来的，一边办企业办工厂办商业，一边办教育，教育跟不上，经济就上不去。大家都知道要去学项技术才能生活下去，在这种氛围下，上海的求学风气很浓，学校也开办得越来越多，人才也就越来越多，社会也就越发达，社会越发达，吸引的人也越来越多。上海的热闹你是想象不到的。农场要想发展得快，就更需要人才，我听到消息，兵团已经开始大办教育，就在这半年里，已经开办了好几所中等专业技校，有农田水利、建筑、电力、机械、皮革和护理各个种类，这太好了，这就是希望。你呢，更是农场的希望，你是农场的第一代接班人，是农场土生土长的小主人。葛场长说，小学五个年级的老师马上到位，等麦子一收，就专门给学校盖房子，不仅有小学，将来还有初中和高中。"

"老师都是哪来的？"中启高兴地问。

"国家会分配一些来，口内也不断有知识青年迁来，你已经十二岁了，再有七八年，说不定，你会成为一位真正的老师。瞧，你现在不已经在当老师了吗？"

"真正的老师是什么样的？是像你这样的吗？"

尤汪洋叹口气，再开口时神色黯然许多，似乎想到了一些不易说出的事情："真正的老师，不仅要有丰富的知识和讲解能力，还要有非同一般的耐心和奉献精神，不仅要让学生掌握知识，还要关怀他们的心灵。这件事，说到底，并不比开荒种田更轻松。至于我，我自己就不好说了。"

停住片刻，尤汪洋突然提起一口气，用一种别有深意的目光凝视着明中启，郑重说道："眼望四野万象，心如明镜磐石，中启，记住这句话，不管将来做什么，这句话都会帮到你的。"

明中启越来越喜欢去尤汪洋的地窝子，地窝子不到六平方米，井然有序，关键是整洁，书桌、灶台、床、壁橱，都是就地挖出的土墩，形状与结构既巧妙又实用，仿佛出自能工巧匠的手。明中启去他那里主要为了翻书，那里的每一本书对他而言都如同奇珍异宝。《中国文学史》《国语文讲义》《文学概论讲义》《修辞学》《修辞学发凡》《小泉八云的文学讲义》《唱歌作曲法讲义》《中国文学史简编》《书学讲义》《扑克讲义》《围棋讲义》《膀子讲义》《媚学讲义》《国音讲义》《中国美术史讲义》《画学讲义》《作文法讲义》《电话讲义》《会计读物》，这些书明中启大多数看不懂，然而看不懂他也喜欢翻翻。有些章页，上一回看不懂，下一回不知怎么，会猛地看懂一些。看懂一些之后，明中启便问尤汪洋，为什么有这么多讲义？尤汪洋拿起一张发黄的纸片，开始卷莫合烟，一边卷一边意味深长看他一眼，说他上大学时，所谓教材，就是老师的讲义，说每一本讲义的后面，都站着一位学问和知识的大家，他们照自己的思想给学生讲课，讲完课把讲义交给学校，学校把它们印出来，发给每位学生。谈到讲义，尤汪洋更有了兴头，明中启坐在床上，他取来一只胡杨木小矮凳，坐在明中启对面，低他半个身子，给他讲北京大学的"讲义费风潮"，故事里有蔡元培、胡适、鲁迅的名字，明中启对这些人一无所知，只当听了一个不可思议的故事。

尤汪洋关于求学经历的讲述与教诲，开启了少年明中启对知识的渴望，过去的半年里，他的心灵飞速成长，身体也猛地蹿高了一大截。醒目的身量使他在班级里更像一位老师，他也更把那些小他四五岁的低年级娃娃，看作自己的弟弟和妹妹。他陪他们读书写字做作业，还在放学后成为他们的"舍监"，每天帮他们生火，再替他们拉下用来防寒的棉窗帘；遇到打架吵嘴，还要制止与训诫。他和同学何相吉的关系最好，何相吉经常不做作业，他就在何相吉空白的作业本上替何相吉补齐家庭作业，免得惹老师不高兴。知道他在学校成了老师的帮手，李秀琴尤其高兴，只说"你最大，你不帮老师谁来帮"。明双全更加自豪，儿子小小年纪，就能为农场出力，人前只要提到此事，他的黑脸便大放异彩。

3

一九六〇年早春，阿娜河的河水刚刚开始化冻，明双全、李秀琴双双调到场部工作。搬家那天，草草吃过早饭，一家五口人满心欢喜地坐在牛车上往场部走。天空水蓝，冷风飕飕地吹，吹得李秀琴直嚷嚷冻脚，把怀里的明珠越搂越紧，中启和千安却一点不在乎，牛车经过紧挨阿娜河一段的土马路时，哥儿俩撒丫子蹿到了阿娜河已经泛潮的河岸上。刚开始化冻的阿娜河河水几乎看不出流动的迹象，河岸上淡金色的芦苇有齐腰高，河水的湿气氤氲在芦苇丛中，阳光斜照下来，宛如一条金色的雾河顺着河岸铺展开去。

新家在场部对面的家属区，这里可比连队热闹多了。学校、卫生队、托儿所、场机关、供销社、拖拉机修配厂、场直管机耕队、后勤大仓库、涝坝……都环绕着场部，一条条夯实的土路上人影绰绰，传至耳畔的说话声和笑声也多了许多。可是，搬到场部之后，意外的事情像春天的风沙，突然也多了起来。

夏收时间，明双全作为场直管机耕队队长遭到批评。麦田盐碱大，麦子长得又稀又浅，明双全认为用收割机反而会造成浪费，不如人工收得彻底，副队长与他起了争执，事情上报至场部，明双全的做法被定性为贻误农时，在大会上做检讨。

尤汪洋也出了问题。茂盛农场这一时期不断搞劳动竞赛，场部为此专门油印了一份《跃进捷报》，十天一期，报道总排水渠工地上的各大喜讯。尤汪洋看过这些报道，不免随口与人私谈几句，其间提到过分压低开荒成本可能带来土地治碱不彻底的隐患，不料招致农场批评。这以后，他小心从事，除了教学——细化讲义和课时安排，基本不与他人交流，甚至不让明中启再去他的地窝子。

秋天来了，农场不知不觉多了一些新面孔，有五六十户人家，都是从老生地农场集体调迁而来的，有的分在场部，有的去了下面的连队。其中一户姓石，与明双全家成了邻居。

男主人叫石永青，瘦高个，戴副黑边眼镜，在卫生队当化验员。他的妻子成信秀是位水利勘测员，常年忙于工作，奔波在全疆各个水利兴修现场，不是在修水库，就是在建大桥，家搬来大半年也没人知道她长啥样。石家有个七岁的独生女，名叫石昭美。每天早晨，石永青都会牵着女儿的手经过明家门前，仔仔细细把她送到学校。

翻过年，二月底，新学期开学不久，一天中午，阳光突然有了融融暖意，扑在脸颊上的冷空气散发出甘冽的清香。茂盛农场子弟小学的学生由老师带领，来到场部后勤大院参加劳动，女生选棉种，男生装废铁。女孩们按照两个棉花品种坐成两排，每排桌面上摊着一溜棉种，听完种子站技术员的选种要求，每个人都埋下头剥拣起来。李秀琴在成人组，她一眼瞅见了眼睛几乎被又厚又黑的刘海遮盖住的石昭美。

石昭美个头是几个女孩中最小的，头发也是唯一一个剪成短发的，她右耳后蓬着一丛鼓起来的头发，大概是睡觉压乱没能梳平整，就在耳后别了一根大人用的掉了一半漆皮的黑色发卡。凌乱的头发，以及长及眼睛的厚刘海，反而更令人注意到她俊俏稚嫩的眉眼。她的鼻子又薄又挺，嘴巴紧紧抿住，玲珑如一只指甲盖大小的玻璃扣，黑灵灵的一双清水眼不管向谁望去，都露出一种既看懂了一切又不想让人知道的胆怯与疏远感。

"那就是卫生队石化验员的女儿吧？"一位女职工也注意到了石昭美。

"什么样的女人，能把男人和孩子撂下不管。"

"人家的妈是水利专家，咱们比不上，我听我老头说这阵儿正在阿娜河勘测地形，阿娜河准备建水库了。"

"女人不管家，还叫女人吗？"

"石医生真是好脾性，不言不语不闹腾，天下真有这样体贴老婆的男人？"

"你别说，我可是知道来龙去脉的，这家人不简单，也不容易。"

"快说说。"

"这丫头的妈，叫成信秀吧，和石医生是二婚，头次婚姻不到一年，两个人就离了。那头一个男人啊，据说是个打过仗的老兵，营级干部呢，一帮女学生里，他就稀罕她，后来还因为救她弄跛了一条腿。"

"这不是女陈世美吗?"

"跟搞破鞋差不多。"

"这说不通。那打过仗的营级干部难道是吃干饭的,白白把老婆送给别人?换了我家男人,不一枪崩了他才怪。"

"会不会是裆里的活儿不好使?"

"呸,不好使就把女人送人,这不等于揭自己的短吗?"

"不好使,女人也是自己的,也得让肉烂在自己锅里。"

"一个女人家,见天不着家,说不胡整都没人相信。"

"唉嗨,你们这嘴,积点德吧。"李秀琴边说边朝石昭美望去。

怜悯心激起李秀琴对石昭美的母爱。两家人住得近,两排平齐的平房,中间隔着一条巴掌宽的土巷道,只要往场部或者学校去,石家父女都得从明家门前经过。放了学,石昭美常常一个人端着饭盆去食堂打饭,李秀琴如果碰到她,要不帮她扯扯已经见短的衣袖,要不招手让她排到自己前面,打完饭一道回家的路上,又嘱咐她把烂了袖口的绒衣拿来,给她缝一缝。

也是这段时期,千安总闹腹痛,有时是吃完饭痛,有时睡着了痛,瞧过医生,都说肚里有虫。可是吃了打虫药,过段时间仍然痛，不仅痛，连脸都黄了。李秀琴带千安去找石永青，说了症状，石永青盯着千安的脸仔细端详，而后让他伸出舌头，又翻翻他的下嘴唇，最后轻轻拨开他的上下眼睑，转着脑袋看了又看，像是答案藏在千安的眼睛里。末了，没给千安开药，只让李秀琴等两天再来拿药。两天后，李秀琴敲开石永青家的门，石永青递给她一小包碾成细末的草药，不十分确定地叫她回去吃吃看。这包药其实也没什么神秘之处，无非是野生的一种药用植物——阿魏，戈壁滩与荒山上都能找得到。石永青原本学的是流行病研究，但因医务人员紧缺，进了场卫生队什么都得干，连蒸馏水都是他来制，又因药品供应不足，便自己研究起中草药来，空闲时就拿着一本蓝色塑料皮面的《中草药手册》研究，对照上面列出的中草药目录，从认药学起，直到采集、保管，再到炮制和用药，渐渐摸索出一些经验。

千安吃完这包驱除肠道寄生虫的药粉，肚子不痛了，脸色渐渐恢复，又似从前无法无天捣起蛋来。两家人自此熟络，石永青在卫生队忙得不着家，昭美就在明家待着，明中启、明千安、明珠和石昭美——四个孩子一同做作业、砍柴、拾粪、玩耍、说笑、打闹……倒像是明家多了一个女儿。

春天就要过去的时候，成信秀从工地回来。一个傍晚，天刚擦黑，夫妻二人带着女儿石昭美，手捧一包稀罕至极的桃酥，来到明家诚心致谢。

成信秀皮肤光滑，眉眼匀称，模样标致耐看，第一眼看是端庄，第二眼看是凛然不容侵犯，第三眼看过去就是温润和善，眉毛、双眸、鼻梁、嘴唇、脸形……极其恰如其分地聚在一张面容上，又极其恰如其分地彰显着各自，让人只觉得——这样的脸不是最美的，却是最好的。

"明队长，李大姐，昭美给你们添麻烦了。"成信秀说。

"娃娃嘛，不麻烦，麻烦啥，不麻烦。"明双全坐在矮凳上，瞥了一眼成信秀，赶快将目光收回，落在卷了一半的莫合烟烟卷上。一向粗枝大叶的他因为成信秀在座，谈吐竟然变得笨拙和小心翼翼了。

"小昭写信说，大姐烙的洋芋饼，吃一次，嘴巴能香三天。"

"嗐，哪有那么好吃，娃娃们不过是饿的，这时节，除了洋芋就是洋芋，她说的香，一定是那次我从食堂的废料里扒拉了几块蔫萝卜头掺进去，是吧，小昭？"

"大姐，多亏有你们这些好心人。"成信秀伤感地低下头去。

"这是哪儿的话。"李秀琴赶忙说道。

"这趟回来能在家里待些日子吧？"明双全问。

"顶多半个月，到处都是要开工的水利工程。"成信秀抬起头来，刚刚挂着泪花的眼眶已经露出温暖的笑意，"干海子水库马上就要蓄水了，说不定还要提前走。"

"干海子水库往北啊，在阿娜河的西岸，有一片小野湖，离河岸不远，那一片的水草真好，湖水连成串，什么时候去，都有成群的野鸭和水鸟。"

"你说得对，我们勘测水库库址的时候，去了那里好几趟，大伙儿都觉得美，可惜不是理想的库址，海拔高出几十米。后来往南又走了二十多公里，才找到今天的干海子。"

"我都去过。干海子最合适，周围都是沙丘，沙丘下面埋着红柳和胡杨的根，是天然的堤坝。"

"明队长，看来你也是个内行。"

"刚进疆的时候，我不仅修过桥，还造过船呢！那时候阿娜河边有走不到头的胡杨林，住在那里的维吾尔族老乡却说，胡杨木不能造船，我们问为什么，他把头摇得像拨浪鼓，只是说，从前就是这样，从前就是这样。我们管不了这么多，不用胡杨木，我们用什么啊。按理，开工之前，应该给胡杨木做个试验什么的，连这道程序我们也省了，好家伙，没几天就调齐了木工，工棚搭在阿娜河边，这头砍树，那边解料，好家伙，连天连夜干了一个月，你瞧瞧，八只十吨重的大木船做成了，用起来别提多得劲。"

"你什么时候造过船，我怎么从来没有听你说过？"李秀琴笑着插话。

"你不知道的事多着呢！你知道什么叫'抓水'吗？你知道怎么把撒蹄子乱窜的阿娜河的河水抓进修好的大渠或者水坝里吗？你听都没听说过吧。进疆的头两年，你在哪儿，我上哪儿跟你说去。"

"瞧把你得意的。"

"不过，我们干的都是粗活，成工程师，只有你们建的水库，才能给阿娜河的河水套上笼缰，让它彻底地学规矩。"

成信秀微微一笑，说道："明队长，还早着呢，现在的水库远远解决不了地下渗漏的问题。"

说完话，成信秀拿眼睛扫了扫屋子，墙壁上干干净净的，有几处掉皮的墙面补了泥刷上了白灰。窗台上、灶台边、桌子下的角角落落，连门槛周围的墙缝拐角，都打扫得没有一粒灰尘。两间小屋的白布门帘都压了一圈手缝的花边装饰。屋角的一只深褐色的大木橱上，放着洗干净、摞得整整齐齐的碗碟，因为怕落灰，上面搭着一块洗得发黄的棉苫布。

"秀琴姐，怪不得小昭爱上你这里来，你屋里不论谁来都觉得心里踏实，都盼着自己的家也能像你的一样。"成信秀由衷地说道。

"哪有你说得那么好，都是些补了又补的旧东西。再说，你是干大事的人，就是有这份心，也没有这份时间和精力啊。"

送走石永青夫妻，李秀琴哄睡明珠，与一边泡脚一边抽烟的明双全说起话来。

"成信秀这个女子不简单，我一眼就瞧出来了，她前夫什么情况，你知道吗？听说腿瘸了。"李秀琴问。

"是个营级干部，找成信秀也是二婚，第一个老婆不知啥情况。"

"你们老兵，是不是都希望头一个老婆死掉，顺理成章的，就能找个年轻漂亮的女学生。"

"嘿嘿，小心我捶你。"

"说啊，两个人怎么就离了？"李秀琴挑衅又羞怯地笑着问。

"具体什么情况我说不清，听说是三个人一起商量过的。"

"你会和另一个男人商量着把我给出去吗？"

"臭娘儿们，我看你今晚就想挨揍。"

4

耒水汇入湘江之前，两岸皆是山环水绕云雾蒙蒙的丘陵地段。从成信秀的太爷爷起，成氏家族就生活在耒水河西岸的一座乡绅宅院里，宅院四周环绕着望不尽的重重山丘，密密匝匝的林木依照季节的轮换，变幻出繁复不尽的绿色。稍远处的山坡上，分布着或宽或窄一块块精耕细作的梯田。春夏两季，一层层灌满了耒水河水的稻田镜子般映照着蓝天里的朵朵白云。这座砖木结构的宅院占地三千六百平方米，底部砖基高两米，其余木结构的屋舍廊庭一律穿梁榫卯雕梁画栋，是方圆百里谁也无法攀比的名门富户头面人家。老宅气势恢宏，坐北朝南，北望湘江，东傍耒水，出门有一条青石板铺就的车道，百十米长，下了车道，即是一条夹杂着红土与石子的乡间便道，沿着翠竹掩映野花摇曳的便道往前再走百十来米，便可下河登船，摇上半天水路，就到了舟楫云集人声嚣嚷的湘江江口。

成信秀出生在这座宅院一间陈设略为简单的厢房里。她的母亲是二房，生的又是个女孩，按理应该在已是两个男孩母亲的正房面前抬不起头来，但是成信秀的父亲偏偏更喜欢女孩，这就略微提高了她母亲的地位。成父对家中子女的教育格外开明，因为家境优裕，把两个男孩都送到英国留了洋，对于最小又是唯一的女孩——成信秀，也跟她同父异母的两个兄长一样，即使连年兵荒马乱，也坚持让她完成高中教育。一九四八年，成信秀在乡里上完高小，成父又送她去衡阳县城读高级中学，县城里的高级中学没有女校，成父也不介意，允准她去了一所男女同校的私立中学。

成信秀和石永青是同班同学。漂亮姑娘到哪儿都引人注目，班里十五位同学，三个女生，十二个男生，成信秀一走进教室，十二个男生的目光都像钉子扎在了她脸上。石永青机会最多、条件最方便，因为借宿在伯母家的成信秀刚好与他住在一条弄堂。打心生爱意的第一天起，石永青便海枯石烂守在里弄道口，等在校园门前。察觉到这一点之后，成信秀既不吃惊，也不扭捏，她自然而然地接受着石永青的示好，不拒绝，不躲避，也从不觉得自己应该对他澄清或者许诺什么，她可不是那些足不出户，男生的几句甜言蜜语就可以俘虏的女孩，除非他彻底打动了她。

高中一年级，二人所学的十三门公共必修课里，成信秀最喜本国地理和外国地理，可惜这两科加起来的学分只有六分，而石永青最擅长的数学、物理和生物，各科都是高学分。上学或者放学路上，他们所谈的，多半与学业相关。他们边吃边聊，石永青知道成信秀爱嚼槟榔，口袋和书包里总放着这种零食，多数时间都是成信秀一个人嚼，边嚼边与他大聊她喜欢的话题——名山大川、风土物种。半年后，成信秀的理科成绩总上不去，于是，石永青又成为她理科学习的课外辅导员。

时间悄然流逝，形影不离两年，成信秀在心里已经接纳了石永青，但是却不肯表露心意，因为高中第一年寒假回家过春节，成家大哥在问完她的学业后对她说过一番话："三妹，将来你有什么打算？男人们都希望自己的老婆在家里相夫教子，包括我，即使从英国回来，骨子里也摆脱不掉这个想法。所以，你要早一些想想这件事，你比别的女孩多读了这么多年的书是为了什么。"

成家大哥的这番话烙在了成信秀的心头，所以，当发现自己爱上石永青的时候，她又在抗拒自己的情感。她晓得一旦与石永青确定了关系，谈婚论嫁的事也就会随之而来。她喜欢他，但不想早早嫁人，眼前，她对婚姻和家庭没有一丝渴望。成氏家族虽是乡里望族，虽然住在大宅院里的成家老爷和公子小姐们一个个看着养尊处优，但是关起门来的事只有他们自己知道。除了成信秀一家，院子里还住着成信秀抽大烟的大伯和一个死了丈夫拖着一对儿女回到娘家白吃白喝的二姑。作为一家之主，成信秀的父亲哪一边都得照应，即使三家暗地里都合不来，但哪个也分不出去。成信秀十岁那年，其母临终前将她叫到床头，一只手搭在鼓成脸盆状的肚子上，一只手扯住成信秀柔嫩的小手，只交代了一句话：将来不要给男人做小。母亲的苦闷与遗言、大宅院里的龃龉怨怼，以及兄长对她的提醒，都让成信秀对婚姻与家庭怀有戒备与畏惧。

石永青猜不透成信秀的心思，时间一长，免不了灰心丧气。有一次他发了脾气，决定不去关心和靠近成信秀，不再等她一起放学回家，不再和她讲话。不到一个月，成信秀再也没法忍受石永青对她的冷落。那是三月里的一个夜晚，梨花正在凋谢，干萎的花瓣落在石永青家的窗台上，成信秀敲开了石永青家的门，她用满含眼泪的双眸气愤又委屈地凝视着他，质问着他。石永青站在家门的台阶上，想退后却舍不得，想躲又躲不开她灼人的目光。良久，两个人相对无语，只有白玉色的月光在他们之间发出轻声叹息。

夜幕中飘来零零星星的雨滴，月光照亮了被雨打湿的石板路，突然，石永青的心像是被一万种痛苦和一万种甜蜜一并给撕得粉碎，就在那一刻，他一把攥住成信秀的手，拽着她钻到小巷尽头最浓黑的树影下，然后紧紧抱住了她。他们是头一次拥抱，两个人都在发抖，石永青抖得比成信秀更厉害，心怦怦地撞击着胸膛，膝盖也有些发软，因为他决然想不到幸福会来得这么突然。他的脸贴着她的额头，鼻子来回嗅闻着成信秀头发里温暖又清新的味道，嘴唇不时碰到她白皙光滑的眉心。等到内心和身体都平静下来，他毫不犹豫吻了她小巧玲珑的柔唇。那一刻，他的心完全碎了，就像一块滚烫的石头带着全身的重量在所不惜地撞在另一块更为坚硬庞大的巨石上。那一刻，他化成了粉末，整个人都轻飘飘晕乎乎的。

拥抱与初吻，在两个年轻人之间来得有些迟了，但也因此格外醉人和郑重。就是在这天晚上，成信秀对石永青敞开了心扉。

"三妹，你是在捉弄我吗？我们现在，这样，到底是不是真的？"三妹是成信秀的乳名，即使舌尖上还留着成信秀嘴唇潮润的甜香，石永青还是不敢相信。

"春伢子，你怎么啦？你昏头啦！"成信秀也像石永青一样唤着他的乳名，她吃惊地看着石永青深情的眼眸，看着他被爱情的洪流折磨得有些狼狈的可怜相。

"我要是懂得多一些的办法让你爱我就好了。我什么也想不出，只是想对你好，我的魂儿系在你的一根手指头上，你动动手指，我这里就翻江倒海。这些日子，我觉得自己就是那个倒霉又可怜的'苇弟'，你的心是起了大雾的天，你在想什么，你想要什么，我根本不晓得。"石永青这些天确实是把自己比作《莎菲女士的日记》里的"苇弟"的，他越是想爱，越是怕自己"不会爱"，越是觉得自己就是小说里那个不懂所爱之人内心的人。

《莎菲女士的日记》是他们俩都熟悉的小说，石永青这样说一点儿也没让成信秀吃惊。最初一些时候，她确实是像小说里的莎菲女士，找不到自己的内心，但是现在她很确定她是爱石永青的。她爱他什么呢？在一张张同样朝气蓬勃的脸中间，他的神情总像是更长远更沉静地思考着什么，因此也让他显得略微有些落落寡合，就是这副神情让她感到他们似曾相识，他能够理解她，即使理解不了也能包容她。

"你以为，这一个月里，我的心里好受吗？你不理我，连看都不看我一眼，我从来没见过你那么冷漠无情的样子，你简直换了个人。我担心得整夜整夜睡不着，担心你就这么永远地不理我了，那我可怎么办啊！我该怎么说呢，我只是，只是不想被感情和家庭绊住手脚。我是想，现在成立了新政府，国家不一样了，将来更会不一样，读了这么多年的书，我总想把学到的知识用到什么地方……可是我，还搞不清楚自己到底想做什么，或者能做什么。"

"社会上现在到处都在搞文化补习班，你莫急，等到毕业，工作机会多的是。"

"我不是指工作机会，我是在说我自己，我搞不清自己想做什么，我两个哥哥都走了一趟英国，我也想走得更远一些。"

石永青十分吃惊成信秀的想法。关于未来，虽然他也有过考大学继续深造学业的想法，但是这个念头一碰到现实就化成了一个无法实现的泡影。他的父亲去了台湾，走前留下的积蓄一方面要维持生计，一方面要供他和两个弟弟上学，多病的母亲为此已经尽了最大心力，眼下最大的指望就是他毕业后马上就业，从此担负起赚钱养家的责任。所以他只是走一步看一步，被动地等待着毕业，等待迎面而来的现实给予他一个合适的职业，把他推到一个合适的工作岗位上。

"更远一些？那是哪里呢？"石永青担心地问。

"不晓得。但我知道，再不要像我娘老子那样，像我家里的伯娘婶娘那样，把一辈子的时光都过成了煎熬，没有一个不哭、不叹气的，心头没有一点光亮，肚子里全是苦水，倒也倒不完。"

"你不是她们，我们也不是他们。"

"她们嫁人时都抱着幻想，她们整个人生的幻想都寄托在男人和家庭身上。可是我，并不是这样的……你知道，我并不是这样的。"

"我晓得，封建家庭的那一套已经过去了。"

"制度是新的，人的想法不一定能改变得那么快，要是有一个新的环境，从里到外都是新的，那该多好。"成信秀侧过脸去，凝视着巷道深处一片什么也看不清楚的黑暗。

四月，一个细雨蒙蒙的日子，已经是高级中学三年级学生的成信秀中午放学回到伯母家，走进卧房，看见桌上放着一封信。信里是一封录取通知书，通知书下部，盖着新疆省[①]人民政府、军区司令部招聘团的大红印章。成信秀高兴地在屋里打了一个转儿，她将通知书看了又看，直看得呼吸急促起来，脸也通红。

两周前，她在报纸上看到一则招聘团启事，"本团经湖南省人民政府同意，在湘招聘各项人才参加新疆省建设工作"。看着"启事"上写的一行行字迹，她立刻领悟了自己的命运，她一心向往的"更远一些"的地方就是通知书上写着的"新疆"，

[①] 1955年9月13日，全国人民代表大会常务委员会第二十一次会议通过《关于成立新疆维吾尔自治区、撤销新疆省建制的决议》，规定："撤销新疆省建制，并以原新疆省的行政区域为新疆维吾尔自治区的行政区域。"根据这个决议，1955年10月1日，新疆维吾尔自治区成立。引自《中国共产党组织史资料（第五卷）》。

那是一个崭新的天地,一个等待着她去建设的新世界。于是,她没和任何人商量,独自坐车去了长沙上营盘街招聘团所在处,为自己报了名。按照她的学历,虽然还没毕业,也几乎就是招聘团所需要的最高学历的人员。她信心百倍填了表,当招聘人员问她要地方政府的介绍函件时,成信秀摇摇头,表示她拿不出任何证明材料,但她递给对方一份按照报名条件写就的自传,请求对方在细读之后,再做决定。

成信秀的计划成功了。欢喜过后,她赶快给乡下的父亲写了一封信。信封好,她急匆匆就去邮寄,走在里弄里,石永青的身影浮在眼前,她这才意识到,自己做出这个选择和决定的时候,不仅没有征求家人的意见,也从来没有想到应该和他商量一下。她停下了脚步,左右为难地站在原地,突然又满怀期望地想到——也许石永青愿意和她一起去,顿时又高兴起来。

成信秀敲开了石永青的家门。

"什么!已经录取了?!"石永青急得脸色发青。

"我担心你们阻拦我。"

"那里那么遥远,当兵很苦的,你受不了的。"

"你一点都不了解我。"成信秀沉下脸说。

"三妹,别走,嫁给我吧。只要你愿意,我们什么时候成亲都可以。我对天发誓,一辈子对你好。"明知道成信秀不想早早结婚嫁人,石永青还是说出了口,他握住成信秀双肩,语气几乎是哀求。

"春伢子,我们一起走吧。"成信秀眼中满是希望。

"我走了,家里怎么办?妈妈身体不好,弟弟还小。"

"我料到你是不会去的。"成信秀退后半步,挣掉石永青紧攥她肩头的双手。

"我想和你在一起。但是,家里,我怎么丢得开?还有,那里,那里什么情况我们一概不知。为什么一定要去那里呢?"石永青痛苦地看着站在他两米之外的成信秀。

"看到招聘书的第一眼,我就晓得了自己想干什么,这正是我想要的。"成信秀边说边朝里弄外的大街瞥了一眼,蹙眉说道,"我最担心的就是这个,你们所有人都会不同意。我一定是要走的。招聘团这几天还在报名,春伢子,我们一起走吧。"

"我,我……三妹,我走不了啊。"

"通知书上说,后天就要上长沙参加集中培训,培训结束后直接离湘,我连家都回不成了。春伢子,你再想想,我现在要去寄信,家里也什么都不知道,我,我先走了。"

看着成信秀消失在里弄口的身影,石永青好一阵才从震惊中醒来。一个月前,成信秀将他拉入幸福的海洋,此时此刻,他却像一个被生生掏出了肝胆的人,跌进可怕的难以忍受的痛楚中。他痛得直打哆嗦，比初吻成信秀的那个夜晚抖得更厉害，抖得脊背和手心发凉。因为止不住颤抖，石永青开始在雨后潮湿发闷的空气里毫无头绪地转起圈来，他时而靠着生着滑腻的苔藓的湿墙发傻，时而抬起双手猛揉头发，原本温和安静的他从未如此躁动、恼火和绝望过。

十天后，成信秀坐上从长沙前往西安的火车。来送她的，只有在长沙工作的大哥。成家大哥是成信秀的思想启蒙者，但是，当她把从军去新疆的消息告知家人后，大哥与她进行过激烈的争论。留过洋在地方银行工作的大哥不理解她为什么转变得如此彻底，她曾是《莎菲女士的日记》最热烈的拥趸，是一个追求个体自由和独立的时尚女青年，是一个被地主的个人财富养育和教导出来的地主的后代，现在却大义凛然地告诉他们——他们是剥削者，所有的剥削者都需要被改造成自食其力的无产阶级劳动者。成信秀的转变和激进令家人吃惊和不解，他们不知道她在学校接触了什么人，或者学到了什么新的知识和文化，他们有些被她吓住了，因为她表现出来的对新社会、新制度、新理念的无限热忱和信赖到了谁也不能否定和阻拦的程度。成家大哥认为成信秀的选择根本未经思考，迟早是要后悔的。成信秀反驳道，她根本不是像哥哥所说的那样，对时代和新政府一无所知，她甚至能够背诵这两年《人民日报》上的元旦社论，社论上所说的一切改变她都在现实生活里体会得到。新中国打败了美帝国主义，新中国只用了两年时间，就在交通、水利、贸易、教育、减轻人民负担……各个方面取得了巨大成就，变化人人都可以看到。

兄妹二人谁也没能说服谁，末了，还是成家大哥首先闭了嘴，以沉默表示和解，并代表家人祝福成信秀。

站台上挤满了人，都是送别亲人的亲友，个个泪水涟涟，成信秀无法不受影响，双眼渐渐模糊。泪水流到腮边，她埋头擦去，再抬眼，便同时看见了大哥和大哥身后的石永青。短短十天，石永青消瘦又憔悴，她的心猛然一紧，平生头一回明白了心痛的滋味，原来自己并不像自己所想象的那样坚强。

石永青看着成信秀，她陌生的装束让他再一次意识到分别的痛楚。头戴无檐软帽，两根乌黑的辫子剪成短发，以往的白衣蓝裙变为土黄色军装，眼前的成信秀，已经跨进一个崭新的世界，而他和她，正站在新旧世界的分界线上，不得不忍痛离别。

石永青默默望着成信秀，片刻，走到窗前，递给她一个蓝布包裹的包袱。成信秀接住就要打开，石永青握住了她的手，说："三妹，火车开了你再看。"说完，他退后一步，听任汽笛高高鸣响，抬起僵硬的胳膊，与成信秀挥手道别。

包袱里有成信秀爱吃的槟榔和一包点心，另有一封短信和一块包着红丝绒的玉佩，信是这样写的："三妹，这块玉佩是母亲给她未来儿媳的。我对母亲说了我们的事，她已同意，等我把家里安顿好，就去新疆找你，娶你为妻。等着我，我对天发誓，今生非你不娶。"

读完信，成信秀已经哭花了脸，起初，她克制着自己，缓缓将包袱紧紧贴上脸颊，随着大颗大颗泪珠的流出，她干脆将一张湿漉漉的脸埋进包袱，她的额头、脸颊还有嘴唇，在那柔软的还带着心上人体温的包袱布上轻轻摩挲，片刻，她像是承受不住这沉甸甸的爱，呜呜呜地，从小声抽噎变成失声痛哭，剧烈颤动的肩膀仿佛被什么东西连连击打。

5

路越走越远，也就越走越没有回头路。四月底，车队抵达哈密。哈密是这批女兵的第一道转运站，有人留在哈密，有人去迪化，有人将前往南疆各地。

十天后，成信秀与同行的近三百位女兵抵达六师政治部，随后进行学习培训。培训结束开始下一拨分配。师部了解到成信秀高中学过地理，将她分在师部荒地勘测队——驻地因半城——学习勘测制图。两个月后，成信秀被正式分配到师部荒地勘测队阿娜河流域勘探组，工作任务即是勘察阿娜河下游流域——双河农场、茂盛农场、好汉农场、碱泉农场、老生地农场范围的地理环境、土壤结构、植物生长和水利资源等情况，为未来垦荒准备第一手资料。

初来新疆的这段时光，成信秀因为工作不停变换地址，可谓居无定所。在阿娜河流域勘探组待了四个多月，即被师部派到省城迪化学习水利勘测。学习结束，成信秀回到师部，工作调整到水文地质队。不到两个月，水文地质队又被一分为二，两队人马分头而行。成信秀思念着石永青，却因为自己行踪不定无法与他取得联系，每一天的每一分钟都被工作填得满满的，她甚至连把写好的信寄出的时间都没有，上级对她们这批负有使命的女兵管理十分严格，所以她不便把写好的信交给旁人帮她邮寄。转眼到了第二年，成信秀所在的这支水文地质队接到任务，立即前往下游河段对阿娜河的水利资料进行检测和分析。

二月底，戈壁滩的早晚仍然冷得让人缩手缩脚。这天早上，成信秀与队友们五点半就出发了。浅灰色的天空闪烁着零落的星辰，卡车载着队员和勘测设备，从师部来到因半城县委大院。下车时成信秀的膝盖冻得像两坨冰块。

"一会儿骑上马就暖和了。"队长许寅然一边从车厢里卸设备，一边回头对成信秀说。

成信秀朝许寅然点点头，表示感谢。

许寅然是参加过抗日战争的老兵，之前在另一个师担任宣教股长。成信秀在迪化学习时，他在另一个班接受培训。某次集体学习会上，他与成信秀照面而过，从此心潮起伏日夜惦念，遂向上级提出申请，学习结束后直接调入因半城水文地质队担任队长。

两个月里，队里所有人都看出了许寅然的心意，他从不介意当众表达他对成信秀的关心与照顾。上级领导也悄悄找成信秀谈过话，看似漫不经心实则有意地问了问她对许队长的印象。他大她十岁，她对他无意，但对他怀有好感。许寅然读过书，参军前高小已经毕业，人长得精神又硬朗，身上的黄军装、棉衣里的衬衣衣领，什么时候都干干净净的。有文化又讲卫生的男性，女人是不会讨厌的，但成信秀只想与他保持正常的上下级关系或者同事关系。他的眼神无论什么时候都显得笃定沉稳，这让她想起了自己的大哥，她的大哥就有这样的眼神，这让她感到放松和温暖。对她来讲，这已经足够了。

每当许寅然靠近成信秀或对她表示关心时，成信秀都会立刻想到石永青。这一刻又是如此，成信秀朝许寅然点头微笑之际，她已经在思念石永青了。她在迪化学习时曾给石永青写了封信，可是到现在还没有收到他的回信。越是深爱，越怕失去，越是牵挂，就越会胡思乱想。超体力工作强度，加上不时泛上心头炽热又麻乱的情思，成信秀更瘦了，从前饱满的脸颊也陷了下去，眼睛虽仍旧亮晶晶的，但已经夹带着一望而知的愁绪。这一切，都被许寅然察觉到了。

因半城县委书记将两位维吾尔族向导介绍给队里的翻译，大家逐一上马。成信秀把装着野外记录簿、量角器、三角板、2H铅笔的挂包搭在马鞍上，身上只背着一只绿色的军用水壶，正准备踏上马镫，许寅然出现在身旁。他出乎意料递过来一副毛色发黄的羊皮护膝，成信秀迟疑着要不要接过来，同时又在打量护膝上粗糙的针脚。

"戴上吧，不好看，却暖和，有毛的那一面向里。"许寅然凝视着成信秀的眼神突然有些慌乱。

"给我戴，你怎么办？"成信秀脱口问道。

"已经二月份了，我用不着。"

一行人骑着马往因半城城东而去，他们沿着城西的阿娜河河道而行,中午,蹚过阿娜河向西伸出的一条带着冰碴子的支流,于傍晚安营扎寨。

营地扎在阿娜河东岸一个地势最高的沙土坡上,但此次主要勘测地点在河的对岸,阿娜河上没有桥,他们得划一种叫作"卡盆"的小船渡河而去。岸边备好了三只卡盆,这种卡盆用空心胡杨木凿成,一次至多坐两人,来来回回,十来趟才能把人与设备送到对岸。

天快黑了,许寅然原本打算在天黑前运一部分设备过河,但两位维吾尔族向导连连摇头,齐声向翻译嚷嚷这太危险。领头的向导叫阿巴克,会说磕磕巴巴的汉语,他激动地比画,大意是说这个季节正是阿娜河化冰时期,一个晚上过去,被河水自然冲积成的沙土堤岸,谁也不知道会在哪里出现塌陷的决口,运过去的东西说不定就被大水淹没了。许寅然接纳了阿巴克的建议,朝他竖了竖大拇指,回头招呼管伙食的刘梅几,叫她赶快生火做饭。

阿娜河静静流淌,夕阳金红色的光芒越过河对岸浅金色的芦苇丛,斜洒在河面上,照得宽阔的河面一片金光闪烁。成信秀是头一次站在阿娜河边观赏落日,不由得连声赞叹这震颤心扉的美景。苍茫、宁静,一种于地老天荒之后仍立于不败之地的朴素,没有悲伤,更没有浮华,只有令人心绪澎湃的辉煌。

成信秀只沉醉了片刻，夕阳已将光芒收到芦苇丛的后面，只在原本浅金色的芦苇尖上，抹上一层均匀的彤红。

夜里照例要生篝火，晚饭后，大家围坐在火堆旁，有的惬意地小声聊天，有的凑在一起研究地质填图所用的地形底图，有的消闲，独自坐在一边吧嗒吧嗒地抽烟袋。两位维吾尔族向导没在队里吃饭。离营地不远，有两个当地牧人临时搭建的草棚子，地质队这边生火煮饭的时候，草棚子上端也飘出了细白的炊烟。两位维吾尔族向导看见炊烟后，就牵着马往草棚子而去。晚饭后，队员张文定吹起了口琴，歌曲是人人都熟悉的《伏尔加船夫曲》，琴音一响，两位维吾尔族向导就从地质队搭建的大帐篷后钻了出来，走在前面、脸上长满棕色络腮胡的阿巴克，红红的脸膛笑意融融，手里握着一支比他粗壮的胳膊长不了多少的热瓦普。

"阿巴克，你肯定吃了一脸盆羊肉吧！"张文定问。

"哈哈，放牧的人说羊肉没有，问我羊肠子上的油要不要？"阿巴克用汉语说了一句维吾尔族歇后语（意为不劳动的人只能吃不好的食物）。

"管他哪儿的油，有总比没有好。"晚餐大伙儿就着烧开的砖茶茶水吃了点苞谷馕，张文定边说边想象羊肠子上的油在火上烤焦后的香味。

阿巴克把肩上的褡裢和热瓦普一并放在火堆旁，转身变戏法似的从三十米外的野麻和铃铛刺丛中拖出一根五六米长的干胡杨柴，扔在大伙儿身后备用。

"张文定，你别净想着吃。"成信秀够着身子把放在火堆旁的两双毡筒朝外移移，"阿巴克，你说说，这附近有没有湖洼地？"

"有——"阿巴克的声调拉得长长的，盘腿坐下后，把热瓦普端在胸前，轻拨丝弦，鹰一般的目光中带着不经意的微笑，"因半城往南二百公里的地方，有一个叫'绿镯子'的小海子，那儿的水嘛多得很，鸟嘛、野鸭子嘛，多得像星星。"

"你去过吗？"

"去过，我跟我爸爸的爷爷去过。"

"你爸爸的爷爷多少岁啦？"

"一百三十二岁啦。"

"我的天！"张文定直起腰瞪着阿巴克，"你爸爸的爷爷，他、他怎么吃饭？"

"哈哈，用牙齿吃饭，一百岁的时候，他又换了新牙，现在还能啃羊骨头。你要是去看他，他肯定会给你宰一头羊羔子吃，见到解放军，他高兴得很。"

"他在哪儿？"

"在英苏。"

"……许队长,咱们勘测队下一回上英苏去吧。"

大伙儿听到这话都笑起来。阿巴克这时候在琴弦上拨出一连串明亮苍劲的旋律,一直不吭声的刘翻译吐出咀嚼良久的甘草棒,用维吾尔语问道:"阿巴克,你要给我们唱歌吗?"

阿巴克边弹边唱,从歌声与曲调来听,是首深情又忧伤的歌曲。刘翻译告诉大家,这是一首孤儿思念父母的古歌。大伙儿顿时更安静了,吹着口琴的张文定眼中已经满是忧伤。

许寅然走到成信秀身边坐下。她侧过脸,对他疲惫地笑了笑。

"这护膝真管用,是你自己缝的吗?"成信秀问。

"是我自己缝的,大前年在哈密,从一个老乡手里买了一张羊皮,听说新疆冷,想等部队停脚时给自己缝个毛坎肩,谁知道一路没停,等到了库车,打开一看,全让虫蛀了,能用的,只剩巴掌大小的两块。"

成信秀不知道许寅然要跟她说什么,她有些紧张。

许寅然将卷好的莫合烟咬在唇间,点燃,不慌不忙说道:"小成,你家里都好吧?"

"都好。"

"听说你有两个哥哥?都留过洋?"

"嗯,是。"

"我是甘肃康乐人，一九四九年年底就到了白水城，我们政治部各科室的首长都是参加过南泥湾大生产的，开起荒来个个都有经验。那年年底，我们拾了一冬的肥，再把肥挑到地里。来年四月，梨花开的时候，开始播种水稻，谁知水一进地，地就被泡得高低不平，这里鼓一个大包，那里低下去一个坑，根本撒不成种子。但又不能耽误农时，就在泥汤里平地，镢头、木板、梢捆……什么都用上，想想吧，人整天在泥汤里来回走，哪儿还能有个人样。当地人都站在路边看我们，又是叹气，又是摇头，怎么也弄不懂我们在干什么。"

成信秀点点头："要不是当兵来到新疆，我也看不懂。"

"一九五○年是最苦的一年。"许寅然兀自说道，"五月份，单衣还发不下来，只有一身棉装，热得穿不成，我们就在棉服上剪条口子，把棉花掏出来当单衣穿。我的鞋底也脱了，没换的，找了根绳子绑在脚上。你是一九五一年来的吧，你们来的时候条件已经好了。"

"进疆前，家里人劝我，说这里苦，他们哪里晓得，这苦有多苦。"

"你们这些女子，更不易。"

成信秀听后无言，一阵风来，将篝火吹得东倒西歪，她向后移移身体，随后盯着火堆发呆。

许寅然不再说什么,抽完手里的莫合烟,将烟蒂扔进火堆,说了声"明天还得早起,歇着吧",便起身查看拴在营地帐篷后面的马匹去了。

6

黎明时,距离营地不远,一只孤零零的黑鹳发出"嗒嗒嗒——嗒嗒嗒"的鸣叫声。微风像个故意捣蛋的顽童,在河两岸的芦苇丛中钻来钻去。一夜之间,阿娜河河水全部化了冻,河边野草里夹杂的积雪与薄冰已经无影无踪,水似乎上涨了将近二十厘米,堤岸两边松软的沙土向后洇湿了好几米。

因为要给大伙儿烧水做饭,与成信秀睡在一个帐篷里的刘梅几起得最早。但她还不是最早的,当她走到昨晚搭好的露天土灶前,许寅然不仅已经将汽油桶改造的水缸挑满了水,而且在灶台边扔了两只身体还带着温度的野兔子。

"哟,许队长,你可真早。好嘞,咱们晚上吃烤兔子!"

"在我老家,你这当媳妇的,男人起来水还没烧好,可是要好好挨上几鞋底。"

"想女人了，是吧，许队长，你媳妇还睡着呢，我看啊，你可舍不得打。"

"嘿嘿……你瞎嚷嚷个什么。"

"瞎嚷嚷，算了吧，别装了，你那心里，正高兴得四脚爬地呢。"刘梅儿又沙又高的大烟嗓像生手拉胡琴，嗡啊嗡啊几声，把所有人都吵醒了。

水文地质队在因半城郊外四十公里长的阿娜河河段进行了十二天的观测，对流域内的地形地貌、地质构造、地下水类型、隔水层等水文要素都做了尽可能全面的研判与记录。成信秀主要参与的是野外填图工作，除了把观测点准确地标在地形底图上，她还把测点、测线上所见到的一切地质现象全面且重点突出地记录在野外记录簿上。她用2H铅笔写的硬笔书法清晰又漂亮，许寅然翻看她的记录簿时，见她对编号、观测点类型、位置、高程、地质地貌、水文地质、水文标本编号无一不记录周全，甚至对沿途所见也做了详细描述，心中更加赞叹起这个女子来。

两周后的一个下午，五点左右，本次测量任务全部完成，大伙儿兴冲冲往回走，有的扛着三脚架，有的背着水文标本，有的抬着装有测量仪器的木箱子，斜穿过一片空旷平坦的白花花的盐碱滩，往阿娜河西岸走去。

一群北飞的大雁在浅蓝色的天空排出整齐的"人"字雁阵，暖洋洋的太阳跟在队员身后，把每个人的背脊和脖颈都晒出了汗。天气明显暖和了，大家的脚下，在白粉状的碱花下面，不时会出现一些被地下水洇湿的土壤。偶尔，从河的两岸隐约会传来一些沉闷的隆隆声，大家对这种声音已经不陌生，都知道这是阿娜河畔又一块松软的堤岸被汹涌的河水冲垮了。

队员们浑身是土，不管男女，脸颊都被荒原二月忽冷忽热的风吹得又黑又红。结束一次测量任务的愉悦减轻了他们的疲惫，加上向导阿巴克早晨出发时就告诉过他们，他和在营地附近放牧的维吾尔族牧人做了一笔买卖，用两双部队战士穿旧的翻毛皮鞋换了一头屁股肥墩墩的大羯羊，今天晚上，他们可以坐在篝火边，美美地享受一顿手抓羊肉。想到可以吃上肥嫩鲜美满嘴滋油的新鲜羊肉，大家行进的步伐比往日迈得更快更大。

体力最好、走在最前头的队员张文定，为了让大伙儿走得更快，大声嚷嚷了一句："嗨，我已经闻到羊肉开锅的香味了，我先到，羊屁股上的肥油就归我喽！"

许寅然扛着三脚架，把脱下来的棉服垫在肩上，走在队伍中间，冲着张文定说："你敢动一筷子肥油，刘梅几敢要你的命！"

"队长，你从哪儿找的这只母老虎？"张文定说。

"得了，你今晚连块骨头都吃不上啦！"另一个人笑着喊道。

六点半，站在岸边渡口处，大伙儿都对一天之间猛涨了十几厘米的河水感到惊讶。许寅然安排好渡河方案，两位维吾尔族向导先将设备和测量标本以及宝贵的水文数据运到对岸，接下来开始送人。

这片河段水面宽阔、流速和缓，但这一阵子，早上还清澈碧绿的水流已经微微浑浊，一向从容又无声的河水焦急地扑打着岸边的野草，发出哗啷——咕咚——哗啦古怪又极不均匀的水浪声。三只卡盆在水面上走得极其惊险，船又小又轻，即使坐上人，对这片水势大涨的河面而言也不过小似树叶。水的流速比往日快了好几倍，卡盆一下水，眨眼间就会被冲出去一二十米远，有的时候，还会被一个无形的涡旋拉扯着直打转儿。

来回渡河花的时间比早上多了三倍，两个小时过去了，只有一半人渡到对岸。卡盆小心停靠在栈桥旁边，这一回轮到成信秀。许寅然双脚站在水里，用挂满老茧的双手紧紧抓住卡盆后端，以便成信秀坐稳在卡盆内。

就在成信秀抬脚的一刻，意外发生了。只听四周乌隆隆一片沉闷又凌乱的响声，栈桥之下，连带着左右一段十几米长四五米宽的堤岸轰然融化在大水中。一切都在一瞬间同时发生，成信秀身子一仰脚下一空躺倒在大水中，水流淹上她头顶的一刻，她的脑海里，只有许寅然奋不顾身朝她伸过手来的那一幕。

成信秀会游水，在水下被急流卷裹的时候，一直屏住呼吸冷静划水，只要指尖碰上草根，她就一把抓紧，借力将头伸出水面，但往往只吸了半口气，河水又将她向下卷出几米。水下的流速意想不到地凶猛。成信秀没有放弃，任何触到掌心的东西，她都会紧紧抓住。突然，她的腿下像是触到了什么，她机敏地猛一蹬腿，头露出水面的一刻，看见了向她游过来的许寅然。这一眼给了她力量，恰好，身后有一片凸进水中的岸角，适当阻挡了水流。许寅然这时游到她身边，从水下托住她的腰，将她往岸上推。成信秀终于紧紧贴住几乎直立的河堤，但是，当赶来营救的队员捉住成信秀的手，许寅然已被水流冲向河心。

河岸上，两位队员各举着一根长树枝，紧追许寅然而去。他们一个在前，一个在后，尽可能利用各种时机将树枝递到许寅然手边，但河面太宽，他们试了许多次，树枝始终无法够到许寅然。许寅然划动在水面的双臂渐渐乏力，眼见力竭之际，一株横在河面上的胡杨树挂住了他，将他的一条腿卡在两根树干之间，他动弹不得，只得仰面躺在河心，等待救援。

被营救上岸的许寅然当夜被送入因半城医院，因溺水造成的吸入性肺炎导致他深度昏迷，卡在树干中的左腿和左膝同时粉碎性骨折。

许寅然住院养病期间，成信秀向上级部门水利工程处提出申请，前去照料许寅然。她的申请立刻得到批准。

昏迷的第五天下午，许寅然睁开眼睛，第一个看见的人就是成信秀，她坐在病床旁，手里捧着一本《普查与勘探水文地质学》。

"我睡了多长时间？"许寅然看到了成信秀眼中的笑意。

"五天。"成信秀绽开笑容。

"从没睡过这么好的觉，把几十年欠的都补上了。"

"你觉得怎么样？"

"我的腿怎么了？"许寅然很费劲地抬了抬腿。

"先别动，是粉碎性骨折。是不是很疼？"

"疼？哪有用刀子把肉剜开取弹片疼。我的腿不用锯掉吧？"

"不用锯。"

"不用锯就好。要是锯了，还不如死了痛快。"

两个人都沉默了一阵儿。

"你一直在这儿？"许寅然问。

"中间我回队里休息过。"

"晚上，你也待在这里？"许寅然问。

"是——的。"成信秀回头看了看病房的另一张空床。

"你回去吧,医院有护士。"

"许队长——"

"你一个大姑娘,晚上和我这老爷们儿待一起,以后,啥都说不清了。"

成信秀望着他布满胡楂的脸颊,轻声问了句:"你想说清什么?"

许寅然将脸扭到另一边。

春天到来,春天又过去了,时间不紧不慢地走着,像一个给大地播种的女神,走到哪里,就把种子撒在哪里。

五月,许寅然身体痊愈回到水文地质队,腿却永远跛了。

无法和队员们一起再做远途测绘工作,固然令许寅然平添苦恼,但深深折磨他的,是身体残疾导致的自卑感,这让他一天比一天嫌弃自己,他不愿意再站在年轻漂亮的成信秀的面前。但是,住院时成信秀对他的陪护,正像他所担心的那样,已经让所有人认为他们之间有了不言自明的特殊关系。

成信秀并不比许寅然好过多少。与她山盟海誓的石永青像从人间蒸发,她在写给大哥的信中托他打听石永青的下落,大哥回信说,石永青家已经搬走,街坊邻居都不晓得他们一家人去了哪里。人心不是石头,对于许寅然,在他救过她并留下终身残疾之后,她对他的感觉确实改变了,但她仍在试图分辨报恩与爱情的区别。为了让自己保持冷静，她甚至努力抵抗她对他的好感和尊敬。但是，她骗不了自己。许寅然方方正正的大脸，黄军帽的帽檐总是戴得很低，从帽檐下注视着她的目光总是又平静又深情，他眼角的鱼尾纹、黝黑的皮肤和泛着干皮的嘴角，无论绽开笑容抑或沉默不语，总有一丝隐忍的意味。朝夕相处，许寅然这张脸已经比石永青更清晰地印在她的脑海里。

陷入两难境地，成信秀除了生石永青的气，也生许寅然的气，气他们这些男人只想把她变成他们的老婆，只想把她往这条路上引。她不过十九岁，她并不觉得给一个男人做老婆，比她成为一个水利工程师更重要。但是现在，她被这件事夹在两个男人之间，一个发誓要娶她，一个有恩于她。不只有他们两个，还有水文地质队的几十双眼睛，他们都认为她只有嫁给许寅然才是一个好女人，一个人必须知恩图报，一个女人报答一个男人的方式就是嫁给他，做他的女人，一个正派的有良心的女人只有这条路可走，更何况，她在那间病房里守护他多个夜晚，连护士都领会了他们的关系，尽量不去打扰他们。夜晚，一对单身男女，只有他和她，尽管护士为他换药擦身时她会回避，但其中不言而喻的东西太多了。谁还能相信他们没有什么？谁还能允许她嫁给另一个男人？成信秀生许寅然的气，还因为那天他对她说了那句"以后，啥都说不清了"的话。这句话到底什么意思?

七月中旬,麦子熟了,水文地质队驻地在十八团三营,便与三营全体官兵一起下地割麦。正午,戈壁滩的毒太阳能把石头晒裂,但是蚊子不怕热,依旧像毛茸茸的披肩一样落在每个人的头上、脸上和手上,若是谁不小心张口呼吸,免不了又会吃上一嘴略带咸味的蚊子。一天内,只在中午两点到四点这段时间,麦地里会因为酷热稍稍安静下来,其他时间,总会听到各个连队之间比赛劳动进度的叫喊声。

下午三点,队员们聚在地头休息,地头堆着当地维吾尔族人送来的甜瓜。瓜太甜,蜇得嘴和脸都疼,因为嘴上有干燥裂开的口子,脸上有被蚊子叮红抠烂的肿包,有人一边吃一边左一嘴右一声地哎哟,有人抓紧时间吧嗒着吸几口烟。队员张文定靠在一棵沙枣树树根上,手里捏着吃了一半的瓜已经睡着了。只有许寅然还留在麦田里,背对大家,不知疲倦地埋头苦干,麦收第一天起他就这样,不与队员们聚在一处,任谁呼唤都不回头。

许寅然有意回避成信秀,大家不仅看出来,也传出了流言:许队长够可怜的,这辈子结婚也难了;两个人到底怎么回事啊,女的不是连天连夜地都伺候过男的吗;屎尿都接过了,还一本正经的,做给谁看呢;肯定是嫌弃许队长腿瘸了……闲话传得满天飞，当然也钻进了成信秀的耳朵里。苦闷异常的她，无论走到哪里，都觉得别人的目光含着嘲笑和讥讽的意味。

夜里，许寅然天天要求守麦场。麦收季节，戈壁滩里的黄羊、马鹿和野猪嗅到谷物的香气，小心翼翼跑出荒滩前来觅食，许寅然已经打了两只马鹿和一头黄羊。以劳作躲避烦恼，银白色的月光下，许寅然提着枪一脚深一脚浅的步履踏在了成信秀的心头。

大烟嗓刘梅几在野外勘测时当炊事员，回归日常后她的职务是指导员，与成信秀关系一向不错。她不识字没文化，逢到队里做报告写总结，都找成信秀帮忙。这几天在地里割麦子，她比谁都注意到了许寅然与成信秀关系的变化。

从地头回营部的路上，刘梅几瞅空将成信秀扯住，与众人拉开一段距离，歪着她被太阳晒掉皮的大圆脸，对成信秀说道："妹子，听姐姐一句话，找个差不多的就嫁了吧。咱们女人，早晚都得有这一遭。你看我，年纪轻轻就成了地下党，那时一心干革命，鬼子扫荡的时候，只顾带着老百姓在山里转，转来转去就把时间耽误了。等到三十好几，进了疆，自己瞅上的好男人不要我，不好的我又不想要，最后啊，只好将就着找一个得了，你瞅瞅，他的级别还没我高，只是个副连级。你可别再像我，你和我也不一样，你长得好看，又年轻，又有文化，这都是你的老本儿啊！女人的老本儿有啥呢？不就是年轻和漂亮吗？听姐姐的吧，许队长要不是现在腿跛了，条件那是官兵里数得上的，人长得方正，级别也高，关键和你一样，读过书有学问，你俩在一起，是能说上话的。许队长真心喜欢你。年龄大些怕什么，男人大一些，那才会疼人呢。听姐姐的话，许队长是个好人，但凡他要是心不善，随便使个什么手段，硬扯着你结婚，你不也是没招？"

这番话说得不能再明白了，成信秀听得真真切切，也听到了心里去。

"刘大姐，你说得都对。"说完这句话，成信秀望着刘梅几满含期望的脸仍然没法立刻表态。阳光抵在肩头，像一万根针轻重不一地往她身上扎，扎得她心里愈发烦躁。

麦收结束后，许寅然接到师部命令，即日前往白水城参加土地改革工作。临行前，他托刘梅几给成信秀带话，请她到营部帐篷后的沙枣林里见面。成信秀接到这个口信，一晚上都没合眼，冒着黑烟的油灯熄灭后，她仰面躺在床上，亮晶晶的眸子瞪着低矮的顶棚，好半天眨都不眨。许寅然要跟她说什么呢？八成是要找她摊牌吧。愿意不愿意，成不成，要给出一个说法。也应该给出一个说法了，风言风语她早就听够了。但她最后的决心总是落不下来，还悬在空中。最早，她一心一意等的人是石永青，但是许寅然冒了出来，刚开始她认为他们是绝无可能的，但是这一年来的交往与认识，让她改变了对许寅然的感觉，这个外表看起来粗粗拉拉的男人，性格里有她喜欢的硬朗和坚忍，还有让她意想不到的细腻。她是湖南人，只把大米当饭吃，进疆头一年在酒泉吃过一顿大米饭之后，将近一年的时间她再没尝过大米的味道。许寅然到了水文地质队，隔上两三个月，会悄悄地为她找来二两大米让她解解馋，却从不告诉她从哪里弄来的大米。有一次野外勘测，她的小腿扎进了拇指长的一段芦苇茬，她以为就是划了一道血口子，简简单单地包扎了一下再也没管，第二天晚上伤口化了脓，疼得她根本睡不着。野外勘测他们带着简单的医用急救包，但是没有人敢去碰她的伤口，紫青紫青的，一碰就往外渗脓血。许寅然检查了她的伤口，说自己以前帮战友剜过弹片，只要成信秀能忍住疼，他可以帮她把东西拔出来。许寅然的手指头又粗又黑，手掌上到处都是老茧，说完这句话，成信秀和站在旁边的队友都怀疑地望着他。用急救包里的酒精消过毒，许寅然左手的拇指和食指按住伤口，右手拿着做标本用的铁镊子，都没等别过脸去不敢看的人喘过一口气，那个深深扎进成信秀血肉中的楔形苇秆已经被拔了出来。大伙儿都松了一口气，可是许寅然望着成信秀煞白的脸，目光里全是疼惜之情。这些难忘的往事早就温暖了成信秀的心，不知不觉，她已经习惯了许寅然对她的关心，似乎已经自然而然把他当作一个可以信赖的亲人。但是这说明什么呢？说明她变了心吗？说明她不爱石永青了吗？不对，不是这样的。成信秀心烦又小心地翻了下身，宿舍里除了她，还住着刘梅几和另一个女队员，她的心里憋了一股又长又闷的忧愁，她直想放声地吐出一口气来，却只能一丝儿一丝儿压得低低地送出口中。地窝子顶棚上镶着一块脸盆大小的玻璃，明晃晃的月光透过玻璃窗，像一只冷峻的眼睛在等候她做出最后的决定。人的感情哪儿有那么简单！不爱这个，就爱那个，要是真有这么容易分辨就好了。那么她到底愿不愿成为许寅然的妻子呢？她可以不嫁给他吗？突然，她的心里咯噔响了一下，像是谁在黑暗中拉了一把电灯的灯绳，她的心房顿时敞亮了。不，她可以嫁给许寅然，她愿意嫁给许寅然，但是，在嫁给他之前，她要把她和石永青的事情告诉他，让他知道这之前她为什么那么为难，让他知道现在她为什么愿意接纳他。

想清楚了怎么去见许寅然，怎么说出埋在心底的为难与担忧，成信秀顿时感到轻松多了。这一次，她舒舒服服地翻了个身，将手枕在有些发烫的脸颊上，很快就入睡了。

"小成，我要去白水城搞土改。"许寅然刮了胡子，铁青色的下巴让他显得比往日更加严肃和冷漠。

"什么时候走?"成信秀有些害羞地看着他。

"就这两天。"

"土改,要多长时间?"

"计划到明年年底。"

"……"成信秀犹豫着下面的话该怎么说。

"我不打算回来了。"

成信秀睁大了眼睛,吃惊地看着许寅然。

许寅然迅速躲开她的目光,瓮声瓮气地说道:"再见吧。祝你早日成为一名优秀的水利工程师。"

话音落下,许寅然就转过身去,头也不回地把成信秀撂在了身后。他离开了,脚下没有丝毫犹豫,一步迈得比一步快,一步迈得比一步大,那条并不十分利索的跛腿带起一溜灰尘。

成信秀还站在原地发愣,从她来到他的面前,到他转身离开,总共不到两分钟,她连一句想说的话都没有说出来,他就把她一个人扔在了这里。就是同事之间的道别,也不会结束得这么突然吧。昨天晚上,她想了大半宿的话,都还没在她的嗓子眼儿露个头,他就这么硬生生地走了。良久,成信秀只是目瞪口呆望着许寅然的背影,直到眼睛被树荫之外炽白的阳光晃得什么也看不清楚。

从沙枣林回来,成信秀继续洗衣服。刘梅几和她住一个地窝子，抱着床单被褥在她身旁来来回回地晃。前天下了场大雨，地窝子进水，铺盖和衣物都受了潮，这阵儿太阳大，刘梅几拿出去晒。成信秀故意将身子背过去不看她，免得她东问西问。

衣服在手中，成信秀洗着洗着就出了神，她的手停下来，心却越跳越快，跳得让她浸在水里的手都在微微颤抖。洗衣盆中倒映着蓝天上的白云，猛烈又炽亮的阳光也在水盆中晃动，成信秀意识到自己又将做出人生的一次重大选择，她下意识捂了捂胸口的玉佩，将玉佩紧紧压在心房上，仿佛是为了让这块翠绿水润的石头听清来自她心底的一段告白。她发了阵呆，醒过神后，默默丢下洗了一半的衣服，回到地窝子，打开放着贴身衣物、书籍和津贴的小柳条箱，取下玉佩，让它带着自己的体温与气息回到最初包裹着它的那个红丝绒袋里。在这暗暗向石永青告别的时刻，成信秀没有哭，没有感伤，反而异常平静与坚定，就像当初在家乡收到招聘团通知书一样——义无反顾地知道自己要做什么。随后，她在用红柳枝铺就的矮床上坐下来，踢开因为下雨潮湿躲在墙角消夏的两只癞蛤蟆，拿出纸笔，没有一丝犹豫地写了起来。

半小时后，成信秀将写好的结婚申请书交到刘梅几手中，并告诉她："刘指导员，请你告诉许队长，今晚我就搬到他那里，等结完婚他再走。"

7

戈壁滩的夏夜凉爽怡人，营地里最后一个地窝子里的油灯熄灭之后，白天被改造和开垦的荒原似乎又回到了原初的地老天荒里。恰好是个月圆之夜，银白色的月辉明晃晃的，照在骆驼刺指甲盖大小的绿叶上，照在又虚又软的碱土路面上，照在地窝子门前一团用来当柴烧的野麻上，绿叶白亮亮的，灰土路白亮亮的，野麻枝白亮亮的，让人直以为到处都被刷上了一层银亮的粉，让人总想伸手抚摸这层在夜里亮得如此出奇的东西。

营部有专门给新婚夫妇备用的铺着木地板的高级地窝子，不用自己动手，许寅然与成信秀的铺盖就被比他们兴奋一百倍的战士们抱进屋去。洞房之夜，来得如此突然。成信秀两腿发软，浑身直打哆嗦，许寅然气喘吁吁，不过这一切到了夜里两点都平静下来，变成了被命运拉扯在一起的两个人的踏实与温存。一只神经质的四脚蛇从地窝子顶上蹿了过去，一只癞蛤蟆在散发着湿气的地面上吧嗒吧嗒地跳，风轻柔地吹拂着地窝子用两根胡杨木撑起的门脸儿，成信秀枕在许寅然滚烫结实的臂弯里，许寅然一边用他干燥粗大的手指抚摸着成信秀的脸颊，一边叹息着这个让他措手不及的幸福之夜。

一周后，新婚夫妇离别。许寅然无法再推迟行期，出门前他磨磨蹭蹭支支吾吾，背对着往行军壶里给他装水的成信秀，脸上现出小孩子喝药般的别扭劲儿。

"你怎么啦？什么事让你不高兴了？"成信秀靠在他身旁的一张泥台上，明知故问地看着他。

"我——心里不得劲儿。"许寅然像是生气似的瞥她一眼。

"我给你揉揉。"成信秀凑近他，把手放在了他的胸口。

她的手刚一挨上他的身体，就被许寅然紧紧抓住，用力按在自己胸口上。

"我——舍不得扔下你。"许寅然叹着气说完，不敢再看成信秀的眼睛。

成信秀脸红了，耳后、颈下乃至胸口，顿时冒出一层水雾似的汗珠。

"你真是昏头啦！"成信秀像是早就想过这件事似的，柔声说道，"你忘了吗，咱们师的茂盛渠已经通水，接下来，就是五师的梭梭渠工程。我听水利工程处的人说，军区已经在往白水城调集水泥、钢材和大型机具了。接下来，肯定要在全军抽调水利干部。到时候一有消息，我就打个申请，说不定，就会派我去白水城。"

结婚之后，成信秀心理上起了变化，在这片荒原上有了自己的家，虽然目前还不知道家会安在哪里，但和一个真心疼爱自己的男人共同生活的感觉，让她这个异乡女子对这片土地产生了一种归属感。心情放松下来，成信秀的模样也不一样了，整个人看起来像是一轮在阿娜河河水里行走的月亮，又安宁又明净。当然，石永青已经模糊的身影会猛然浮现在她的脑海中，但她会果断拂去。在一起的那几天，她没有把她与石永青的事情告诉许寅然，夫妻分别后，她越想越觉得自己这样做是对的。许寅然不愿意用他的腿来换他俩的婚姻，要是知道石永青的存在，会确信她是为了报恩而嫁给了他。她想通了，她嫁给许寅然没有什么可后悔的，既然如此，就不要再生是非了，将来有了石永青的音讯，她会向他解释清楚的。

一个月后的一个中午，成信秀和六位队员扛着测量仪器刚从野外回来，他们在阿娜河下游又发现一片被弃耕的"新大陆"。在这片长满了沙枣和红柳的荒原上，田埂与渠道的遗痕历历在目。他们顾不上考察这是明清两朝哪个年代留下的弃耕田，以最快速度测量和采集完水文和土壤方面的数据与标本，即刻赶回队里准备勘测报告。

成信秀刚回到营部驻地,正从马车上卸设备,刘梅几从营部半下陷的办公室里跑出来,像害怕她跑掉一样,扑上去一把抓住了她。

"别磨蹭了,快上车!"刘梅几说完就扯着成信秀往停在营部一侧马路上的一辆军用卡车跑去。

"大姐,指导员,你慢点儿,你倒是说清楚,让我上哪儿?"成信秀费了好大的劲,终于将胳膊从刘梅几手中挣了出来,瞪大眼睛问。

"上哪儿,我能让你上哪儿,看你男人去!瞧,那是师部的车,直接上白水城,哪儿去找这样的顺风车,我都帮你请好假了,半个月,去吧,去找许队长去。"

"可是我,我都五天没洗脸了。"成信秀说完用手抹了抹脸上和嘴角的沙子。

"上兵站上洗吧,路上总要停的。"刘梅几撇撇嘴一笑,"怎么,怕许队长嫌你不好看啊?别磨蹭了,快走吧,我好说歹说才把他们留到这会儿。这不,路上的干粮我也给你备好了。路上洗,路上洗。"说完就把成信秀推上了车。

小别更胜新婚。在白水城郊外一个叫米沙尔的村庄里,成信秀与许寅然住在一户当地维吾尔族人家中。六十三岁的主人名叫热合曼，一家七口人住在去年新盖的房子里。热合曼的妻子吐尔逊罕在成信秀抵达的当晚，就送来了自家的牛奶和新鲜葡萄。第二天，热合曼的小孙女西琳——一位十岁的小姑娘，又带着羞怯而纯真的微笑，将成信秀的齐肩发编成了十二根细细的小辫子。

热合曼一家的热情和他们的房子有关。去年，根据规划需要，部队农场要和当地群众调换部分土地，新居民点已经修好渠道栽好树，就等连同热合曼一家在内分散居住的七八户农牧民一起集体搬迁，村长依米尔上门做了说明，旧房原有的木料能带走的全带走，其他损失一概由农场折价赔偿。但是热合曼说什么都不肯搬，看他不搬，另外几户人家也对村上不理不睬。部队里去了好几拨人，热合曼沉着脸一声不吭，根本不与任何人交谈。农场政委得知此事之后，由着热合曼闹了一个来月的脾气。后来，在一个四月的艳阳天里，农场政委拉着村长依米尔来到热合曼家的地头。热合曼正在地里撒种，他真是一位种庄稼的好手，从脸盆里抓起一把麦种，大臂一挥，一个漂亮的大扇面霎时映现在半空中，只听一片轻柔的簌簌声，麦种均匀落在了田土上。农场政委在田边看了一阵，瞅空走到热合曼身旁，笑呵呵夸了一通热合曼撒种子的手艺，请他一定要教教部队战士怎样在碱土上种好庄稼，再掏出口袋里的半盒香烟,给热合曼、依米尔和自己依次点上。美美地抽了一顿香烟之后,热合曼不搬家的原因也找到了。维尔吾人有个传统,盖房子要用自己家种的树,可是新居民点用的都是天山上的天然松木。热合曼摇着头说:"野木头嘛不能盖房子,住在那里嘛会遇到鬼。"又说新居民点的房子房檐太长、窗子太大。农场政委听后点点头,第二天就派人拆掉了新房的檩子,又把房檐和窗户按照热合曼说的尺寸做了修改。搬家那天,农场驻军敲锣打鼓帮着热合曼和其他几户农牧民搬了家,热合曼一家则做了一大锅羊肉抓饭让大伙儿痛痛快快地吃了一顿。

主人的友好增添了夫妻二人相聚的甜蜜感。头一晚临睡前,成信秀说她有十天没洗澡了,许寅然就去院中土灶上为她烧了满满两桶热水。成信秀清洗身体的时候,不愿让许寅然看,非要他把灯吹灭,许寅然就吹灭了灯,坐在床铺边,在黑暗中帮她冲洗头发和后背。他觉得自己手重,总是问她:"这样行吗?这样可以吗?"夜里,许寅然比新婚时更加急切,也比新婚时带给成信秀的快慰更多。

小聚的日子,成信秀像是掉进了蜜罐子,许寅然上班不在家,她一个人待着,头一天为他洗洗衣服,另一天为他补补被头,晚上两个人如胶似漆的亲密劲儿免不了会闪过她的脑海,每一次都既让她难为情又令她无限沉醉。许寅然床角扔着一件打了一半的粗羊毛毛衣，问后才知，他打算给她织一件粗羊毛毛衣，那散发着羊膻气的毛线是他用自己的一件旧衬衣和老乡换来的。起初，成信秀不相信他会打毛衣，后来，直到他端着用红柳枝削成的毛线针，一针又一针地戳上戳下，整整戳出一行厚实又紧密的元宝针，成信秀才不得不承认他像钢钎一样干硬的手指头比她的还要灵巧。工作停不下脚，但许寅然还是会瞅空回来和她一起做饭吃。成信秀是湖南人，不会做面食，探亲的这两周，许寅然找老乡换了些白面，教她和面和擀面条。

时间像天边的云，转眼即逝。分别的日子又到了，临走前一晚，夫妻俩紧挨着彼此滚烫的身体，心情都有些黯淡。

"老许，土改结束后会把你安排在哪儿？"成信秀问。

"现在不好说，什么时候结束也还不清楚。"

"你想去哪儿呢？回因半城，还是留在白水城？"

"你在哪儿我就去哪儿。"

"阿娜河的水文勘测一结束，水利工程紧接着就会多起来，我恐怕也得到处跑。"

"别担心，上面会考虑咱们的情况的。"

"以前我可不是这样，现在不管到哪儿，不管做什么，都想的不只是自己了。"

"我也是啊。"

从白水城回来不久，九月初的一天，天气仍然又干又热，刚结束一次野外勘测任务回来，成信秀独自在水文地质队的办公室里撰写勘测报告。正午时分，四周静悄悄的，办公区附近的两棵老胡杨树大概也被太阳晒蒙了，耷拉着叶片动也不动。突然，门外传来刘梅几的一声大嗓门："小成，有人找你！"

成信秀还没有从办公桌后站直身体，刘梅几已经把人领了进来，并且一踏进办公室，就满脸狐疑地让开了路，站在一旁，先是看看成信秀，接着就盯着来人的脸不依不饶地打量。

成信秀朝对方望去，人顿时呆住，活像见鬼似的瞪大了眼睛。

"春伢子，你，你从哪里来？"

"三妹，我可找到你了。"石永青向前一步抓住了成信秀的手。他身穿一身已经洗得发白的黄军装，左胸前的白色布胸章上印着"中国人民解放军"字样，头戴别着五角星的黄军帽，脚上的绿胶鞋沾满了灰尘。从前瘦长的身板结实了许多，身上已经退掉了学生气，又粗又短的黑眉毛下面，那双漆黑细长的眼睛正欣喜若狂地望着成信秀。

成信秀打了个冷战，退后半步，朝站在一旁的刘梅几看了一眼，将手缩回来。

"大姐，这是我湖南老家的同学，石永青。这是我们水文地质队的指导员，刘梅儿。"成信秀做完介绍后，十分尴尬地望着刘梅儿，嘴里再说不出一个字。

刘梅儿像是明白又像是很不满地翘了翘下巴，挺不情愿地说了句："我还有事，你们同学……之间，自个儿说吧。"

小屋里安静下来，成信秀努力克制内心的紧张。石永青也平静下来，刚才，他高兴得过了头，当着外人的面，那个上前握住成信秀双手的动作显然不合适，尤其他还穿着军装。

"你怎么不给我写信？"成信秀的心跳在了嗓子眼儿，但是，再怎么慌也没有办法，她得耐着性子先把事情问清楚，"春伢子，你怎么会在这儿？"

石永青话音里透着一股高兴劲儿："进了疆，我被分到迪化接受培训，我想学医，他们就把我分在医疗卫生班。培训期间，我向学校打问，你们那批进疆的女兵都分到哪儿去了。刚好碰上之前你的班主任，你不是也在迪化上过培训班吗？他告诉我你在阿娜河流域搞水文勘测，没说具体在哪儿。我是五月来的，你是知道的，部队劳动强度大，生病的战士多，我和医疗队在各个工地跑。抽空我就向人打听你，这次真巧，因半城附近村庄有村民同时患了一种眼病，医疗队派我和另一位医生过来查看情况，我在县委随口打听你，谁知道就找到你了。"

成信秀两手交握，努力使自己保持平静："家里呢？家里你都安排好了？"

"母亲我托付给了堂兄，大弟弟已经工作。"石永青终于察觉出成信秀有些冷淡和惊慌的神色，降低了声调问，"三妹，你是不是在怪我没有给你写信？那段时间，生活变动太快，家里不停搬家，后来我参了军，更加行踪不定。三妹，你不要怪我啊。"

"春伢子，你可知道，我，我已经成家了。"

"成家了？成家了，你……"

"我刚刚结婚，三个月了。"

石永青完全傻了，他直瞪着眼睛，脸色煞白地看着成信秀，太阳穴嗡嗡直响。

成信秀愧疚地叹了口气，把与许寅然从相识到成婚的经过告诉了石永青。

"我写了信却不知道寄到哪里，托大哥打听你也没有任何消息。再有，我们俩的情况不能随便对人说，进疆前报名时要求写明婚姻情况，有没有未婚夫也要写清楚，那时我们俩的关系没有确定，所以我没有填，如果后来再说有，明显就是不诚实了。所以我……"

"三妹，你不用解释了……部队的纪律，我懂。"

"命运的大手，就是要把我们扯开。"

"不是命运来找我们，是我们自己找上去的。"石永青面无表情地说道。进屋时那双神采奕奕的眼睛此刻已经黯然无光，他一会儿垂下头，一会儿看着挂在墙壁上的一把拐尺，就是不看成信秀。再后来，就只是望着地面长久地呆坐着，嘴里说不出一个字。

新婚的喜悦还荡漾在心头，这一下，全都被现实砸得没影没踪了。这天中午，石永青一离开，成信秀就跟掉了魂似的再也没法继续工作。她呆坐在桌前，感到自己又掉进了洪水期的阿娜河中，无情的水流来回席卷着她，一阵儿把她按进水中，一阵儿又把她掀出水面。进疆不满两年，她一心一意只想做好自己的工作，命运却接二连三地将她推来搡去。若是想把她与石永青分开，命运干吗又把他送到她的身边来？她弄不懂这里面的意思，现在也顾不上去弄明白，她得尽快解决眼前的难题。石永青来了，她与石永青的关系也就不能再瞒下去，除了要对刚才满脸狐疑的刘梅儿解释，更重要的，得让许寅然知道这件事。妻子的旧日恋人找上门来，许寅然即便心有芥蒂，也不至于责怪她什么，她了解他的人品，更何况今天的这一切都由不得她。但这并不能减少她心里的疼痛，尽管不是她的错，但看着满脸都是失望和痛苦的石永青，看着他垂着头一再地松开又攥紧自己的手掌，她感到自己的心脏正在被石永青的手掌捏紧又松开，捏紧又松开。她亏欠了他，石永青兑现了自己的爱情诺言，她呢，她却像一个背信者，一把打翻了他捧在她面前的真情。

第一个了解了实情的外人当然是刘梅几。

"哎呀，遭罪啊！你说这小石，真是个实诚的男人。信秀，说你命好也是真好，男人们都这么稀罕你，但一重好就得受一茬苦，这也是真的。"

"大姐，你说我怎么办啊？"

"能怎么办？实话实说呗，许队长又不是不通情达理。"

"我是说石永青。他嘴上不说，心里肯定在怪我。"

"你能拿他怎么办？对不住就对不住了吧，人这一辈子，总有对不住的人。往后，等他成了家，这事就了了。"

"大姐，你要为我保密。老许还在白水城，要是别人说起我和石永青的闲话，上级肯定要调查的。这样一来，没事也闹出大事了。"

"得了，我怎么能不知道这事的轻重，你放心吧。不过，信秀，你得向我保证，你和那个石永青，往后啥事也不能有。"

"大姐，我怎么会做那种事，你要相信我啊！"

成信秀把写给许寅然的信寄了出去。等待回信的日子一天比一天难熬，虽说相信许寅然心胸豁达，但她无法确保这件事不会影响他们夫妻之间的关系。另外，她还惦记着石永青，她无法弃他于不顾，尤其被自己深深地伤害过后。是的，她伤害了他。但她又不能去看望他，甚至不能打听他的消息。刘梅几是个值得信任的大姐，但也是个不容置疑、不留情面的监视者。

大半个月过去了，成信秀总是睡不安稳，眼见着消瘦下去，原本并不明显的颧骨很突兀地顶在脸颊两边，眼珠也凹进了眼眶，但是不知道为什么，她的一双清水眼却比从前更加光润明亮，她的身体——在清洗自己时候的发现——也比从前更饱满更敏感了。

中秋节前两天，一个阳光灿烂的早晨，成信秀在上班途中碰上了送信的邮递员，她每天都在盼许寅然的回信，这一刻忍不住内心的焦急，大声叫住了邮递员，请他提前为自己查找信件。邮递员答应了她的请求，但是在绿色的帆布口袋里翻了两遍，也没有看到成信秀的名字。向邮递员道了谢，成信秀失望地朝水文地质队的办公区走去。临近办公室，只见刘梅几与一个男人一前一后走出屋门，二人眉头紧锁，一脸的乌云。成信秀定睛再看，一看惊得怔在了原地，站在刘梅几身后的男人竟然是许寅然！

"老许，你什么时候回来的？"成信秀吃惊地望着许寅然，又不解地看看刘梅几，不明白他们二人为什么会一大早从办公室里冒出来，而且，两个人的脸色都像抹了煤灰，乌沉乌沉的。

"我，我半夜就回来了。"许寅然避开成信秀的视线，满脸的胡楂使他显得十分憔悴。

"你不回家上这儿来干什么?"成信秀说完转头去看刘梅儿，目光里带着一丝恼怒，仿佛在无声地质问她是不是对许寅然说了什么无中生有的话。

"走吧，咱们回家去说。"许寅然叹了口气，随之朝站在一旁脸色难看得几乎要哭出来的刘梅儿点了点头。

进了屋，成信秀给风尘仆仆的许寅然打了一盆热水。洗漱干净，许寅然端起成信秀早上没吃完的西葫芦汤和大半个苞谷面馒头，狼吞虎咽吃了下去。吃完饭，他背对着成信秀，立刻舀水洗碗。他洗得拖拖拉拉，一双筷子两只碗，像是洗了几百套碗筷。磨叽了一大通，许寅然终于把洗碗水倒在了门前的空地上。但是，倒完水他没有进屋，左右看看，又蹲在门旁的柴堆旁劈起了柴。家里没有多少柴需要劈，所以没一会儿他就没什么可干的事了。许寅然走进走出地忙叨，成信秀一言不发，只在一旁静静地观察和等候，她看出了他的手忙脚乱，看出了他内心的挣扎，越看心里越不是滋味。上一次小别重逢，她像掉进了蜜罐子，这一次则像栽进了冰窟窿。就因为她对他说了实话，就因为石永青来找她吗？可是这又不是她的错。成信秀无论如何也忍受不了这样的落差，委屈地落下泪来。许寅然听到她的轻声抽泣，走进屋来，闷声不响地坐在她对面的一只矮凳上。

"你这是干什么？难道你认为我和他会有什么……见不得人的事情？"

"不，不是这样。信秀，你想岔了。是我，是我对不住你。"

"你哪里对不住我了？你不要用这种话来气我。"

"信秀，我不是说你和小石的事，你和小石，你俩在先，正正当当，人家说话算话，从老家追来找你，是个好男人。我没啥好怪你的。我是在说我自己。"

"你怎么了？"

"我昨天下午就回来了，没回家，直接去的师部。我没对你说实话，是我的错。我去师部见了一个人，她是我老婆，还带着一个男孩。"

"什么？你已经有老婆了？"成信秀好似被当头一击。

"不，啊，是，我有老婆，但是情况是这样的。你听我慢慢跟你讲。"

成信秀头皮发紧，半张着嘴，瞪着许寅然。

"我原先在老家成过亲，是父母操办的婚事，过门没多久，她脑子渐渐出了毛病，时好时坏的。有一回跟亲戚一起上县城买东西，碰上土匪，再没回来。一同去的亲戚死了两个，回来的也说不清她是死是活，只说被骑马的土匪冲乱了，灰尘漫天，什么也看不清。我和家人到处找，找了一年也没找到，猜想八成是被土匪害了不知扔在了哪里。之后我就从了军，跟着部队打日本鬼子，再没回过家。在新疆安顿后，我给家里去过信，又问她的事，家里回信说啥音讯也没有，这都过去快十年了。之后我在迪化看见了你，动了心，于是又向家里问了一回，还是老话，活不见人死不见尸。兵荒马乱的年代，死个人，不过是死了只蚂蚁。之后我向部队打了报告，说明了情况，部队也发函回老家做过调查，确定人已找不见，同意我再找一个。这才有了后来我们俩的事。就是大前天，师部有个老首长打电话找到我，说有个甘肃女人带了个男孩找到师部，口口声声说是我的老婆，孩子也是我的。老首长了解我的情况，知道这事不能声张，这不，叫我赶紧回来处理。收到你的信，我就写了回信，信怕是还在路上。你和小石的事，要怪也只能怪我，信里我都写着呢。"

"你见着人了？是她吗？"

"是她。可是我瞧着精神不大对劲。"

"孩子呢？"

"孩子，是不是我的，还说不好。失踪之前，她没说过怀孕的事。"

"你打算怎么办？"

"你说事情怎么就这么巧呢？小石前脚找到你，她后脚就找到了我。这几天我没合过眼，来来回回把事情想了有上百遍，想来想去，只有一个结果：我和你，说白了，就是没有做夫妻的缘分，这是天注定。她失踪以后，我先是到处打仗，后来又留在了新疆，确实没有正式向法院提出过离婚，所以，我与你的这段婚姻，到底有没有效，还得法律说了算。如果没有小石，我回去把事情了了，回来继续和你过，也不是不行。但是现在小石来了，我更觉得对不住你。事情也确实如此，是我把你们硬生生拆开的，你嫁给我，多少都有还我这条跛腿的情的意思。这本来就是我心里的一个疙瘩，现在我老家的事又来搅和。所以，我想好了，我们俩说什么都得分开。明天我就去向组织上说明一切，申请离婚。"

"离婚？你刚刚说，我们这段婚姻，有没有效都不知道。"

"我先去跟组织上说清楚，这事都怪我，我负全责。"

"可是，可是我和你，我们这一段，这叫什么啊？"

"这就是我对不住你的地方，要是我……要是我不那么缠着你，今天你就不会受这么大的委屈了。"

成信秀心如刀割，眼里涌出一行又一行的泪水，她一边摇头一边哆嗦着嘴唇，还是无法相信许寅然刚刚说出的话。

许寅然看着她，鼻子一酸，已经多年不知道哭是什么滋味的他，一时间泪水也夺眶而出。

"为什么事情成了这样？为什么？我想不通。"成信秀一把一把地擦着眼泪。

"老首长给我打完电话，我当时的感觉，真像是天塌下来了一样。"

"你和她，你们准备怎么办？"

"我肯定不会和她过了，但也得对她有个交代，我打算尽快把她送回老家，再上法院去问问，这事按法律怎么解决。一个女人，又带着孩子，住在师部招待所，哪里都是漏风的墙。老首长嘱咐我，让我千万别把事情闹大了，说你好端端的一个女子，结婚没几个月，突然又离了婚，消息传出去，那些七嘴八舌的闲话能淹死你。"

"早晚都是会传出去的。"

"这事师部只有老首长和刘梅几知道，我告诉她，也是因为她在你身边，有个难处你可以去找她商量。我，我今天就走，让别人只当是我没有回来过。"

许寅然将痛楚紧紧压进心房，与成信秀道明原委的当天，他就离家去了师部。到了师部他没有停脚，专程去了趟因半城县委，找到正在附近村庄义务巡诊的石永青，把家里的事和他的打算诚诚恳恳地告诉了他。

"我喜欢小成，和你一样，打算一辈子待她好。但是现在出了这样的事，都怪我，我得负全责。这一屁股的糟心事，我得自己扛，没有理由再让小成跟着我受委屈。小成是个好心的女子，有知识有文化，相貌也好，她嫁给我，多半也是因为我的这条腿。前前后后我都对不住她。我这趟来，不是说要把她还给你，我没脸这么说，也不能这么想，人又不是个东西，哪能送来还去的。这些日子，我总觉得是自己祸害了她的清白，所以，不当面和你说清楚，这一辈子，心里都不会安宁。我来找你，只是想让你知道，小成和我结婚是有不得已的为难之处的，她一个弱女子，在这无亲无故的荒原上，就是再要强，有些事情也是扛不过去的，你别怪她。我过两天就走了，把家里人送回老家安顿好，我就回来和她正式办理离婚手续，往后，即便你们没能续上前缘，也有同乡和同学之谊，相互帮衬着些。"

正是黄昏时分，他们站在一条毛渠的渠帮上，一个望着横贯在地平线上的晚霞，一个望着倒映在水中流动的霞光，随着一点点暗下去的天色，起伏不宁的心绪渐渐平静。

石永青在暮色中凝视着许寅然布满悲伤的脸："你们的事，三妹都对我说了。我不怪她，这件事怪不到任何人头上，要怪也只能怪命吧。"

"她难受得脸蜡黄蜡黄的。"许寅然嗓子突然哑了下去,"我伤透了她的心,她是个要强的女子,下了那么大的决心嫁给我,到头来,却变成了一段不明不白的关系。"

"你们不必非得离婚,处理完家里的事,你们可以继续做夫妻。"

"不,我已经错过一回了。"

"是因为我吧?如果我不来找她,你狠得下心和她分开吗?"

"我走了,小石,你多保重。"

"许队长,你还没吃饭吧,我住的老乡家今天给我送了一筐苞谷,我们回去烤苞谷吃,边吃边聊。这么晚了,路上黑乎乎的,你明天早晨再回去吧。"

许寅然和石永青,两个有情有义的男人当晚说了一个通宵的话,他们聊到的内容,似乎很快就从成信秀身上移到了各自的家庭、求学、从军,以及眼下的工作上,彼此间竟有许多共同的感触与认识。天亮前,石永青在一声长长的叹息声中睡了过去,许寅然的脑袋里,还像是顶着一只一百瓦的大灯泡。窗边刚刚泛出一缕鼠灰色的晨曦,他就轻手轻脚起了床,出门前,他看了一眼石永青熟睡中的背影,算是与他告了别。

不久,在处理完家里的事情后,许寅然悄悄来到因半城,与成信秀正式解除了婚姻关系。他在申请材料中，如实说明了事情的原委。随后，又请老首长暗中帮忙，将石永青留在了因半城。

与许寅然在师部办完手续之后，成信秀脸色越发不好，又黄又暗，像腌过头的黄瓜，整个人懒洋洋的，做什么都提不起精神，而且经常没来由地哆嗦、打摆子，像是突然被内心的什么事情吓了一跳。短短两个月里发生的事，比过去两年的经历沉重十倍，以前很少哭鼻子的她，当夜深人静想起自己的遭遇，她会哭得停不下来，因此第二天常常红肿着眼睛去上班。刘梅几虽然知道内情，却帮不了多大的忙，只能唉声叹气地说几句起不了多大作用的话。没过多久，刘梅几被调到师部后勤处任指导员，成信秀的身边连一个了解她遭遇的人都没有了，越来越强烈的孤独感进入她的身体，她变得更脆弱了。

一入十月，戈壁滩就冷了下来，一场又一场的秋风，刮得她早早穿上了棉服。这天黄昏，成信秀下班后刚把家里的火生着，石永青敲门进来。驻疆部队整编成国防部队和生产建设部队两部分，成信秀与石永青双双就地转业，成为没有军衔的兵团战士，继续建设边疆。石永青就是为这件事来的，他来问问成信秀，有没有回湖南老家的想法。成信秀摇摇头，劝他打消这个念头，因为即使没了军衔，他们也还是兵团战士，目前情况下，纪律是不允许他们离开的。

"春伢子，你是不是想家了？"

"咋个能不想呢？三妹，你脸色怎么越来越差了？"

"最近胃不好，老是恶心头晕。"

"来，我给你诊诊脉。"

石永青的手指扣在成信秀的手腕上，不到两秒钟，他的脸一下子白了，眉头挑得高高的，瞪着眼说不出一个字。

成信秀怀孕了。

"三妹，我们结婚吧，我会对孩子好的。"

听到这句话，成信秀愣住片刻，而后一把捂住自己的嘴，泣不成声地哭起来，哭得身子都软了。

翌年五月，成信秀、许寅然的女儿出生，石永青为其取名石昭美。两年后，阿娜河下游流域五个农场完成勘测规划，进入投建阶段，师部计划在老生地农场修建水库，成信秀被委以重任，遂与石永青双双南下，离开因半城，将三口之家搬到了老生地农场。又四年，老生地农场饥荒严重，成信秀、石永青一家随同场里五十多户人家，一并来到茂盛农场安家落户。

8

从后勤保管换到场部统计员岗位不久，李秀琴有了身孕。这段时间，她在场部当统计员，除了每天统计各连队报来的生产战报，又学用拐尺量地——如何找出需量地块的横竖线，如何瞄准线位前方的目标。这是项苦差，学习期间磨破了她的一双鞋。学会之后，李秀琴自己去荒滩量地，在一个长满芦苇的碱滩上，又遇见过狼。寒冷伴随呕吐，前所未有的妊娠反应令她万分痛苦。她决定做人工流产，不敢对明双全说，自己先去找了场里的妇女主任，对方将她痛斥一顿："我们新中国不搞压缩人口，有困难提出来。"随即给她开了票，让她去供销社买冷冻兔肉。

夏收结束后，明双全担任主抓节粮工作的后勤司务长，他校正食堂秤具，搜肠刮肚一省再省，直至眼睛布满血丝，双颊深深凹陷。他每天多半时间死守在职工食堂，快到饭口就站在炊事班班长身后，两道苛刻的目光绝望地盯住对方双手，命他将掺着树叶和草根的玉米面馒头挨个过秤，依人头定量，分毫不能余溢。从食堂出来，又扯着大伙儿去菜地种菜，去沙包里打野兔捉麻雀，去毛蜡湖打野鱼，有时候，还去挖野菜找麦根。

茂盛农场子弟小学在这一年更名为茂盛农场子弟学校。学校来了新老师，都是近几年进疆的湖北、湖南、江苏、山东、北京的内地知识青年，先在师部培训，随后来到了茂盛农场。这一年学生比从前多了两倍，学校为此新盖了五排教室，外带一个夯得瓷瓷实实，被风舔得干干净净的泥土操场。新教室镶着玻璃，铺着砖地，课桌也是全新的，落成之际，大家都夸这是全农场最好的房子。但是，坐在初三新教室听课学习的明中启却一天比一天沉闷，他上课不举手发言，下了课远远地躲开同学，一个人总是朝着某个方向张望。这一切都是因为他最喜欢、最信任的老师尤汪洋突然消失了。

为了搞清楚尤汪洋的去处，明中启还被爸爸狠狠剋了一顿。

一个凉爽夏夜，已经十二点了，妈妈李秀琴催了他几次，中启依然说什么都不肯睡觉，非要等爸爸明双全回家。油灯不时冒起一缕细而弯曲的黑烟，除了方桌上的一小片空间，有气无力的灯光什么都照不清楚。夜里两点，明双全满身尘土地回到家里。

"爸，尤老师出了什么事？"

"给撵走啦!"

"为什么?"

"为什么? 他身上的问题多着呢,旧社会的大学生,思想转变不过来,教学上老想搞资本主义那一套,什么夸——夸——夸美什么玩意儿,他娘的,资本主义的名字都这么难记。"明双全气哼哼吐口烟。

"夸美纽斯。"明中启替他说完。

明双全吃惊地瞪了中启一眼,黑着脸低下头去,又掏出一张用报纸裁好的烟卷纸,卷起莫合烟来:"马列主义就是进不了他的脑袋,这怎么能行,知识分子,不管学的是什么,都得用马列主义。他的脑袋里不仅装着资本主义的那一套,还有封建主义残余。你小子,你给我听着,可别学他,你是地地道道的农民的儿子……"

李秀琴这时砰的一声掀开里屋布帘,将憔悴的脸探出来,眉心拧成一个青黑色的疙瘩,低声又坚决地说道:"你说这话,摸摸良心,中启要不是跟着他学,能有现在这个样儿?"

"什么样儿……他的样儿我瞧着也不对劲,他连那个夸——夸——夸什么美都知道,脑袋里一定装了什么不该装的东西。"明双全有些着慌,但他立刻稳住自己,"这跟良心是两回事! 我是怕他把路走瞎了! 你个娘儿们懂什么! 你们这些读了几天书的人，真是越读越他娘的蠢！"

"那么，把尤老师撵走的人里也有你吗？"中启嗖的一下站直身体，他高大的身影像一堵墙似的横在坐在矮凳上的明双全面前。

"混账东西，你翅膀硬了，敢教训起你老子来了。"明双全一把扔掉手里的烟卷，抡起手臂做出一副要打人的样子。

李秀琴慌忙站在父子中间，吃惊地对中启说："中启，你怎么能这么说你爸？"

"我受不了他说尤老师的语气！好，你们不告诉我尤老师去了哪里，我自己去找！"中启眼睛红了。

"你要干什么，中启？"李秀琴捣了一把中启的肩，声音因为担心而变了调。

"我就是想问问尤老师上哪儿去了。"

"中启啊，听妈的话，好好念书，心里想着尤老师的好就行了，别的，什么也别说，什么也别做。"

"还念什么书？越念越糊涂，念得都不知道天高地厚了！"明双全喝道。

"念不念书，我自己说了算。你就是不让我上学，书我也可以照样念下去！"中启心中来了一股力量，突然间不再像从前那么害怕顶撞父亲了。

明双全气得咳嗽起来,脸转过来冲着李秀琴,边咳边说:"瞧瞧,你瞧瞧,这就是念书念出来的蠢相,你就纵着他吧,总有一天,你哭都来不及!"

十月末的一个礼拜天,明中启沿着总排渠走出两公里,将近十二点,打到一捆野麻,他打算将野麻背回供销社,为家里换些玉米粉或者黄豆。他背扛着野麻往回走。阳光明亮温暖,水蓝色的天空宁静又漠然,他埋头前行,不一会儿就出了汗。脚下是条通往某个生产连队的车马便道,坑坑洼洼,不远处,一辆挂着车斗的拖拉机摇摇晃晃迎面开来,车后拖着一条白茸茸飞腾的烟尘。路太窄,明中启退到路边的草丛中。拖拉机慢吞吞驶过,拉着一满斗甜菜的车厢随着突突突的马达声左右颠动。灰尘渐渐散开,明中启将背在身上的野麻捆扔在草丛里,一边扑打身上的灰尘,一边盯着从尘雾里冒出来的两条瘦小的人影。是两个脚步慌张的小男孩,他不认识他们,看样子他们和弟弟千安差不多大,浑身是土,头发、脸、脖子、衣服、手脚、鞋子……毛茸茸裹满灰尘,仿佛吹口气就能将他们吹得飞起来。明中启疑惑地看着他们,再看看已经开过去的拖拉机车斗,像是明白了什么。但他没心思搭理他们,妈妈李秀琴到了妊娠后期,身体虚弱得已经没法再操持家人的饭食,他得赶回去做中午饭。他转身捞起捆扎野麻的麻绳,正准备使力扛在肩头，只见两个男孩甩开脚步撒丫子朝拖拉机追去。明中启顺着他们小兽般灵巧的身影望过去，心上猛地一紧。

几棵甜菜终于耐不住颠簸，从摇摇晃晃的车斗里掉了出来。两个男孩朝滚落在地上的甜菜扑上去的一刻，明中启也毫不犹豫大步跟上——这一刻，闪过脑海的思绪比他的脚步更快。妈妈李秀琴总是有气无力地说自己口苦，还说那苦味会往下爬，一直爬到她的胸口。有时候，妈妈受不了心口的苦，会让他给她端碗水喝，但是喝完之后，嘴里却像是更苦了。

男孩们身手敏捷，眨眼间各自斩获两棵裹满尘土的甜菜，然而，当他们转头见到跟上来的明中启的时候，不由得把怀里的甜菜抱得更紧了。

明中启深吸一口气，冷冷说道："给我，都给我拿来。"

"不。"一个男孩退后，"这是我捡的。"

另一个男孩想跑，明中启一步上前，揪住他的衣领，再箍住另一个的后颈，将二人拖到麻捆前。依次掰开两个男孩掐进甜菜里又黑又细的指头，取走甜菜。

那个说"不"的男孩开始哭，边哭边往后退，说："哥哥，给我留一棵。"

明中启没有理睬他们，他将甜菜夹在麻捆当中，扯紧绳子。两个男孩站在一旁，都哭出了声，脸颊上厚厚的尘土被泪水冲出两道深灰色的小水沟。明中启冷眼瞧去，觉得他们这副可怜相更让他愤恨自己，于是朝两个男孩低吼一声："滚，都给我滚。"

回家路上，明中启双腿充满力气。他要用甜菜熬糖稀，他要为家人，尤其是妈妈，熬一锅又甜又稠的糖稀。糖稀，糖稀，妈妈上一次为家人熬糖稀的情景他还历历在目，亮晶晶深褐色的膏状液体在铁锅里冒泡，散发出使人心醉的甜香味。那种含在嘴中坨成一团再缓缓溶化、慢慢洇开的甜，它没有白砂糖甜得那么迅速那么确定，它是又厚又沉又迟缓的，因此留在口中的时间也是最长久的。它有一种焦香味，这种焦香味温柔地压着舌头，把回味的时间拉得悠远漫长，像戈壁滩的黄昏一样徐缓和宁静。

去供销社换了两个鸡蛋和两公斤发潮的苞谷粉，明中启回到家里已经下午四点。李秀琴憔悴又乏力地躺在床上，脸色又青又黄，她的腿肿到膝盖，脚已经穿不上鞋，场里批准她可以在家休息。中启站在床前，向妈妈展示了他的劳动成果，并用骄傲的语调告诉妈妈，他要为她做一碗糖水荷包蛋吃。李秀琴慈爱地望着中启，别人都说中启和丈夫明双全长得一模一样，但在她眼里，中启完全不同于他的父亲，中启温顺又懂事，在家体贴家人，在外照顾弱小。对她来说，中启既是她的儿子，又是她的精神寄托。

"妈,你等等,我先去熬糖稀。"中启低声说道。

八岁的千安进门,他和小伙伴去打麻雀,今天的收获只有两只。千安渴坏了,进屋把麻雀扔在灶台上,就用葫芦水瓢舀了半瓢水,仰脖一口灌下。

"千安,别喝生水,瞧,这是什么!"

"甜菜!哥,哪来的?"

"换的,用野麻在供销社换的,去,去抱柴火,我们熬糖稀。"

四个沉甸甸纺锤状的甜菜根被扔进盛着清水的菜盆内,中启开始清洗。水立刻浑浊,脏兮兮的甜菜泛出白皙的光泽,水淋淋富有质感,像在水渠里跳腾喊叫的小身体,更像那两个小男孩从水里露出的脸。千安一心惦记着吃,也来帮忙,麻秆似的细胳膊探在水盆中,搓着疙疙瘩瘩的甜菜根,头也不抬,催促中启:"哥,干净了,你看,干净了。"

一切按照母亲熬糖稀的步骤。铁锅加满水,大火烧开。甜菜用铁礤床儿擦成细丝,放进锅中,小火慢熬,一小时后,盛出黄色汤水,留下甜菜渣。再添少许水,小火熬半小时,然后捞尽熬碎的菜渣,加入之前舀出的黄水,转大火猛熬。千安不停地往炉膛内塞进梭梭柴,中启凑近铁锅,慢慢搅动开始变稠的黄色液体。甜水翻滚，热气绵绵，屋内雾气弥漫，焦香徐徐凝聚，丝丝甜味开始散发。将近一小时，翻滚的甜水变得越来越稠，色泽越来越深，翻滚声由一个小姑娘的轻盈转为老祖母的迟缓与吃力，咕噜咕噜，咕咚咕咚。中启舀满一勺，提起。

"再加一小把火，千安。"中启说。

十分钟过去，原先满锅的水剩下不到两碗的糖稀，中启又说："压火，把火压死，糖稀要烧煳了。"

火压灭，中启将铁锅端下，搁在地中央，让它尽快凉却。千安馋得两眼放光，蹲在铁锅旁等候。

中启拿来筷子，挑起一坨，吹凉，搁进千安口中，问他："甜不甜？"

"甜，比妈熬的都甜。"

糖稀很甜，稠得像酱。放凉后，中启找来两个大小不一的空玻璃瓶，小心装满，剩下的，盛在碗中，预备晚饭用。锅底粘着糖稀，中启加了一碗水，烧开，把两个鸡蛋囫囵打进去，煮熟，盛在碗中，又加了一勺糖稀，瞥一眼眼巴巴望着他的千安，狠狠心，给母亲端去。

母亲在里屋吃糖水荷包蛋，中启在外屋烙苞谷饼，来不及发面，就烙烫面饼。面皮擀成碗口大小，刀背薄厚，第一张饼烙出来，先让千安吃。千安啊，瘦得就剩一颗又圆又大的小脑袋了。

"千安,去托儿所把明珠接回来。"千安蘸着糖稀吃完第一张饼,中启抬起脚尖,在他屁股上轻轻一蹭,提醒他快去快回。

烙完十张软饼,中启把剩下一半的苞谷粉放进壁橱最高一层。一只手抱着三岁的明珠,一只手托着大瓷碗,与千安一并来到母亲身边。

八点半,戈壁滩的黄昏刚刚拉开序幕。夕阳血红,瀑布般流下血色光芒,将西天下飞舞着浮尘的田野浸成一个红彤彤的海市蜃楼,又沿着秧苗稀疏的条田、三三两两的杨树林,由西而东,染红了万事万物。电线杆、窗棂、灰黄的土墙、娃娃的眼睫毛、卫生队晾晒的白布单……一概被染上一层浏亮的红色,亮得使人眨眼,红得使人诧异。

明中启带着千安和明珠,围聚在妈妈李秀琴身边的小炕桌四周,一缕通红的光芒正好穿过炕桌,斜映在刷着白灰的墙面上,好似一柄红彤彤的镜子,照着每个人的喜悦。一家人把留给明双全的四张苞谷饼用碗扣在一边,小心品味手里蘸着糖稀的烫面苞谷饼,不时再快乐地看一眼彼此。

明中启吃得最少。他大概只吃了半个苞谷饼,就只喝手边加了盐的苞谷糊糊。他确实是无法多吃的,几乎没什么胃口，他每蘸一下糖稀，都把夕阳映在糖稀上的红光看成了那两个小男孩眼中的泪光，他们瘦小的身体、黑乎乎的手臂，以及央求他给他们留下一棵的哀求声，会随着口中的咀嚼声一次比一次更强烈地进入他的脑海。所以他几乎不再去蘸糖稀，越到后来，他的手臂越沉，直到再也无力伸向那只盛放着糖稀的小碗。看着弟弟妹妹开心地吃着笑着，他止不住地去想那两个男孩此刻在做什么，他觉得他们还在哭，他们一把把地抹着掺着灰尘的眼泪，哭得连走路的力气都没有了，除非他把四棵甜菜都还给他们，他们才能止住不哭。但这怎么可能呢？看到家人如此幸福地品尝着糖稀，他深深地为自己感到羞耻，却并不后悔。

9

茂盛农场子弟学校没有开办高中的能力，这一年，初中毕业的五个学生先后都在农场参加工作，明中启也在其中，虽然他极想留在学校当老师，最终还是被分配在场部打柴队参加劳动锻炼。

十二月,涝坝里的水冻成了又白又厚的冰,踩实的土路也冻硬了。冬至前一天,明中启按照打柴队队长的吩咐,去场部后勤处找司务长领了前往沙漠打柴所需的盐巴、苞谷面、大白菜,以及斧头和锯子,又去牛棚给第二天要远行的大黄牛喂了豆渣和草料。中午,明中启正在检查牛车辂辘的时候,场长葛有才派人喊他去一趟场部。

"中启啊,师部有个中师培训学校,你愿不愿上那里再念几年书?我知道你想当老师,但哪一行都得学习,当老师也得学习,是不是?"

"我去。"中启双眼闪闪发亮,"可是我能去吗?"

"人家那是要招生的,下周考试,我得到消息已经迟了,你赶快把这个表格填了,然后回家看看书,再找找最近的报纸学习一下,考试在因半城,你可得抓紧了,就两天时间。"

"可是我要去打柴。"

"柴火人人可以去打,老师却不是人人都能当。你就一心准备考试吧。"

李秀琴听到中启要去参加考试的消息,高兴得要去当面谢谢葛场长,明双全却不乐意。他长着黑黄色老茧的手指头握着一块发黑的杂粮发糕,就着一小截大葱,吧唧着嘴,边吃边嘟哝:"让他上大田里去学习,劳动什么都能教给他。"

李秀琴打断他:"人要往长远看。没文化怎么搞建设,种地、育种、修渠、压碱、建水库……哪样不要有文化有技术的人,不然为啥要办学校,要派人搞科学试验田……"李秀琴话没说完,就捂着肚子呻吟起来。

当晚,深夜零时,李秀琴生下了第二个女儿。因为是早产,小姑娘仅有四斤重。李秀琴身体虚弱,营养不良让她一贯奶水充足的乳房空瘪干涸,挤不出一滴乳汁。百天之后,小女儿明月才长到一个刚出生的正常婴儿的大小,皮下因为缺少脂肪,身体像个玻璃人一样,连骨头的颜色都能看得见。

天气回暖,涝坝里的冰开始融化,场部食堂下调的口粮定额从每月十二公斤回升到十六公斤,明中启也考上了中师培训学校。入学报到前两天,李秀琴满心欢喜地为中启打点行装,小女儿明月却突发肺炎。

下午,在卫生队打了退烧针和青霉素,病情稍有回缓之后,李秀琴将明月抱回家中。吃完晚饭,明月的体温又烧到了四十摄氏度,李秀琴心如油煎,赶忙遵照医嘱碾起药来。药片碾成粉末,兑上水,却怎么都喂不到明月口中。明月瘦小,就是哭闹挣扎,气力只有一枚鸡蛋那么重,但这一次却又踢又号,像是一只在惊恐中横冲直撞的羔羊。李秀琴一人根本抱不住，急得唤来中启，由他抱着，这才勉强喂了一半。喂完药，明双全下工回家，听明月号得异样，凑近看看，责怪李秀琴怎么能让孩子哭成这样。李秀琴顾不得与他争辩，一把拉过中启，嘱咐他赶快去喊卫生员。中启一来一回不过二十分钟，待卫生员赶到，明月已经双唇青紫，小脸斜向一边，四肢通了电似的抽搐起来，片刻，黑灵灵的瞳仁就消失不见，眼眶只余一缕瘆人的青白。

一切发生得如此之快，李秀琴哭倒在床前，全家人都像是搞不清发生了什么事，愣怔着站在原地无法动弹。

第二天，明双全借了场里的胶轮大车，自己赶骡，带着家人为小女儿送葬。李秀琴抱着明珠无力地靠在车栏上，泪珠儿随着马路的颠簸一串一串地往下落。明中启背向而坐，坐在车身后部，两条瘦长的腿空空垂下，一只胳膊扶住安放妹妹明月的木匣，以免它随着车身摇晃移动。

天气好得出奇，多风的戈壁滩在这个初春的下午显得又清澈又静谧。蓝天透亮，没有一丝儿云，干净得能照出人的影子。灰白笔直的马路上，那些素来小鬼似的跟着人的腿脚飞腾的灰尘也显得尤其安分守己，肃静地待在原地。马车走上茂盛渠大桥桥头，左右两边尽是整齐平坦的条田，零星的树木立在平阔的四野里，宛如一根根纤细的惊叹号。劳动的人在地里移动、挥臂、翻土、撒粪……都传不出一丝声息来，仿佛人人都成了一幅画中的角色。

在十二个生产连队之外，茂盛农场为亡人专设了一个连队——十三连。阿娜河流域五个沙漠小镇上的农场都有这个传统，顾名思义，这个特殊的连队指的是——在此生息过的人即便故去，也还是戍边屯垦的战友，所有人的埋法因此都一致——头朝东，脚朝西。

十三连挨着沙漠，只种着一排沙枣树作为防护林，谁都知道，要不了几年，这里所有的坟丘都会不分彼此连成一片，都会被黄沙掩埋。但人们还是在努力阻挡沙漠的前进，只要有新的亡人来，亲人都会在坟茔周围栽植些干红柳枝和干胡杨树枝。

他们选中的是坟场东南方向的一小块空地，明双全说这是因为左手埋着他的一位战友。李秀琴紧抱木匣，凄恻的目光耐心注视着正在挖坟的儿子和丈夫，千安攥着明珠的小手，一家人都不出声。明中启小心地将木匣放进坟坑，仿佛自己不是在埋葬亲人，而是在种下一粒珍稀的种子，虽然不晓得这粒种子会不会钻出地面，但他相信这个妹妹一定会用一种看不见的方式联系着他们一家人。

寒来暑往，时间静静流逝。风沙吹在人们脸上，灾祸降在人们身上，但什么都阻挡不了人们要欢笑、要活下去的渴望和力量。阿娜河的河水仿佛人们头顶交织的日月，一季又一季地穿过茂盛农场南侧的沙漠与戈壁。

茂盛农场在阿娜河的东北方向伸展开来，日复日，月复月，绿荫渐多，水渠渐多，田地渐多，人的声息渐多。十年，人们对这块新开辟的家园似乎已经接纳和习惯了。那些简陋如坟包一般拱出地面的地窝子渐渐少去，人们陆续住进了打着火墙的土坯平房。但是生活并没有更大的改变，未开垦的荒原比从前更需要人——水利工程需要劳力，盐碱治理需要土壤专家，学校需要老师，卫生队需要医生，畜牧队需要兽医和懂繁育的技术员……

夏天快要结束的时候，明中启从中师培训学校毕业，回到茂盛农场子弟学校参加工作，成为一名年轻的教师。

学校对明中启委以重任，让他教四、五年级的语文和历史，又是五年级的班主任。明中启高兴得直想在校园的操场里撒丫子狂奔一通。高兴劲过去了，他开始为自己人生的头一堂课做准备，进教室第一句说什么，头一堂课讲什么，怎么让学生们喜欢他又怕他。在心里演练了几十遍后，他打算把第一堂语文课改成班会，就像当年他的老师尤汪洋一样，让学生们的眼中既有世界又有自己。他计划得一丝不苟，又不停地给自己打气，一定要让走上讲台的第一堂课，成为人生中闪闪发光的一刻。

周一早上，他早早来到学校，把办公室干净的地面扫了又扫，再洒上清水，然后翻开班级花名册，挨个默念那些对他来说还十分陌生的名字，每一个名字的后面都有一张脸，他想象着这些名字后的每张脸，不一会儿，又因为什么也想象不出而异常紧张。上课时间快到了，还有十五分钟，他再也按捺不住心头的激动，晕乎乎地拿起课本和花名册，就往门口走去。

走出办公室不到五米，明中启迎头碰上急吼吼赶来找人的教务长。教务长嫌他挡道似的，先是瞪了他一眼，刚要转身，却又猛然一把抓住了他。

"明老师，快，救个急，一年级班主任突然小产，没人上课，教室里这会儿都乱套了。"

"我，我，我……"

"我什么我，赶快去啊！"

"我什么也没准备。"

"考验你的时候到了，别啰唆，赶紧去。"

"可是我的课怎么办？"

"你和五年级数学老师倒一下课。"

明中启只好去了一年级的教室。还没进门，就听见里面乱糟糟地又是哭又是闹。一进教室，就见一个鼻涕满脸的小男孩蹲在课桌下面大哭，四五个小男孩聚在讲台跟前弹玻璃珠，前排的两个小女孩正在翻线绳，后排更乱，有的小孩在桌子上"拍方砖"，有的滚在一起打闹……明中启发愁地看着眼前的一切，霎时想到了自己上学第一天的情景，他仿佛又成了一群娃娃中的大哥哥，哄完这个，再去吓唬另一个，直到把根本不知道上学是怎样一回事的小毛孩一个个地按在自己的座位上。

那个蹲在课桌下面的小男孩大哭是因为尿在了裤子里，弹玻璃珠的男孩们根本没法在座位上规规矩矩地坐上十分钟，女孩们老是在偷偷地笑。点名的时候，一只纸飞机突然就飞了起来，飞到哪里，哪里就出现一片尖叫和哄抢……四十五分钟的课，直到最后十分钟，他才让所有同学不出声地坐在了自己的座位上。

就在明中启成为茂盛农场子弟学校老师的这一天，明双全作为农场工作队代表，如期抵达上海，接收支援边疆建设的新一代知识青年。

第二章

1

一九六四年九月，抵达茂盛农场的一百二十九位知青在茂盛渠大桥受到欢迎。

初秋的茂盛农场依然炎热干燥，下午六点，太阳针一般扎在人的额头和眼皮上。卡车停在一个四周皆是荒滩的"丁"字路口，楼文君下车时一脚踩进一个埋着一拃厚尘土的车辙印里，要不是旁边十六岁的王久宝扶了她一把，她可能就得扑倒在又软又虚的灰土里好好吃上一嘴土。

楼文君与王久宝都是上海市红旗中学的学生，楼文君是高中生，王久宝刚刚初中毕业。这一年四月份，楼文君在广播里听到了上海市劳动局"关于动员本市社会青年参加新疆生产建设情况"的汇报，刹那，她的心就飞向了边疆的山峰与田野，虽然她并不确定边疆需要她做什么，但她就是止不住地向往。为此，她与同学王笑时专门去上海市青年宫观看了一场"上海青年在新疆"的展览会。站在展览会最后一幅现代化国营农场的巨型图片前，楼文君的心里像跑着一辆突突突开得正欢的拖拉机，她感觉到什么东西在召唤着她，她仿佛看见了自己的未来——她的人生充满欢乐地展开在一个陌生又崭新的世界。从展览会回来，同学王笑时比她的行动更迅速，不仅自己报了名，还动员妹妹王久宝和她一起去新疆。楼文君是家里的老大，下面还有三个弟弟妹妹，母亲原打算让她毕业后赶快工作，替家里减轻些负担，但是楼文君已经完全被遥远广大的边疆所折服，根本不听母亲的劝，还拿王笑时、王久宝的家人做比较，让母亲学学别人家的父母，应该为她参加边疆建设而感到骄傲。九月初，楼文君、王笑时、王久宝，三个一起长大的上海姑娘，夹杂在一千多位上海知青的长队中，在震天的锣鼓声和雄壮的歌曲声里，光荣地坐上火车，来到了祖国最需要的地方。到了南疆，她们三人都被分在了阿娜河流域，楼文君和王久宝到茂盛农场，王笑时去了更南边的老生地农场。

站在大桥上面，这些来自上海的年轻人看到了另一番景象。一条中间轧出两道辙痕的土马路笔直地通往前方，马路两旁是开始泛黄的稻田，稻田田埂上，栽种着杨树和旱柳，接下来是果园、菜地和瓜地……路边架设着木质电线杆，欢迎的人群排列两旁，女的敲锣，男的打鼓。在震耳的锣鼓声中，一首朴素又深情的歌曲荡入心怀，歌曲是大家所熟悉的——《送你一束沙枣花》。

茂盛农场不是头一次接收内地知识青年，去年已经来了二十多位上海知青，这一次是数量最多的。

上海知青被老职工们簇拥着走进场部大食堂。

场长葛有才刚从一场急性黄疸肝炎重病中康复，身体虚弱，他被眼前这些青春洋溢的脸庞感动得声音发颤。过去十年里，茂盛农场已经从几乎无人居住的荒滩变成拥有两千多人口的农业灌区。回首所经历的一切，他有些不敢开口，不敢向这些从大上海来的娃娃讲述，他怕吓着他们，怕浇灭他们的热情和信心。心情稍有平静后，葛有才在欢迎词中又加了一段话："青年同志们，茂盛农场正在不断发展，有些生产队，条件可能要差一些，生活可能要苦一些，特别是你们刚刚离开了大上海，那儿是花花世界，好玩的、好吃的，样样都有，你们来了，可能一时无法适应。但这些都是暂时的，过段时间，你们全都能从不习惯到习惯，劳动会教会你们一切。现在，我宣布，给你们两天时间休息，把想家的眼泪流一流，把想家的话给家里人说一说，洗洗衣服，再上条田里看看，接下来，该干啥就干啥，哪里需要你们，你们就上哪里去。从今往后，茂盛农场就是你们的家。"

欢迎仪式来得猛烈结束得也快,九点钟,一百二十九位知青分配完毕,楼文君所在的学生二队十男十女,被分在种子二队,驻场部。王久宝因为年纪小,被分在场卫生队学习护理业务。

知青们住在西家属区南边的新营地。新修的十二座营房孤零零建在一片刚刚开垦出来还一无所有的田地上,四周没有一棵树。走过一片住着老职工的地窝子家属区,楼文君与大家来到了他们在戈壁滩上的第一个家,一个两套间的职工宿舍,外面带窗户的大间住五人,里面的小间,只有一扇又高又小的窗,住四人。每张木床上铺着崭新的被子、褥子和床单。宿舍新盖不久,房基是砖砌的,但是墙基上已经爬上了白色的碱灰,刷得雪白的土坯墙体还散发着淡淡的土灰味。

来到农场一周后的一个晚上,十点钟的样子,楼文君靠在床头准备给家里写信,暗红色的灯泡忽明忽暗闪了三下,十分钟后,宿舍里彻底没了电。宿舍区的电是通过大修厂那边一台四十千瓦的柴油发电机送过来的,跑了将近两公里的路程,到知青新营地这边,就只有这点光亮。忽明忽暗的三闪,是表示发电机马上要给加工厂的磨面机送电,提醒大家为即将到来的黑暗有所准备。熄灯后,楼文君毫无睡意,她拉紧蚊帐,瞅了一眼宿舍里其他人，打开手电筒，伏在铺盖上，开始给家里写信。

爸爸妈妈：

知识青年在边疆是大有作为的，前途是无限广阔的。刚到农场那两天，我们去场部开表彰大会，全场有二十多名知青被评为"思想好、劳动好、学习好、团结好、爱护公物好"的五好青年，其中有好几个上海青年，他们的照片贴在场部布告栏里，大家围着看，都在说"在这里好好干，一样有前途"。十一快到了，场部要举行庆祝联欢，我们刚来的上海学生要出节目，我打算写一个故事，休整那两天，仇队长给我们讲了好几个老职工的感人故事，我已经构思出一个三幕小品剧……

妈妈，你不要再为我伤心了，虽然我狠心撇下家里，但那只是一时之痛，国家需要我们，农场需要我们，这里太缺人了，尤其缺少有文化的知识青年……等到茂盛农场焕然一新，等到我载誉归去，这些付出都是值得的。妈妈，你的眼泪不会白流，你会像从前一样为我感到骄傲的……

九月下旬，大田里的劳动是收苞谷。十天内，种子二队要完成场直属五号地一片一百四十二亩苞谷地的收割、运送和脱粒任务。下地三天，楼文君的手指头就裂开了一条条细长的口子，裂口连天加重，渗出的血丝渐渐变成淡黄色的脓水，稍稍一碰，连心地疼。上海学生每人从家里带来的甘油和蛤蜊油对付不了这些伤口，队里给大家发的白手套也不顶事，一天就破了。多亏母亲细心，在楼文君的行李包里放了一卷白胶布，这样她至少可以用胶布包住疼得连筷子都抓不住的手指头。

早上五点，场部的大喇叭吹响起床号。经过半个月的锻炼，姑娘们起床再也不像头两天那么手忙脚乱了，更没有力气喊叫和感叹。洗漱用了十分钟，大家就排着队沿着新营地南面的田间小路出发了。满天繁星又大又亮，深蓝色的天幕上挂着一牙弯月，寒风吹得楼文君一路打着冷战，走到条田旁，二十个人像往常一样分成五组，每组四人，前面两个掰苞谷，后面两个砍苞谷秆。

楼文君还是和同宿舍的上海知青管一歌一组，两人各背一只背篓，走进安排给她俩的两道密不透风的苞谷行里。收到背篓里的苞谷不能带叶子，个个都得撕掉苞衣，为了减缓手上用力带来的疼痛，队里给每个知青发了一个用来划开苞衣的大钉子，钉子一头绑着线，线绳系在手腕上，钉子从苞谷的中间将厚实的苞叶划裂之后，再用双手取出苞谷。动工之前，楼文君将双手捏紧攥成拳头,来回几次,这样能让指头上的疼痛缓解到麻木状态,干起活来就不那么钻心疼了。黑暗中,她熟练地将一个个剥掉苞叶的苞谷扔进背篓,不再像第一天,老是对不准,边扔边掉,还得回头再从地上捡回来。

"文君,我来例假了,突然来的,裤子糊掉了,侬有草纸哦?"管一歌小声问。

"有,有的,不过不多哦。"

"我拿手绢包一下,总归能顶一阵。"

管一歌放下背篓,楼文君瞧着她走进前方密林似的苞谷地里。四周黑沉沉的,离天亮还早,冷风夹带着露水的潮气从苞谷田的上空吹过,哗啦——喊喳——咔嚓,上百亩的苞谷在黑暗中响成一片。楼文君没有放慢速度,管一歌走后,她得一个人掰两行苞谷,后面砍苞谷秆的两个男知青离她越来越近了。手指头还是钻心地疼,她用门牙咬住苞谷尖上的皮往下撕。风时紧时慢,没有停下的迹象,寂静的戈壁滩仿佛成了巨大的音箱,把田野上的风声放大了无穷倍。背篓满了,楼文君背着苞谷来到指定的堆放地,倒空背篓,然后回到自己的苞谷行前。楼文君再次背上背篓,估摸着管一歌应该回来了,就顺着管一歌方才走进的苞谷行向前走。她边走边喊,没有回音。她提高了嗓门,还是没有。她向前走了二十来米,再喊,还是没有。

楼文君这时候害怕了，四周黑漆漆的，伸手不见五指，苞谷生得太密了，往哪儿走都是又粗又硬的苞谷叶，她的左脸已经被叶片割出好几条小口子。她不敢再往前走，喊声开始发颤，她想起仇队长说过曾经有人走失在苞谷地的事情，立刻慌了神，于是连呼带叫跑了回去。

十分钟后，种子二队的上海知青全部停工站在原地，仇队长带着两个扛枪的警卫员急匆匆赶到。这块条田长一千米宽八十米，二队刚刚收割了有一百米的长度。风越来越大，吹得瘦弱的女知青轻轻摇晃，仇队长嘶吼着，才能让所有人听清他的话："拉成横排一起往前走，记住自己左右的人是谁，并排往前走，不能快，不能慢，大伙儿一起往前走，边走边喊，谁也不能出列，戈壁滩有野猪，他娘的，这畜生就爱啃苞谷，狼也说不定有！"

条田里响起一片呼喊声，但立刻被风吹走。大伙儿声嘶力竭地喊，有的女知青已经哭起来。种子二队所在的条田两旁还有别的单位也在收苞谷，仇队长派人把上海女知青走失的事情通知了大家，所有人都停工找人，按照种子二队的方式在自己单位的条田里进行拉网式寻找。

七点半左右，天有了曚昽的亮光，风渐渐小了，种子二队走遍整个条田，也没有找到管一歌的影子。站在条田尾端一条排水渠的渠帮上，楼文君忍不住和另外几个女知青抱在一起边哭边喊。条田的尽头，除了一条五米来宽的排渠，再就是长着芦苇和芨芨草的荒滩，那儿杳无人迹，别说前往，连想一想那种无始无终的荒寂都叫人胆战心惊。仇队长带着两个警卫员在田埂与渠帮上查找足印，天光昏暗，手电筒的光越来越暗。

突然，场部机关、学校所在的条田方向传来一阵紧急的呼喊。

"找到了，人在这儿，找到了，仇队长！"

楼文君拔腿就跑，排渠渠帮上都是松软的碱土，她跑得跌跌撞撞，好几次都差点摔进排渠里。到了地方，她一把拨开围住管一歌的人群，扑到她身上就哭。管一歌刚从昏厥中醒来，她迷迷糊糊地看着楼文君，好半天才哭出声来。

管一歌朝着错误的方向走了二十来分钟后才意识到自己迷了路，又因为害怕错上加错，慌不择路地越走越远，先是曲折横穿过种子二队的苞谷地，随后闯进另一个条田，刚刚走上苞谷地的田埂，迎面就在月光下看见一头巨大野猪的剪影。她叫都没叫出声，就吓得昏倒在地，滚进身下的排渠。

找到管一歌的人是学校老师明中启，他站在一旁看着两个上海姑娘泣不成声，又在徐徐降临的晨曦中看清了楼文君夹杂着忧伤和喜悦的姣美脸颊，心里面突然像一万匹马在奔跑。

管一歌浑身湿透，脚崴了，即使被楼文君搂在怀里，仍然不住地打摆子。附近找不来什么担架，仇队长不知从哪里找来一件军大衣给管一歌裹上，挥手招呼明中启和楼文君，让他们把人送到场部卫生队。

明中启背起管一歌就往场部赶。

"要不要停下来休息下？"半路上，楼文君气喘吁吁地问。

"停下来休息下吧。"

"停下来，喘口气。"

往卫生队去的路上，楼文君扶着趴在明中启后背上的管一歌，几乎是小跑才能跟上明中启的步伐，嘴里来来回回就是这么几句。

太阳出来，风就停了，空气里飘着钻天杨树皮的涩香和稻田的湿泥味。明中启埋着头快步前行，年轻的额头浸满金色的朝晖和亮晶晶的汗水。他听着楼文君叫他停下来休息的声音，嘴边荡起一缕谁也看不到的温柔的微笑。到了他真累得够呛、不得不停下来喘口气的时候，他又窘得不敢看她，更不敢随便和她说什么，怕自己言不达意让她失望。她的脸在金色的光线下显得更加白皙柔嫩，就连脸颊上被苞谷叶子划出的小伤口都那么动人。

"一歌，野猪有多大？"路上休息时刻，楼文君问。

"像头牛。"

"哪里会那么大,你一定是吓坏了,看花了眼。"

"成年公野猪能有两米长。"明中启很确定地说。

"真吓人,你见过吗?"

"远远地见过一只,去沙漠里打柴的时候,它肚皮朝天躺在河滩里晒太阳,听到人走近,气哼哼地走了。"

"它吃人吗?"

"吃人的事没听说过,但是它吃羊,它能闻到母羊生羊羔的气味,老远地赶来,吃完小羊再吃大羊。它什么都吃,老鼠、腐烂的鱼、死鸟、土豆、苞谷、嫩草和草根,它一晚上能拱好几亩地的麦子,它最喜欢吃蛇,蛇毒对它根本没用,只要它走过的地方,准保一条蛇也没有。它凶恶极了,还记仇,你打了它,它非得和你拼命不可。"

楼文君和管一歌吓得都睁大了眼睛。

"它们白天藏在芦苇丛或者红柳树丛里,早上天亮前和天黑后出来打食。不过,这一片早就没见过你说的这么大的野猪了,被打光了。"

把管一歌送到卫生队,正碰上王久宝今天值班,说明了情况,楼文君和明中启喝了口热水就急忙往回赶。路上,他们相互介绍了自己。

"我在学校当老师,教四、五年级的语文和历史。你们上海知青来了,学校就能多开两个年级了。"

"明队长是你爸爸,对吗?是他去上海接我们来的,他挺有意思的,他说我们上海话讲起来哇啦哇啦的,像糨糊一样粘在一起,他一个字也听不懂。"

"他一回来就跟我们唠叨,担心你们吃不了这里的苦。"

"火车上,我们问他农场到底什么样,他只说'别心急,到了你们就知道了'。我们私下里都怪他爱卖关子,等到了农场才明白他为什么这么说。他不会说漂亮话,说实话又怕吓着我们,不像我们那里的街道主任,他们什么也不知道,却说得天花乱坠。"

"你们街道主任怎么说的?"

"他们说啊,说这里的牛奶当水喝,水果吃不完,病了就去芦苇疗养院……你别笑啊,他们真的是这么说的。"

"他们说的是将来。你们失望了,是吗?"

"比条件,这里跟上海没法比……但是到了这里,我们好像都变了,变成了一个新人,一个和之前不一样的自己,不计较个人得失,也没那么娇气了,每个人都只为了集体,都愿意理解和照顾别人,虽然苦,但心情舒畅。所以,没什么失望的。你呢?你不是在这里待得好好的?"

"我,我不一样,我是农场长大的。我没有太远的想法,就想成为一个好老师，像我的老师那样。"

"你的老师，他是谁？"

"他也是上海人，他无所不知。但他离开了，我也不知道他现在在哪儿。"

回到大田，两人分头继续劳动。明中启一整天都感到自己呼吸急促，胸口发紧，活像绷着一支就要离弦的箭，又像放着一碗甜菜熬成的滚烫的糖稀。

2

蓝天没有一丝云彩，也没有一丝风，干爽又清新的天空像是把什么都腾空了要给太阳让路，但天还是很冷，大地还是冻得邦邦硬。二九第一天，一大群瑟瑟发抖的麻雀缩着细短的脖子蹲在教工办公室左侧的一棵光秃秃的沙枣树上，密密麻麻，果实般一串连着一串，一层压着一层。这一大群麻雀足有两百来只。

茂盛农场子弟学校教工办公室此时气氛压抑。除了二十来位教职员工，茂盛农场的场长、副政委、组织股股长都正襟危坐在火炉旁边，另外，还有一位师部专门派驻到茂盛农场强化社会主义教育的干部——宣教科科长张文定。十年前，张文定与许寅然、成信秀一起做过阿娜河下游的水文勘测，离开水文地质队后，他直接进了师部机关。

会议内容是针对课改做第二次意见征求。第一次会议是星期三晚上召开的，十一位老师的意见都被记录在案，体现出来的问题是集体主义精神远远不够，遂于今天上午紧急召开第二次课改意见征求会。

三十来岁的张文定胸膛鼓鼓的，背挺得直直的，说话底气十足："课改和教改的问题，主要是教员的问题，不能为教育而教育，这次课改，大的方向已经定了，学制要缩短，让学生们下田劳动，让劳动教会他们一切！"

一只麻雀跳到了被太阳晒得亮堂堂的南窗上，屋内火炉上坐着一壶水，水开过了，被移在炉盘一边，吱吱哑哑，懒洋洋响着。教员们都紧抿着嘴，有的人不时惊恐地望一眼张文定，有的人则似乎被什么事气得憋青了脸，明中启则陷入极度的惊诧中。

"葛场长，葛校长，你先说，怎么改？你首先要表态，要拿出意见。"张文定站在桌子旁，右手的四个手指头随着话音击叩着桌面。

所有人都坐在长凳和高凳上,只有葛有才拿只小矮凳坐在火炉边,埋着头一根接一根地抽烟,直抽得嘴皮发白,不住地吭吭咳嗽,他的圈脸胡估计好几天没刮,又密又黑的胡楂爬满了脸颊,让他显得又苍老又疲倦。葛有才年纪不大,四十出头,但去年夏天的那场急性黄疸肝炎让他伤了元气,一向饱满的腮蛋子现在凹成了两个小坑,脸色也灰沉沉地没有光彩。

吭吭吭咳嗽完,葛有才呷了口放在炉盖上酽得像酱油似的砖茶茶水,斜了一眼张文定,平静却有力地说道:"缩短学时,让学生们下大田、下工厂、下商店,你这是说瞎话!十二三岁的娃娃,个个都是猴崽子,撒出去只会捣蛋淘气,哪个会乖乖地听话干活?不好好地按在教室里学文化,除了撒野闯祸还能干什么?有几个退了学的娃娃,没几天就学会了抽烟打扑克偷东西,两天不打架手就发痒,和家里赌了气就往沙漠里跑,有一次害得整个连队出动找人!"

"你……你这是什么态度?"张文定磕磕巴巴不知说什么好。

"你怎么能,怎么能把农场的下一代说成是小流氓?"教务长张敦旺接过话来,他翘起下巴,斜着脸,手里握着一个卷成筒状的作业本,从座位上站起来,大声说道,"我看问题就出在老师身上。初中部牛唯笑在图画课上,老是让学生画外国人的头和脸。为什么要画外国人？为什么要画资本主义国家的人，为什么不画画我们新中国的工人与农民？还有小学部的曹大莉，五年级有个学生叫石昭美，不参加学校的学雷锋活动，跑到校外采桑叶，这种无视集体的行为不仅没有被严厉制止，班主任曹大莉反而花了大量时间和她一起研究蚕的生长变化。这个石昭美是卫生队化验员石永青的女儿，一贯受其影响，个人主义思想严重。五年级任课老师明中启也参与其中，我为此找过他们两趟，明中启一再用心理学那一套来解释这个学生的行为与性格，而不用马克思主义唯物辩证法对她进行教育和帮助，一任这个学生脱离集体疏远同学。"

明中启想站起来解释，但是葛有才用眼神制止了他。

"张敦旺，你真该扇自己两个嘴巴子。你也是有孩子的人，你说这话摸摸良心。你了解她的妈妈成信秀是干什么的吗？你知道成信秀的胳膊是怎么断的吗？人和人不同，孩子和孩子也不一样，这孩子的妈遭了不幸，难道老师们不该对她更耐心一些吗？我看你根本不懂马克思主义唯物辩证法，只是在那儿瞎嚷嚷。"葛有才阴沉着脸冷冷说道。

"要我说，你该反省检讨你自己！"曹大莉咬着发白的嘴唇，眼睛里含着泪水。

"我，我怎么了？"张敦旺立马瞪起他几乎竖在脑门上的细长眼。

"你，你告诉大家，你家的水都是谁给你挑的？你家砌火墙的土坯是谁给你脱的？你家的柴火是谁给你送来的？"曹大莉噌地站直了身体。

办公室陷入极其紧张的寂静中，张敦旺吓得眉毛乱抖，脸上像挨了几十个鞋底子，由红转白，又由白转青。

"你把学生当长工使，除了挑水还要给你家打扫厕所，你朝学生的家长要柴烧！以给学校生炉子的名义逼着学生上戈壁滩砍红柳，又让学生到食堂后面的垃圾堆里给你家拾煤渣，手都冻烂了。你是一名地地道道的剥削者！贪污腐败分子！还有，你说，你有家有室，你有没有骚扰过我？哼，你写的那些纸条，那都是些什么啊！你不觉得可耻吗？我……我都收着呢，那是证据，你想赖也赖不掉！"曹大莉浑身打战，她冲着张敦旺跨出一大步，眼睛冒火，眼泪哗哗，原本坐在她身旁的董梅上前搂住她，将她扶回长凳坐下。

校工王中是位腿受过伤的老革命，听完曹大莉的话，拖着截了肢的残腿，举起拐杖就向张敦旺扑来。张文定眼疾手快一步上前拦住了暴怒中的王中。葛有才这时站起身来，径直朝张敦旺走过去，用极其憎恨的口吻大声说道："宣传科科长，到警卫排找两个人，把这个狗杂种给我绑起来！"

第二次课改意见征求会在意外中戛然而止。教员们团结在一起赶走了张敦旺这只蛆虫，但是没有人为此感到高兴，十一位教职员工无不忧心忡忡，大伙儿都越想越难过，尤其曹大莉，趴在董梅肩上猛哭了一阵。

备完第二天小学四年级的语文、历史和农业常识课，明中启又特别把语文课上的作文讲评重点重新温习了一遍，这才离开办公室。

夕阳透过一条薄薄的铅灰色云絮，将最后一抹深红色的余晖涂在校园苍白干硬的操场上。沙枣树上光秃秃的，没有一片树叶的树枝像一条条在风中晃动的鞭子，麻雀们不知去了哪里。学校家属区教职工家的烟囱里冒起浅灰色的炊烟。

家里格外温暖。全家人围坐在火炉周围，二十五瓦的灯泡悬吊在屋子中央，空气里飘动着炒葵花子的香气和浓浓的煮沸了的砖茶的清苦味，以及莫合烟并不呛人的醉人芳香。李秀琴坐在火炉旁的一只矮凳上，拿着针线补裤子。六岁的明珠站在她身旁，正用一根竹筷拨拉着炉盖边缘上的一把苞谷粒。

成信秀坐在李秀琴近旁，左手端着茶缸，无声地注视着从李秀琴手下流出的一行行细密又齐整的针脚，似乎已经忘记自己空洞洞的、被黑色的线绳系住袖口的右臂袖筒。

明双全和明千安蹲在房屋一角，正在鼓捣一只弹簧失灵的老鼠夹子。石昭美独自坐在方桌前,头俯得很低,在写数学作业。

"回来了,中启。"

成信秀第一个开口招呼:"洗洗手吃饭吧,你妈都给你热两回了。"

见到中启进屋,每个人的心里都踏实许多,连一向不动声色的明双全也柔和地抬头看了他一眼。

"成阿姨,你不知道,师部来了一个科长,叫张文定,今天可把我们害苦了。"明中启裹着一身寒气边走边说,顺手把怀里装着备课资料的黄布书包搁在方桌上。

"张文定——"成信秀眯缝起眼睛想了一阵子,"之前在水文地质队,也有一个叫张文定的,不知道是不是同一个人?是不是脸红红的,说话带着浓浓的鼻音,甘肃人,人蛮活泼的,以前在水文地质队,他闹出过不少笑话。"

"你说的……有点儿像,但我不确定。"

"学校会议一结束,消息就传开了,我们都在担心你……"成信秀话没有说完就被石昭美打断。

"真好闻啊!"十一岁的石昭美抬起脸看了一眼明中启,然后将下巴搁在作业本上,若有所思,像是自己跟自己说话似的冒出一句话。

"什么好闻，小昭？"沉闷的气氛被驱散开，李秀琴问道。

"中启哥身上的空气啊！"石昭美认真地说。

"空气有什么好闻的？你别做梦了。"明千安插嘴道。

"明伯伯，千安上周把死老鼠放在女同学的书包里，他老干坏事，老欺负人，我们班女生都怕他。"

"你个告密的小特务，哼，下一回，该轮到你了。"千安回过头恶狠狠向石昭美龇了龇牙，没待回过头来，脑袋顶上就挨了明双全的一颗栗暴。

"兔崽子，你再敢欺负同学，看我不打断你的腿。"明双全说完把烟头扔在脚前踩灭。

千安和明双全一样是个暴脾气，当众挨了训斥，他又羞又恼，气得憋红了脸，噌地站直身体，一脚踏翻脚前还没修好的老鼠夹子，转身跑出门去。明双全嘴里骂了句"臭小子"，一把想抓住他，千安却像条鳅鱼，身子一缩从他手中滑掉，钻进屋外的黑暗里。

"小昭，你真不懂事。"成信秀慌忙走到门外，大声喊，"千安，千安。"

"信秀，你回来，不碍事，他俩啊，一进家门就吵，出了家门又互相护着，谁都掰扯不开。什么事都没有，你甭管了。"李秀琴慈祥地笑着，她的耳鬓已经掺杂了许多银丝。

成信秀回转身来，把门关上，落座时重重叹了口气。

明中启把在炉盖上加热的饭菜端到方桌上，坐下来开始吃饭，一抬头看见对面的石昭美伏在作业上的头低得太低，就伸直手臂，用瘦长的手指在石昭美的脑门上点了点，提醒她抬起头挺直脊背。石昭美冲他眨了眨眼睛，立刻挺起胸膛坐正了姿势。

吃完饭，明中启刚在炉旁坐下，石昭美就把一把剥好的葵花子仁儿大大方方地放进明中启手中。她剥好放在一边已经很长时间了，就等着明中启回来，千安抢了几次都没抢走一粒。李秀琴疼爱地看了一眼石昭美，明中启笑盈盈地看着石昭美，猛地一仰脖，把瓜子仁儿一把倒进了自己的嘴巴。

3

命运仿佛一个巨大的谜团，即使已经有所经历，从中走过的人也未必能够说得清猜得透命运如此安排的真正用意。婚后第三年，石永青没有盼来自己与成信秀的孩子，他是医生，心里估量得八九不离十之后，又悄悄做了诊断，确定是自己的问题之后，他将实情告诉了成信秀。成信秀有些吃惊，倒并不十分在意，石昭美的存在让她尝到了当母亲的滋味，相比于石永青，这件事对她而言并不是那么迫切和当紧。

"再去大医院看看，西医不行可以试试中医，再说，只要我们在一起，有没有孩子都没有关系，我们已经有小昭了嘛。"

成信秀以这种口吻劝说石永青，石永青听了却不是滋味。许寅然先他一步娶了成信秀，许寅然还能让成信秀成为一个母亲，余生他将始终背负着这两件有失男人脸面的阴影佯装无事。他爱成信秀，也喜欢小昭。夫妻两个，因为成信秀的工作，他对小昭的照顾，以及小昭与他的亲密度，反而超过了作为母亲的成信秀。他从没觉得小昭不是他的女儿，但是小昭确实不是他的骨肉，血脉这件事不是能用感情替换得了的，谁的就是谁的，有朝一日，一旦小昭知道自己的生身父亲是谁，小昭的心里怎么想，小昭会做什么，全都是个未知数。但命运非要这么安排石永青的人生，就要让他替别人养女儿，就要让他接受别人娶了他心爱的女人再归还到他手中的现实。如果他与成信秀有了孩子，如果他们可以像别的夫妻，不喘气地生上几个像小昭一样眉清目秀伶俐聪明的孩子，也许过去全都会在石永青心中释然。但是他落空了，爱情、婚姻和家庭，毫不商量地就给他心里留下了一个永远无法弥合的空洞。

还有外界对他施加的压力，入伍来到新疆，十三年里，国民党少校军衔的父亲前往台湾的身世背景一再使他遭受政治上的怀疑和质询，他为这件事写过多次反省材料以说明自己的选择，但还是无法洗清自己。在心底，石永青无法断然否定自己的父亲，所以，十几年来，无论是口头检讨，还是写说明材料，都没能写得痛彻心扉，都没能把话说得更彻底、更无畏、更无情无义，他的语气始终是温暾的，他的用词始终是模棱两可的。"大家对我提出的意见是关心我，爱护我，这是我的光荣。""我是爱祖国的，但是身上还有一些旧知识分子的傲气，盲目崇尚科学。""多听群众意见，缺点是可以少犯或者早些克服的。"类似的话，石永青翻来覆去说得差不多成了顺口溜。

石永青始终认为自己的身世和经历都与政治无关，他入伍从军，他来到新疆，不管自问过多少遍，他的回答都是：仅仅因为爱情，仅仅因为成信秀。后来，当成信秀嫁人生子，当他成为别人孩子的父亲，当他确认自己不能生育……他才终于明白自己的处境：他这个爱情的信徒所要经受的考验再也不仅仅关乎爱情。

这一年，在茂盛农场列出的二十八名教育对象里，石永青作为其中一员，被遣至生产七连参加劳动锻炼。

石永青去七连之前，成信秀已随阿娜河水利一处规划队前往阿娜河干海子第二水库建设工地。工程开始之初，工程队打算砌两间房子。水库四周为重盐碱地，房基必须要挖得足够深，再砌上足够高的砖头地基才能稳当，才能保护房基不被盐碱迅速侵害。一天早晨，成信秀和另外四位队员往驻地附近的一座旧房子走去。旧房子南墙倒了，北墙还在，成信秀带着大伙儿先去挖南墙的墙基。工地上找不到砖，要建房，只能拆旧补新，把旧房子地基上的砖拿来再用。南墙下的坑越挖越大，眼见露出了已经被盐碱侵蚀得发乌的砖块。快到中午，成信秀招呼大家歇息片刻，便与两位队员退后站在北墙下面，刚把水壶递到嘴边，只觉身后一阵晃动，没等她转过头去，纹丝不动的墙壁已经扑倒过来，瞬间砸起一片两人高的尘雾。北墙有三米高，五十厘米厚，一块土坯至少十斤重。都没有来得及哼一声，站在成信秀身后的两位队员当场被砸得五官不清气绝身亡。成信秀则因靠前一步，被救起时还有呼吸，但是，当她在师部因半城医院昏迷四天后醒来，发现自己已经失去了右臂。

伤愈后的成信秀回到了自己的工作单位——阿娜河水利一处，师部为她颁发了二等功奖章。站在领奖台上，荣誉加身的成信秀却心生恍惚，因为她刚刚接到石永青被遣送至生产七连参加劳动教育的消息。

失去一只手臂，石永青下连队劳动，女儿无人照看，成信秀的工作相应有了变动，从水利一处调往茂盛渠灌溉管理所。管理所是营级建制，但早已是正营级干部的成信秀因为石永青的身份问题，仅仅是所里的一名渠系测水员。

石永青所在的生产七连，是距离场部最远的一个连队。

这一年的冬天特别寒冷，三九第五天，下了一夜的大雪将茂盛农场拢在怀中，寂静的戈壁滩变得柔软、洁净，充满神秘感。到了清晨，足有两拃厚的积雪把场部涝坝周围的芦苇丛都压倒了。幸好前一晚遇上去七连送粮食的拖拉机，成信秀带着刚放寒假的石昭美提前赶到了石永青的住处，不然一家人不知何时才能团聚。石永青在连队劳动，除非生病或者过节，一般是回不了家的。

石永青在七连，除了和别人一样参加农业劳动，还得给病人看病。这天中午十二点，石昭美在地窝子门口垒雪人，石永青和成信秀在地窝子里准备午饭。三两大米、一个土豆还有两根萝卜都是成信秀从家里带来的，但是在这个大雪天里，地窝子里除了蒸米饭的香气，还飘出了一股奇怪的腌鱼味。

七连紧挨着茂盛农场最大的沙漠野生湖——毛蜡湖，湖里有一种野生的大头鱼，是新疆本地的土生鱼种，七连的职工因此没少吃这种肉质细腻肥嫩的野生鱼。秋天野鱼最肥的时候，石永青和七连职工一起打鱼，曾经打到过一条一米多长的大头鱼。鱼打得太多，连里得想办法储存。石永青是南方人，更懂得鱼的不同做法，他依照母亲做风干鱼的方法，教会了食堂大师傅。末了，等鱼腌好风干，食堂大师傅又悄悄给他塞了两条。石永青舍不得自己一个人吃，打算春节回家做成一道年夜菜，一家三口一起享用。但成信秀母女这趟探望赶上了大雪，晶莹的雪花、神奇的树挂，以及白皑皑的雪野为一家人带来了久违的好心情。夫妻俩一商量，家人团聚是最大的节日，更应该吃鱼。

石永青做菜十分拿手。入冬前母亲从湖南老家给他寄了些晒干的红辣椒、姜片、紫苏和自制的豆豉，他从小布包中取出，像拿起什么珍贵的出土文物似的将它们依次摆放在灶边一个锅盖大小的木砧板上。

"没有这些调料，风干鱼是做不出味道的。"石永青同成信秀说着地地道道的家乡话。不知道为什么，他觉得今天自己的每个举动、每句话、触碰的每一件东西，都有了非同寻常的意味，有了更多含义。

地窝子里挤得转不开身，顶窗漏下来的一束光只能照亮灶上的一小方空间，这又小又暗的地方承载了他过去三年的生活，又一次次迎来了成信秀母女的身影与声息。灶上这只冒着蒸汽带笼箅的钢精锅，跟着成信秀在野外奔波了许多年，锅底都烧烂了，他请人补好带到了七连，一用又是三年。成信秀母女到来后，地窝子从又小又暗变得又温暖又舒适。有两次，他俯身在水桶里舀水，鼻子差不多挨到了坐在炉灶前小矮凳上成信秀的肩膀，就顺势把他消瘦的脸颊埋进她的颈窝，贪婪地吸着他觉得世上最好闻的气味，惹得成信秀瞪大了眼睛红着脸说："别闻啦，我又不是一块肉骨头。"还有石昭美的笑声，还有清晨印在雪地上野兔子的脚印，还有遮着厚厚的阴云的天空……为此，石永青不住地暗暗感慨，只要成信秀在，什么事情都可以变得又安宁又简单，每件事和每个人也像是都变好了，就连把洗干净的红辣椒握在手里的感觉都那么美妙，仿佛每一条凸起的纹路都印刻着一段令他久久怀想的昔日时光，让他想起了童年和少年时代的许多趣事，记起一些差不多已经忘掉的故人。

"鱼要蒸多久？好香嘞。"成信秀翕动鼻翼。风干鱼要先放在锅里蒸，然后再和干辣椒、姜片、豆豉等作料一起煸炒。

"莫急啊，四板鱼我都搁进去蒸了，要蒸透才行。"

"好多年没吃风干鱼，闻起来都得多吃两碗饭。"

"上一次是在老生地农场,我们自己腌的鱼,裹了一层厚厚的辣椒面。"

"小昭刚刚百天,我还在喂奶,你搞得太辣,奶水都少了一半。"

"是你嘴馋吃太多。"

"几个月不吃辣,让你试试看。"成信秀说完要去门外抱柴火,被石永青拦住,他的手在成信秀的断臂上摸了一把。

给炉子添好柴,成信秀换了话题,口吻不似先前那么轻快:"我来之前又去找了葛场长,他说场里讨论了你回场部的事,但是多半人都不表态,七连写的报告也看不出明确意见,最后表决,还是说再等等。"

沉默片刻,石永青垂着微微发白的脸,一边切着干得发硬的姜片,一边不动声色地说道:"我在这里蛮清净的。"

"你这是泄气话。"

"三妹,以后莫带小昭来我这里了,到处都是眼睛和舌头。"

"爸,妈,你们快看啊,雪人堆成了!"脸蛋冻得像石榴子一样红的石昭美一把推开地窝子的木板门,伸着头殷切地看着他们俩。

成信秀跟着石永青钻出地窝子,一直待在昏暗里的眼睛被屋外的雪白刺得紧闭了好一阵儿。门前空地上立着一个像模像样的雪人，头顶一把乱糟糟的骆驼刺，五官是小树枝拼凑出来的，乍一看，神情里全是对人的鄙视和调侃。大概石昭美觉得它身上没有披戴不够逼真，就把自己的一条大红色毛线围巾绕在了它的脖子上，又将石永青那副军绿色棉手套搭在了它肥壮的侧腰上。

"爸爸，你说，它像什么？"石昭美边说边上前将雪人没有拍实的地方抹抹平，她的手指头冻得红红的。

"气派得像个将军，哟，刚好对着我的屋门，叫它'把门将军'怎么样？"

"你太笨了，爸爸，它怎么能是将军，它是美帝国主义，别看它大，太阳一出它就完蛋了，瞧，我拿棍子往它身上一戳，一戳一个窟窿，它连个小孩都不如！"

"雪人就是雪人，玩就好好玩，什么这个那个的。"石永青沉下脸嘟哝道。

成信秀赶快上前把毛线围巾和棉手套从雪人身上拿下来，一边抖搂着围巾上的雪粉一边说："钻进去这么多的雪，都湿透了，回家时你怎么戴哦？"

下午三点，一家人开开心心吃了午饭。石永青把蒸好的风干鱼都炒出来，午饭吃一部分，给成信秀母女带回去一部分，自己留了一小口在碗里。

下午六点，母女二人离开之前，石永青又嘱咐了一次成信秀，让她不要再去打问他回场部的事，要她尽量少来看他，他没有带口信回去或者没有消息，就表明他一切安好。

成信秀听了这话心里很不是滋味，这一趟来，石永青的精神明显消沉了更多，脸色灰里泛青，很难看，才三十三岁，眉梢与眼角就有了皱纹，上学时炯炯发亮的眼睛不仅失去了光泽，更失去了敏锐热情的灵活劲儿。她想起昨晚躺下后，他们靠在一起说了会儿话，她的手不经意碰到他的腹下，他竟然又惊又吓地打了个哆嗦。想到这些，她同时感到了烦心与痛心。这一趟来，虽然他们一家三口过节一般吃了顿家乡饭，但她总觉得心里疙疙瘩瘩的，不祥之感不时划过她的脑际。

送成信秀母女往队部走的路上，天空像变戏法儿似的忽明忽暗，阳光从压在头顶的乌云之间露出一束刺眼的金色光芒，将眼前这片白得发青的雪野照得闪闪发光，但是只走出了十来步，太阳又移到了乌云的后面。石永青牵着石昭美的手走在前面，白雪在他们脚下咯吱咯吱地响。突然，一只挓挲着大耳朵的野兔子嗖地从一片浅金色乱草丛里蹿了出去，小昭见状兴奋地连声尖叫。成信秀不是故意走在他们父女二人身后，她是真的走不快，悬在空中的半只残臂无法快速使她保持平衡，但走在他们身后，望着父女二人相互依偎的背影，听着他们在白色雪野中格外清晰和清脆的说话声，她落寞的心底又增添了几许踏实感。

到了队部，成信秀母女坐进拖拉机驾驶室中，隔着结着霜花的车窗玻璃，成信秀用手指抠出一片手掌大小的区域，从中俯望站在雪地里的石永青。戴着护耳棉帽的石永青尽量使自己僵硬的笑容显得轻快和自然些，但是成信秀还是从他嘴边荡开的三条皱纹看出了他内心的苦涩。过去的两年里，她来来回回探望过石永青几次，哪次告别都没有今天这样压抑和不安。默默地望了一阵儿石永青，突然间她鼻子酸酸的，嗓子眼儿也像是有什么东西硬生生地哽着。

4

过去的一年，阿娜河水量充沛，涌入茂盛渠的河水一直到九月底都溢满了整个河道，碧绿又宁静的河水像一位奶水充足的产妇，浇灌着茂盛渠两岸不断延伸出去的稻田与棉花地。这一年，茂盛农场打出的粮食比以往任何一年都多，因为取消了粮油肉上缴任务，场里一次发完了连欠三年的职工工资，又为卫生队增加了医护人员和病房面积，为学校加盖了八百平方米的校舍，并且默许有条件的职工自己养鸡养鸭养猪。

一九六六年春节前夕，场长葛有才从师部领回一个金光闪闪的大奖杯，奖杯上用红字印着"五好农场"几个字。花了多年心血，茂盛农场终于拿到"好条田、好林带、好渠道、好道路、好居民点"五好农场的荣誉，四个用红漆烫在杯身上的汉字默默映照着茂盛农场过去十五年劳苦不休的时日。

场部布告栏里贴出了大年初一到正月十五的节日活动安排表，大红色的彩纸逐日逐条写明了当日的庆祝节目。各单位的演出争相在节目单上露脸，正月初一团拜之后是大型的欢乐游行，初三到十五，天天晚上放电影，各连队俱乐部的特色活动也写在了彩纸上，正月十五的元宵节，则是全场职工共同参加的花灯和猜谜比赛。喜报和节目单贴出之后，布告栏前拥满了一群群因为兴奋而涨红了脸的人，职工们争相前来确定消息，嗓门儿一个比一个高。

除夕下午，场部家属院的娃娃们会聚在白铁皮一般扫得干干净净的场部篮球场上，三个一伙，五个一堆，男孩子大呼小叫地相互追逐，姑娘们个个都穿得崭新漂亮，欢喜地拉起皮筋，像一只只蝴蝶似的，在用报废的车内胎剪成的两根黑色皮筋之间跳上跳下。淘气的男孩子瞧见女孩子跳得那么美那么专注,忍不住要捣乱,呼啦啦一阵风似的闯进女孩子们的领地,打断她们的游戏,一把拽过皮筋故意扯得老长,要不就是朝她们脚下扔过去两个点着了捻子的小红炮,越是听到姑娘们的尖叫或者咒骂声,他们越是高兴得发狂。

石昭美身穿一件白底紫色碎花的翻领两用罩衫,正和几个同龄的小姑娘跳皮筋,耳边突然飞来一个滋着火星的鞭炮,不待闪躲,炸开的火药已经喷在她的肩头上。她抱着头扑倒在地,等到耳鸣声过去,仍然没有反应过来发生了什么。站起来扑打完身上的尘土,石昭美哭了起来,右耳下面有片指甲盖大小的皮肤火辣辣地疼,新罩衫的右肩上被鞭炮烧出两个一分钱硬币大小的洞。

石昭美在这边哭,明千安已经提着一根不知从哪里找到的木棍追赶肇事者——一个十岁的小男孩。他几步就追了上去,而后冲着小男孩的头和脸甩出几巴掌,又使出一个扫堂腿,直接让没有招架之力的小男孩仰面跌在地上,连声哭喊"以后不敢了"。

楼文君、管一歌、王久宝刚刚结束场宣传队的排练,见此情景,赶快上前拉开甩手打人的明千安。

明千安脸不变色,斜了楼文君一眼:"你凭什么管我?"

"打人你还这么理直气壮!"

"你怎么不问问我为什么打他?"

"那好吧,你说说你为什么打他!"

"你问他吧!"明千安不高兴地跺跺脚。

"他朝女生扔鞭炮,朝石昭美脸上扔,把她的脸炸焦了一块皮,衣服也烧了两个洞!"石昭美的好友陈理真大声说道。

楼文君没料到事情这么复杂,她看了一眼额头上还留着红手印的小男孩,对他说:"太危险了,要是把她的眼睛炸瞎了怎么办?你快去道歉!"

小男孩抹掉眼中剩余不多的泪水,朝楼文君翻了一下眼皮:"我凭什么要听你的?"

明千安龇着牙咧开嘴笑,帮腔说道:"是啊,我们为什么要听你的?"

"上海鸭子,呱呱叫!"旁边传来一帮男孩的哄笑声。

老职工的孩子把来茂盛农场的上海学生叫作"上海鸭子",原因无非是听不懂他们说的上海话,就用鸭子的叫声嘲笑他们。

本来是好心替挨打的小男孩解围,谁知他不但不领情,反而和一旁哄笑的捣蛋鬼们一起让她难堪,楼文君气得脸都红了。要是在上海家中,楼家小弟敢这样和她讲话,她早就拎起扫床的笤帚敲他的脑壳了。

"小宁皮得要死，侬弗要睬伊。"（上海话：小孩太调皮了，你不要理他。）管一歌气鼓鼓地拉着楼文君要走。

"出什么事了？"明中启与何相吉大步走来。

明中启也是场宣传队的新成员，楼文君、管一歌参加的是舞蹈表演，他则负责正月十五元宵节晚会的灯谜搜集，场部给他布置的任务是今年至少要出八百条谜语。

"都了不得，一个朝人脸上扔鞭炮，一个把人弄到地上不住手地打……"楼文君蹙着眉头说。

"放心吧，等回去我帮你好好教育一顿明千安。"明中启说。

不安分的男孩们离开之后，操场顿时安静下来。管一歌着迷电影，一见到放映员何相吉，就把其他人全忘了。

"过年有新电影吗？"

"有老电影看就不错了。你要看新电影，我给你现演，行吗？"何相吉故意逗她。

"好啊，你给我现演一个《舞台姐妹》。"

"《舞台姐妹》有什么好看的，《地道战》才带劲，你看我这模样，像高传宝吗？"

"高传宝？你才不像高传宝，你像山田。哎，文君，你说，我们给他嘴巴上画上一坨黑胡子，是不是跟山田一个样？"

管一歌与何相吉的闲聊打趣让站在一旁的明中启和楼文君听得津津有味，他们像是在听，又像是装作在听。冬日暖阳与爆竹声带来的节日气息，拨动着他们清新又蓬勃的心怀，他们既感受到了周遭环境的喜悦，也从彼此的眼神中捕捉到了对方那朦朦胧胧的心绪。双方的好友——管一歌与何相吉——像是故意在暖阳下给他们搭建了一个僻静处，让他们可以放心地站在一起感受对方的心跳。

高中学历帮了楼文君的忙，半年前，场部挑中她当老师，送她去师部培训，等到春季开学，她就有了让人羡慕的工作——六年级数学老师。她不认识学校其他人，就找明中启了解情况，两人从学校的创建聊到具体的某位老师，从家庭的教育聊到学生的求知欲，从低年级的教学方法聊到高年级的课程安排，从自身的求学经历谈到对教育的理解和设想，以及自己爱读的文学经典……当共同说出《静静的顿河》这本书的书名时，两个人惊讶地凝视着对方，片刻，都会心地绽开笑颜。

明中启悄悄吮吸着内心的甜蜜，也只能止于独自品尝，按捺着不让任何人察觉，即便何相吉窥出他见到楼文君时眉眼间的热情与柔情，他也矢口否认。

早在第一批上海知青到达农场时，场里就明令上海知青三年内不能恋爱。所以，不仅上海学生彼此不涉此事，农场的适龄职工也不敢对上海学生有这方面的想法。对于楼文君来说，更不止有这道禁令。楼文君的母亲早在她出发前一夜，至少将此事叮嘱了三遍："侬勿要在阿头谈敲定，各恁侬就回勿来了。"（上海话：你不要在外头谈恋爱，那样你就回不来了。）

这时篮球场上传来一片欢笑声。王久宝和女孩们跳起了皮筋，她灵巧修长的双腿伴随着歌声在皮筋里绕来绕去、跳起跳落，动作又流畅又漂亮，没有一个失误，站在一旁观看的女孩们发出一连串的惊呼声。

几个人同时将视线移向王久宝。

"晚上你们吃什么？"明中启问楼文君。

"食堂发了羊肉馅和面粉，我们上海知青今晚一起包饺子。"

"你们是南方人，会包饺子吗？"

"会，慢慢都学会了。我们还要即兴表演节目，除夕嘛，大家会像家人一样待在一起。"楼文君话说到一半停住了，眼中那道充满期盼的目光随之落向一旁。她是想邀请明中启也来参加除夕夜的知青欢聚，但是突然又觉得自己是不是太热情了。

"久宝，久宝，下来，别玩了，我们要走了。"管一歌大声喊道。

众人散去不久，零零星星的鞭炮声炸响在天际，惹来远近不同高低不一的犬吠声，夜幕渐渐合上，新旧交替的除夕之夜在茂盛农场家家户户的屋檐下、在搁满了简单朴素的饭食的餐桌上隆重开始了。

晚上九点整，明家五口人，加上成信秀母女俩，两家人欢欢喜喜坐在了明家摆满了大小碗碟的方桌前。石永青一大早就托人送来口信，说队里的卫生所有两个滞留病人，一个肺部感染高烧不退，另一位是凌晨生产的产妇，突然出现寒战和低压症状，他实在脱不开身。李秀琴从石昭美口中得知石永青回不来，眼都没眨就让明千安把成信秀母女叫到家里来，两家人一起过除夕。

李秀琴宰了一只养了一年的芦花鸡，囫囵个儿卤出来与一大盘红烧肉并排搁在桌子当中，又用鸡肉卤汁熬了一锅又甜又香的南瓜汤。旁边的白色大海碗里，是汤汁快要溢出来的草鱼炖豆腐，草鱼是场里的渔业队专门去毛蜡湖打来的，送鱼的卡车停在门市部门前不到两个小时，一车鱼就被抢光了。热气腾腾的饺子是用大白菜和炼过油的猪油油渣剁在一起包成的。餐桌上还有一道连明双全都稀罕的菜——熏马肉，这是成信秀的战友从北疆伊犁寄来的。除了熏马肉，还有一大盘酸奶疙瘩，这也成了明家餐桌上独有的一道年夜菜。

"来，老伙计，咱俩也干一杯。"明双全端着倒满了高粱酒的酒壶，分别给妻子和成信秀斟满酒后，拿出一种死皮赖脸的高兴劲儿对李秀琴说。

李秀琴的脸一下子红了，她又是欢喜又是恼怒地看着明双全。

"我说老伙计，你老了，做姑娘时的那个水灵劲儿现在可真是一点儿都看不着了。不过嘛，你老了，我也老了，我们都老了。今儿个，咱们为孩子们，为你跟着我受了不少苦干一杯，往后啊，往后会越来越好的。你说，是不是，老伙计？"

李秀琴端着酒杯的手有些颤抖，她没料到明双全会当着孩子们和成信秀的面和她说这个，刹那，苦涩与甜蜜一股脑儿地顶到她的喉咙处，让她想说什么，却又无言以对。她含着眼泪看了看明双全，鼻子酸酸的，却突然笑出了声："你个老东西，你以为你就中看，瞧你，背也驼了，腿也弯了，脸上的皱纹像鸡爪子刨过一样。"

这段挖苦让明双全听得心花怒放，他喜滋滋地和妻子碰了杯，而后一干而尽。

"小昭妈，我应该叫你一声成工程师，但是那样就见外了。"明双全一张堆满笑容的脸突然黑了下来，"你放心，邪不压正，吉人自有天相，石医生的问题早晚会解决的。来，小昭就像我的亲闺女一样，往后你就把秀琴当成你的姐姐，有难处别自个儿扛着。"

"双全大哥，我早就把你和秀琴姐这儿当成自己的娘家了。"成信秀在一阵难过之后，带着发自心底的感激之情，看了看李秀琴已经飞上红云的脸颊，突然将没有说完的感激之词转变成一句调侃，"大哥，你瞧，秀琴姐的脸多好看，像不像春天的桃花？"

"小昭妈，快住嘴吧！"李秀琴羞得脸更红了，赶快夹了一小牙咸鸡蛋搁在成信秀的碗里。

"妈妈，你喝了酒为什么不像秀琴姨一样脸红？"石昭美嘴里嚼着酸奶疙瘩问。

"小昭啊，你妈的酒量比你明伯伯都好。"李秀琴说。

"爸，我也要像大哥一样给你们敬酒。"明千安刚啃完鸡脖子的嘴巴油光光的，举着手里的碗问明双全要酒喝。

"你喝酒还得再等两年。"明中启不以为意地瞥了他一眼。

"让他喝两口，过了年就十三岁了，小昭和你同岁，是吧？十三岁，不小了，我十三岁的时候都给八路军放哨了。"

擦得一尘不染的二十五瓦灯泡散发出温暖柔和的灯光，清澈的酒液在碗底轻荡，千安端起碗来，却不知道怎么说祝酒词。他支支吾吾，嗯嗯啊啊，半天说不出一个整句子，又见每个人都满怀期待地望着他，心里愈发着急，没等酒挨到嘴边，脸已经红到了脖子根儿。明双全像瞧一只撒欢儿的小马把自己绊倒一样，被一向机灵却又机灵不到点儿上的千安惹笑了。他好久没有觉得这样轻松和高兴了，呵呵呵地笑出声来："你这书啊，都念到狗肚子里去了，连张嘴说句漂亮话儿都没学会，比你没念过书的老子我差远了。"

"小昭妈，这马肠子刚蒸出来的时候，我还真闻不惯那个味儿，这会儿放凉就着葱头再吃，味道真是好。你这位朋友去伊犁多少年了？"李秀琴问。

"她啊，她是一九五一年和我一起进疆的，在哈密分开后，她往北走，最后分在了七一纺织厂，不过她身体不好，一九六〇年就办了病退。"

"过完年，我也该退休喽。"李秀琴带着无奈的语气说道。

"场里又催你了？"成信秀问。

"用不着场里催，她自己也该主动退，精减职工都几年了，一九五八年以前参加工作的老职工，尤其是女人，该退的都退了，她从来没主动打过报告。"明双全挺不满意地唠叨着。

"我又没有白吃农场的饭，我哪里对不起场里发给我的那些工资了？"

"对得起也得有个态度，场里批不批准是场里的事。"明双全自从当了副场长，对家里人的要求比对外人还严。

"我没拖你的后腿，也没有比别人干得少，我还可以为集体出力气，怎么就非要我回家？"

"你不就是图你那份工资吗？你盯着它，别人也盯着它，指着它养家糊口呢。精减职工是国家提出来的，农场也负担不起太多人的工资。行了，家里有我和老大，场里还发着口粮，饿不着你。"

"妈，你退休回家才好呢，那样我就不用再帮你剁鸡食了，以后你自己剁吧。"千安没心没肺的话招来一桌人的笑，李秀琴也在一缕释然的笑容间摇了摇头，似乎在感慨自己即将到来的另一半人生。

年夜饭吃到一半，先是明千安、石昭美带着明珠离开了饭桌，三个人挤在里屋争论明晚场部要放的电影，因为谁也说不服谁，这就打着电筒去场部布告栏瞧瞧清楚。

随后，明中启也去了他和千安的小房间，他得继续抄写灯谜。

剩下明双全、李秀琴和成信秀三人。

"来，我们把杯中的酒都干了，什么事往前走总要遇上困难和矛盾，但不能悲观，这就像……就像你们女人家生娃娃，疼得死去活来，但娃娃一落地，那就是天大的喜事。我瞧着咱们现在的情况就是这样。小昭妈，老伙计，来，咱们干杯吧，现在咱们都是有家小的人了，为着孩子们，咱们也得把事情往好里头想，说不定，来年情况就好了。来，为了来年的好日子，咱们干了！"

5

春天来了，开始化冻的阿娜河河水卷带着泥沙在大漠与戈壁间缓缓流动，河岸贴边的背阴处，仍有没有融化的薄冰。留在阿娜河流域过冬的长颈白天鹅、黑色的野鸭和长着尖嘴的蜂鸟，每到和暖的正午，就会聚集在河面宽阔的河段上，旁若无人地游弋、嬉戏和觅食。

一个寻常的工作日，成信秀正往表册上填写茂盛渠第一节制闸处正午时分的过水量，办公室电话紧急又刺耳地响了起来。制闸处主任在电话里没说两句就把话筒交给了成信秀。

电话是她早年的同事——师部荒地勘测队队长钟顺之——打来的。钟队长现在是银水河187干渠修筑工程的总指挥，他在电话里简单问候了成信秀的近况,就开始说明找她的原因。他请她务必去一趟正在施工的工地,帮他解决冬季施工胶结材料的问题。他说他们试了几种制作代水泥的办法,都失败了,当务之急,她得立即动身,又告诉她他已经为她办好了全部特批手续,专程去接她和另外一位工程师的车已经等在因半城水利局,他们必须明天中午就出发。

放下电话成信秀就往家里赶,一路上她的心像春天的扬沙天,被焦急与担忧搅得灰尘漫漫。春节过去快一个月了,石永青一直没有回家,这趟差已经由不得她说不,不仅不能说不,还要马上动身。家怎么办?女儿怎么办?

家里没有人,成信秀顾不得锁门,去了李秀琴家。

"秀琴大姐,又给你添麻烦了。我得走,上北疆去,马上得走。"成信秀虽然为丈夫和女儿感到忧虑,但是一想到即将投入的工作,浑身上下又跳动着一股难以遏制的活力。

"不碍事,去吧,你忙的都是大事,家里我帮你看着,小昭就住我这里。得了,你回去收拾,我帮你喊小昭去。"

"大姐,小昭爸爸那里,我写封信搁你这儿……"

"行,你搁下,回头我托人带给他。"

"大姐,我心里慌得都喘不过气来,总觉得要有什么事。"

"别瞎想,小昭在我这里就跟我自己的女儿一样。"

"不是……不是小昭，我是担心……"

"你是担心石医生，是吧？不碍事，小昭妈，你想想，他们已经把他折腾好几年了，来来回回不就是那个问题，要我看，他们想搞也搞不出什么新花样了。你就安心走吧。对了，你要走多久？"

"电话里没说，除了两个人工干渠工程，后面还有一个水库要建，现在，什么都说不准。你说，事情怎么都往一起赶呢？"

"可不是！不过，不碍事，不碍事，你回家收拾吧，我喊小昭去。"

绿中透蓝的银水河是条外流河，流经187干渠的河段杂草丛生、堤岸极低，湍急的河水看起来像是从一片平滩上横扫而过。成信秀赶到187干渠工地之际，正好碰上零下二十摄氏度的寒流天气。

寒风卷着粗沙般的雪粒，自高空俯冲而下，整整两个昼夜没有停息。暴风雪最严重的两天，旷野里的可见度只有二三十米，野外作业只好停下。但是成信秀却一天也没有休息，她钻进由芦苇、毛毡和着稀泥搭成的暖棚里，反复与几位工程技术人员试验代水泥所需的胶结材料的成分配比。五位工程师都是早年参加过水利建设的技术骨干，大伙儿凑在一起，把尝试过的办法和脑袋里灵机一动的点子像拼图一样拼了拆，拆了再拼，最后确定用红砖或炉渣加生石灰加生石膏打碎研磨成粉，分别以65%~70%、25%~30%、2%~5%的比例混合而成，制成可以就地取材、就地生产的原灰。但是第一批原材料研磨出来之后，因为随意堆放而受潮几乎全部失效。等到发现问题并找到储存方式之后，在水灰比例上又花了两天时间才解决，必须严格遵照1（水）:1（原灰）比例搅成的砂浆才能产生最好的硬度与最大的胶性，而且砂浆必须一次性配比搅和成功，中间绝不能边搅和边加水。

在暖棚里连续计算和试验了一周时间，天气大幅好转，气温回升到零摄氏度左右。一连数日，天空好似镶在头顶的蓝水晶，在金闪闪的太阳的照射下，发出炫目迷人的光彩。代水泥的投产和人工野外作业同时展开，沉寂了十天左右的工地重又变得机声隆隆、人声鼎沸。钟顺之笑得合不拢嘴，在搭建好两个为砂浆保温、升温的硕大暖棚之后，派人买了十头羊、二百公斤阿勒泰狗鱼犒劳大家。

这一日，成信秀坐在搭在暖棚里由两个枯木桩拼在一起的简陋庆功席上，几杯牧场粮食酒下肚，暖和起来的身体把她心底的热忱鼓荡起来。这一刻支配她的，再也不是除夕之夜那种搅和着茫然与沮丧的灰蒙蒙的情绪，而是初到新疆，那股将自己抛入一项事关国家命运的事业的壮怀。她看了看身边几个已经喝得舌头发直的男人,心想自己即使缺了半条胳膊,不也是和他们做着一样的工作和奉献!她就是喜欢,也需要与全力以赴的人待在一起,一心一意,不气馁、不退却,让生命像火一样燃烧。

"小成啊,我们有十几年没见啦!"钟顺之说。

"十二年,那时候还没有转业呢。"

"咱们师部荒地勘测队那批人现在都走散了,好多人不知上了哪儿。我找你可是绕了一个大弯,第一个电话打到白水城,第二个电话打到因半城,打到因半城一问,才知道你和老许已经不在一起了。电话转到因半城师部,幸好碰上刘梅儿。你还记得她吧,她直接把你单位的电话给了我。你说说,你怎么给弄成了这样?那天,你从车上下来的时候,我这心里真不好受啊!给你打电话的时候,我脑袋里晃悠的,还是当年那个耳边扎着两只小发鬏的小姑娘。"

成信秀摸了一把自己的空袖筒,嚅动着嘴唇,不知说什么好,过了一阵子问道:"许寅然现在什么情况?"

"光棍一条!"

"他老家的老婆呢?"

"死了。"

"不是说还有一个孩子吗?"

"一对脸就知道不是他的种。"

"……"

"老许是个好人。他一直惦记着你。"

"我给他写过信,信被退了回来,这些年,我们一直没有联系。"

"他是不想影响你现在的生活。为了找你,我把电话打到了他那儿,我们聊了很多。他现在……在白水城新组建的金星农场当场长。"

"……"

"要我说,老天爷真不是个东西,你说它搅和的这事儿,好端端的姻缘全给它弄拧巴了。"钟顺之边说边叹气,腮帮子上在战争年月留下的一处线形枪伤在酒精的刺激下像一条蠕动着的红色蚯蚓。

"要怨也只能怨我命不好。"在那封退回来的信里,成信秀背着石永青写了女儿的情况,信肯定没有到达许寅然手里,否则他不会躲得她找不到。

"工地上条件差,有需要你提出来。"

"可以帮我找个暖水袋吗?还有肥皂。"

"这不是什么难事。"

成信秀在北疆一直待到七月初。187干渠工程还未结束，六号坑水库筹建已经上马，成信秀因为参加过数次平原水库的建设，十分了解对水库坝基进行地质勘测的必要性和方式方法，更对水库溢洪道和泄洪量有所研究，所以钟顺之请她无论如何把坝基勘测报告、水库坝型图纸的初稿以及注意事项完成之后再离开。

写完勘测报告和施工方案，成信秀收拾行李准备回家。在因半城人民商场，成信秀为女儿、丈夫和李秀琴一家都买了礼物。她给女儿买了一个新铅笔盒和一件的确良碎花连衣裙，给石永青买了一本《针拨法治疗白内障》的医用小册子和一双翻毛棉皮鞋，给李秀琴一家人称了两公斤饼干，又单给李秀琴买了一块灰黄格相间的的确良布料，给明双全买了两瓶白酒……顺路车司机是个好心人，瞅见一只独臂的成信秀不方便，又带着两个装得鼓鼓囊囊的旅行包，就把她一直送到了茂盛农场场部。

屋门敞开一半，家里有人，但是静悄悄的，屋门后的簸箕里堆着一堆摔碎的瓷片。成信秀站在外屋方桌前，屏息听了听屋里的动静，里屋有小声的啜泣声和说话声。

"秀琴姐，小昭，出了什么事？"成信秀急忙走进屋内。她的出现吓坏了屋里的石昭美和李秀琴。小昭眼睛红通通的，在惊恐中认出她后，哭得更加厉害了。

"他们把爸爸绑走了。"

"他们是谁？什么时候？"

"吃午饭的时候。"石昭美说。

"他们为什么绑人？"

"小昭妈，小昭爸的事又被他们翻出来了！"

"我找他们去！"成信秀并不知道自己要去找谁，她的脚底仿佛起了火，不顾李秀琴追在身后的喊叫，大步往场部而去。

场部办公室里，副场长李洪贵正凑在武装股股长耳边，小声叮嘱着什么。

"为什么要绑石永青？"成信秀站在屋门口，毫不客气地问。

"成工程师，你回来了？正好，我们要找你。"李洪贵惨白的面孔露出虚假的笑容。

"找我，什么事？"成信秀冷冷地问。

"坐，请坐。"

成信秀站在原地问道："说吧，找我有什么事！"

"石永青怎么和你结的婚？你和当时水文地质队队长许寅然结婚不到半年，怎么就离了婚？"

"结婚自愿，离婚自愿，手续都在档案里。"

"自愿？我们已经调查过了，许寅然在解放战争中立过战功，当时又在白水城搞减租反霸，他不仅是革命功臣，还曾经因为救你几乎送了命。石永青什么背景？不过是一个一九五二年参军的学生兵，凭什么他一出现你就和许寅然离了婚？他是不是对你做了什么？而你，竟然自愿做出抛弃革命功臣的选择，你的立场呢？你到底站在哪一边？"

"结婚自愿，离婚自愿，我们没有违反《婚姻法》。这和立场有什么关系？石永青高中毕业响应国家号召，千里迢迢参加边疆建设，十几年了，没有回过一次家，你说他什么立场？我现在这副样子也仍然在参加水利建设，上级部门要我去哪里我就去哪里，把女儿一个人扔在家里不管，你说我什么立场？"成信秀带着火气说完了话，嘴唇一个劲儿地抖。

对方那张惨白的脸稍稍扭曲后，又恢复了之前的狡黠和镇定。

成信秀拿眼直瞪着他，搞不清楚他到底在打什么鬼主意。

"这件事完全是我们自己的感情生活，属于个人隐私，街坊邻居可以私下里嚼舌头讲怪话，甚至可以朝我们吐唾沫，但是你代表上级组织跟我谈话，就得讲道理讲法律。"

"成信秀，你不要仗着立过二等功就可以对抗组织调查！石永青抢夺革命功臣的妻子，破坏革命婚姻，动摇戍边官兵的军心！而你，竟然被他迷惑，成了伤害人民群众情感的帮凶！"

成信秀双手冰凉，她极力克制住内心的震惊与憎恨，稳住发颤的声音："你……你不能随便扣帽子，你这么说是要负责的！我们三个，都是自愿，从来不存在抢夺这回事！你可以去问许寅然，可以去查我们的档案！"

"你不用再解释了。"李洪贵晃动着他那张没有血色的脸，从旁边一张桌子上取出一沓文字材料，朝着成信秀抖了抖，"看看，这都是群众揭发出来的，石永青的情况已经很清楚，场里马上会对他有新的处理。至于你，回去赶快写反省材料，你要对这个问题有正确的认识，我们会根据你的反省材料考虑对你的处理。"

成信秀气得膝盖发软眼前发黑，她努力咽下冲到喉咙处的一口又酸又辣的苦水，艰难说道："你们……你们这样做是要负责任的！"

石永青即日起被剥夺医生资格，再次遣送至七连劳动。这以后，对成信秀而言，天天都是苦闷难熬的日子，天天都在担惊受怕。

九月的最后一个礼拜天，蓝天里飘着缓缓移动的棉絮状的白云，太阳金灿灿的纱翼落在茂盛渠渠水上，碧绿又平静的水面上泛起千万道耀眼的光芒。这一天，成信秀正在茂盛渠第一节制闸处的自留田里和大伙儿一起收玉米，两个陌生的年轻人突然像从地下钻出来似的，没头没脑站在了她的眼前，他们一边递给她一张盖着大红印章的文件，一边说道："你听好了，石永青昨天晚上上吊自杀了，这是关于他的罪名文件。"

成信秀的脑袋轰地发出一声巨响，像是被炸开了一个窟窿，她目瞪口呆盯着他们看了好一阵儿，然后恍恍惚惚朝手里的文件看了一眼，当看清楚白纸黑字、异常分明的罪名——畏罪自杀——之后，眼前一黑，昏死在田埂上。

醒来后，成信秀已经被抬进办公室的一张长椅上，一位女同事——后来她甚至想不起那位女同事叫什么——坐在她身边比她哭得还伤心。一直到被人送回家中，成信秀的大脑还是一片空白，仿佛那个被炸开的窟窿始终冲着太阳无可救药地洞开着，仿佛被炸断了的神经像铰断的铁丝一样丑陋地扭曲地指戳着苍天。

对成信秀来讲，认领尸首与埋葬石永青的过程像是在一场中毒的谵妄中进行，她的头昏昏沉沉的，腿脚飘飘忽忽的，从头至尾几乎没有自己的意愿，也意识不到自己该问什么、该做什么。李秀琴把石昭美挡在了停尸的草棚前，自己和成信秀走向前去。带他们领尸的人告诉成信秀"石永青一句话一个字也没留下来"时，成信秀只是迟缓地抬起头盯着对方的嘴巴迟缓地回应了一声"噢"。看着石永青几乎变成黑色的脸，成信秀像看着一块石头一样,既没有流泪,也没有上前触碰他。

　　草棚之外,明中启站在石昭美身旁。石昭美呜呜呜地哭着,中启痛心地看着她挂满泪花的小脸,从始至终,不仅用他热乎乎的大手握住她润滑冰凉的小手,又在悲伤难抑的一刻,伸出手臂,温柔又有力地将她搂在怀里。

第三章

1

一连半个月都是好天气,柔和的风把蓝天吹得干干净净,太阳一览无余地照着,将明灿灿的光辉投射在田野、果园、场院和远处灰蓝色的地平线上。七月初,成熟的麦子从蜡黄色变成了浅金色,茂盛农场主要种植冬小麦的四个生产连队仍然没有把地里的庄稼收回来,场直属五号地里,已经被太阳晒干了水分的三百亩冬小麦也只收割了一半。

一九六七年,从春耕直到夏收,农时一再延误,扔在田间无人管理的农作物就像刚出笼的肉包子被扔进了狗嘴里,让人痛心与惋惜。小暑这天,正在放假的茂盛农场子弟学校四年级以上的学生被集中起来割麦子,再不把麦子收回来,今年农场职工的口粮都成问题。全校四百多名学生,能叫来的只有住在场部及场部附近连队的,人数不到一半。

早晨六点半，初三刚毕业的石昭美从食堂打回早饭，将馒头和苞谷糊糊放在桌子上，便急吼吼跑到进门处的脸盆架前，解开已经编好的长辫，蘸着盆里的清水，凑近脸盆架上的一块小方镜，更仔细地梳理起头发来。这一年，石昭美的身段好似春天的柳条，出落得又修长又柔软，她的个头已经超过成信秀，胸前明显有了耐人寻味的起伏，看人和看自己的眼神都变得越来越蒙眬。

成信秀穿着一件无领无袖的碎花背心，像一片秋天发黄的树叶飘进屋内。她太瘦了，打从石永青出事起，她就一直往下瘦，一年下来，体重轻得只有一条影子那么重，那根断臂蔫萎得又软又细，半吊在成信秀身体一侧，很有一种无动于衷蔑视一切的冷漠感。

"头发都梳几遍了！"成信秀不满地唠叨了一声。

"为什么只有我的头发像钢丝一样硬？"

"去割麦子，又不是上台演节目，再折腾要迟到了。"成信秀坐在桌前喝粥，石昭美的头发和许寅然的头发一样又黑又硬又多，她心里知道这回事，嘴巴上却不能接女儿的话。

叭的一声，石昭美捆头发的头绳又断了，一头又沉重又光滑的黑发落在肩上，她心烦地跺着脚嘟哝道："妈，都是你催的，你看，头绳又断了，这是最后一根！"

"你外婆做姨太太也没你花在上面的时间多，小小年纪，还不到你动这方面心思的时候。"成信秀突然发了火。

石昭美急出了眼泪，蹲在地上接头绳，那上面已经打了好几个结。发量多，发辫一天会松几次，也就更费头绳。成信秀不止一次劝她剪成短发，但是她说什么都不愿意，她的长发是为另一个人留的。

"你心里不舒服就会拿我撒气！"

哐当，成信秀把盛着苞谷糊糊的碗摔碎在地上。

石昭美抹了一把眼泪，头也不回跑出家门。

成信秀独自在屋里发了会儿呆，叹口气，拿起石昭美丢在桌上的铁皮饭盒，把一个煮鸡蛋、三根腌豆角和两个白面馒头装了进去，拎起衬衣穿好，朝李秀琴家走去。

"千安，把这个给小昭带上，她赌气跑了。"

"要不要我把她追回来？"千安兴冲冲问。

"不追，你追也追不回来，死犟。"

"初三年级八点集合，她这么早到学校还没人哪。"

李秀琴站在千安身后，在围裙上拍了拍手，说道："千安，你赶紧吃，吃完了上学校去看看。"

"小昭妈，你吃了吗？我烙了大饼，你来尝尝。"李秀琴招呼成信秀。

"吃过了,你吃你的,我回去了。"

"姑娘大了,脾气也大,都这样。"

"对了,让千安把这个也给小昭带上。"成信秀把两根黑色头绳塞在李秀琴手里,继续说道,"就为这个,成天和我闹气,嫌我给了她一头难对付的头发,你说,这也是我的错吗?"

李秀琴笑着说:"可不是,生下他们,倒像是欠了他们几辈子的债。"

九点不到,楼文君带着一组五十二名学生来到分配给她的麦田地头,明中启是二组带队老师。两块条田相互挨着,明中启可以一扭头看见楼文君,石昭美可以一回头望见明中启。

天很快热起来。中午,太阳像是蹚进了烂泥地里的牛车,移动得越来越缓慢。麦田里,没干过多少农活的学生和熟悉农活的学生的手脚一律都被太阳晒乏了。

"明千安,你连女同学都不如,瞧,她们都割到你前头了。"楼文君朝明千安走过来。

"楼老师,我肚子疼,拉稀。"

"得了吧,别耍你的小聪明,加快速度,来,我和你一起割。"

"楼老师,上海不好吗?你干吗要上我们这儿来?"

"上海当然比这里好多了,你要是去了上海,长八只眼睛都不够用。"

"为什么？"

"高楼大厦车水马龙，你看不过来。"

"那你干吗要来？"

"我来给你当老师，专门整治你。"

"嘻，我哪儿值得你跑这么远啊！"

"欸，明千安，初中毕业了，下一步你有什么打算？"

"我想当兵。当炮兵。"

"哟，志向不小啊。"

楼文君的额头与耳边都是汗水，头发被汗水浸透，湿漉漉地贴在额角，白皙的脸蛋挂着汗珠，给太阳晒得红扑扑的。她穿一件淡米色的长袖格子衬衣，为了不妨碍劳动，两条细长的发辫被绑在一起搭在后背上。

石昭美站在不远处，将楼文君的一举一动看在眼里。无论从哪个角度打量楼文君，石昭美都觉得她是名副其实的好看，她越是这样想，眼睛里就越发有了一层亮晶晶的忧伤。石昭美看着她搭在后背上的长辫，心想，再有三个月，自己的头发也能跟她长得一样长。

除了打量楼文君，石昭美的眼睛会不由自主朝旁边的条田看，无论明中启走到哪儿，她的眼睛都能像吸铁石一样，从一群人当中把他顾长的身影找出来。她又一次朝明中启那边望了一眼，她望了他那么多眼，他一眼也没有回看她，就是他往这边看过来，石昭美也知道，他看的不是她，而是楼文君。

石昭美的眼睛离不开明中启。麦田里的明中启与在课堂和家里的明中启并不一样，走路的样子和说话的神态都比平常显得更孤单、更心事重重，就好像天空与四野是面特别的镜子，照出了另一个她所不知道却更有吸引力的明中启。她太熟悉明中启了，因此能够更敏捷地捕捉和体会到明中启身上细小的变化。明中启早就是她心里最重要的一个人，他陪着她长大，小时候把她当作跟屁虫，带她一起捕麻雀、逮鱼、烧麦粒，大一些时又经常给她辅导作业，监督她写书法，教她打篮球和乒乓球。他不仅是明老师，还是她的中启哥。他的身影长长的，手掌又宽又温暖，高兴的时候会哼歌儿，衣服领子总是干干净净的，就是一对招风耳挺可笑……不管怎样，只要中启哥在，她就什么也不用担心什么也不害怕了。

午饭在地里吃，学生们各自带饭，三五个凑成一堆，累得都没了吵闹的劲头。楼文君和四位带队老师坐在地头附近一株没有多少阴凉的沙枣树下，她的手磨出了两个血泡，疼得合不拢，另一位老师教她怎么用沙枣刺戳破血泡把血放出来。明中启这时候加入进来，他一边和其他老师谈论上午的收割进度，一边拿眼直瞅楼文君，见她埋着头咬着嘴唇一心在挤血泡，就把自己洗得干干净净叠得方方正正的手帕从口袋里拿了出来。但是,手帕握在手中,他却没有勇气递给她,只好魂不守舍应付着与其他老师的谈话。

麦收过于劳累,楼文君头晕的次数越来越多。这天吃过晚饭,她提着暖瓶去锅炉房打热水。锅炉里热水充足,又刚刚烧开,她很开心,仿佛疲惫的双脚已经泡在了热水里。打完水,她拎起暖水瓶往外走,出了锅炉房,眼前一黑,人扑通栽在了地上。暖水瓶打烂了,滚烫的水浇在她的右脚背上。

事情传到明中启耳中,第二天傍晚,把最后一捆麦子背到场部麦场,他匆匆回到家里,进门就把妈妈李秀琴拉在一边,悄悄地问:"妈,烫伤怎么好得快?"

"谁烫伤了?"

"别问那么多,你就告诉我,怎么治好得快。"

"你这孩子,嫌我多嘴,就别问我啊。"

"快说,妈。"

"在咱们老家,都是用熟鸡蛋黄炕出来的油抹上。"

"那你赶快,一个太少,炕两个。"

"到底谁烫伤了?"

"……楼老师。"

"楼老师,噢,是那个上海姑娘吧?"

"妈，你赶紧炕鸡蛋吧。"

灶里已经没火，李秀琴重新生起火来，先煮鸡蛋，再把两个熟鸡蛋黄捣碎在舀汤的铁勺里，放在火的中心烤。明中启干嚼着玉米面馍馍，蹲在一旁眼也不眨地盯着，像是担心母亲偷懒或者往里面下毒。

两个珍贵的鸡蛋黄，炕成焦煳的渣子，只有十来毫升的油脂。明中启逼着母亲腾空了一个没用完的清凉油盒，把炕出来的油脂倒在里面。

迎着凉爽的晚风，明中启捧着清凉油盒，来到静悄悄的知青宿舍区。但急匆匆走到楼文君宿舍的后窗，他说什么也再迈不出一步。如果把这只盒子送到楼文君手里，那么今晚他与楼文君的流言就会传遍全场。不准上海知青谈恋爱的禁令也是说给全场职工听的，"别打上海女学生的主意"，爸爸明双全早就叮嘱过他，别说三年未满，就是三年到了，禁令也不一定立刻能够解除。

月光黯淡，晚风轻柔，繁星犹如心语。明中启转回家去。

"妈，你帮我给她。"明中启把难题与情思交在了妈妈李秀琴的手中。

李秀琴出色地完成了儿子明中启交给她的任务，她以小儿子明千安申请参军为由，去知青宿舍向在场部机要室管文件的管一歌打听参军报名的要求和条件，顺嘴问候了一下千安的老师楼文君，之后的事便顺理成章了。

"中启啊，你跟妈说实话，你惦记她多久了？"

明中启低头不语。

"现在可不是时候，将来也不一定啊。这批内地来的知青，将来能不能留下来，都说不好呢。"

"妈，你说得太远了。"

"这不是远近的问题，是眼睁睁的现实。"

麦收结束后，学校正式停课，老师们全部前往各生产连队参加劳动，分配方案即日下达。老师们来到学校收拾办公室，课本、学习资料以及批改完成却没能发给学生的作业本，一摞摞地都用细麻绳捆好放在桌柜里；没用完的粉笔、墨水以及其他教具都登记在一张纸上。想到教室里或许还会有学生们落下的东西，明中启说他去各班看看。

在小学六年级的教室前，明中启碰上了楼文君。

"明老师，办公室收拾完了吗？"楼文君消瘦得厉害。

"……快完了。"

"我去初中教室那边看看。"楼文君说。

"还是我去吧，你的脚伤……好了吗？"

"好多了……你妈妈送来的油膏效果很好，再有两三天就差不多恢复了。"

他们隔着有五六米远,脸上都努力表现出一种平静和镇定。楼文君说话时有些不知所措,有一刻,她凝视着他的双眸不知何故突然慌乱地躲开了,一缕羞怯跟着轻风滑向空寂的操场。

"校园里没了学生,我们这些老师……你的心里,也空了吧?"明中启说。

"不仅空了,也很茫然。这几天在宿舍里休息,我又重读了《静静的顿河》,感受与上一次完全不同,上一次,我只看到葛利高里对娜塔莉亚的不公,同情娜塔莉亚,这一次,却读出了葛利高里的苦闷与彷徨。"

"心境变了,看人看事的眼光也变了。"

"你说,葛利高里最终能找到出路吗?娜塔莉亚和婀克西妮亚都死了,爸爸妈妈死了,女儿也死了,白军和红军都不要他,你说,他能找到出路吗?"

"只要想活下去,总是能找到出路的吧。"明中启说得不是很肯定,说完他侧过脸去,深切地看了一眼楼文君,视线不小心滑到她光洁的脖颈和领口处一小片白皙的皮肤上,他立刻慌张又羞愧地移开了目光,呼吸在不知不觉中变得粗重许多。

下午,学校收到分配方案。十几位老师分在三个生产连队,明中启与楼文君一同分在五连。教务处主任把分配表贴在办公室墙上时，明中启看到他和楼文君的名字挨在一起，心情无比激荡，欢乐的眼光几乎能把表格中的字迹烧着。他使劲绷住嘴角，才没有让自己傻呵呵地笑出声来。楼文君也看到了他们挨在一起的名字，她微微地叹了口气，仿佛为自己窥见一种摆脱不掉的结局而如释重负。回转头来的时候，他们正好四目相接，明中启深情款款，目光又明亮又清澈，她立即看懂了他内心的一切，但也在同一瞬间移开自己的视线，躲开了他向她敞开的心扉。

2

石昭美一整天都没有出门，她躺在床上，冲着墙壁哭个不停，脸都哭肿了。

明中启与楼文君分到五连劳动，明千安和陈理真在四连，只有她，去了离场部最远、当年爸爸石永青待过的七连。

"我不去，我死也不去。"

"小昭，你先去，妈妈随后找找人，想办法把你调到别的连队去。"成信秀苦苦劝道。

"你能找谁？谁还能帮我们？"

成信秀脸色蜡黄，眼里汪着泪花，她的心头也跟女儿一样难过，但是却不能叫女儿反抗这个决定。

晚饭后，她悄悄找到师部下派到茂盛农场任副政委的张文定，请他看在早年一同在荒原上经历过生死考验的分上帮帮她，至少别让小昭去七连。

"张副政委，你得帮帮我的女儿。"成信秀在张文定的下班路上拦住了他。

"成工程师，我们上那边说。"张文定把成信秀引到家属区百米外的一片芦苇地里，"成工程师，场里领导班子已经分成了水火不容的两派，有一派是师部周副参谋的亲信，分配方案都是他们定的，我们谁都插不上手。石医生的事情他们一直压着不做调查，现在又把小昭弄过去，一定是别有用心。这时候，孩子如果不去，不是又给他们捉到了把柄？"

"可是去了我更放心不下，七连是全场条件最差的连队，内地知青都不往那边派，偏偏把她分到那里。七连路远，又难走，一刮风沙子就把路埋了，他们要是在那里找小昭的麻烦……我可怎么办啊？"

"要不，你去找找许队长吧，他认识的首长多。"

张文定的脸隐没在幽暗中，成信秀猜不透他为什么突然提到许寅然。茂盛农场上，只有张文定见过许寅然，也了解他们两个当年的曲折故事。

"许队长还在金星农场吗？"成信秀叹口气问道。

"我听说他已经调到了师部。这样吧，成工程师，你先让小昭去，我明天就托人给七连的指导员带话，让他帮忙照应。随后，我再想想办法，找个理由把她要回场部来。"

与张文定商议完，成信秀给在师部的老同事刘梅几写了封信，请她帮忙联系许寅然，但是对于能否找到许寅然，她的心里一点底都没有。

金黄色的阳光透过窗棂，在干净的砖地上映出一大块明亮的多边形光斑。石昭美停止了哭泣，僵持两天，见妈妈束手无策地陪着自己抹眼泪，她心里的恐惧已经变成了彻底的绝望。

石昭美既可怜自己，也可怜坐在她眼前的妈妈，但是她的心痛没有化为与妈妈共渡难关的勇气，而是对自己命运的怨愤：为什么偏偏是她？为什么他们逼死了她的爸爸还不放过她？为什么楼文君和中启哥分在了一个连队？他们把她送到七连是为什么？是要让她天天想起爸爸的死吗？她害怕七连，害怕去那个吞噬了爸爸生命的地方。别人的爸爸妈妈都能保护自己的孩子，爸爸却抛下她自杀了，妈妈已经残疾，妈妈能为国家造桥、修渠、挖水库，但是却保护不了自己的女儿，不能不让她去她害怕和厌恶的七连，妈妈只会像个可怜虫一样陪着她哭看着她发愁！

石昭美答应妈妈明天就去七连报到，那一刻，她的心里实际在说："你们都不能保护我，都不能救我，连中启哥也不会保护我，他被那个上海女人迷住了。好吧，那就让我自己倒霉去吧！让狼吃了我，让沙尘卷走我，让我莫名其妙地死掉！到时候，看你们怎么办！"

"妈妈，我去就是了。"

"小昭，相信妈妈，妈妈不会不管你的，你先去待一段日子。"

"小昭，小昭妈，你们在家吗？"李秀琴在外面叩门。

成信秀用冰凉的手背按了按发烫的眼眶，将李秀琴让到屋里坐下。

"我来看看小昭，东西收拾咋样了？小昭，给，这是阿姨给你做的棉鞋，你们几个下连队劳动的，一人一双。"

李秀琴边说边瞅母女俩还噙着泪水的眼睛，叹口气继续说道："小昭啊，别多想，下去劳动，既别抢先，也别落后，咱们不冒尖儿、不出头、不吱声，咱们就咬着牙忍下来，忍过这个关，以后就都会好的。闺女啊，别怕，越怕越经不起事。你就想，爸爸在身边看顾着我呢。你明伯伯有两个老战友在七连，已经托人把话带去了，临时有个急难，你就去找他们。给，这是他们的名字。"

跟在李秀琴后面进门的千安这时候靠在门框上，满不在乎地嚷了一句："妈，她才不害怕呢，你瞧她追着打我的那个狠劲儿，别人害怕她才对。"

李秀琴的话为石昭美宽了心，千安不着调的揶揄和挖苦惹得她几乎要破涕为笑，也多少驱散了连日来笼罩在母女心中的阴霾。

"小昭，咱们六八届的同学都在照相馆等着呢，快走，照相去。"

"等一下，我要洗把脸。"

"不用洗，要我说，照成一张大肿脸不是更有纪念意义吗？"

"你把你的牙露出来照，也更有纪念意义。"

"我的牙怎么了？"

"瞧你的大门牙，缝子宽得能赶过去一辆牛车。"

明千安气得做出一个咬牙切齿的表情，石昭美甩甩辫子钻进光线昏暗的小伙房，舀了盆水放在脸盆架上，埋下头将冷水扑在脸上。

细碎的水声让明千安安静下来，他靠在门框上，手插在裤兜里，看着石昭美半躬着身体，突然就像变了个人似的。沉默片刻，他从裤兜里抽出一只手，垂下眼，心不在焉审视着自己剪得干干净净的手指甲，末了，压低嗓门，难为情地开了口："小昭，别怕，我会经常去看你的。"

石昭美心里涌动着一股暖流，她一百个相信明千安会说到做到，如果这个世界上她愿意与谁做兄弟姐妹，第一个就是千安。浸在脸颊上的凉水很快消除了石昭美脸上哭过的痕迹，荡漾在心底的暖流让她的身体轻快了许多，光洁的脸庞重又散发出单纯而清新的气息。

家里只剩下成信秀与李秀琴，成信秀将沏好的茶放在桌上。

"秀琴姐，我和你说件事。"

"你说。"

"小昭，小昭，她不是石永青的。"

"啊！到底怎么回事？"

"大姐，我不瞒你了。这件事，如果石永青在，我是会一直瞒下去的，能瞒多久就瞒多久。但是现在情况不一样了。许寅然，就是我的前夫，他才是小昭的亲生父亲。当年他走得太急，我不知道自己已经怀孕，等到发现，就和石永青赶快结了婚。"

成信秀将往事一五一十全部说了出来。

"秀琴姐,不瞒你说,好多次我都想和石永青一起去,死掉算了,让自己到阴间去陪他,总算可以补偿他一点。可是,还有小昭啊,这孩子的命不好,跟着我遭罪。但我说什么都不能让她出事,凭我一个人,凭我现在这副人不人鬼不鬼的样子,我想,我一个人是没法照顾好她的。她是许寅然的骨肉,无论以前发生过什么,她都是他的亲骨肉,万一再出个什么事,这世上,我就没有对得住的人了。所以,这件事我不想瞒下去了,我已经托人去找许寅然,看看他能不能想想办法,至少把小昭留在我能照顾得上的地方。秀琴姐,我对你讲这些,是心里憋闷得慌,另一方面也是没有把握,不知道下一步要怎么办,该怎么对小昭说,什么时候对她说。"

"小昭妈。"李秀琴抹了抹眼泪,走到床边挨着成信秀坐下,紧紧握住她冰凉干燥的手,"你真能忍,这么大的事,你一个人怎么能扛到现在?要我说,这事你早该让许寅然知道。我从你说的话里听出来了,小昭爸,不,小昭的亲爸,他是个好人,是个负责任的男人。要我看,这事先别给小昭说,先等许寅然那边的消息。还有,怎么和小昭说,你俩先得通个气,你想,猛地冒出来另一个爸爸,又和石永青的死有关,孩子不一定能接受。"

"我也是这么想的。但是,你看,小昭这个坏脾气,要不是你们来，不知道还要跟我闹成什么样。她有多犟，你真不知道，她要是不愿意搭理你呀，你就是拿十把钳子都撬不开她的嘴。"

"小昭犟，我怎么能不知道，天天在我眼前晃，我怎么能不知道。耐心等等。我再让中启跟小昭说说，中启说的话小昭最爱听。"

"大姐，中启是不是谈恋爱了？"

"唉……你是说那个上海姑娘？"

"是啊，小昭对我说了。"

"这事啊，我也犯愁呢，人家那是大地方的人，心思不会在他身上的。"

"咱们中启差什么？多好的孩子，要我说，嫁给他才是福气呢。"

"这死小子真沉得住气，一丝风都不透，到现在也不跟我说说到底啥情况。"

"中启是个稳重的孩子，一定是还没有到给你讲的时候。"

石昭美在生产七连待了半年，许寅然那边没有任何消息，一连数日，成信秀都噩梦不断，从梦中醒来，脑袋里也全是女儿落入危险的场景。她无法再等待下去，于是再次找到张文定。

这一次，当着张文定的面，成信秀几乎是悲痛欲绝地哭了出来，她从来没有那么软弱过，也从来没有那么低声下气地求过人。最后，她毫无不舍地把石永青送给她的那块绿幽幽的玉佩拿了出来，几乎是跪着捧在张文定眼前，请他收下这件她身上最为贵重的财物。

张文定被成信秀的举动惊得手足无措退后两步，又连忙推开她举着玉佩的左手，把泣不成声的成信秀扶到桌边坐下。从惊愕中平静下来，张文定默默打量着就要被痛苦压垮的成信秀，那一刻，他无法相信，也不愿相信眼前这个憔悴枯瘦的独臂女人就是当年勘测队里那个漂亮、骄傲又热情的湖南妹子。刹那，他的眼眶湿润了。

尽管喉间哽咽，张文定并没有让情感影响自己的理性。他强行止住眼中泪花，沉下脸，不客气地斥责了成信秀，说她这是违反纪律，同时向她保证，他会想办法尽快让石昭美回到场部。

3

农历新年到来之际，在七连劳动的石昭美被抽调到场部文艺宣传队。转眼到了五一劳动节，巡回演出之前，文艺宣传队要在场部进行首场演出。

傍晚，空气里的沙枣花香越发浓稠，石昭美弯腰站在门前的凉棚下洗头，成信秀舀起一瓢兑好的温水为她冲洗头发。

"天天编节目，天天排练，天天跑路，天天演出，小昭，你喜欢这样吗？"

"挺好的，我们吃得特别好，全是细粮，无论到哪个连队演出，都是白面馒头、大米饭管够，还有肉吃，比家里的伙食好多了。"

"这话啊，跟妈妈说说就得了。"

"我知道。妈，今天你别去看节目了。"

"为什么？怕我看你？"

"你肯定会觉得我演得不好。妈妈，真是的！练了都十几遍了，我还是演不好。这回我和徐教员有个节目，就是那个天津知青，节目里他演我的爸爸，可是他比我大不了几岁，一到要喊他'爸爸'的时候，我就张不开嘴，就是喊出来，声音也又低又难为情。大伙儿都说我好几回了。"

"好吧，等你演这个节目的时候，我把耳朵堵上。"

"一到要喊他'爸爸'的时候，我就想到了爸爸。"

成信秀举着倒空的水瓢，叹了口气。

擦干头发，石昭美直起腰来，橙红色的霞光落在她的额头上，把她那双清水眼中的清纯与忧伤全都照了出来。成信秀心疼地看着女儿秀美的鼻梁，默默咽下升至咽喉的苦涩，转换了话题。

"小昭，你有没有想过，自己到底想做什么？妈妈总是觉得，宣传队的工作不是长久之计，你又不是专业的文工团演员，基本功和专业训练都没有，形势一变，说解散就解散了。你还是得好好想想，是不是应该再读两年书，学点真本事回来。"

"现在哪里都乱糟糟的，上哪儿去读书啊！"

"医生这个职业，哪里都需要，什么时候都需要。爸爸那本《赤脚医生训练手册》都被你翻烂了，我看你有这方面的兴趣。"

"可是，我那只是随便看看的。"

"师部的卫生学校都停办了，妈妈再打听打听吧，有机会还要学点真本事。"

舞台搭在篮球场和食堂之间的空地上。演出九点半开始，家家户户都来了。舞台下面，黑压压都是翘首以盼的身影。每一个节目，无论是演员上台，还是演出当中或者结束，台下的观众都没命地拍巴掌，连连叫好的声音始终不断。

成信秀拿只方凳坐在后排。石昭美要演两个节目，一个是男女声二重唱《逛新城》，一个是男女声对口朗诵诗《焦书记永远活在我们心中》。男女声二重唱在第五个节目，成信秀还是头一次听女儿唱歌，她的嗓音条件不是很好，音准却不错，起句时有些紧张，但随着配乐的跟进，很快就放松舒展了。

天还没有黑透，一片云彩遮住了月亮，星星显得更亮了。

"成工程师，你是成信秀工程师吗？"一个年轻人倾身小声地问。

看见对方帽子和领口上的红色五星与领章，成信秀立刻明白对方是现役军人，她的心一下子蹿到了嗓子眼儿。

"是我，你有什么事？"她睁大眼睛，惊恐地站直了身体。

"不，不，你别紧张，请跟我来，有个人要见你。"

成信秀这时候才看清，年轻人的身后，还有另一位头戴帽徽衣佩领章的军人。

他们往场部后院走去。月亮钻出云彩，把四周照得又分明又空阔。三个人都不说话，成信秀跟在两位军人身后，膝盖有些发软，她不知道迎接自己的又是一场什么样的意外，或者厄运，只能一口接一口地做着深呼吸，好让自己的心脏跳得不那么吓人。她一边往前走，一边朝不远处那个立在青灰色光线里的黑沉沉的身影张望。差不多三十米远时，两位军人停下脚步，做了一个请她过去的手势。

没等成信秀走近，那个黑沉沉的身影迎了上来。

"小成，信秀，是我啊，许寅然！"

成信秀怔在原地，良久，人像石柱一般僵住，突然，她的膝盖一软，扑通一下一屁股坐在了地上。经过这些年的磨难，她虚弱了很多，内心已经承受不住这个意外的重量。许寅然的名字像一道巨浪击倒了她。这一刻，这个名字所意味的希望与力量够她重新感激一直在捉弄她的命运，够她放心地坐在温暖的大地上好好地哭上一阵儿。夜晚突然变得静寂无声，像是黑暗里的一切都屏住了呼吸，只为了倾听成信秀内心的悲喜交集。短暂的失神之后，成信秀清醒过来，但是她半张着嘴，仍然像是喘不过气来似的，睁着泪眼，一个劲地抽噎。

许寅然一步跨到她的身前，跛腿跪在地上，伸手扶着成信秀痛苦抽动的双肩，心里痛得半天顺不过气来。

"信秀，对不住啊，我收到你的消息晚了。捎话的人也没说你到底有什么事，我心想，你肯定是遇上了天大的难事，不然不会找我。"

微风在空阔的大地上轻轻叹息，星星忘记了闪动。成信秀一边哭，一边痛苦地拍打着许寅然扶着她肩膀的手臂，仿佛要把内心无尽的痛苦捶打出来："老许，没有你的音讯，我以为，以为，你也出了什么事。"

黑暗中，许寅然的手触到了成信秀的断臂和空荡荡的袖管，他的手在断臂上摸索了片刻，然后剧烈地抖动着，喉咙里猛地发出低沉短促的哭音。

身后的演出场地上，蓦地传来一阵齐奏的乐曲声，成信秀跟着收住了哭泣。她打了一个激灵，一把抓住许寅然放在她残臂上的手说："老许，走，我带你看小昭去。"

"小昭？"

"小昭，小昭是咱们的女儿啊！"

一个晴天霹雳砸在许寅然的脑门上，这一回轮到他发蒙发傻了。

"别发愣了，快扶我起来，要到她的节目了。"

两个人又悲痛又欣喜又急切地相互搀扶着站直身体，许寅然一瘸一拐地大步跟上成信秀，回到演出场地的时候，石昭美正在台上朗诵。

"那是小昭。"成信秀看着台上的女儿，抹了一把滚出眼眶的泪水，转过头对许寅然说。

演出灯光映在许寅然胡子拉碴的国字脸上，这张脸虽然挂满了时间和磨难的风霜，但仍与成信秀记忆里的那张脸相去不远，硬朗、坚定、深情。成信秀的眼泪抹了又流，流了又抹，越抹越流。

许寅然直瞪着舞台上的石昭美，起了干皮的嘴唇微微张开，颧骨部位的皮肤因为方才抹擦过泪水发着光亮。成信秀凝视着许寅然凝望女儿的侧影，又是伤心又是欣慰，她知道许寅然仍然没有从震惊中醒来，也知道这种让许寅然知道真相的方式有些不近人情，但是，这难道不是只有上苍才能安排的巧合吗？她再也不想等下去了。

"老许，你看清了吗？"成信秀问，"孩子属蛇，一九五三年沙枣花开的时候生的。"

许寅然的嘴唇颤抖着，像是谁往他身上浇了一盆滚烫的水，像是谁刚刚把一块烧红的烙铁从他脊背上拿开，他得拼命忍受震惊和疼痛带来的战栗。他没有回答成信秀的问话，人像是瞬间老了十岁，弓着肩背，只是麻木地抬起手臂，用粗糙的手指头抹着溢出眼眶的泪水。

"阿爸哎，快快走！"石昭美在台上朗诵。

"阿爸呀，焦书记他回来啦！"

两声"阿爸"都叫得又响亮又自然，站在舞台两边的宣传队队员带头为石昭美喝彩和鼓起掌来。

打向石昭美投去第一眼，许寅然的眼睛就再也没有移开过，但是他看不清楚孩子的面容，除了因为石昭美脸上涂了油彩，更因为泪水动不动就模糊了他的眼睛。

"看不清，怎么都看不清，这眼睛，不顶事了。你先和我说说吧。这到底是怎么回事？"

成信秀朝四处望了望，对许寅然说："我们回家说吧。"

许寅然边走边回头朝舞台上看，石昭美的节目已经演完了。

顾不上打量成信秀的家，许寅然先开了口。

"去年年初我就被送到一个边境农场劳动去了，前不久才回到师部，多亏一位当年一起在南泥湾待过的老战友，是他保了我。回来后我听人说刘梅儿找了我几趟，我联系上她的时候，她的身体已经很不好了，正在住院。她说，你在电话里急得直哭，却没告诉她具体是什么事，只是让我赶快联系你。你胳膊受伤的事我知道，本来是打算来看你的，恰好那一阵碰上了乱子，没能走成，为这事，我心里一直就不得劲儿。听刘梅儿这么一说，我琢磨事情紧急，又去找老战友帮忙，我把我们俩的事情给他说了，他一听就让我赶快走，并帮我趸摸了一个理由。茂盛农场干海子一号水库不是鱼养得好吗，师部也在搞水库养殖，他就以恢复生产购买鱼苗为由开了通行证，专门派了车、派了警卫护送我来。你瞧，外面站着的那两个年轻人，腰里都别着家伙呢。多亏这位老战友想得周到，不然这一路真不好走。"

夜深了，晚风起了凉意，月亮在厚厚的云朵里钻进又钻出，戈壁滩无边的沉寂好似一张黑色的大网罩向大地。成信秀把曲折又痛苦的往事一件挨着一件都告诉了许寅然，许寅然听得胸腔一阵一阵地疼痛，好几次，他得做出一个最大限度的深呼吸，才能平缓内心巨大的压抑之情。

"你得好好谢谢张文定，是他把小昭从七连那个鬼地方弄出来的。"

"这次怕是没时间见他，明天，我也得往回赶。放心吧，我记着呢。"

"这件事，要不要对小昭讲呢？你们父女两个，要不要……"

"……还是缓缓吧。"许寅然叹口气，"今天我都差点受不住。这事，还得找机会，你先跟她说，说完再听听她的想法。"

"我急着找你，也是觉得这事应该先和你商量。"成信秀点点头。

"……信秀，我对不住你。你受的苦遭的罪，都是因为我。"

"哪一步都是我自己选的，谁也没有拿刀枪逼着我，你不要有愧疚。"

"等我稳定些，你和孩子跟我走，往后，我不能再撇下你们娘儿俩了。"

"现在说这些还早。不过,有件事,你得上心为她打算。文艺宣传队不是久待之地,我总觉得,不管怎样,她应该再学点真本事。前几年,卫生学校、财经学校、灌溉学校、师范学校年年都在招生,但是去年起又都停办了。你打听着些,一有机会,就让她去读书学习。"

"行,我知道了。"

"下午,小昭跟我说,明天他们要去林灌站演出,早饭后从场部出发。"

"那我,那我去送送她?"

"你想送就送吧。对了,你们晚上在哪儿休息?"

"车上都有铺盖,就在车厢里,很方便。"

第二天天气不好,一大早,风就到处乱窜,一阵儿猛烈摇动树梢,一阵儿又灰蛇般钻进草丛。灰蓝色的天际线上,似有似无地浮着一层土黄色。熟悉戈壁滩气象的人都知道,大风或者沙尘天气就要来了。

吃过早饭,成信秀来到场部。差一刻钟十点,石昭美和两个宣传队的姑娘在食堂吃过早饭,背着行囊往场部这边走来。

"妈,你怎么来了?"

"我来送送你,给,这两个鸡蛋带上。"

"不要！妈，我吃得比你好多了。"石昭美边说边朝站在成信秀身后的许寅然瞄了一眼，觉得这个人十分眼熟。

"东西都收拾好了，别落下什么。"成信秀说。

"收拾好了。"石昭美把肩上的行囊放在脚边。

成信秀上前提了提行囊的重量："还好，不是很重。"

"背乐器道具的男队员，他们的重量顶我们两倍。"石昭美又看了一眼许寅然，心里直嘀咕——这个胡子拉碴眯着眼一直瞅我的男人是谁呢？

"小昭，这是许叔叔，他是妈妈当年在水文地质队的老同事，来咱们场办公事，顺道看看妈妈。"

"……许叔叔好。"

"好，好，孩子，这个你拿上，你们路上怪辛苦的。"许寅然把装着几听肉罐头的网兜递到石昭美眼前。

"……"石昭美把黑油油的辫子从颈后捋到胸前，疑惑地盯着许寅然的脸，又看了看他的跛腿，不知所措地摇了摇头。

"拿上吧，小昭，这是叔叔的心意。"成信秀替许寅然把罐头塞进石昭美手中。

"石昭美，人到齐了，咱们要出发啦！"有人喊道。

"妈，我走了。"石昭美的视线又在两人脸上来回移动了好几次，亮晶晶的眸子露出像是明白了什么却又感到十分困惑的神情。犹豫片刻,她礼貌地说了声:"谢谢许叔叔。"

宣传队十几个年轻人有说有笑地走上马路,风把他们脚下带起的尘土掀了回来,许寅然与成信秀迎着风眼巴巴站着,他们皱着眉头,眯着眼睛,目送着一行人里石昭美略显单薄的背影。许寅然这一回看清了女儿的脸,这张与他似曾相识的脸所引发的感慨与痛楚,随着石昭美渐渐远去的身影,一缕缕地化为他对上苍、对生活、对成信秀和石永青的感激,化为他生命里的又一个希望,一股清泉般的喜悦。

4

就要入冬了,天气起了变化,阴晴不定的天空中,轻风把棉絮般的白云一会儿吹散了,一会儿又糅在了一处。阿娜河青灰色的河水已经停止流动,剩下不多的河水在有气无力的太阳下等待冰冻的日子。茂盛渠早已停水,苍白的渠身冲着天空袒露着光秃秃的河床,渠底淤积了大半年的泥沙已经被风吹走了最后一丝水分。距离降温还有些日子,一年之内,农场最重大的集体劳动——清淤修渠开始了。

清淤工地上，站在渠底挖土和甩土的一般是男职工。渠底的泥沙只有表面是干的，向下挖不过五锹，淤泥就又黏又重，女职工干不了挖泥甩泥的活儿，只能站在渠帮上挑土，把男职工甩在渠沿上的湿土一筐一筐地挑到渠外加固渠身。

这一天天倒是晴了。上午十点，生产五连分成八个小组进入就要接近尾声的清淤工地。参加劳动的年轻人有农场子弟，也有知青。明中启分在五组，组里有十个人，多半是上海学生。连长眯着眼背着手在渠帮上来回走了两趟，大声强调着今天每个人的工作量，但是他的话声很快淹没在职工的窃窃私语中，大家两个一伙三个一团地说着听到的传闻或者自己关心的事情，并不理会他言语中的愁闷与焦急。

五连会计杜卫央对明中启嘀咕道："中启，瞧，他俩又搭伙干起来了。"

杜卫央说的是组里的一对上海知青。年初供给制结束后，进疆知青谈恋爱的禁令也随之解除，但最先行动起来的人还是有些扭扭捏捏，生怕自己的幸福与甜蜜招来心思阴暗者的风言风语。

明中启朝两人看了一眼，心里一阵荡漾，但是他什么也没说，低下头继续挖泥。

"你知道吗？不止他们一对，不信你下工后去看，水井边一男一女一起打水的，下工路上一男一女一起找柴火的，都有问题。"杜卫央说。

"有什么问题？"

"我不是说相好有什么问题，是说都搞起来了。"

"你羡慕了？"明中启假装置身事外地问道。

"羡慕，当然羡慕！难道你不想？"

干活已经让明中启出了一身汗，杜卫央这么一问，他的心就像被风吹得呼呼作响的火苗。

"要是也有人和我一起干，连天连夜不睡觉我都能行。"杜卫央说。

"拉倒吧，你愿意别人还不愿意。"

"唉，也是。"杜卫央无限遗憾地摘掉棉帽，抹了一把额头上的汗，继续垂涎三尺地朝那边望过去，"你瞅，长得真不赖，上海学生，底子就是好，怎么风吹日晒都细皮嫩肉的。"

"得了，赶快干活吧。"

"你有没有看上的？"

明中启往手心里啐了口唾沫："你要有喜欢的，就直说，别在这儿死皮赖脸地磨我。"

"我，我，看着哪个都好，但人家，瞪都不瞪我一眼。"

"你看着哪个都好，有人瞪你才怪。"

"你发现了吗？这帮上海学生，尤其女的，她们只找自己人。"

"干活吧，没你的份儿，就别想了。"

明中启揶揄杜卫央，自己心里也不是滋味。已经是明摆的事，谈恋爱的禁令解除后，上海知青之间活跃了许多，同乡同根，同病相怜，只要一个眼神和一个关切的举动，彼此就有了亲人般的依靠。当然，也不全是这样，上海的小伙子和四川妹子，上海的姑娘和北京的男青年，也有成双成对的，但上海知青与土生土长的农场子弟的故事，却真的稀少，但凡传出一些流言，也只是一个笑话。知青们在宿舍里把农场子弟称为"小土块儿"，意思有两层，"小土块儿"不仅土，他们的将来也只属于这土苍苍的戈壁滩。

下工后，明中启回到宿舍。宿舍里住着六个人，今天轮到他打柴生火。夕阳西下，青灰色的暮光中，宿舍区的屋顶陆续冒出或浓或淡的烟雾，从工地回来的年轻职工开始生火取暖。在女知青宿舍区，经常会有一对做"小锅饭"的情侣。冰凉的夜幕下，两个静悄悄幸福着的人影，两张年轻快乐的脸，面对面蹲在一堆灶火前，守候着一只热气腾腾的钢精锅，锅里煮着半锅几乎没什么调料的清汤挂面。一般是小伙子往姑娘宿舍这边来，两个人在屋外吃完自己加工的"小锅饭"，收拾干净，再各自回屋。气温已降到零摄氏度以下，他们丝毫不觉得冷，用两块土坯支起一个简易土灶，男的往灶底下添柴吹火，女的在简单小木板上切着一块相当有硬度的东西。干胡杨柴很容易燃烧，很快，石榴花一般的火苗升上来，舔着底部已经烧黑的钢精锅，隔着老远，都能看清他们被火光映亮了的幸福的脸。有这种钢精锅的人大多是上海学生，除了央求上海家里寄锅，凡是戈壁滩上缺乏的，他们都需要，不是趁着探亲机会往戈壁滩上带，就是写信问家里要。上海家里因为儿女们跑得这么远，跑去了那么艰苦的地方，会发动全家人，想尽一切办法，他们需要什么，就给他们寄什么。挂面、酱油、食用油脂、牛肉干、酱菜、肉松、香肠、黄豆、绿豆、白糖、肥皂、手纸、内衣、布料、竹壳暖瓶、全国粮票……从上海学生收到的邮件品种，可以想象到上海的繁华和戈壁滩的匮乏。

明中启蹲在宿舍门前的空地上劈柴，这个时间段，只要一抬头，就能看见那些幸福的火光，它们零零星星点缀在黑沉沉的大地上，令旁观者无比眼热。明中启不止一次想到，如果自己和楼文君就是这个场景的主角，那时候，他一定希望全世界的人都能够看到他的幸福。

"明老师，是你吗？"一个令他心跳加速的声音在他身后问。

"是我。"明中启站直身体,轻声答道。

"我们宿舍的火墙像是堵了,你来帮我们看看吧。"

连队比不上场部,多数人都还住在半下陷的地窝子里,知青们也一样。明中启第一回进女生宿舍,除了一屋子呛得人睁不开眼睛的烟,什么也看不清。所有人都在门外眼巴巴等着,又冷又饿,明中启用一块浸了水的毛巾捆在鼻嘴处,鼓捣了将近一个小时,总算疏通了烟道。

"今天先这么凑合着。出风口偏了,改天我帮你们重砌。"

"那太好了。"楼文君吸溜着冻红的鼻子,一边说,一边跺着冻僵的脚。

宿舍里的烟雾没有散尽,冻得直发抖的女知青已经拥进屋内。

"明老师,改天你帮我们重砌一个更大的火墙吧,宿舍里太冷了。"有人说。

"更大的火墙要烧更多的柴,哪里有那么多柴烧啊。"有人立刻接话。

"蛮好,我们刚才在外头搭个小灶,先煮碗面暖暖身体。"

"要死了,枕头床单上全是烟灰啊,我刚洗干净的。"

姑娘们七嘴八舌地说着,楼文君送明中启出来。

"烟没散透,门窗还得开一阵,不然会中毒的。"明中启低声说道。

"好的，谢谢你，明老师。"

"明天轮我大休，我回场部看看妈妈，你要带什么东西吗?"

"不要什么东西，就是请你帮我去邮局看看，有没有我的信或者邮件。我已经半年没有家里的音讯了。"

"好。你们宿舍真够冷的，八个人，用这一个小火墙，我……我把我的毛毡给你拿来吧，你铺上用。"

"不，不用了。再说，那么多人都看着，我怎么用啊!"

"你就说托人买的。"明中启羞怯地笑了。

"她们会问从哪里买的。场部的商店哪里能买到这种紧俏货啊!她们非把我问得哑口无言不可。"

"我——就是怕你冻着。"

"我没事的。"

虽然楼文君拒绝了他，但明中启心里高兴极了。回宿舍的路上，楼文君轻快柔和的声音填满了他的心房，他一遍遍回想和回味那些声调里所包含的心意，如果她不愿意他接近她，如果她对他一点感觉也没有，那么她是不会这样和他说话的，她和他说话的口吻就好像是他们俩在密谋着什么，虽然他们什么也没有密谋。他越想越开心，开心得咧着嘴巴在黑暗里发笑，冷风灌进口中，冰得他牙根子直发酸。

第二天一大早明中启步行回到场部，他没有回家，而是先去了邮局。不管是学校还是五连的邮件里，都没有楼文君的名字。他叹了口气，像是看到了楼文君夹杂着忧伤的失望眼神。

从邮局出来，明中启撞见何相吉。何相吉已经离开放映队，现在在场直属机耕队开拖拉机，他起晚了，正急匆匆往队里赶。见到明中启，一把将他拉到路边。

"昨天，我在食堂后面的垃圾堆里，发现了好几摞书。"何相吉压着嗓门说，边说边警觉地朝四周瞅，"不知道从哪儿收上来的，用麻绳捆着，全是一些古怪深奥的书名。我听都没听说过。你猜，看到后我第一个想到了什么？想到了你！你这小子，还不赶紧谢我！我就想，这下让这小子高兴坏了！"

"我高兴什么？"

"我都给你留着呢！我知道书在你眼里都是宝贝。"

"你确定没人要？"

"怎么不确定？它们被扔在垃圾堆里，伙房的师傅说要拿去当引火纸呢！"

"你搁在哪儿了？"

"嘿嘿，拖拉机的油箱老上冻，我说我要备一些将来生火烤油箱用。趁他们不注意，我就撂了几捆在车上，下工的时候我装进麻袋藏在了我家的柴火堆下面。今儿晚上，天黑后我给你送来。"

明中启不置可否地看着何相吉。何相吉没等他接话，把护耳帽拉下来系在下巴上，又叮嘱了他一句："我走了，你先想好放哪儿，可不敢让人知道，不然咱俩都得完蛋。"

天黑后，"宝贝"送到了明中启手中。他提着麻袋进屋的时候，故意晃了晃另一只手上的野兔夹子，对妈妈李秀琴说自己要把几只夹子都修好，明天回连队带上。他把书藏在床下靠墙的一只老木箱里，以防万一，还拿来父亲的一双已经被老鼠啃秃边的老毡筒压在上面。藏书时，他忍不住翻了翻其中的几本——一本掉了书皮没有作者的线装木刻本《史记·越王勾践世家》，李健吾翻译的《浦罗米修斯被绑》，字帖《王羲之兰亭序（张金界奴本）》，还有《世界民主青年运动》《蒋介石言行对照录》《十二寡妇征西》……更意外的是，他看到了老师尤汪洋的书——《书学讲义》《扑克讲义》《围棋讲义》《膀子讲义》《媚学讲义》《国音讲义》《中国美术史讲义》。像是迎头被人泼了一盆刺骨的冰水，他连打了两个激灵，快速翻开书的扉页，每本上面都有他熟悉的笔迹，最多的是"汪洋"二字，毛笔小楷，如镂如刻，像是另一个世界向他传递而来的问候。他激动得呼吸急促、后脑勺嗡嗡直响，要不是妹妹明珠在外屋喊他吃饭，他不知道还要在震惊里沉湎多久。他想带一本回五连，但立刻又把它们藏在了木箱的最底部，他不想它们再次遭遇不测。最后，他抽出一本人民出版社一九五五年出版的《简明哲学辞典》搁进随身的黄书包。

这天晚上，明中启失眠了。在连队劳动的日子里，时间确实失去了重量，那是另一种重量，与繁重和长久的劳作所意味的重荷完全不同，那是一种心灵的失重。老师尤汪洋的藏书意外出现在他眼前，惊喜之余，他一再揣摩其中蕴含的深意，除了冥冥中的问候，老师也许是在告诉他，无论什么时候，生活和世界都是丰富的，内心失去方向和倚靠的时候，书籍可以帮人们打开视野，带他看见被忽视的生活和时间的丰富性，而人则自然会在这些丰富性的映照下，找到自己存在的坐标和价值所在。

空气里全是露水的味道，离天亮还早，明中启就出发了。父亲和千安都不在家，父子三个分开在三个连队参加生产劳动，明双全在八连的干部学校喂鸡，千安在四连畜牧队，家里只剩下李秀琴和明珠母女二人。出发前，明中启给家里劈了够半个月用的木柴，又把大屋窗户的棉窗帘卷起来，以便妈妈和妹妹醒来时屋子里能有亮光。妈妈李秀琴还是醒了，披着棉衣走到他身旁，嘱咐他把该带的东西都带上。

空气清新冰凉，吸进肺腑的一刻仿佛把身心内外的污渍都洗净了。黯淡的月光下，戈壁滩已是一个雪白的仙境。好大的雾凇！屋檐、树木、围栏、晾衣绳、柴火堆、路边的枯草……甚至平常灰尘滚滚的马路上一律都像是由内而外长出了亮晶晶毛茸茸的白色触须，像是齐心协力、默契一致地在完成一个壮举，或者呼应一种来自天穹的召唤。

万籁俱寂，明中启大步走在被雾凇覆盖的荒野中，不到半小时，他的帽檐和眼睫毛上就挂上了白色的霜冰，棉衣的双肩处也披上了一层绒毛般的白霜，他独自品味着一个人在世界行走的滋味，但是无论思绪飘向哪里，眼前总是浮现出另一个人的影子。其实他不必这么早出发，连里给他的休假时间是一天半，他下午三点回到连里就够了。但他一刻也在家里待不住了，楼文君家里没有寄来邮件，他知道这不是个让她高兴的消息，但是不管好坏，他不希望她为此劳神而苦苦等待，他搞不清自己是不是急着去安慰她，去向她表示关心，总之，他必须尽早见到她，尽早把消息告诉她。

5

四月初,楼文君的探亲申请批复下来。连长把"通行证"交在她手里之后,全连的上海知青都像是自己要回家一样为她感到高兴。

四年过去了,楼文君没有回过上海。在这之前,她写过三回探亲申请,场里没有批准。上海学生打申请要求回家的人排成长队,各生产单位挨着排,这次终于轮到了她。王久宝去年年初回了一趟家,回来后说楼文君母亲的身体和精神状态都不好,天天跑到她家问同样一个问题——为什么楼文君不回来?甚至不相信王久宝告诉她的实情,看起来胡里颠东神经兮兮的。有一次,竟然问出"楼文君是不是死了才不回家"这种话来。王久宝理解不了,楼文君能理解,因为当年她执意要来参加边疆建设时,妈妈就已经表现出这种失魂落魄了。

出发前两天,连里的上海知青挨个找到楼文君,把写给家里的信、带给家里的工资塞进她手中,也把向家里要的东西一条条地记在纸上交到她手中。农场各处都一样,每位上海知青的回乡消息都会引起一番轰动,大家彼此奔走相告,"故乡上海"成了人人心头最剧烈的情感。同屋舍友最激动,这一回,楼文君成了前往故乡的使者,离她们最近,不管地头,还是打饭路上,抑或夜里临睡前,她们根本管不住自己的舌头和思乡之情,像高烧中说胡话的病人,不住嘴地对着她唠叨和叮嘱。

在喜悦的忙乱中,楼文君去了趟场部,专程把回家的消息告诉管一歌和王久宝。中午,三人坐在卫生队病房前阳光灿烂的空地上,既满心欢喜,又愁绪绵绵。

"文君姐,那么多人要你带东西,你得写在本子上吧,不然哪里能记得住。"

"记着呢。我拿给你们看看。"楼文君从书包里掏出一个明黄色塑料皮面的小笔记本,轻声念了几段,"××,洗头膏和黄油;××,玻璃丝袜子、中号胸罩;××,雨鞋;××,假衣领子、花露水、咖啡;××,咸肉,越肥越好。"

"这么多!杂七杂八的,你回来要带多大的行李哟!"管一歌叹道。

"文君姐,我想请你帮我带一个东西来,但是我又晓得不行。"王久宝说。

"啥东西?你总不会叫我给你带一个男朋友来吧?"楼文君

笑着问。

"澡盆，家里洗澡的大木盆。小时候坐在澡盆里，屋里头香香的暖暖的，姆妈先给我洗头，再搓背，一边搓，一边叹气，说我瘦得像根豆芽，一掐就断了。"

"澡盆哪里装得下现在的你？"管一歌笑着嗔怪道。

"坐不进去，坐在外头擦擦身子也好。姆妈说我和两个姐姐，都是坐在那个澡盆里长大的。"

"喏，我写下了，你看——王久宝，澡盆子。放心吧，能带我一定给你带回来，又不是我背，交给火车站托运好了。只是要包稳当，不要给碰裂了。这个，不要你操心了，家里总归会替你想好的。"

"说到男朋友，一歌姐，你和机耕队的何相吉有情况了？"

"啊？什么时候的事？我在五连什么也没有听到啊！"楼文君惊讶地问。

"……也没有多长时间，就这两三个月，他经常来问候我……"

"你不知道，文君姐，开春耕地时，一歌姐在哪里，何相吉的拖拉机就会突突突地跟到哪里，地翻得又深又细，一歌姐小组的人都跟着她沾光！"

"久宝，你不要添油加醋的。"

"我哪里胡说了！上次休息，一歌姐来卫生队开药，我亲眼见到何相吉追过来，把家里做的好吃的带给她。"

"一歌，你什么想法？你打算在农场成家啊？"楼文君问。

"什么成家不成家的，哪里到那一步了！"

"你到底什么想法啊？你看上他了？愿不愿意啊？"楼文君睁大眼睛追问。

"我——我觉得他没什么不好的。家里三代贫农，身份可靠，你们都晓得，我爸爸在香港船厂做工，这件事我一直在受牵连。他不嫌我这一点，说要保护我一辈子。"

"啊……都说要一辈子保护你了？"王久宝倒吸一口凉气。

"久宝，你声音小点。"

"你要永远留在这里吗？"楼文君问。

"我想不到那么远，我常常觉得孤单，总是害怕自己会出什么事情。家里不拖累我就是万幸，所以也根本帮不上我。上海啊，回得去我就回，回不去就算了，反正在哪里，我都是自己过自己的日子，家里我是指望不上的。"

"你不嫌他土啊？他说话的大嗓门震得人脑袋疼。"王久宝问。

"对我好，能保护我，这才是最重要的，也是我想要的。什么土不土的，洋气又不能当饭吃！"

"你家里什么意见?"楼文君问。

"我自己的事,不用问家里。他们肯定不高兴,肯定要阻拦,他们觉得在上海捡破烂都比在农场当干部好。我可不这么认为,自己舒心和安心,这才是最重要的。"

"你倒是真有主见!"楼文君叹道。

"我不要找'小土块儿'。"王久宝小声又坚决地说。

"我知道,你呀,整天想的都是回家找姆妈。"管一歌轻声揶揄道。

"你呢?文君姐,你会找'小土块儿'吗?"王久宝转过脸问。

"我——我是家里老大,姆妈盼我回去呢。"

"文君,你说实话,学校的明老师是不是对你有意思?"管一歌猛然问道。

"你——你胡说什么!"楼文君慌乱地躲开了视线。

"他一见到你,眼睛就移不开了。"

"文君姐,是真的吗?"王久宝又倒吸一口凉气。

"什么真的假的?我不要想这件事。"

三个人七七八八地聊了一阵,楼文君要赶回五连,道完珍重,彼此告别。

春天是打马鹿的季节。阿娜河边,连绵的沙包之间灌木丛生,绿油油的罗布麻已经在孕育花朵,红柳灰绿色的老枝发出一丛丛嫩绿色的新枝,胡杨林边的洼地渗出可以饮用的地下水,雌马鹿在这时候繁育后代,雄马鹿的头顶则会生出一对价值不菲的鹿茸。

四月,明中启被连部抽调到捕鹿队,他在阿娜河岸边的一个捕鹿点待了半个月,与队友们捕到二十多只出生不到十天的小鹿。

楼文君去场部与管一歌、王久宝道别的当天晚上,吃过晚饭,明中启透透彻彻地洗了脸和头发,把手指甲剪得干干净净,然后将一个用黄草纸细麻绳缠好的纸包揣在口袋里,径直朝楼文君的宿舍走去。

在渐渐黑下去的夜幕中,明中启边走边筹划着爱的表白。

来到宿舍窗外,他敲了敲窗,按捺着卡在喉咙的心跳,艰难地让自己顺溜地说完了一句话。

"楼老师在吗?"

"在的,等一下。"

…………

"噢,明老师,是你。"

"我们……上小树林里走走吧?……什么时候走?"

"后天早上。"

"行李都收拾好了?"

"正在收拾。"

"这是一对鹿茸,你回家带上。前阵子我在捕鹿队捕鹿,是今年的新鹿茸。"

"这个……太贵重了,我不能收。"

"拿上吧,就是我的一点心意。你好几年才回一趟家,总得给家里带点什么。"

"不——"

"收下吧,这对鹿茸,我是专门为你留的。"

"明老师,我——你不用为我做这些。"

"我愿意做。"

"我——明白你的想法,可是,可是我现在——不能答应你什么。"

"我没敢奢望什么,只是想让你知道我的心意。"

"我的心里乱糟糟的。家里没有音讯,我有一种不祥的预感。还有,我是家里的老大,妈妈还在盼着我回去。"

"别太忧虑了,你只要为马上见到妈妈感到高兴就够了。"

"妈妈见到我,也许要不认识我了。"

"第一次见到你的情景,到现在我都记得清清楚楚。你一把拨开人群,扑在管一歌身上,抱住她就哭,大颗的眼泪挂在鼻梁上，把所有人的心都浇湿了。"

"那天我吓坏了。"

"那一天，对我来说，整个世界都变了。"

月亮钻进云朵，星星躲在旱柳的树枝间闪烁，明中启不时侧脸端详楼文君模糊的头影。她的呼吸和声音擦过干燥微咸的空气，比任何时候都让他听得清晰，每一个起伏都成为他心弦的一部分，成为其中最温柔明亮的一个音符。他从她身上捕捉到的气息，既有冬天雾凇凛冽的味道，也有夏日暴雨过后湿气蒸腾的味道，他沉醉在两种对比悬殊和莫名其妙的氛围里，浑身燥热，对自己脑壳冒出的汗水毫无察觉。走上几步，他就要深深地叹出一口气，仿佛要极力挣脱一种被压迫和束缚的境遇。他的心里又甜蜜又欢喜，腿上却软绵无力，像是进入一个由药物带来的幻境，以至于与楼文君告别后，他被一种由虚脱导致的极度疲惫和极度失落所攫住，呆望着楼文君消失在晚风和黑暗中的身影，久久无法移动自己的视线与双腿。

女知青的宿舍则是一片热烈。

"文君，明老师也要托你带东西吗？"

"不，不带什么……不，他请我帮他找找初中和高中语文教材。"

"明老师好像特别关心你啊。"

"你乱讲……"楼文君埋着头清洗床单。

"别躲躲藏藏了,我们早就看出来了。"

"他今天中午还问我你到哪里去了。"

"明老师人看着挺清爽的,不像别的'小土块儿'。"

"人家是老师嘛。"

"还是农场干部子弟。文君,你什么意思?"

"我什么意思也没有。你们不要乱讲了,来,帮我把床单拧拧干。"

夜里两点,楼文君仍然睡不着,杂乱无章的思绪扰得她不停叹息。黑魆魆的房顶上,蜘蛛与蜓蚰还在苇把间觅食,窸窸窣窣,喊喊喳喳,根本不理会房间里沉睡或者失眠的人。楼文君发愁的不是她与明中启的事很快会传遍五连和农场,而是她无法确定自己对明中启的感觉。站在他面前,他让她意识到自己的美好,这美好来自容貌,也来自她内心的什么,不管是什么,他都愿意倾听和接纳。他像是比谁都更能理解她,许多次她都发现了,他们是用眼神交流的,因为彼此之间可以省去许多解释和说明。这是最主要的,也是令她最心动的地方。因为语言的局限太多了,语言并不能完全表达一个人的内心,就像没有人能用准确的语言来形容戈壁滩的荒凉与寂静,或者落日与朝霞一样。但是眼神能够,眼神是和风、雪花以及花朵同样的事物，是自然之子，是一束光，万般感触尽在其中。这一点是确定无疑的，他们能用眼睛读懂对方。但是，但是，仅有这些是不够的。因为他们并不是真正的自然之子，自然在他们身体内部，却又经常无法突破肉身。她不能跟着自己的感觉走，她和他是社会的人，是时代里的人，她心中一些另外的需要阻止了那个自然之子的脚步。她还不确定这些另外的需要到底是什么，但已经能够感觉得到，它们来自外部世界。也许她太容易被外力摆布了，这些外力经常闯进她的心房，长驱直入，它们的力量很大，轻易地就拖住了她想靠近他的愿望。

6

七月的头一个礼拜六，中午，茂盛农场子弟学校的教师办公室里，明中启、刘之现、何姜、王曼纯……几位任课老师，与结束劳动的代校长牛唯笑坐在拥挤闷热的办公室里，商量在没有课本和教材的情况下怎样复课。

"大家赶快说说，怎么复课，课都怎么上。"牛唯笑说。

"旧课本不能用了吗?"

"不能用。"

"那怎么办?不能自己编教材。"

"我有个办法,到生产单位请人,搞农业的讲农业,会修机械的讲机械。"

"会孵鸡娃子的讲孵蛋,会配种的讲配种。"牛唯笑苦笑着揶揄道。

"哈哈……"大伙儿都笑起来。

"这倒是个办法,但是基本的课程还得要有,比如数学,比如小学的拼音,丢了数学是白痴,丢了拼音是文盲。初小的算术何姜来代,高小的算术王曼纯代,初中的数学呢,数学原来是谁代的?"

"楼文君,她还在五连劳动。"明中启说。

"你负责打听一下,场里要求老师复课,她什么时候回来。"牛唯笑说。

就在楼文君回沪探亲的路上,她的母亲去世了,震惊与悲伤大山般压在她心头,一度令她万念俱灰。

当年,楼文君兴冲冲离开上海后,她的家信成了母亲的精神依靠。楼母每天以读信度日,可还是整日整夜地焦灼惊慌。谁都说不清楚她这种近乎神经质的牵挂到底是因为什么,去边疆的年轻人不止楼文君一个，其他人的父母都不像她这么痛苦不安。每收到一封信，楼母便会把信念给她认识的每一个人，整个街道，连邮局的工作人员都知道楼文君每天在想什么在做什么。楼母的心态是奇怪的，她一边牵肠挂肚地盼着楼文君回家，一边又对所有人炫耀楼文君的进步与优秀，像是提前向所有人说明，她的女儿即便有一天从新疆返回上海，也是光荣的，是经受过国家的锻炼和考验的。楼文君夹在信里的照片，她照样拿给每个人看，起初她认为楼文君胖了，后来，又疑神疑鬼地拿着照片挨个问人：她是真的长胖了吗？楼母心力交瘁，担惊受怕地挨着每一天每个小时。有两次，她跑到邮局打长途电话，但是两次电话都没有打通。这以后她几乎失去了睡眠，不久，即发展为无休止的头疼、头晕，直到被诊断为"梅尼埃病"而失去工作能力。确诊后，家人带楼母前往医院治疗，有的医院无药，有的医院则是能够医治此病的大夫正在下乡劳动，楼母的病情因此无法得到有效治疗，时好时坏，再发作时病情就又加重了几分，从此水米不进，每日就在天旋地转中呕吐不止，身体急速衰弱，精神也愈发混乱，动辄以楼文君已经不在人世而哭泣不已。恰在这段时间，楼父又遭遇不测，在农村劳动时摔伤了腰。一九六八年四月的一个夜晚，楼母溘然逝去，享年四十三岁，临终前，她枯干的眼睛空洞地大睁着，再也流不出一滴眼泪。

楼文君回到了亲人当中，但是没有母亲的家既不是一个完整的家，也不是原来她从小长大的那个家。一切都变了味，父亲因为自顾不暇对她相当冷淡，大妹则对她怀着无休无止的敌意——她害死了母亲。事实上，她在家里待得也十分不习惯。在别人眼里，她土里傻气的，说话举止已经没了上海人的讲究与精致。再者，戈壁滩开阔平坦一望无际，上海人多路窄房子挤，巷子里的露天男厕以前她不觉得有什么，这次回家只觉得不适应，人在旁边进进出出，男人就在那边尿，哗里哗啦的，让她搞不清楚这是开明还是落后。节假日，她学着妈妈的样子为家人买菜煮烧，但是她做不来妈妈的味道和花样，餐桌上气氛压抑，没有欢声笑语，每个人都因为想起了母亲而编织着内心的心墙。

端午节过后，刚刚吃过午饭，毛弋农突然来了，楼文君站在屋门前，先是吃惊地愣在原地，即刻露出发自心底的笑颜。她与毛弋农是在回沪的火车上认识的。毛弋农是双河农场场部行政干事，这趟也是回家探亲，两人在大河沿上车不久就碰上了。火车上，毛弋农穿着一身和楼文君一模一样的"知青黄"从她身旁走过，在隔了两排的邻座把行李放稳当后，就笑吟吟过来和她打招呼。"知青黄"是他们自带的介绍信，再开口，一嘴的上海腔更拉近了距离,再往细里打问,两个人的农场竟然也是邻居。随后他们攀谈起来,同是上海知青,又因为不在一个农场无须太多忌讳,他们谈了许多,也十分坦诚,从各自的工作到两个农场目前的混乱状态,再到眼下两个人家里的处境,越谈越像两个一见如故的老朋友。两天两夜,同在一个车厢,毛弋农会瞅准楼文君露出寂寞神色的时机,过来坐在她的对面,继续交换他们各自的农场经历。临到下车前,两人已经十分相熟,彼此都留了家庭住址。

回家一个多月,楼文君还从来没有笑过,心里揣的全是懊悔和痛楚的泪水。母亲不在,家里几乎没有人关心她在农场这几年的经历与遭遇。父亲和舅舅问过,但是他们问的是农场的规模、棉花的价钱、每月的粮食定量,以及农场供给制与准军人供给制津贴的不同标准,他们不会问她的教课内容与上海有什么不同,不会问田间劳动时她一天需要完成的工作量,不会问她在农场结交的朋友或者生活与内心的难处。舅妈倒是十分关心她的婚姻大事,但说的也是不要在农场找对象,末了,把妈妈留的一封遗书塞进她手中。信里,妈妈的思念与嘱咐,凝练为一句话,仍旧是——尽早回乡。所以,回家以来,即使与亲人们待在一起,楼文君也仍然觉得自己与亲人们隔着很远,她与他们生活在两个世界里,他们想象不了她所在的那个地方,也不关心那个地方是怎样的,在发生着什么,她也融不进去他们的生活,哪里都没有给她留出位置。她被排除在外了,她的经验、情感,她的人生都被隔在了那个遥远的边疆。

楼文君将毛弋农迎进屋里坐下。毛弋农胖了一些,也白了许多,雪白的衬衣让他恢复了上海年轻人的洋气和斯文。显然,回家后他得到了家人尤其是母亲极其细心的照料。楼文君打心眼儿里高兴他的到来,甚至体验到了她没能在家人那里体会到的与亲人重逢的感觉,是的,见到亲人就该是这样,快乐、激动、满足、温暖、放松又充满力量。这片思绪险些让她掉下眼泪,她吞咽着唾沫,费了很大的力气才平息了这份哽咽。请毛弋农落座之际,她不自然地垂下头,移开视线,生怕他看出她眼睛里的泪光。把沏好的热茶放在他手边,这时候,她才能够直视他的眼睛。毛弋农有些不知所措,表情由惊愕转为疑问、关切和心痛,他看到了搁在五斗柜上楼文君母亲披着黑纱的遗像,遗像前面,供着两只小碟子,一只盛放着葡萄干,一只放着杏干。家里说话不方便,于是他们乘公交电车去了外滩,一路走,一路低声交谈,最终,面向黄浦江坐在了黄浦公园临江的石凳上。

潮湿的空气毫无阻拦地扑在他们身上,两腮被浸得有些发木,两个人却似完全忘记了周围的一切,只是倾心交谈。楼文君把两个月来堆积在心头的痛楚与委屈都倒给了毛弋农，她的手绢浸透了泪水和鼻涕，毛弋农体贴地把自己的手绢递给她。恢复平静后，楼文君把家里为她在上海找工作的情况也告诉了毛弋农，主要是她的舅舅在为她奔波，但是接收单位一听她是新疆农场的，都说没办法解决户粮关系。毛弋农听后沉默良久，再开口时，语气万般轻柔，他说："还是回农场吧，那儿有我们自己的人生。"楼文君怔怔地看着毛弋农，猛烈的心跳让她的耳朵有些发烧。回家以来的日子，这句话比任何一个亲人的话的分量都重，都更贴近她的心。他们相互凝视了片刻，猛然间又因为同时意识到了什么而难为情地扭过脸去，躲开对方的眼睛。

毛弋农假期期满按时返疆，楼文君以服丧为由，多请了三个月假，但因弟弟妹妹的生活没有安顿好，她又超出假期一个月才回到农场。回到连里，不出意外她受到了严厉的批评，连部命她做出书面检查，检查通过后，由连部再上报到场部，场部审核通过后才能回学校复课。

下午六点，明中启找到楼文君的时候，她正在五连的打麦场上翻麦捆。从上海回来后，楼文君变了模样，两条黑缎子般搭在肩头的长辫变成了齐耳短发，整个人显得成熟许多。明中启望着楼文君挺拔的身姿，心里七上八下。在这之前，他专程来看过她一次，明显感到她对他的态度有了变化。那一次，他想帮正在涝坝边洗衣服的她打水，她很认真地拒绝了，并且告诉他——以后不要为她做任何事，免得别人产生误解。

"楼老师，牛校长让我来问问你，什么时候可以回去复课？"

"检查已经写了三遍，连部仍然没有通过。"楼文君苦恼地朝明中启撇撇嘴。

"你歇会儿，我帮你翻一阵。"明中启挽起袖子。

"不用了，你回吧，请告诉牛校长，检查通过了我就回学校。"

"不碍事，夏天天黑得晚。"明中启从她手中拿过铁杈，轻快地挑起一个麦捆，往另一边甩过去。

"明老师，你走吧，别人会说闲话的。"楼文君皱着眉头朝两边看看。

明中启听出楼文君话音里的不快，随即向四周望了望，果然有人笑着向他们龇牙。楼文君的脸色也是真的不好看，他从没见过她这么心烦和生气的样子，皱着眉头，目光又冷又僵直，活像一根向他戳来的铁针。

戴上草帽，楼文君走到他跟前，用一种缓和了的语气放低声音说道："谢谢你，明老师，写检查的事搞得我很心烦。你回去吧，不要再让你惹上麻烦。"

"楼老师，要不，我回连部等你下班？"

"你等我干什么？等下班天都黑了，我还得回宿舍写检查。"

"我，我想跟你说说话。"

"明老师，我什么心情都没有。"

几重忧伤，几重委屈，不能表露，更没有值得信任的人可以倾诉，楼文君的心里又难过又烦躁，这使得她愈发不愿意与人交谈和接触。她每天拼命地干活，内心卷动着一股想用劳动把自己压垮的绝望情绪，她甚至恨自己怎么能还是好好的，恨自己在妈妈去世、亲情冷淡、万事皆非的打击下还活得好好的。

九月底，复课不到两个月的茂盛农场子弟学校再次停课，学生们又像沉入湖底的石子，一夜之间不知去向。学校二十五名教职员工一多半重回各个生产连队参加劳动，楼文君继续留在五连，明中启被留下来等待安排。

天气有了凉意，太阳不再那么威风凛凛，往高处退了很多，茂盛农场湛蓝的天空里几乎见不到云彩，阿娜河流进茂盛渠的河水水位开始下降，渠摆下白杨树阔大的叶子失去了往日的柔软和明亮的光泽，开始发硬，变黄。戈壁滩上，万事万物都比夏季安静了许多，时间在这种安静里被拉长了。在这种特别的气氛里，似乎连排水渠边上的一株罗布麻都懂得应该在此时思考些什么。

一个晴朗的秋日，给家里的大缸挑满水后，明中启把十岁的明珠叫到屋外灶棚下的小方桌旁，和她一起做语文练习。

"'胶'和'较'，有什么不同，分别组两个词。"明中启在纸上写了这两字。

明珠咬着铅笔头，两个字一个词也没有组出来。

等了将近两分钟，明中启伸过手把明珠咬在嘴里的铅笔夺了过来，他看了一眼铅笔头上快被咬秃的橡皮擦，嗖地挥臂一扔，铅笔飞到了对面的鸡窝前。

"你整天干什么去了？二年级的字不会组词，三年级的标点不会认，你快成白痴和文盲了。"

明珠嘟着嘴不敢吭声。

"说啊，干什么去了？"明中启将课本叭的一下甩在小方桌上，明珠吓得浑身一抖，眼泪在眼眶里打转。

"哭，你还好意思哭，哭有什么用！"

李秀琴从屋里伸出头来看了一眼，想说什么又咽了下去。

"从今天起，我要是再听说你跟着他们去胡闹，你就再别想出门。"明中启指的是明珠一帮小伙伴爬进学校礼堂，把礼堂的玻璃打烂了一半，长凳也踩断好几排。

"他们能去我为什么不能去？"明珠哭着说。

"你就是不能去！"

"我不要你管我!"

明珠站起来想要走开,被明中启一把揪住,这回明珠放声大哭起来,捂着被明中启捏疼的地方,彻底不干了。

"明珠,你哥不管你,谁管你?不许再去胡闹。"李秀琴过来站在兄妹俩之间,听着是为明中启帮腔,手上却在帮明珠揉着胳膊。

"妈,你走开。我这边说她呢,你那边揉!"

"我没砸玻璃,都是他们砸的。"明珠哭着解释道。

"只要去了,就有你的份儿,别想推卸责任。"

"那我干什么去?学校都不上课了。"

"学校不上课,你自己在家里学。上午四小时,下午四小时,学校不管你,你自己管自己,一天学不够八小时,你别想出门!"明中启几乎是吼了起来。

"学了干什么用?"

"干什么用?学了你就不会成为一头猪,只知道吃和睡,然后叫人来上一刀,活活宰掉!"明中启突然觉得从未有过的愤怒。

"妈——"明珠吓得退后两步,抱住李秀琴,抽泣个不停。

"中启,你怎么能这么说妹妹?"李秀琴惊愕地看着明中启。

明中启生气地朝母亲看了一眼,意识到自己失控的情绪,扭过头去，继续说道："妈，你放开她，让她过来。过来，明珠，过来坐下，听我给你讲。"

被哥哥训一通的明珠趴在小方桌上抄写生字生词，眼泪汪汪，小肩膀一抖一抖的，心里的委屈还没哭完。明中启回到屋里，躺在床上枕着手臂发呆。过了一阵，妈妈李秀琴在他身边坐下。

"你把明珠吓坏了。"

"今天不吓她，改天她就会给你捅出大娄子。一帮小屁孩，什么都不懂，什么也不知道害怕，在他们眼里，好事坏事全是玩儿。"

"你小时候也有淘气的时候，妈可没有这么凶过你。"

明中启歉疚地看了看李秀琴，说道："行了，妈，我知道轻重。"

"别老待在家里看书了，出去转转。"

"我是想出去转转，可是心里沉甸甸的，沉得迈不开腿。"明中启心平气和地说。

"越是这样越不能泄气，越是要咬着牙撑住，撑下去，才能有指望。儿子啊，你和那个上海姑娘咋样了？怎么老没听你说？"

"什么事情也没有，我怎么跟你提？"

"到底怎么回事？你俩，能成不？"李秀琴眼巴巴地望着中启。

"成什么成啊？"

"不成还有别的姑娘呢，是吧，儿子。你都二十二岁了，要在老家，早就把媳妇说下了。要不，妈帮你趔摸趔摸？"

"妈，都什么时代了！怎么，你还想给我包一门亲事？"

"你别以为包办婚姻全是强扭的瓜，我和你爸，不是挺好的吗？"

"得了，妈，你别再给我添乱了。"

"你既然心里想她，腿脚就要勤快些，嘴巴也要灵活一些，姑娘们有时候不表态，那是在看你的表现呢。在看你有没有真心，愿不愿意为她们花力气。姑娘们总是会矜持一段时间的。不过，要是她一推，你就疲沓了，相信妈，没一个姑娘会中意这样的男人。"李秀琴虽然不看好儿子和楼文君，但更不愿意儿子受苦。

"妈，你可真有一套。"

李秀琴抿着嘴美滋滋地绽开一缕笑意："去啊，别在家闷着了，上五连去看看她。我昨儿个蒸了葫芦瓜素馅包子，你给她带几个去。"

一队大雁在清澈的蓝天上摆出一个好看的"人"字阵，往五连走的马路上，老远都见不到一个人影，四际里是就要进入收获季节的稻田与棉田，大地十分安详，像一个怀抱着熟睡婴儿的母亲，正在静静地凝视孩子柔嫩的脸颊，倾听他几乎听不见的醉人呼吸。

下午五点，明中启在五连连部附近的涝坝边见到了正在洗衣服的楼文君。

微风吹皱了涝坝里青绿色的池水，吹得倚水而生的芦苇丛发出一阵重一阵轻的沙沙声。礼拜天，宿舍区的知青们都在洗衣服，男知青提水倒水，女知青洗完自己的再帮男知青洗，俨然已经集体进入家庭主妇的角色。一部分出双入对的小年轻，都是确立了恋爱关系的。这时辰，谈情说爱已经用不着再偷偷摸摸。想躲开大家的，就把洗衣盆移到一个相对人少的地方，愿意和大家在一起的，就自然又幸福地与大伙儿一起说说笑笑。

楼文君没和大家在一起，她独自端一只桃红色的搪瓷脸盆，背对人群坐得老远。她并没有与大家格格不入，她只是没有心情兴高采烈。

"水凉了吧？"明中启瞅着楼文君泡在冷水里发红的双手，在坝沿上找了个合适的位置蹲下来，"当心关节炎。"

"涝坝里的水给太阳晒过，现在还好。"

一阵笑声传来，明中启和楼文君都朝那边望过去。

"学校现在什么情况?"楼文君问。

"除了飞来飞去的麻雀,没个人影。"

蓝天里不知什么时候布满了丝丝缕缕烟雾般的薄云,倒映在青绿色的池水中,随着微风轻轻晃动。

洗完衣服,楼文君站起身来,将水泼在涝坝一侧的空地上。

这时候,涝坝下面的机耕路上有个年轻人推着自行车正朝楼文君这边张望,楼文君也看见了他,随之挺直了修长的腰身,但马上又尴尬地收回目光,为难地咬住嘴唇。

"明老师,我回去了,再见。还有,你——你以后别再来看我了。"楼文君端着洗衣盆,又朝路上的年轻人望了一眼。

"为什么?"明中启觉得全身上下的毛孔都在收缩。

"我们,我们还是做同事吧。"

楼文君带着歉意朝明中启点点头,说完即走下涝坝坝沿,大步往宿舍区而去。明中启看着她匆匆远去的背影,脑袋里直发蒙,整个人沉浸在恍惚里,好半天都没能弄明白发生了什么事。

一直在人群里和女知青逗趣的杜卫央瞧见他发怔的样子,不慌不忙走来。

"别惦记了,人家有对象了。"杜卫央从上衣兜里取出一根香烟,背风点着,"看着了吗?那个推自行车的就是,人家两个是一对，是双河农场的上海学生，这两个月，每个周末都来。"

"什么时候的事？"

"听说是回上海探亲时在火车上认识的。"

明中启恼火地瞪了一眼杜卫央，仍然不住地朝楼文君离开的方向张望。

"我原本打算过两天去场部送材料时找你一趟，但你先跑来了，这样也好，自己亲眼见到，不然，只听我说你肯定不相信。瞧瞧，人家还有自行车，那可不是一般人家能有的东西。"

"他叫什么？干什么的？"

"你问这个干什么？你想怎么着？难不成还想把他撵跑？这事可由不得你。要我说，你差什么啊！你出身比她好，工作比她强，就差你不是上海人，这可没办法改动，老天和爹妈给的，是什么就是什么。"

"那你整天还往她们中间钻？"

"哼，这可就说不好了，万一，万一天上掉下个林妹妹……"

"正好掉在你这只癞蛤蟆的嘴里，是不是？"

"你看你，你这叫恼羞成怒。我是说，你的脸皮没我厚，我也不像你那么死心眼儿，只盯着那一个。行了，走吧，跟我喝酒去。今天晚上，我陪你，咱哥儿俩，一醉解千愁。"

7

从五连回来后,明中启脸上的线条变得十分僵硬,原本常常挂着笑意的嘴角总是严肃地抿着,一向待人温和的眼神也冷漠了许多。那天他很晚才回到家里,杜卫央拉他去喝酒,他们喝到夜里十一点,不仅没有一醉解千愁,明中启反而越喝越不耐烦,索性一个人在月色下踽踽而归。第二天,李秀琴看他脸色不好,着急去问什么情况,明中启对母亲撒了谎,说他没去五连见楼文君,路上碰上别的朋友喝了顿酒。

明中启独自品尝着失恋的痛苦。他的自尊不允许他去问她为什么,不允许他提出请求——到底是因为什么她选择了另一个男人。五年,他像揣着一把宝石把她搁在自己心头,直到这些沉甸甸的宝石钻进他的肉里,现在,它们被挨个剜空,只留下一个个流着血的空洞。他需要独自弥合这些爱的创伤。似乎只有如此,痛苦才能减到最轻,才能不蔓延,不侵害他的生命。

楼文君与双河农场的上海青年毛弋农确定恋爱关系的消息传得比风还快,一个月后,石昭美、李秀琴、成信秀都知道了这件事。

十一月中旬,石昭美所在的宣传队结束了这一年的巡演,宣传队的队员回到了各自的工作岗位。石昭美原本在七连劳动,巡演结束回到场部报到的当天,她就被告知留在场部宣教股帮忙,场部的油印小报《奋进报》现在缺人手,她要赶快学习刻蜡版。

"妈,他们让我留在场部啦!"石昭美进门就冲成信秀喊。

"哦,让你干什么?"成信秀正在读信,好半天才反应过来石昭美的话。

"给《奋进报》刻蜡版,多亏中启哥以前逼我练过字,他们是看我字写得不错才让我留下的。"

"留在场部,不见得是好事,那是是非之地。"

"我只管刻好蜡版。"

"卫生队在扩建病房和医技科室用房,工地上缺人手,这几天全班人马忙得没日没夜,你还是去那里帮忙,等工程结束,也可以顺理成章留下来。"

"我想刻蜡版!"

"小昭,场部那边,旦夕之间就可能翻云覆雨,你还是离远一些吧。"

成信秀顿了顿，瞧着女儿满脸的不高兴，一声不响发了会儿呆，又把手里的信重读一遍。信是许寅然寄来的，信里说，他正在暗查石永青自杀的直接原因，早晚有一天，他会替石永青申冤雪耻。

一年半过去了，成信秀没和石昭美说许寅然的事，这一刻，她思量再三，不想再隐瞒下去。她走到立在床角旁边的五斗柜前，拉开首层抽屉，从中取出一个蓝花布包，回到桌前坐下。

"小昭，你还记得去年五月份见到的那位许叔叔吗？"

"记得，那个瘸子。"石昭美眼皮都没抬。

"你，小昭，什么时候变得这么没教养！"

看见成信秀气得脸色发白，石昭美惊讶之余露出一丝羞愧。

成信秀的心里异常难过，鼻子酸酸的。沉默片刻，她打开布包，取出一张照片，那是她和许寅然当年的结婚照，递到石昭美眼前。

"妈妈，他是谁？"石昭美的心咚咚直跳，照片上的这个男人，不仅仅是让她觉得眼熟了，她和他，相像得令她害怕。

"你的眉毛、嘴巴、脸型，还有头发，都和他一模一样。"

石昭美紧张得不能呼吸。

"他不是什么瘸子，他是你的亲生父亲。"

好不容易说出这句话，成信秀出了一口气，接着她以尽量平缓的口吻将往事细细道出，好让女儿明白她们母女的人生是怎么走到今天的。

"小昭，你已经长大了，应该能理解妈妈说的这些。当然，认不认他，都看你的意思，我们不会强迫你。"

"你们俩是不是要在一起了？"石昭美问。

"这封信是他寄来的。"成信秀料不到石昭美问的是这样一个又冷漠又令她讨厌的问题，"他是有我们三个最好在一起的想法，但是，他的出发点是照顾我们，是想弥补过去。"

"我不用他照顾，他也照顾不了我。"石昭美直视着成信秀的眼睛，不客气地问道，"妈，你是不是想和他在一起？"

"不把你爸爸的死因弄清楚，我哪里也不会去。现在，还没到考虑你说的这件事的时候。"

"那是迟早的事，是吗？"

"你为什么要揪住这件事不停地问？"

"我觉得爸爸好可怜。整件事里，最可怜的就是爸爸，他才走了两年多，你就把那个人找来。"石昭美说完把照片往桌子上一扔，红着眼睛跑出家门。

天空阴沉沉的，冷空气让石昭美打了个寒战，她缩着肩膀，往明中启家走去。

"中启哥，你没去学校？"

"一帮小浑蛋在操场上吵吵，我听得心烦，就回来了。"

"秀琴阿姨呢？"

"上卫生队打针去了，明珠感冒发烧。"

"中启哥，以后我不用再去七连劳动了，他们让我留在场部。"

"让你干什么？还在宣传队？"

"不，帮《奋进报》刻蜡版。"

"《奋进报》？怎么让你去那儿了？"

"他们缺人手，揪住我填空吧。"

"当心，可别跟着他们胡折腾。"

"我妈也这样说，我能有什么办法？难道我说不干，再回七连？"石昭美拿只小凳坐在火炉前，嘟着嘴不高兴地说。

明中启端着茶缸坐在另一边，看着她懊恼的样子，勉强笑笑。

"为了你好，给你提个醒嘛。"

"中启哥，我有两个爸爸。"

"两个爸爸？"

"我也是刚知道，我的亲爸爸是一个叫许寅然的人，他现在在师部因半城，他来信说要让我和我妈和他一起过。"

"到底怎么回事？"

石昭美把情况跟明中启大致说了一通。

"看我妈的意思，她挺想和那个许老头一起过。可是我心里不好受，我觉得妈妈从来没有心疼过爸爸。从我记事起，她就老不在家，常年顾不上我们，爸爸一直很孤单很苦恼，她却从来不肯为爸爸做些牺牲，老是去忙没完没了的工作。明明是许老头抢走了妈妈，可是却把罪责扣在了爸爸身上，爸爸真是冤枉死了。现在爸爸走了不到三年，她就把那个许老头叫来，她这么对爸爸，我觉得太不公平，太无情。"

"不能这么说，你妈妈找他也是为了保护你。当时的情况我知道，一听到你被分配到七连，她急得到处找人托人，她一个人，身单力薄的，找你的亲生父亲来帮忙，也没什么不对。"

"反正我是不会跟他走的，要去她自己去。"

两个人正说着话，门外来了一群人，有十一二个，男多女少，都是十六七岁的模样，有的空着手，有的拿着棍子和扫帚，一伙人吵吵嚷嚷，像是在商量和争论着什么。明中启站直朝窗外望去，然后打开门，问他们有什么事。

明中启认出来，他们正是在学校操场上吵吵的那伙中学生。他站在门前，阴沉着脸，一边听他们嚷嚷，一边挨个打量，大部分他都脸熟。

"把你手里的毒教材都交出来。"领头的男孩叫王三,他粗暴地叫嚷着。

明中启看着这个带头要往家闯的大腮帮子男孩,觉得在哪儿见过。

"你们要胡闹到什么程度?"明中启心烦地压低声音。

"你——认不出我了吧?"王三的个头没有明中启高,可是身板十分厚实。

"你是谁?"

"我是谁?还记得你抢走的那几棵甜菜吗?"王三仰起下巴,从牙齿缝里挤出这句话。

明中启吃了一惊,他顿了顿,沉住气说:"你到底想干什么?"

"今天,到了揭开你真面目的时候了。"王三面露轻蔑之色。

"他是你们的老师,你们放尊重点!"石昭美站在明中启身后大声说道。

"我认识她,她是宣传队的演员。"有人在后面嚷了一声。

"你们两个关着门在屋里干什么?"

"干什么?除了搞破鞋还能干什么?"王三猛地提高了嗓门。

明中启气得脸色发青,厉声喝道:"混账东西!你们真无法无天了。"

"都给我上！"

王三一拳击中明中启的眼眶，紧接着一根带着呼哨声的木棍劈在了明中启的额头上，明中启眼前一黑，挣扎着不让自己倒下，伸出手奋力去夺对方的木棍。但是，一连串的猛拳又从他的右边打过来，砸在了他的眼眶和鼻梁上。这下，他没能站住脚，栽倒在门前的地上。一群人仍然没有停下，手挥呼呼生风的棍子，连带着拳头和双脚，照着明中启的头、脸和身体凶狠地砸下去。明中启一声儿不吭地倒在地上，他的头嗡嗡直响，意识越来越模糊。昏死过去之前，他听见打他的人一边踢着他的肚腹，一边嘶喊着朝他咆哮："叫你抢我的甜菜！叫你抢我的甜菜！甜菜甜不甜？说啊，甜不甜？你也有今天，抢我甜菜的时候没想到有今天吧！"

石昭美被另外两个冲进屋子的人撞倒在地，她尖叫着爬起来，不顾一切拨开围在门前踢打明中启的人，扑在明中启身上，用自己的身体保护着他的头。她紧紧地抱着他的头，身上和头上挨了不少棍子和拳头。突然间，一只铁钳般的大手扯住她的发辫，把她的头朝后拉起来。她的脸被啐了一口唾沫，接着，另一只更粗暴的手朝着她的脸狠狠地甩了十几个巴掌。

两人昏倒在地，一群人扬扬得意踢开门进到家里，他们拉开所有的柜门和抽屉，把能打碎的东西全都砸碎了。最后，从明中启床下搜到了他们想要的东西,一只装满书籍的老木箱,粗暴地翻了翻箱子上面的几本,王三手一挥,以一种旗开得胜的喜悦之情招呼所有人走了。

第二天,在四连劳动的明千安听到哥哥明中启被打成重伤的消息,联合六个身强力壮的伙伴,以放映内部电影之名,将主谋王三和另外几个参与殴打明中启的男孩骗至学校阅览室,趁黑突然动手。四人主打,三人负责外围,一时间,只听椅凳倒地的混乱中一片惨叫,木棍、铁棍、自行车链条击打和抽打在人身上,发出或沉闷或清脆的响声,直到对方连呻吟声都没了。

四人重伤,两人轻伤,王三的额头在黑暗中被铁锹削掉了一部分,虽然奇迹般地活了下来,但是,人成了傻子。

明中启从昏迷中醒来已经天黑了,他分不清上下左右,除了头痛欲裂,他不知道自己的双臂和双腿在哪里。他转动了一下眼珠,令人窒息的疼痛夹杂着天塌地陷般的眩晕,紧接着,他开始呕吐,不久,再度陷入昏迷。这样反复了几次,第三天早上,他的意识基本恢复清醒。家人没有告诉他千安的事,妈妈李秀琴试图向他确认一件事——那箱书到底是怎么回事,因为场部在追查,有人确认它们是已经被查收上来的书籍。

"中启,你跟妈说实话,那些书到底是咋来的?明珠说她那天晚上正好从厕所出来,看见是何相吉提了一个麻袋给你,你又提进了家里。你们这是干什么啊？你这是要妈的命啊！我去找了何相吉，可是他一口咬定根本不知道这件事，话都没说几句就跟我翻了脸，说我栽赃陷害，指望他替你顶罪。他爸爸何一福也为这事来咱家凶，气得你爸爸……中启，这到底是怎么回事啊？"

明中启默默听完，心里全都明白了。

"书和何相吉没有关系。小昭，小昭情况咋样？"

"……她被吓坏了，伤，倒不重。"

明中启在家里躺了一个多月才勉强下地，他的头留下了严重的后遗症，经常无端疼痛。

斗殴事件惊动了公安部门，案件侦破后，明千安和其他六名未满十八岁的伙伴均被逮捕。明千安承认自己是主谋，被判处有期徒刑三年。

明双全从干部学校回来，把家里被砸烂的铁锅、碗橱、桌椅、门窗、水缸，能修补的修补，不能修补的换了新的，心痛得难以承受的时候，他就一个人喝闷酒，不到一年，就喝得肝上出了毛病，脸色又黄又黑。

接下来的两年时间，明家的日子充满悲伤和痛楚。李秀琴的头发操劳得全白了，她从来没过过这么糟心的日子，每天手不拾闲地忙完家务、照顾完家人，她都想冲着天空痛哭一场。

她想不明白,她与明双全一生为善,一心为国家和集体出力,也把子女教育得好好的,不贪图别人的便宜、不讲别人的坏话、不自私自利、不暗算人、不与人结仇……怎么一夜之间,一个好端端的、让她引以为荣的家就给弄成了这样。

命运又在人世的痛楚里埋下了希望,一粒经过岁月淬炼的爱的种子,就在这束希望之光的照射下,一天比一天更顽强地生长起来。

明中启卧床半年期间,石昭美只要一有时间就来到他身边,帮助李秀琴照顾他。她喂他吃饭喝水服药,给他洗脸、洗头、洗脚、剪指甲、按摩和读书。她把家里爸爸有关医学方面的书都堆在自己的床头,专门查找那些疗养脑伤的方法,还把书上相关的民间偏方一张张抄下来拿给卫生队的中医大夫看。有一次,大概是在明中启养病的第五个月里的一天,李秀琴背着人在小厨房抹眼泪,石昭美看见后,搂着她说:"秀琴姨,你别怕,中启哥如果躺在床上一辈子,我就照顾他一辈子。"李秀琴被她说的话惹出了更多眼泪。只有一个十七八岁的女孩子相信自己的爱可以抵得住时间的摧毁。李秀琴不是不相信她,事发那天,要不是石昭美用自己的身体护住明中启的头,他的命能不能保住都说不好。李秀琴是心疼石昭美，她早就看出了石昭美对中启的一片深情，但一想到石昭美小小年纪就给自己担上了这么重的担子，心里直觉得对不住石昭美。

寒来暑往，时间在煎熬中流逝，遭受不幸和饱受屈辱的人们终于看到了厄运停息的曙光。千安服刑一年后提前释放。明中启的心在一天天融化，他凝视石昭美的目光有了疼惜与欢欣——她不再是那个没有长大的小姑娘，而是一个拿生命来保护自己的女人。

一个夏日夜晚，明中启与石昭美看完朝鲜电影《卖花姑娘》之后，在回家的路上，他吻了她。电影散场后不到十一点，他们绕了一个弯，走到场部照相馆附近的两棵老柳树下，明中启把石昭美拉进怀里，抚着她的脸，先是亲吻了她的额头，接着是她滚烫的嘴唇，然后又一次紧紧地将她拥在怀里，万般爱怜地抚摸着她埋在他颈间的脸颊、脖颈和柔美的肩头，口中发出深长的叹息声，仿佛要把深藏在心里的万千感受万千言语都随这一口气吐出去。那一刻，石昭美浑身颤抖地倚在明中启怀里，闻着他衣领间清新的肥皂味，感受着他身体的温暖和臂膊间的力量，突然间就哭了起来。

与这对年轻人的爱情一起到来的还有另一件大事。

茂盛农场清查工作全面展开，成信秀一连发出三份申诉书，石永青的死因终于得以查明：石永青在七连一边接受群众监督劳动，一边在连卫生队履行医生职责。七连医疗条件低下，药品匮乏，先后有两名病员在救治期间病情突然恶化至死亡，七连为此成立专案组。专案组成员——原茂盛渠管理站职工连夜审讯石永青，第二天即为其定罪：故意杀害劳动群众，三日内执行枪决。石永青无法接受，以死为自己鸣冤。死因查明之后，新一届场党委指派副政委登门向成信秀宣布平反决定，赔礼道歉，并且为石永青更换墓碑，报销丧葬费。

又一个春天来到。阿娜河边的残雪融化了，青绿色的河水缓慢地流动起来，回到北方的候鸟在天空中鸣叫，杨树的枝条开始变得柔软，没有几天，就像披上了一层随风摇曳的绿纱。

四月里的一天，明中启与石昭美结成了夫妻。

两位新人的证婚人是原场长葛有才。宣读完证婚词，两位新人一一为长辈们敬酒，葛有才、明双全、李秀琴、成信秀，还有脸刮得干干净净的许寅然，喜气洋洋地坐在新婚夫妇的小家里，怀着无限的疼爱与喜悦，挨个把发自肺腑的祝福送给了一对新人。围站在新房内的年轻人不住地朝他们起哄，被提前释放回家的明千安看着脸上洋溢着幸福之光的石昭美，没心没肺地跟着别人一起大声说笑，心却像在冷雨里飘摇的小船，满是凄苦的味道。

第四章

1

新婚半个月，人人都看到了石昭美令人眼前一亮的变化。爱情真是太神奇了，它巨大的魔力像春回大地一般，万物为之更换容颜。她年轻的身体在爱情的滋润下，无论什么时候都散发出一股植物的清香，源源不断，她的头发、皮肤和掌心，连她的汗珠，明中启也说好闻。她自己也觉得奇怪，难道幸福是有味道的吗？难道幸福可以改变一个人身体的气味吗？更不要说她的脸，原本很有骨感的菱形脸突然娇柔起来，颧骨与嘴角两边的线条总是像阿娜河水的柔波一样轻轻荡漾，两腮上挂着一缕甜蜜的羞涩，仿佛谁把它画在那里，再也洗不掉似的。最让人吃惊，甚至让成信秀和李秀琴看了都有些难为情的，是她那双明亮漆黑的清水眼，这双眼睛无论朝谁看去，都会抢在语言之前告诉对方她现在幸福得发狂，在梦里都能笑出声来。她走路时的脚步又轻又快，双肩像两片碧绿的叶子，轻盈地舒展开来，自然地托起胸前两朵美丽的花苞。因为欢喜得晕头转向，见了谁她都忍不住微笑，不管认不认识，有时候走过去很长一段路，那个被赠予微笑的陌生人还会站在原地纳闷——这个姑娘在笑什么呢？

婚后，石昭美成了卫生队的一名正式职工。卫生队的扩建还未完成，门诊西面要建一个药库和两幢单身职工宿舍。石昭美加入了运送土坯的小车队，每天和单位的医务人员穿梭在砖厂和卫生队之间。盖房子都是额外的劳动，不能占用日常的工作和学习时间。大伙儿连天连夜地干，没有休息日，不是在病房和门诊，就是在运送土坯的路上，六公里的路途，来回一趟得两个小时。石昭美感到自己又忙碌又充实。白天她跟着有经验的护士学习基本的护理技能——心肺复苏、静脉注射、皮下注射、烫伤换药、导尿技术、灌肠洗胃、无菌操作。下午下班后，在运送土坯的工地上，她把浑身的力气全部使出来，装车、拉车、卸车，三人一组，走路全都变成了小跑。她感到自己从未被他人、被集体如此需要过。

爱情给了石昭美无穷的力量，让她忙碌而不知疲倦。看见明中启复课后反而对工作倾注了更多精力与热情，她也学着他的模样，努力使自己变得优秀。小时候当课外书读的《赤脚医生训练手册》帮了她的忙，在学习护理技能的时候，她可以无师自通地明白某一种急症的病理；在帮外科医生接待病人、查问病史、写医嘱和病程记录的时候，她不时会用医生的临床实际操作与训练手册上的治疗方法进行对比，不到半个月，石昭美就能独自为烫伤病人进行清创治疗。抽空，她还会去找在儿科工作的王久宝，询问阑尾的缝合技术和胎盘滞留的处理方法。外科的李医生因此把许多手术台上的辅助工作都交给了她。

晚上，明中启回家会早一些，他把从食堂打来的饭菜放在蒸锅里替她温着。晚一步回到家中的石昭美则会在无限的甜蜜中享受自己的晚餐。进屋后，她麻利地洗干净手，便迫不及待坐在桌边，像对待珍馐美味一样，把苞谷馍和没有豆腐的咸菜豆腐汤捧在手边，一边咀嚼吞咽，一边把一天最重要的经历告诉明中启。她边吃边说，兴致盎然，声音又轻快又柔和，听不出任何疲惫。她从前不爱说话，现在她一张嘴就说个没完，当然，只有对着她的中启哥才这样。她愿意把自己的全部奉献给他，与他分享。她的身体，她的欢乐与忧伤，她的此刻与未来，她的忙碌与疑惑，包括大脑里一个恍惚的意识，她都要实实在在地告诉他，让他知道。比如：每天见到那么多饱尝痛苦的病人，她会为自己满心的幸福感而自责，她感到吹荡在心头的幸福感会钝化自己对病人的同情心，为此她会有意加以抑制，但是她做不到，她的中启哥已经进入她的血液，每时每刻都在供给她热情与力量。如果没了这份爱的欢欣，那么，全世界和全世界的人也都不重要了，更别提什么同情心。一损皆损，一荣俱荣，她的中启哥、她的爱情，只能是这样。

偶尔，石昭美可以按时下班，晚上也不用值夜班，她会兴冲冲赶回家里，从医院到家里只有三百米。还没有踏进家门，她就忘记了一天的疲劳，一心要为明中启做晚饭，把她的爱变成食物塞进明中启的胃里。明中启爱吃面食，她从许寅然那里学会了汤揪面的做法。把珍藏的白面细心和好，放在案板上耐心地醒，然后剥葱、洗土豆、切土豆，接下来，舀一勺李秀琴为他们熬制、平常不舍得吃的动物油，开始炝锅炒土豆，然后添水小火慢炖。待明中启进门，她赶紧把面团擀开，切成长条、扯开，手臂一伸一收，一片片指甲盖大小的面片随即跳入汤锅。这时候，她成了一个能干的家庭主妇，浑身的植物清香变成了麦子烧熟的浓郁谷香，而锅灶上方沸腾的水汽就是她的幸福，弥散于她身后温暖简朴的小家的每个角落。

春节过后的一天，石昭美正在为马上开始的集体培训布置教室，刚把医学人体标本摆放稳妥，王久宝就找到她："小昭，你能腾出空吗？我奶水胀，要去托儿所喂孩子。儿科今天有一个肺炎并发呼吸衰竭的小孩，不能离人。张大夫今天下连队巡诊，没有别的医生了，你帮我看一阵子病房吧？"王久宝和上海知青史良已经结婚两年。史良在医院药房工作，前两天与另外一名医生专程前往牧区进行巡回医疗，两个人赶着牛车，来回起码得一个礼拜的时间。茂盛农场的东北角挨着因半城一个叫作西尼尔公社的牧业队，牧业队离城较远，距离茂盛农场路程倒近了一半，因此得了急病的牧民常上这里求医问药，久而久之，医院下连队巡回医疗的时候，都会顺道去看看这个牧业队的病人。这一趟则是专程前往，因为一位正在医院住院治疗的维吾尔族牧民说牧区这阵子闹腹痛、咳嗽的人特别多。医院估摸着是绦虫病，所以特别让一位精通维吾尔语的医生陪着史良前往牧业队，除了送药治病，还要为牧民上一堂健康教育课。

"药都用了？"石昭美问。

"用了，正在输卡那霉素，目前情况稳定了些。"

"你们儿科还有卡那霉素？"

"都是给危病儿留的，统共只有六支。"

"好，我跟李医生说一声就过去。"

这个季节儿科的病房总是满满当当。冬天寒冷，伙食差，孩子们普遍营养不良，极易生病，百分之八十都是感冒、发烧和腹泻。石昭美数了数病儿的数量，足足三十二个。哪个科室都缺医少药，但人人都得在艰难中履行职责。王久宝焦急地离开后，石昭美拿起病儿收治登记册，挨着病房查看病儿。每个病房都是哭声震天，每个守护在一旁的母亲都双眼失神一脸憔悴。在那位肺炎并发呼吸衰竭的维吾尔族小男孩的床边，石昭美多待了一会儿，她给孩子量了体温，庆幸比上一次记录低下去半摄氏度。在另一个病房，她被一位脸色黑红，嘴唇上泛着干皮的病儿母亲拉住。

"医生，你，你再给我的孩子输点血吧。"

石昭美吃惊她提出如此过分的要求。

"医生啊，你忘了，去年我儿子就是你给输的血啊。他输完你的血，病就好了。你再给他输一次吧，让他快点好起来，他已经住了半个月了，还是不见好。"

石昭美想起这件事。对于危重体弱的病人，医院在用药的同时，会采取输血的办法帮其恢复体质。院里的医务人员因此成了临时血库，需要什么血型，直接就把对上血型的人叫过去。去年夏天，这个六岁的小男孩得了麻疹合并肺炎住在传染科，病情危急，医院办公室的主任找到了石昭美。输血的效果立竿见影，小男孩不久就痊愈出院了。

"输血哪能这么随便？要听医生的，如果医生说需要，我当然会给你输。"

"你不就是医生吗？"

"我不是他的主治医生。"

"医生,救救我的孩子吧。"

"血是乱给你输的?你怎么不自己输?"一旁有病儿家属义愤填膺地说。

"我,我的血和孩子对不上。"

"他老子的能对上。"

"他老子的血脏,里面有病,用不成。"

"不是你想输血就要给你输血,人人都像你这样,不把医生的血抽干了?"另一个病儿家属接上话来。

"好了好了,都不要吵了。一会儿医生回来我问问她。"

王久宝一去不归,石昭美等得心慌,她一个人应付不了儿科病房不断出现的新情况,只好到外科喊李医生过来。但是,当她脚底带风站在外科门诊的门前,李医生却问都不问她来干什么,直接叫她准备手术。她喘着气把儿科没有大夫的情况说明之后,李医生挥挥手让护士去找内科大夫顶儿科的班,石昭美必须马上跟他进手术室。

进了手术室,石昭美才发现躺在手术台上的人是王久宝。王久宝到了托儿所,刚抱起孩子,小腹就钻心地疼,忍痛喂完一侧乳房,人就倒在地上再也直不起身子。她是被人用担架抬回医院的,急性阑尾炎。

外科只有一位李医生，另一位被拖拉机轧伤骨盆的病人正等着手术。人手总是不够，石昭美这样被措手不及地叫进手术室不知道是第几回了。王久宝的阑尾幸好没有穿孔，手术进行顺利，到了关闭腹腔、缝合腹壁的步骤，李医生把王久宝交给石昭美，自己转身去了另一个手术室。

把王久宝推出手术室送回病房，石昭美匆匆赶回办公室写手术记录，写到一半，急诊科送来一位粘连性肠梗阻病人。李医生做完检查，石昭美和护士把病人放在担架上，抬着他去两百米外的X光室做了腹部透视，回来喘了口气，又跟李医生进了手术室。这台肠梗阻手术做了将近四个小时，中途因腹腔积液感染，病人出现中毒性休克。正在抢救的紧要关头，无影灯却突然熄灭，整个医院停电了。手术室一片漆黑，病人血压迅速下降，幸好手术室备有以防万一的马灯和手电筒。石昭美摸黑找到手电筒，再叫来一位护士，两个人一个打手电筒一个举马灯，让李医生顺利做完了这台手术。病人脱离危险回到了病房，石昭美记录完手术过程，已经是晚上十一点了。

走出医院门诊，天空白茫茫一片。下雪了，雪粒又碎又重，细盐似的往下落，一霎轻一霎密，石昭美望着白色的夜幕，头一次，为自己不认识的陌生人感到深深的悲伤。这一天，她一头扎进了这么多病人的苦痛里，这些活生生的看得见摸得着的苦痛,这些由血液、肌肉和神经构成的苦痛,人世间得有多少啊!

在门口发了阵呆,石昭美想起王久宝。

病床两边分别坐着楼文君与管一歌,王久宝侧身俯向一边,凑着一只搪瓷缸,艰难地挤着乳汁,眼睛哭得又红又肿。

"久宝姐,伤口疼吗?楼老师,你也来了。"石昭美轻声问候。

"小昭,还没有下班啊?"楼文君朝她点点头。

"……小宝没人管了。"王久宝哽咽着说。

"哪里没人管了,徐娘娘把他抱回家了,我和文君来之前去看过,小宝吃得饱饱的,睡得定定的。"管一歌挺着圆鼓鼓的肚腹说,她与何相吉结婚一年多了。

"明天我就把他抱来看你。"石昭美边说边探出手去,摸了摸王久宝的额头,"挤完奶尽量平躺,不要挤压伤口,明天情况稳定,后天就能回家了。"

王久宝翻过身平躺下来,眼睛盯着天花板,半张着的嘴不停抽泣。

三个人默默听着王久宝的抽泣声,彼此既不打量,也不搭话。

"这是我婆婆用大油炒的细白面,你饿了冲着喝。"管一歌说。

"你不要担心小宝啊,我们都在的,徐娘娘自己也在喂孩子，奶水多得吃不完，小宝放在她那里，饿不着的。明天中午，下了课我就过来看你。你不要太伤心了。"楼文君跟着说。

跟着楼文君的话音，石昭美的目光落在她身上。楼文君已经和双河农场的上海青年毛弋农结了婚，并且向场部打了调离报告，双河农场也发来了商调函，估计很快就要离开茂盛农场了。结了婚的楼文君美丽如初。无论春夏秋冬，无论忧伤还是喜悦，就连用生了冻疮的手为王久宝拉被角的动作，都动人又优雅。她穿着一身普通的棉装，上身是一件蓝布小翻领的外套，下身是一条人人都有的土黄色知青长裤，脖间围着一条铁灰色的男式围巾，齐肩发编成两个小麻花辫，自然地垂在肩头。即使已经成了明中启的妻子，见到楼文君，石昭美的心头还是没法轻松，尤其想到楼文君也在学校当老师，他们两人可以经常见面。明中启将这件往事埋得很深，表面上已经漠然和淡然，但石昭美凭着女性特有的直觉，感到明中启在心里挖了一口深井，他将井口紧紧捂着，不允许任何人前去窥探。

回家路上，雪下大了，雪片安静地飘舞着，无比轻柔和耐心，仿佛担心惊扰大地上的生灵。柔软的雪花亲吻着万物，也亲吻着石昭美的脸颊，她加快了脚步，白天的忙碌与劳累这一刻全都模糊了，全都远去了，也全不重要了。眼前，唯一重要的，就是回家，就是回家见到她的中启哥。

2

距离预产期还有两个月,石昭美的身子越来越沉重。怀孕让她吃了不少苦头,大多数孕妇妊娠期过了前三个月就不再呕吐,可是她一直吐个不停,吐完食物吐黄水,吐完胃液再吐胆汁,一天当中,总有两次得吐得天旋地转眼前发黑,人已经瘦得腮帮子都陷了下去。最近半个月,腿抽筋越来越频繁,十指像充了气,胀得连弯都打不了。每天晚上她最多能睡上三个小时,胎儿活动十分剧烈,她的脚踝和小腿开始出现水肿,血压也不稳定,尿蛋白开始增多,有了妊娠中毒症的明显症状,不得不回家静养。

正月初四早上,起床不久,窗外飘起雪花。雪不大,下得无精打采。吃完早饭,石昭美坐在桌边,藏蓝色的毛背心上面套着一件军绿色的绒衣,因为肚子的缘故,绒衣从胸部以下已经扣不上扣眼,只能难看地敞着。她靠着火墙取暖,明中启打开一瓶专门从因半城买来的炼乳,舀出两勺,用开水冲成一碗散发着浓郁奶香的饮品，放在她面前。

"这个小东西快要把我榨干了。"石昭美揉着胀痛的胸腺，努力咽下翻滚到嗓子眼儿的酸水，她的心情被妊娠长久的不适感搞得十分焦躁，"我的腰椎整夜整夜地疼，往哪边躺都疼，它肯定变形了。"

明中启盖上炉圈，将冒着白雾的开水灌进暖水瓶，任由石昭美唠叨不停。

"下雪了，我去劈些柴回来，不然下湿了。"明中启说完出了门。

石昭美跟着他走出屋子，站在门槛边砖砌的台阶上，她大口呼吸着冰凉清甜的空气，眼睛却紧紧黏着明中启劈柴的身影，暗自说道："他一点儿没变，还是那么挺拔，他的身体完全康复了，和从前一样，连他劈柴的样子都斯斯文文的和从前一样。"

"回屋里吧，小心着凉。"明中启说。

"我心里烧得慌。"石昭美手心朝上伸出手臂，掉在手掌上的雪花一落下来就融化了，"这样站一站，胃里的恶心劲儿好多了，我想吃雪花、吃冰，我心里烧得很。"

这时候，管一歌挑着一担水打水井方向过来，整齐顺溜的头发别在耳朵根后，抬起眉头瞧了一眼石昭美，立刻耷拉脸，戒备地抿紧了嘴巴。

"回屋吧，回屋吧，别站着了。"明中启抱着一抱柴火过来。

关上门，石昭美坐在桌前喝炼乳，喝两口就得停一停，胎儿把她的胃挤到了一边，不管吃下去什么东西，她都得等顶在食管的食物缓缓滑进被挤压的胃囊，才能接着下一口。窗玻璃上挂着热带丛林一般的霜花，她从小就喜欢看霜花，但是这一刻的眼睛却离不开明中启。她希望他能看看她，看看她艰难吞咽的样子，最好还能无限耐心地在她身边坐一会儿，握着她的手，疼惜地为她叹几口气。可是明中启把柴火抱进屋后，又出去提煤饼，提完煤饼，又在修他的眼镜架，折腾完他的眼镜架，便坐在火炉旁边，拿起那本凯洛夫主编的《教育学》埋头啃读。从回屋到这一刻翻开书页，差不多过去了半小时，他的目光只在她头顶擦了一下。

"你干吗看那些书?"石昭美在他身后小声又不满地问。

"这才是我该看的书啊。"

"你忘记他们把你打成什么样了?"

"他们打我不是因为这些书。"

"你宁愿看书都不愿意看看我，我难受得要死，从早晨起来你就没对我说过一句安慰的话，就没好好看过我几眼。"

明中启合上书，垂下头，用支在膝盖上的右手直揉脑门子。

"你要是不舒服就去床上躺着吧。我多看你两眼又不能让你好受些,要是能够代替你身上的不舒服的话,我倒是愿意。"

"我……我不是不让你看书,是这些书太危险了。"

"危险不是理由,看这些书的理由,只需要我想看它就足够了。小昭,你要是愿意,也应该看看这些书,里面有幼儿教育的内容。"

"我快把肠子吐出来了,你还让我看书学习?"石昭美说着心里一阵恶心,快步走到门外,冲着墙角哇哇哇地吐了一通。

明中启又愧疚又懊恼地站在石昭美身后,一只手扶着她的右肩,一只手轻拍她的后心,传进他耳朵的呕吐声每一声都像尖细的锯齿在他脊背上划拉。

翻江倒海地吐完,站直身体,石昭美脸上全是泪水。明中启一边帮她拭泪,一边说:"再去输点液吧,这么下去,人会吐坏的。"

石昭美摇摇头:"我回去把药吃了。"

两个人回到屋里,石昭美盖着棉被半躺在床上,明中启把重新热好的炼乳端在她面前,一勺一勺地喂她。

"中启哥,你别再看那些书了,我真害怕他们,怕极了。"

"别担心我,我知道分寸。"明中启轻声说道。

"你瞧,刚才管一歌见到我的表情,像是对我们恨之入骨。

你当初还帮过她啊！当年她被野猪吓得摔进排水渠，不是你背着她去的卫生队？就是成了何家的人，也得有点良心吧。"

"算了，他们害怕，他们都给吓坏了。"

"中启哥，那个王三……他妈妈前段时间来医院拿药，他跟在后面，歪着脖抽搐着手，看着怪可怜的。可是我对他没有多少同情心。你说，这是不是恶有恶报呢？如果有这回事，做过坏事的人是不是都有恶报？"

"这件事，谁也说不清楚。我只是觉得，什么事情都有可能发生，有一些碰巧被我们看出了名堂，就会给这件事总结出一个规律，类似恶有恶报这样的因果关系。但事实上，有太多的事，是找不出因和果的联系的。一件事的发生，谁能一丝不差地说出它的成因吗？王三打了我，一层原因确实是当年我抢了他的甜菜，但即便那一天没有这层原因，我想，他还是会打我的。"

"我还是不明白。"

"谁能说自己全明白了呢？"

"那咱们就别说这些丧气事了。对了，一会儿去我妈家，许老头明天要走，我妈说一起吃顿饭。"

石昭美当着许寅然的面叫他"阿爸"，背地里则叫他许老头。石永青的死因查明之后，石昭美接受了许寅然的存在，原因之一也是出于对自己的考虑,她有了自己的家,成信秀得有个人陪伴和照顾,这个人顺理成章就应该是许寅然。但是成信秀放心不下石昭美,不愿意离开茂盛农场,许寅然什么都依着成信秀,他现在又干回了老本行,在师部勘测设计院当院长。设计院在因半城,逢年过节,他就坐上七八个小时的长途班车来看望她们母女。为了少惹闲话,石昭美结婚半年之后,成信秀与他领了结婚证,两个人再一次成了名正言顺的夫妻。

十一点一过,雪就停了,天空亮堂许多。就是喝一杯茶的工夫,从阴云里钻出来的太阳像个策马飞奔的牧人,把羊群一般的云朵赶到了远处的地平线上。

场部家属院规模越来越大,先是东西方向横向扩展,从场部对面蔓延到食堂对面,再从食堂对面延伸到卫生队对面和后勤库房对面。东西方向几乎无法开拓了,因为东边顶了茂盛渠下面的果园,西边已经挨上了场部区域最宽的一条大马路。所以,一排接一排的平房又朝南边的场直属五号地方向扩展过去,去年还停留在五号地北面的一条排渠边上,今年已经跨越到渠的南边。

家属院原来一排排整齐排列的平房现在也远不是建成时的模样了。一排平房住三到五户,有的两间,有的三间,原来门前光秃秃什么也没有,顶多搭个夏天做饭的小灶棚。各家因此也遮不住隐私，上班下班，打饭挑水，人来人往，都从窗前过，稍一扭头，窗户里的事情都看到了。现在，情况发生了变化，似乎就是一个夏天的时间，家家户户都在门前围起了院子。院墙大多高出窗户，搭院子的栅栏破破烂烂，多数是芦苇捆抹上泥，拦腰扎上两根胳膊粗细的干树棍加以固定。也有用葵花秆凑数的，这种人家多数是自己偷懒，不愿花气力割草捆苇子。葵花秆粗细高低都不齐，所以这种栅栏就是搭起来也寒碜得很，堵不住墙外好奇或者舌头根子发痒的好事者的目光。高高低低、歪歪斜斜的院子一搭起来，各家有了更多的私人领地，家属区也就显得比从前凌乱许多，但是场里有什么办法呢？房子少，人口在不断增加，娃娃在拼命地往大长，有了院子起码能在院子里搭个泥棚屋，扔些个扔不掉的破烂或者劳动工具，为家里再腾出些空间来。

不管房子怎样盖，院子怎样搭，冬天的茂盛农场还是一片被色彩抛弃的灰土世界，光秃秃的树杈覆盖着尘土，土坯搭建的房子给风吹掉了土黄色的墙皮，每条渠道都露出干涸的河床，马路上的浮土淹至脚背……除了寒冷而晴朗的蓝天，哪里都是灰黄一片，哪里都是千篇一律的凋敝。

成信秀仍然住在原来的两套间里，也像别人一样在屋前围起了一个不到二十平方米的小院子。院门没有扣，长木条钉成的门漏着风，因为木料不够，有根木板短了一截。肉汤的香气大概就是从那个窟窿里钻出来的。

"真香，爸，做什么好吃的呢？"明中启进门就高兴地问。

"羊肉臊子面，汤都炖一个多小时了。"成信秀接话道。

成信秀坐在小屋炉前，抬起头看着进门的小两口，满脸都是喜悦。许寅然是甘肃人，会做面食，羊肉臊子面是他最拿手的一道家乡饭。羊肉也是许寅然从因半城带来的，他从城郊的维吾尔族老乡家里买了一整只羊扛回来，给李秀琴家和石昭美都分了些。成信秀心满意足地望着石昭美夫妻的时候，许寅然站在小屋厨房的案板前，双臂有力地一推一收，正在娴熟地擀着面张子。

"阿爸……"石昭美朝许寅然打招呼。

"我们今天有口福了。"明中启大声说。

屋子里暖融融的，窗户擦得明明净净，窗台上的砖缝都被成信秀用水泥填塞起来，抹得没有一丝尘土。大屋方桌上的搪瓷圆盘里搁着洗得亮晶晶的玻璃杯，玻璃杯一律口朝下扣着，上面盖了一块月白色手绢。墙角装衣物的木箱上搁着一只简易实木书架，放的还是成信秀常用的水利业务方面的书籍。床边的五斗橱上，有两个颜色发暗印着牡丹苍柏的铁罐子，一个装白砂糖，一个装茶叶。铁罐子过来，是成信秀与许寅然的结婚照。

"妈，谁给你打的新毛衣？颜色真好看。"

成信秀身穿一件深绿色长袖毛衣，衬得她又清爽又精神。

带着一丝难为情的欣喜，成信秀看了一眼许寅然。

"说了你也不相信，你阿爸打的。"

"阿爸，你会打毛衣？"

"他们让我靠边站的那段时间，扔给我一群羊让我放，和我一起放羊的是个戴眼镜的农学院教授，也是甘肃人，熟起来以后，他就教我打毛衣。不过，这也不是什么稀罕事，我还见过扛着枪边放羊边打毛衣的战士呢，一边放羊一边唱小曲儿，从来不带重复的。可惜我五音不全，不然总能学几首回来。"

"毛线哪来的？"

"从羊身上薅的，每天薅两把，薅出来先捻，我捻不来线，粗粗细细的，但是手上织起来快，后来我们就分工，他捻我织，两个月每人毛衣毛裤都打了一套。"

"又膻气，又扎人，怎么穿啊？"

"就是膻气，不扎人，我们薅的全是羊胳肢窝里的羊绒，都能贴身穿。"

"妈，这下你不愁穿毛衣了。"

"回头，我买点好毛线，给孩子织一套。"许寅然说。

炖着肉汤的大铁锅坐在炉圈上，时间足够久，切成筷子头大小的羊肉、土豆和胡萝卜一起在汤水里翻滚，互相匀和，互相补充，汤的厚度和滋味，这阵子都到时候了。明中启帮着许寅然把铁锅从炉子上端下来，搁在一旁，换上盛着清水的钢精锅，开始烧水煮面。煮面要用大火，许寅然拍了拍手上的干面粉，让中启端起钢精锅，用铁铲朝炉子里丢进去两根胡杨木柴，火舌立刻蹿出炉圈。

五十岁出头的许寅然因为常年劳动，胳膊上的肌肉鼓起劲来硬得像石头，面团被他揉得好似少女光滑的脸颊，卷在擀杖上的面张子一圈圈向外伸展，不到十分钟就均匀薄透地铺开在案板上。明中启站在他身旁，看得出了神，直叹许寅然擀面的手艺要把他母亲李秀琴比下去好几截。水开了，许寅然开始切面，折成长条状的面坨在许寅然手下眨眼间变成一根根柔韧洁白的面条。

两个男人在厨房忙活，石昭美帮着成信秀拾掇方桌上的茶杯、烟盒和刚刚用过的针线包，记忆中，她长大的这间屋子——现在是妈妈的家，似乎很少有今天这么又简单又温暖的场景，她默默受着感染，长时间因为妊娠反应而紧缩在一起的心，这一刻像一朵泡在水里的干菊花，不知不觉地舒展开来。

明中启捞面浇臊子的时候，许寅然转身把洗菜盆里的腌辣椒和腌黄瓜切成碎丁，而后拌上一大勺油炒辣椒面，盛盘搁在大屋的方桌上。辣椒对于成信秀来说是和盐一样不可缺少的必需品，不够辣饭菜怎么吃都没滋味。许寅然来茂盛农场过春节，除了一只整羊，还专门带了一公斤自己捣的辣椒面。

四个人围坐在方桌四周，吸溜着烫嘴的面条，中启吃得额头上冒汗，一口接一口的，大半碗进到肚子里才顾得上说话。

"真带劲儿，这面！我要就着蒜吃，爸，你也来一瓣？"中启说。

"好，来一瓣。"许寅然高兴地接过中启递过来的蒜瓣。

"你俩吃到一块儿了。"成信秀说。

"妈，中启哥爱吃面，面里啥也不放，用油炝点葱花，再滴两滴酱油，他都能吃两大碗。"

"嘿，我们家山东的嘛。"

"其实啊，你们都算是土生土长的农场娃娃。"成信秀说。

"农场虽然看起来是个大杂烩，哪儿的习惯和文化都有，但实际上，不管从哪里来，口里老家原来的那一套讲究和习俗都扔得差不多了。尤其他们这一代，连老家的门朝哪开都不知道，更别说门户里的那些规矩，他们连听都没听说过。"许寅然接话道。

午饭后，一家人心满意足地坐着聊天。

"中启,给孩子起名儿了没有?"许寅然问。

"琢磨了几个,还不知道男女,先搁那儿了。"中启神情柔缓了许多。

"这么能折腾人,该是个男娃儿。"成信秀喜滋滋地说。

"中启哥喜欢女孩。"石昭美温柔地瞧着明中启。

"啥都好。"中启微笑着低下头,像是自言自语。

"就是,啥都好。"许寅然跟着说。

3

阿娜河浑浊的河水开始缓缓流动,涝坝边上的柳梢一天天变得柔软,芦苇嫩绿色的叶尖从灰白色的碱土里露出头来。茂盛农场的上空飘来了一团团只在春天常见的大块云朵,它们时而被风吹成薄薄的棉絮状,时而突然聚拢起来,像一座座大山似的,压在灰蓝色的地平线上。

怀孕期间石昭美遭够了罪,待到生产之际,却意想不到地顺利。四月初的一个上午,戈壁滩下了春天的头一场雨,雨还挺大，不到半小时，马路上就积满了泥汤子。中午两点左右，石昭美进了产房，生到一半泄了力气，只顾着喊疼不肯使力，惹得护士直朝她翻白眼。恰好这时，又抬来一位胎儿已经露头的产妇。产房里只有一张产床，新来的产妇只能先放在墙角低矮的加床上。给石昭美接生的大夫是王久宝，两个产妇在产房里哎哟哎哟地叫，一直不动声色的王久宝就拿话激石昭美："小昭，你不加把劲，就把产床让出来，让别人先生，人家娃娃的脑门子都露出来了。"石昭美一听又急又气，心想生娃娃又不是收苞谷，难道也要你追我赶争先进。但是气归气，她可不想从产床上被人抬下去扔在一边，于是心一横憋足了劲把孩子生在了那位产妇的前面。

石昭美生下一位头发乌黑柔软、小脸粉嘟嘟的女婴，跟在她后面的产妇则生了个哭声震翻屋顶的男孩，两个人出了产房，前后脚又住进了同一间病房。石昭美这边围着一大堆人，明双全、李秀琴、成信秀、明中启，还有明珠，另一边却只有产妇和她的丈夫。

年轻的夫妇都是上海知青，明中启认识他们。男的叫陆关白，是五连食堂保管员，拉货、买菜、蒸馒头、烧火……每天什么都得做。女的叫齐方妹，在五连的一个生产班当班长，前些年他和他们在一起劳动过。齐方妹虚弱地躺在床上，还穿着蓝大褂工作服的陆关白却拿不出什么为她补充体力。齐方妹是从大田里直接给拉到卫生队的,他着急把人送到,别说营养品和婴儿用品,连草纸都没顾得上带。一旁升格为奶奶和外婆的李秀琴与成信秀一看这种情况,赶忙上前应承由她们照顾齐方妹,让陆关白只管放心地回家去拿东西。

婴儿洗干净包裹好送回到病房,满屋子的人围着两个新鲜的娃娃看过来又看过去,两鬓斑白额头上已经生了皱纹的明双全,看着李秀琴抱到他眼前的孙女,搓着黝黑粗硬的双手,高兴地直叹气:"你瞧瞧,眼睛这就睁开一半啦,这闺女稀罕的……唉,我们明家又添丁喽……就该这么办,就该这样,中启,你小子,可不能松劲,下一趟,再生个带把儿的小子。"

李秀琴抱着婴儿回到床边,满脸喜悦,听了明双全的话,笑着数落道:"没你这么说话的,还让不让人喘口气?生孩子又不是母鸡下蛋,有你说得那么容易!"

"大哥,名字想好了吗?"明珠凑在襁褓跟前问。

"预备好的,都不如今天临时得来的。今天这场春雨下得多好,就叫明雨吧。"

"嗯,这名儿好,戈壁滩下雨,多金贵啊!咱这闺女多金贵啊!"李秀琴说。

"我也正这么想呢。"成信秀赞许地说。

明双全高兴得眼睛都有些红了，这搞得他有些难为情，心里更是纳闷，算上十四年前夭折的小女儿明月，他生了四个儿女，可是哪一个都没像见着明雨一样，让他内心如此柔软、欣慰和感慨万千。他算了算自己来到茂盛农场的时间，差不多二十五年了，妻子跟随他来到这里，孩子们出生在这里，他一个人牵扯出三辈人的人生与命运，让他们的身上跟着他烙下历史与时代的印记。

"齐姐姐，你们给娃娃起名了吗？"十五岁的明珠又去问邻床的齐方妹。

"起了，叫陆长长。"齐方妹看了一眼躺在她怀中的婴儿。

"陆长长，是不是路很长很长的意思？"明珠问。

"是啊，从上海到茂盛农场，要四千里路的。"齐方妹微笑着说。

"长长，小长长，路那么长，你什么时候回去看外婆啊？你走不走得回去啊？"成信秀正好坐在两张病床中间，这一刻俯在齐方妹床头，轻轻勾住陆长长的小手掌，满脸慈爱地逗问道。

时间像风，眨眼就到了盛夏。七月中旬，戈壁滩酷热难耐，明雨满百天。正好逢着一个礼拜天，明双全和成信秀两家人，凑在一起给孩子过百天。石昭美休养得好，三个月把怀孕失去的体重全都补了回来，丰润起来的脸颊露出蜂蜜般的光泽，哺育孩子需要的耐心让她的眼睛里多了许多母性的温暖与亲切。她的乳房胀鼓鼓的，乳汁多得孩子根本吃不完，稍一动作，惊颤的奶水就直往外滋，搞得她的内衣整天都潮乎乎的，外面必须得捂着一件厚实的两用衫，才不至于让溢出的奶水浸透了前胸的衣襟。明中启极其负责地学当爸爸，对女儿的关心显得比石昭美更谨慎和细致，偶尔还会因为孩子的一个喷嚏和不明缘故的啼哭而责备石昭美不小心，为此惹来不少石昭美幸福又委屈的眼泪。

两家人高高兴兴聚在一起吃了顿洋芋丝捞面以示庆贺，李秀琴给明雨蒸了一小碗嫩软相宜的鸡蛋羹，抱着她小心地喂。明雨的小手紧紧抠住李秀琴捧着鸡蛋羹的手臂，一口比一口要得急，每一口吃完都不过瘾似的直嘬小嘴。

吃完饭，一家人坐在屋山头的树荫下聊天。屋山头向西十来米之外，种着两棵桑树和一棵柳树，盛夏时节，一年比一年枝繁叶茂，如今绿森森的阴凉已经够到了屋子的墙根角。明双全和李秀琴是茂盛农场最老的职工，他们居住的这片家属区被称为老户区，老户区挨着水井、吃水的涝坝和茂盛渠，跟前毛渠多，树多，菜地多，果园多，房舍多，人也多，食堂、锅炉房、照相馆、场部、托儿所、卫生队、商店……都聚集在这一片，很是让那些住在别处，尤其是连队里的职工向往与羡慕。这一刻，四个成了爷爷奶奶辈的人，话匣子一打开，记忆的线头仿佛被同一只手牵着，不知不觉就被带进了过去的时光里，聊来聊去，尽是些初来茂盛农场时候的往事。

南屋朝阳的小窗下，明珠和大哥明中启挨着桌边坐着。初中毕业的明珠半低着头，挺不情愿地听着明中启的规劝。明珠读书不上心，毕了业不想念高中，明双全和李秀琴把管教明珠的事情都推到了明中启身上。明中启一口否定了明珠的想法，只要她安安心心往下读高中。明珠性格温顺，胆子又小，大哥明中启的话她不敢不听，即使心里不愿意，也会按照他说的去做。这一刻，兄妹两个又在谈心，明中启最懂这个小妹妹的心理，一会儿柔声细语地讲道理，一会儿又毫不含糊地布置暑期作业，催促她尤其要把基础不好的数理化几门功课补起来。

其他人聊天的时候，明千安走进屋内，来到斜靠在床边的石昭美对面，顺手拿过一只小马扎坐下来。明雨刚吃完奶，睡着了，像一朵静止在湖面上的粉色睡莲，散发着万物为之俯首的清甜气息。石昭美在织毛衣，一件深灰色的毛衣，一看便知是给明中启织的。她刚剪了头发，乌黑油亮的头发更衬出她水润了许多的肤色。

明千安在她身边坐下来的时候,她迅速又不动声色地看了一眼自己的前胸,生怕已经洗得发白的土黄色罩衫浸出了乳汁。

千安温柔又快速地望了一眼石昭美,之后就半低着头不再看她。他结实颀长的双臂搭在双膝上,两只手无所事事地互相倒换着,将骨节捏得咯咯直响。他理了发刮了胡子,上身穿一件圆领军绿色短袖汗衫,下身是一条洗得发白的黄布长裤,即使没能如愿成为一名军人,也自有一股硬朗强健的气质。

千安是来与石昭美话别的,之前,他足足犹豫了一顿饭的时间。再有两天,他就要只身前往干海子第一水库,从此,将长年住在库心岛上,专门看管水库,种菜、煮饭、打鱼、巡湖、打猎,独自品尝自由又寂寞的人间时光了。

服刑回来后,千安一直在畜牧连劳动,养猪、喂马、配种、放牧、捕鹿……什么都干过,干什么也都是一副破罐子破摔的皮相。以前他身边总是围着一群伙伴,嘻嘻哈哈结伴撒野,现在,他只是独来独往,即使轮到大休日,也不愿意回场部和家人待在一起,经常是骑着连里用来放牧的一匹青灰色的大公马,一个人去荒滩打兔子,或者进沙漠打老鹰。他也没有心思追求姑娘,年岁相当的女孩一瞧见他冰锥子一般冷漠的眼神都远远地躲开了他。

畜牧连的活儿挨个做过之后，有一天，明千安突发奇想，要跟连里的郭兽医学习骗猪。郭兽医当时没有答应他，但是春末里的一天，郭兽医找到他，问他还愿不愿学骗猪，他一听，眼中立刻放出少有的惊喜之色。郭兽医带他去了干海子第一水库的库心岛。岛上有个满身淌油的山东黑大汉，郭兽医喊他老梁，老梁在库心岛养了五头猪，他的猪不吃别的猪食，专吃鱼和芦苇根，吃得好，性子也又野又凶，整日上蹿下跳，长得半大就往母猪身上趴。老梁王老五一个，越看越不得劲儿，心里和身体都闹腾，就托人捎信让郭兽医来骗猪。明千安跟着去了一趟，学会了骗猪的手艺，同时无限羡慕起老梁的工作。

库心岛上只有老梁一个人，整个库区几乎见不着人影，一望无际的沙漠平湖，黑压压的鱼群，茂密的芦苇荡，白色群鸟……任凭外面的世界风雨飘摇，这里只有海阔天空，只有太阳的万丈光芒和星月无尽的清辉。时间在自然界的天籁里缓缓流淌、穿梭徜徉，快与慢都变得不重要了。最关键的是——这里有他从来没有真正品尝过的自由。时代的喧嚣落不到这里，没有斗争，没有管束，没有人对人的仇恨与敌意，一个人的大脑真正变成了自己的大脑，不管里面放着什么，都和别人没有关系……只要能够战胜孤寂对心灵的啃噬，只要能够抵御自然界的炎热与寒冷，这里就是全世界最平静的乐土。明千安觉得自己太需要一个这样的空间了，四面八方没有人的眼睛，没有人的耳朵和舌头，他可以任意排遣心中的苦楚，可以大大方方地嘶吼出来，可以没日没夜地让心痛撕碎自己然后再让渗血的伤口静悄悄地自愈。他为哥哥报了仇，但是也为此付出了代价。服刑的一年多时间，无非是让他看到了更多深不可测的人性，他变得警觉和多疑，从一个活泼顽皮的少年变成了一个难以信任任何人的成年人，他的心灵一下子苍老了半个世纪。出狱后，他唯一的希望也破灭了——小昭嫁给了哥哥明中启，他早就在心底把她当成自己未来的妻子，她一直是他最亲爱的人儿。他同样失去了人生的目标与方向，不知道未来有何意义，日复一日和令人精疲力竭的劳作只不过表示他的躯体还在呼吸还在生长，但是内心，他却觉得像是被虫子蛀成了空洞。他不后悔为哥哥所做的一切，只要他是明千安，任何时候他都不会允许自己的亲人被侮辱被欺负，他是可以为自己所爱的人豁出性命的那种人，但是，却拿自己的境遇毫无办法。

家人越是关心和担忧他，明千安越是想躲开他们的爱，因为他不知道自己该怎么办，该怎么像他们所期望的那样好好活下去。直到那一天看见了老梁，做一个孤岛上的唯一居民，自由自在，自生自灭，这样的生活和时光像一道闪电击中了他的脑门——这是唯一可以拯救他不破罐子破摔下去的生活和劳动方式，完全把自己抛进自然中，完全让自己在与自然的相处中，恢复一个人原初的生命力和活得更好的渴望。于是，从库心岛回来之后，他就给连长、给爸爸明双全说了想法，给他一个看护库区的机会。机会很快来了，老梁自从看了小猪趴母猪的举止，就再也没法安心守在库区，三番五次找到畜牧连的连长，说要出岛讨媳妇，不然太晚了自己会断子绝孙。

"千安，你真想去干海子第一水库？"石昭美小声问。

"是。"

"你干吗要上那儿去？干吗要自讨苦吃？"

"在场里待烦了。"

"我知道你为什么去。"

"为什么？"

"你想图自在。"

"图自在不对吗？"

"没什么不对。可是，你能受得了吗？你会变成野人的。"

"你不愿意明雨有一个野人叔叔？"

"不是。千安，你别这么说。我，我只是觉得，你不该让自己去受这份苦。你在畜牧连再待两年，爸爸肯定能想办法把你调回场部的。"

"我不想回场部。场部有什么好的？"

"你……你知道吗？妈妈老为你掉眼泪。你上库区的事，她听完就开始抹泪，她的心有多疼，你知道吗？"

"回头我接她上水库看看风景，她就不会伤心了。你也去看看，那儿，真比场部好多了。你们去了就知道了。"

"你瞎说。风景好管什么用，关键是你一个人，要是生病或者累倒了，谁去关心你？你怎么办？"

"那个在岛上的老梁，你知道他长得像谁？"

"像谁？"

"鲁智深，肩膀有我两个宽，两只胳膊一边能夹一只两百斤的老母猪。"只有在小昭面前，明千安才可以瞬间回到从前的自己。

"鬼才相信你！鲁智深什么样儿，你见过了？"

"他日子过得美极了，天天吃鱼、吃鸟蛋，神仙似的，啥也不愁。每天背着枪坐着卡盆在库区荡悠一圈，偶尔碰上个偷鱼的，他就拿他们寻开心，先帮他们捞两网，再给他们当向导，对方迷迷瞪瞪地就中了他的圈套，跟着他往库心走，越走路越瞎，他却一扭身躲了起来，硬生生把偷鱼的人在芦苇荡里困上两天两夜，饿得他们只能弃船逃命，他呢，这就笑眯眯荡悠出来，把船和船上的一切家什子顺手牵回库心岛。"

"你就想学他？"

"现在，哪儿去找这么好的地方啊？"

"那老梁怎么走了？"

"怪他自个儿。身在福中不知福，他肯定要后悔的。"

"你是为了我们宽心才这么说的，我知道的，一个人守水库，哪有你说得那么好。"

"……你现在挺好的吧，小昭？"

"我挺好的，千安，你照顾好自己吧，我和你哥都不放心你这样。"

石昭美最后这句长嫂口吻的嘱咐让明千安很不自在，他突然意识到自己刚才的失态，忘记了自己是谁，小昭是谁。这一次，他更沮丧地看了一眼石昭美，然后努力平息了自己又温暖又万般失落的心绪，垂下眼帘，嘴边挤出一缕苦涩的微笑。

下午四点半，明雨睡醒了，石昭美给她换了尿布，又喂了奶，再换上那条李秀琴新做的水红色细条绒背带裤，招呼家人准备出门照相。

一家人前后相拥着往照相馆走。因为照相，每个人都把自己收拾得很精神，按捺不住的欢喜劲儿赶得上农历新年的除夕夜。两家人好久没凑这么齐了，尤其明千安要上干海子水库，惹得李秀琴忧愁不已，疼爱又不舍的目光一次次投向千安高大又结实的身板。

照相馆不远，穿过门前这条巷道，右拐朝马路的方向直走，过了马路就是，统共超不过三百米。明中启昨天就和照相馆的江申开打好了招呼，告诉他今天要给孩子照百天照，让他下午开着门，别把自己反锁在暗室里。

江申开是上海学生，与明中启同年，人长得极有特点，圆脸和小嘴使他看上去有一种长不大的娃娃相，但是黑色的浓眉和冷冰冰的黑眼仁，又让他显得老成与严肃。他工作好，出身中等，按说是个人条件略呈上游的一位男青年，却不知道为什么从不和任何姑娘谈情说爱。他的烟瘾很大，白而柔软的右手食指和中指的指甲都给烟熏黄了。他工作极其投入，整天趴在照相馆的工作台前，皱着眉头，一只手夹着香烟，一只手握着修图笔，为每一张洗出来的彩色照片竭尽全力地上色和补色。因为具备无人能及的照相和修片技术，江申开是场部头顶骄傲的一个人，在大家心中，他比农场头头们子女的地位都高。他的骄傲不是那种目中无人的狂妄，他的骄傲是只说他该说的话，只讲有用的话，绝不随便跟人闲聊，从来不与人谈天说地，从来不说吹牛扯淡的玩笑话。他极其负责地对待每一位顾客，哪怕是小孩。谁要是来照相，他很会教人放松，很会摆弄人的姿势，甚至会教人怎么微笑，或者笑到第几颗牙齿。他教人做表情的时候，自己会像演员一样做出种种规范的姿态，男人什么样，女人什么样，小孩子该什么样，直到他和照相的人都满意为止。但是当照完相，一分钟之前还在用一种极其喜悦的声音比画的他，立刻抹平脸上的每一条肌肉，绝不再与人寒暄打趣，有时候，都没等照相的人全部走出来，他已经迅速关掉了冷冰冰永远射不进阳光的照相室里的全部灯光，转身趴在工作台上，埋头进入修片的工作状态。江申开如此骄傲地与人拉开距离，却神不知鬼不觉地与明中启成了无话不谈的挚友。

朝着马路而去的是一条宽敞许多的巷道，走到"丁"字路口，一辆手扶拖拉机突突突从路的东头开过来，车斗里半车装着塑料薄膜，另一半放着杂七杂八的家当——自行车、铺盖、脸盆、暖水瓶，另外还有一蓝一灰两只掉了色的绒面皮箱。

拖拉机放慢速度，驶到路口榆树的阴凉处，熄火停下。

车上坐着楼文君和她的丈夫毛弋农。楼文君要走了，她成了双河农场子弟学校的一位数学老师。她身穿一件淡紫色碎花长袖衬衣，头戴一顶只有上海女知青才有的很时兴的月白色遮阳软檐帽，背靠白布口袋，坐在毛弋农身边，一只手搭在微微隆起的紧绷绷的肚腹上，一只手扶着毛弋农的胳膊。火辣的太阳晒得毛弋农眉头紧皱，但他嘴角的笑意像被微风吹送的水波纹，一圈圈地朝眉梢荡漾而去。

"叔叔阿姨，再会了。明老师、小昭，再见！"楼文君与每个人挥手打招呼。

"小楼啊,坐稳当些,让师傅开慢一点,小心闪了腰。"李秀琴上前搭话。

"这闺女在咱们茂盛农场待了正好十年吧,当年还是我去接你们来的,转眼过了这么多年,太快了。走吧,走吧,快走吧,天太热。有空了就回来看看。"明双全忍不住感慨一番。

"这下好了,两个人在一起,不用再来回跑腿,赶年底孩子出生,什么都齐活了,家里的老人也放心了。"李秀琴的话出乎意料地多了几句。

石昭美抱着明雨,站在明中启身后,打完招呼,一直无声地望着楼文君。

拖拉机开动了,车轮带起一串低矮的灰尘,每个人都下意识往后退了退。明中启和大家一起挥手告别,他的神情平静而坦然。此时此刻,他既不想多说什么,也不知道在这个场面上他能说什么。此时此刻,他的心里虽然还有一小片灰色的阴影,但也真真切切地松了口气。楼文君终于走了,他终于可以不再看见她,他确实是想借着这种外力的相助,彻底抹去心底那束已经淡若水渍的情愫,完全彻底地任由石昭美毫无保留地爱他,而他,也从此一心一意地爱护和照顾自己的妻子与女儿。一别两宽,他确实是这么想的,他想让自己的内心简单一些，清澈一些，甚至空洞一些都没有关系，心底里老揣着另一个人的影子，他真的已经为此有些疲惫，有些厌倦了。

4

生活一直在悄悄地改变，沉闷的日子突然就有了一道激动人心的波浪。为单调枯燥的农场生活掀起辞旧迎新的热情的是从上海探亲回来的知青们。这些年轻的"上海阿拉"回了趟上海之后，如同被注入一剂强心剂，齐齐焕发出要让自己的生活改天换地的决心与信心。

这段时间，处于南北疆分界线上的大河沿火车站，出现了人们从未见过的火热场景，一车皮一车皮从祖国最东端的繁华大都市运来的行李堆积在火车站的广场上，大大小小形状各异的包装箱分别堆成一座座小山。小山旁边，站着一群群把它们从车厢里扛下来的上海知青。他们个个兴高采烈，大声打着招呼，不知疲倦地互相攀谈着和攀比着——自己的小山里都包裹着什么宝贝。这些小山可不是简单的行李，每一个包裹得严严实实的包装箱里,都是上海人的日常生活,都是中国最时髦的上海人对生活的热情、细致和讲究。艰苦寂寞的生活并没有磨灭这些上海知青对生活的想象与渴望,即使对未来不知作何打算,他们也毫不气馁地使出浑身的劲儿要把日子过得有滋有味。

上海知青都从火车上扛下来了什么?挂面、香肠、肉松、肥皂、卫生纸、白糖、咖啡、清油、皮鞋、裙子、毛衣、袜子、围巾、胸罩……这都算是普通的;与前两年带的不一样和最多的是五金件——合页、拉手、螺丝、起子、钉子,装在一只只木条钉成的死沉死沉的木头箱子里;最让本地人目瞪口呆的是一件件漆得油光锃亮的家具——五斗橱、大立柜、床头柜、八仙桌、方凳、床头架、写字台、靠背椅、实木相框、洗澡木盆,用麻袋片和麻绳捆得稳稳当当;当然还有最昂贵和时兴的收音机、自行车和缝纫机。"天哪,上海人要把整个上海搬来了",这就是所有本地人站在大河沿火车站前的空地上所想到的,但是,假如上海知青听到了这番感受,他们准会抬起骄傲的下巴,得意地说一声——这算什么,上海的好东西还多着呢!

每一个探亲回来的上海知青都带回来了可以装满半卡车到一卡车的物品,天知道这些千里迢迢从上海运来的东西,最后是如何被全疆的上海知青一件件运回自己所在的或荒凉或偏远的农场的。

何相吉跟着管一歌回了趟上海，带回来的东西比别人更多、更让人瞧着眼热。从上海出发的前一天，何相吉就给场里的卡车司机拍了电报，让他务必在前往北疆的途中，于某月某日去大河沿火车站接他和他带回来的整整一车"过日子用的东西"。

回到茂盛农场不久，何相吉家里摆放的时兴家具就在场部刮起了一阵比春天的沙尘暴还要猛烈的打家具的热潮。整整半年里，不管是大休日还是节假日，何相吉的家里都坐着前来看家具式样和量尺寸的农场年轻夫妇。他们俩又是得意又是心烦地任由客人对着家里的新家具发出啧啧赞叹，不时又以自家大衣柜和高低柜为例，尽情描绘他们在上海家具店里所见到的五花八门的新潮款式，言语间透露出对无缘得见其繁华时尚的农场职工的无尽惋惜与遗憾。

茂盛农场的职工们跟着开始美化自己的小家，下班和茶余饭后，大家伙儿最惦记的事情成了找木料打家具，成了怎样在现有的宅院用地上搭建出一个新的小伙房以便扩大住房面积。二十年前在大田里比赛谁挖的土多、谁挑的担子重的豪情，悄然转变成打理自己简陋家舍的勤奋和智慧。场部机关的双职工家庭，尤其是那些刚刚成家，没有孩子或者孩子少的年轻人行动得最快，惹得收入低、孩子多的连队老职工家庭不无羡慕地不再甘心于眼前的生活。

学校的教学没有全面恢复，但是回到校园的学生慢慢多起来。茂盛农场子弟学校的高中改为秋季招生之后，明中启继续担任高二年级的语文老师，因为高中早已取消了历史和地理课，明中启会在讲授课文的时候，夹带一些基本的历史知识。这一年，班级里出现了几位极其特殊的学生，他们经常拿着报纸，和明中启一起讨论报纸上一些国际事件的来龙去脉。明中启突然意识到这些孩子的求知欲，从此，除了教授课本知识，他将所剩极少的课余时间放在了搜集习题与课外资料上，手抄成一份又一份包括语文、历史、政治及地理知识的综合性试卷，交给这些好学的学生，让他们自己去找答案，而后再与他们一起交流纠错。

女儿明雨也在明中启的心头洒下一片柔和的春雨。明雨就要一岁了，她的小脸像春天的花瓣一般悄然舒展开来，柔嫩得让人不敢轻易碰触。她的眼睛像极了妈妈石昭美，清凌凌黑溜溜。她的脾气很大，学会走路后一分钟都不想被束缚，如果石昭美忙着生火做饭将她从方桌下面抱到床上，她会一边放声大哭，一边手推脚踢，直到哭得石昭美妥协为止。石昭美有时候会被她闹得失去了耐心，明中启则在她开始发脾气之前就已经举手投降。明雨将近两岁的时候,石昭美又有了身孕,这一回她没有再受头一次的罪,几乎没经历什么妊娠反应,就到了食量翻番的阶段,口味上完全变成了地道的西北人。除了花卷、馒头、捞面条、饺子,她尤其爱吃汤面片,汤面里如果能用新鲜的羊肉片炝锅提味,她连汤带面能吃明中启的双份儿。

不久,成信秀调往师部水利工程管理处,与许寅然共同生活在因半城。得知石昭美再次怀孕,成信秀不时从因半城寄来营养品。明中启与石昭美忙得没有时间照顾女儿的时候,明雨就天天跟着奶奶李秀琴。李秀琴求之不得,她喜欢孩子、心疼孩子,要不是石昭美后来坚持让明雨去托儿所学着和小伙伴一起过集体生活,她直盼孙女能和她寸步不离,为此一贯和睦的婆媳俩还生了一段时间的气。

日子在磕磕碰碰中平静流逝。为了迎接第二个孩子的到来,明中启自己动手把家里的火墙翻修了一遍,当年他从尤汪洋那里学到的脱土坯、打火墙的手艺一点儿不比场里的老职工差。火墙修完,入秋前,他又把用芦苇捆搭建的小伙房重新粉刷整修了一遍,被风吹塌的棚角重新更换了新的芦苇捆,被雨淋漏的棚顶重新铺了苇席,伙房的四壁和棚顶都抹上了厚实的泥巴,刷上了白灰,甚至加了一扇透光的玻璃窗。这一年春节期间,明中启与石昭美的第二个孩子出生了,仍然是个女孩。

这一回，孩子的名字是爷爷明双全起的。

"就叫明小雨吧，咱戈壁滩就稀罕雨，只嫌雨不够多。"明双全说。

李秀琴听完半张着嘴愣住，而后笑着挖苦了他一句："你就这水平？"

明中启看着明双全，半带微笑，尴尬地说道："爸，起名儿的事不着急。"

明双全的黑脸一下子涨成了猪肝色，提高了声音问："怎么，我给我孙女起个名字还不成？就这么定了！"

转眼到了第二年的秋天，这一年，茂盛农场比上一年增加了五万个工日才勉强使粮食增产，从而遏止住亏损增大的局面。明双全作为副场长，这一年操的心受的苦比哪一年都多，却仍然没能让茂盛农场的经济总量往前迈进一步，仍旧排在阿娜河下游流域五个农场的最后。这一年，明双全像是一下子苍老了十岁，脸色黑中带黄，额头上的皱纹深深地刻进黝黑无光的皮肤里。

第五章

1

八月末的一个傍晚,干爽的晚风穿过门诊部狭长昏暗的过道,驱散了白天的闷热。石昭美在外科门诊办公室里为一位手术病人写完医嘱,将病案本交给护士长,准备下班回家。

天已黑透,在门诊部的西门,她碰上来值夜班的王久宝。

"久宝姐,你回来了?"王久宝刚从因半城出差回来。

"回来两天了,你这才下班?"

"今天病人多,咱们找时间再聊,我得赶紧回家。明雨明天开学,我得给她洗个头剪剪指甲什么的。第一天上学,不要又跟个泥猴似的。"

"明老师还没有回来吗?"

"没有。"石昭美挥挥手走了。

当了中学语文教研组组长的明中启十天前前往因半城教育

局开先进教学经验交流会，石昭美一个人在家，顾了烧火，顾不得翻锅，家和单位两头忙得团团转。

星星在灰黑色的天幕里无力地眨着眼，远处传来隐隐约约孩子的哭声，传来某家小伙房炒菜下锅油花爆裂的吱啦声，还有涝坝那边某位男人响亮的喷嚏声。石昭美脚下越走越快，将近晚上十点，晚饭还没有着落。想到一堆的家务事在等待着她，她一着急，左脚崴在一个凹坑里。她没当紧，提起脚继续往前走。

家里冷锅冷灶，桶里只剩半桶水，屋里黑着灯。

"明雨，明雨。"石昭美像所有呼唤孩子回家的母亲一样，火冒三丈地站在院门前，冲着空荡荡的巷道喊了几声。没等回应，她转身一头扎进小伙房。引火用的棉花秆还有，但是烧火的木柴没了，她黑灯瞎火地跑到院子对面，提了半根木柴回到院子，就着屋内的光线劈开。淘好米，放进锅里，菜篮子里却只有一把打蔫的白菜，那还是昨天李秀琴送小雨时带来的。还好，案板上还有半个茄子和两个辣椒。盆子旁边，一个咬了一口的西红柿扔在一旁，肯定是明雨干的。

洗菜的时候，明雨回来了。她上身穿一件海军蓝套头运动衣，下身蓝色的确良长裤挽在小腿肚上，脚上的布鞋结着厚厚的泥巴，头发乱蓬蓬的，两根马尾辫一只高一只低，耳边全是散乱的头发，两只手各抱一只小狗夹在腋下。

"哪儿来的狗？"石昭美一见明雨这副疯头疯脑的模样，心头就蹿出一股火气，"明雨啊，你看你，浑身都是土，又到哪里疯去了，这么晚都不回家！明天就要上学了，你哪里有个上学的样子啊？"

"妈妈，我去救小狗去了，老阿姨说养不了它们，要把它们扔大渠淹死。"

"你先把你自己管管好吧。弄回来谁养？拉屎撒尿的，谁来打扫？赶紧扔掉，一下弄两只回来，不要吃喝啊。"

"不，妈妈。"明雨惊恐地向后退了半步，"我自己养，我把我的饭给它们吃。"

铁锅飘出一丝煳味，石昭美慌乱地提起铁铲，将灶膛内燃烧的火苗拍灭。

"把狗放下，明雨，进屋洗手梳头，去奶奶家把妹妹接回来。"

"不用她去了。"院子里传来李秀琴的声音，"来，小雨，我们小雨真乖，一路自己走，都不要奶奶抱了。"

石昭美从小伙房探出身来："妈，我才下班回家。"

"我知道，你爸也还没回家呢！会开了一整天。"

"什么会开这么长时间？"

"听说是关于联产承包责任制的会,《定包奖制度暂行办法》定不下来,职工吵吵得不行。"李秀琴端着一盆温热的蒸饺递给石昭美,"明雨,哪儿来的小狗啊?"

"老阿姨要把它们活埋,我把它们救回来了。"

"一会儿说淹死,一会儿说活埋,明雨,你到底从哪儿把它们弄来的?"石昭美问。

"一个淹死,一个活埋,老阿姨说的。"

"老阿姨是谁?"李秀琴问。

"妈,就是医院药剂师的老婆,四川人,个子矮矮的,都四十多了,没孩子,整天阴阳怪气的。"

"哟,看这小狗吓得,浑身哆嗦,这才多大,刚断奶吧?"李秀琴边说边让明雨把狗放下,"明雨,去找个纸箱来,不用的筐子也行,给它们做个小窝。哎哟,这可怜见的。"

"妈,这么忙,人都顾不过来,哪有时间养它们啊!"石昭美站一旁嘟哝。

"都抱回家了,总不能扔了吧,两条命啊。"李秀琴说完转头闻了闻,"你做米饭呢,有煳味了。能撇点儿米汤出来吗?给这两个小可怜吃点什么。"

撇出来的米汤凉凉后放在小狗跟前,小狗颤巍巍地舔了个精光。明雨和明小雨姐妹高兴地围着小狗喊喊喳喳,一人给小狗起了个名字，明雨给那只纯黑的狗起名"小虎"，小雨给另一只黑白相间的小狗起名"豆豆"。姐妹俩跟狗玩得别提多开心，大声喊着它们的名字，领着它们屋里屋外地疯跑，根本顾不得小伙房里又劳累又心烦的石昭美。

正在这时，明中启一身风尘地回来了。明雨和小雨听见爸爸的声音，扔下小狗，一齐扑进他的怀里。放下旅行袋，中启亲昵地用下巴颏儿上的胡楂扎了扎两个女儿柔嫩的脸蛋。和母亲打了招呼，去伙房朝正在炒菜的石昭美投去一个如释重负的微笑："路上车坏了好几回。"

晚饭收拾停当将近十一点半，虽然累得东倒西歪，石昭美心里却流动着一股甜蜜。结婚八个年头了，她头一次和明中启分别这么长时间。从因半城到家里得走七八个小时，沙土路坑坑洼洼，扬起的灰尘能遮住五十米外的视线，但明中启看起来毫无疲惫之色，洗过脸后更显得神清气爽，眼中溢满沉静又自信的光泽。明中启不言而喻的好心情感染了她，当着孩子们的面她不好表达她对他的思念与渴望，只盼着赶快做完家务、两个女儿尽快睡下。

吃完饭，明中启挑了一担水回来，又烧了一桶热水提进里屋，石昭美把水兑到合适的温度，开始给两个姑娘洗头洗澡。

"明雨，明天上学了，上学要懂事，要像个女孩的样子，斯斯文文的，不许再爬树再打架，翻墙、掏鸟窝、滚铁环、扔土块，那都是男孩子干的事情，你不要再跟他们在一起疯了。"

明雨坐在热气腾腾的洗澡盆里，手扶在盆沿上，嘴里学着小狗嗯嗯的叫声，轻蔑地看了一眼手拿鸡毛毽听话地坐在床中央的明小雨："我不喜欢踢毽子和跳皮筋。"

"你可以看小人书啊，爸爸给你买了那么多小人书。"

"打沙包可以吗？"

"你为什么就喜欢这些打打闹闹的游戏呢？你看，你的额头上已经留下一道疤痕了，多难看，一个姑娘家。"

母女俩小声说着话，屋子里的空气潮热而清香。突然，咚的一声，院子里似乎落进了什么东西。明雨耳朵尖，马上说："有人来了。"

"哪有人啊？"石昭美扶起明雨为她擦干身体。

明雨又伸直脖子，嚷嚷道："爸爸，小狗摔下来了，你去看看。"

"爸爸出去上厕所了。小狗从哪里摔下来啊？狗窝不是在地上吗？喏，擦干净了，你自己把衣服穿上，妈妈出去看看。"

就着屋里的光线，石昭美从院子中央拾起一个包扎成四方块的油纸包裹，包裹挺有些分量，差不多四五个土豆重，缠绕包裹的麻线下面，塞着一张折叠起来的纸。石昭美把包裹放在窗台上，就着灯光打开纸页，只见上面写着一行又丑又可怕的字："不给老子提工资，老子炸死你全家！"

石昭美惊叫一声，扔掉了手里的纸。

这就是茂盛农场《定包奖制度暂行办法》难以通过并施行的原因，里面有关键的一条——择优给百分之四十的职工增加工资，这就惹恼了很多提不了工资的农场职工。这天晚上，茂盛农场场部有五位场领导和他们的家属遭到同样的恐吓。

石昭美吓得久久不敢入睡。凌晨三点，她又让明中启去看了看两个孩子，整个人才稍稍放松，但是崴了的左脚却疼得更厉害了。

"都肿了，我去找膏药给你贴上。"明中启把消肿膏药拿来，敷贴之前把石昭美的左脚托在掌心，拇指顺着外踝缓缓向下滑到脚背上，来回按揉脚筋。

"中启哥，我们离开茂盛农场去因半城吧，阿爸能帮咱们的。"

明中启小心地把膏药贴在肿痛处，平静地说道："哪儿能让人这么一吓唬就跑了，要是都像你这么想，双河农场的人都得跑光了。"

"双河农场怎么了？"

"我是在交流会上听到的消息，两个月前，也是因为调工资的事，他们场水管站的一名职工把自己和新盖的办公室都给炸飞了。"

"后来呢?"

"后来就有人像你一样害怕，吓得不敢上班，连电影院也不敢去了。"

"你看，不就是这样吗?"

"不是这样。越是害怕，越是躲，这些人越是嚣张。双河农场现在偷盗、打架、混工的情况越来越多，就是因为上上下下都害怕。咱们场得赶快刹刹这伙人的气焰。这话，刚才我已经跟爸说了。"

"中启哥，不是只因为这件事。你没听说吗？现在已经有知青大批返城。王久宝的家里已经在为她找工作了。你想想，上海学生一走，农场就要空了，我们还留在这里干什么，农场还有什么前途?"

明中启垂下眼帘，小声说道："他们走他们的，跟我们有什么关系?"

说完这句话，明中启心头一阵激跳。

最近与他说过知青返城这件事的有两个人，一个是照相馆的江申开，一个是楼文君。

这次先进教学经验交流会上，他意外地碰上了楼文君。楼文君已经是两个孩子的母亲,但面容、身段与气质较之前都没有什么大的变化,依然明媚又大方。握手之际,明中启凝视着她的双眸,又极其敏锐地看出了——她眼神中多出的朦胧又丰富的内涵,像是更加善解人意,更加友好与温暖了。

一日,晚饭后,他们在招待所的后院碰见。说到回上海的事情,站在石榴树阴影下的楼文君微微蹙起了眉头。她告诉明中启,双河农场的上海知青比茂盛农场多出将近一倍,因此回沪的声势更大。毛弋农一心要尽早回沪,在这件事上很积极,说自己宁愿回上海蹬三轮车,也不留在农场当干部。但是她却有她的顾虑,他们两个都没有顶替父母工作的幸运,也就是说两个人回去都得找工作,而上海就业机会本来就吃紧,全国的上海知青如果都急着回去,落户必定难上加难。没有工作,没有户口,吃什么?还有住的问题。母亲不在了,她的父亲以及弟妹都不会像母亲那样为她张罗回去的事,更不会让她带着一家四口人住进本来就拥挤的家里。毛弋农那边也好不到哪里去,家里统共两间屋,弟弟刚结婚,马上要生小孩,他们如果回去,八口人怎么住?楼文君边说边摇头,末了,又像是安慰自己似的加了一句话,他们已经把大儿子送回到毛弋农母亲身边。

十天里,楼文君在数学组,他在语文组,但他们还是会在打饭或者散会的途中遇见。但凡瞥到她的身影与面颊，明中启就觉得心里翻滚着无法遏制的喜悦。等到会议结束，他不得不承认，虽然已经过去这么多年，楼文君仍旧占据着他的心房。这次重逢就是证明，只要她一出现，只要她轻盈地往他面前一站，他生活里的其他人，就全都被她推到了一边。那几天，无须夜深人静，只要一想起她，普希金那首《给凯恩》的诗句就跳进了他的嗓子眼儿，他所有的感触都和诗里写的一模一样，"我的心狂喜地跳跃/为了它，一切又重新苏醒/有了神性，有了灵感/有了生命，有了眼泪，也有了爱情"。

分别的前一个晚上，明中启彻夜未眠。当年的他，必须让自己放弃这份无望的爱，但眼下的他，已经明白那是不可能的。已婚男人渐渐磨平的情欲在夜深时分卷土重来，深深折磨着他，让他在见到她时，总是情不自禁地感到燥热。非分之想必须按下，但是他的感受是确凿无疑的，他还爱着她。

经验交流会结束了，老师们合影留念，拍完照，明中启找到楼文君。

他们站在招待所后院葡萄长廊的尽头说了会儿话。

"什么时候回农场？"明中启问。

"后天，明天我还要去因半城二中听一堂公开课。"

"我……下午就回了，刚好有趟便车。我来问问你，如果你也要回，可以一起走。"

楼文君轻轻地说了声"谢谢"。四眸相视之际，她原本友好平静的目光突然躲闪开了。他也移开了自己的视线，心脏随之猛烈地跳荡了一阵。

"教师资格已经转正了吧？"明中启问。

"转了，早转了。"

"不管将来回不回上海，都祝你一切顺利。"

"谢谢。"

"这次来，意外见到了你，我很高兴。"

"我也是。你多保重吧。"

"再见。"

"再见。"

回忆让明中启恍了神，直到石昭美挨着他躺下来，将两只沉甸甸的乳房紧紧压在他的怀里。

"中启哥，你想想，他们为什么要走，是因为这里太落后太苦了，经济、教育、文化、医疗……什么都差。不为自己，咱们也得为孩子想想，因半城虽然比不上上海，但教育的起跑线要比农场高很多，国家已经恢复高考，就凭咱们农场学校的水平，能考出去几个？你看明珠，考了两年，又有你一个劲地帮她，也才考上一个农学院，这都算是破天荒了。"

"国家也才恢复高考三年,都在爬坡,农场会好起来的。"

"建设边疆保卫边疆人人有份,大家应该轮着来。谁不想往好地方去啊!农场发展太慢了,我们又不比别人差,要我说,你就是到因半城的任何一个学校,也一样是最好的老师。"

"来来去去,总不能只是夹在乌泱泱的人堆里,总得弄清楚自己到底想要什么、想做什么,每个人都得找到自己的立锥之地,不然,就是到了好地方,也还是待得不安稳。"

"你把这里当成立锥之地,万一有一天这里又像古时候一样,给沙子埋了呢?"

"今天太累了,路上颠得腰疼,这事情头绪多着呢,改天再说。睡吧。"明中启伸手拉灭了灯。

"真不知道你图什么。"石昭美钻进明中启的臂弯,紧紧搂着他温暖的身体。

"我上学那会儿比现在难多了,要是我的老师撇下我不管,就没有今天的我了。"明中启一只手搂着石昭美光滑丰腴的肩膀,另一只手在她胸前爱抚起来。

"你不是累了吗?"

"嗯,是,累了——"明中启翻起身,埋进石昭美胸间,嘴里含含糊糊。

出乎意料,明中启这一晚格外强壮也格外贪婪,石昭美从来没有感受过他如此强烈的渴望和彻底的放松。他比以往哪一次都显得更自私更投入,似乎根本不去照顾和考虑她的需要与感受,完全从自己、从一个男人的需要来要求她。她的感觉清晰又强烈,他在彻底地释放一个男人的欲望,享受她作为一个女人的身体,十分简单和直接,因此也万分淋漓与痛快。而她,虽然因为他个别粗暴的动作而感到疼痛,却仍然为此异常兴奋,因而一步步被他带入她极少前往的地带,为此体会到从未有过的强烈的快意。

两人的喘息平息下来,身体分开,石昭美闭上眼睛回味良久,开口想和明中启再说上几句亲密的话儿,想问问他今天为什么像变了个人似的,但是明中启那边已经传来了旁若无人的轻轻的鼾声。

2

一连两个礼拜,茂盛农场场部大院里都挤满了要求办理粮户关系的上海知青。尤其迫不及待的是那些夫妻两个都是上海人、都有顶替父母工作机会的家庭，他们是最孤注一掷的，宁可怠工被扣工资，也天天守在场部，渴望第一时间拿到盖着红泥印章准许回沪的证明。

打定了回上海的主意，一些上海知青开始处理家什物品，他们的家具、日常器皿、自行车、缝纫机……大多数都是从上海买来的，样式和质量都比农场职工自己打制和购买的要好。为了减轻回程途中行李的负担，他们不仅要变卖家产家业，而且要抢在别人前面，因为一旦农场开始放行，大家挤在一起的时候，再好的东西也卖不出价钱了。

农场职工被上海学生的返城潮搅得心神不宁，石昭美也暗中着慌，仿佛眼睁睁看着驶向未来的列车丢下自己奔腾而去。

十月下旬的一天，陈理真带女儿兰兰来医院看病，碰上石昭美与王久宝，三人聊了会儿天。

陈理真夫妻原本都在场部机关工作，丈夫王光明身材魁梧，为人机智活泛，在后勤管仓库。三年前的秋天，籽棉入库时，他在账目上做了手脚，倒卖了几包棉花，被人检举告发，以贪污公款之名记大过一次，革职下连队劳动。陈理真一向得意于丈夫王光明精明强干，是个不甘于平庸能做大事的人才，即便出了事，也无怨无悔照样跟着他。王光明被发配到连队劳动，成了棉花薄膜种植试验班组的小组长，一去就和大伙儿搞得烂熟，像是根本不在乎自己犯过错误。他脑袋里的新点子比技术人员的还多，不仅提高了试验田的棉花产量，又腾出两亩地搞薄膜蔬菜试验，大获成功后又得到了农场的表彰。管他犯不犯错，陈理真就迷王光明有这个搞什么都风生水起的本事。王光明被罚去连队，她原本是商店的售货员，说什么也不干了，带着孩子跟着去了六连，眼下在六连当农工。

"瞧兰兰的手，全是湿疹，抹过多少药，就是不管用。"陈理真说。

石昭美把兰兰的小手握在手里，仔细看了看指缝间的红斑与水疱，嘴里小声地嘟哝着："我爸爸曾经给病人治过湿疹，除了抹的药膏和口服药，还用过一种极其特殊的办法，好像是用注射针头把药液直接注入什么穴位。我那时候太小了，什么也记不得，只在旁边看他给病人治病。"

"那叫针刺封闭疗法，儿科现在没有人会那个技术了。"王久宝说。

"久宝，上海那边还是没有消息?"石昭美问。王久宝与丈夫史良属于条件最好的一批上海知青，都是上海人，家里也都为他们腾出了顶替机会，但是上海劳动局迟迟不来调令，他们便办不了粮户关系。两个孩子已经送回去一年了，单独和上海家人待在一起，相处不习惯，经常哭闹着要回农场找爸爸妈妈,王久宝近来也是焦躁不安。

"我妈妈隔三岔五去打探消息,得到的答复还是暂停办理。"

"再等等吧,反正是快了。明雨爷爷说了,知青返城,这是大趋势,就是早晚的事。你不要去场部和他们一起挤来挤去。急也没用。"石昭美说。

"我晓得了。"王久宝叹了口气,在床头的方凳上坐下来。

"咱们场上海学生有一千多人吧,要是都走了,上哪儿找人补起来啊!"陈理真边嘟哝边给兰兰抹药膏。

发了阵呆,王久宝回过神来,接话道:"八月底,我在因半城碰上楼文君,听她说,双河农场返城势头更厉害。不过,楼文君一时还回不去,她找不上工作,家里不帮她。"

听见楼文君的名字,石昭美的心像被火烫了一下,忙问道:"八月底,楼文君也在因半城?"

"是啊,她去开什么先进教学经验交流会。对了,明老师也在那个会上。"

霎时,石昭美的太阳穴响起弹棉花的嗡嗡声,病房的墙壁也几乎同时旋转起来,好半天,她紧抿着嘴巴一声不吭,淡粉色的嘴唇顷刻间成了灰白色。她想起明中启从因半城回来的那天晚上,跟变了个人似的,炽热又贪婪,比新婚之夜都让她刻骨铭心。女人的直觉真是可怕,当时她只觉得纳闷,现在,则为此找到了一种难以启齿的联系。这个念头让石昭美产生了一种万念俱灰的痛苦。

夜里,收拾停当,躺下已经将近零点。拉灭灯绳,明中启伸手爱抚起石昭美的身体。明中启热烘烘的呼吸与亲吻让石昭美难以自持,她一万个想迎合和回应他的情欲,大脑里却有一根亮如闪电的东西叫她保持清醒。明中启这时候伏在她身上,腹下已如离弦之箭,突然,黑暗中,石昭美平静又冷冷地问道:"你去因半城开会,见到楼文君了?"

明中启身上一抖,腹下软塌下来,用手撑起身体,看着黑暗中石昭美亮晶晶的眼眸,迟疑片刻,说:"见到了。"

"你怎么不跟我说?"

"有什么好说的?"明中启翻下身来,叹了口气。

"若想人不知,除非己莫为。"石昭美硬生生地说。

"我做了什么?"明中启懊恼地问。

石昭美不再吭声,她背过身去,拉过盖在明中启身上自己的棉被,把他晾在了微凉的秋夜里。

十一月的最后一个星期天,气温降到零下十摄氏度,冷风贴着房屋的外墙,时紧时慢地吹过,灰扑扑的麻雀觅食觅得倦乏了,三三两两蹲在嗡嗡作响的电线上,瑟缩着脑袋。

早上九点，石昭美趴在里屋的缝纫机上给妈妈成信秀写信，倾诉上海学生的返城大潮给自己带来的焦虑，写了明中启与她意见相反，没有一点儿离开农场的打算。夫妻两个都没有心思搭理孩子，明雨和明小雨很快起了口角，为了一块用来"过家家"的枕巾，在屋子里追来打去，明小雨绊倒在过道的台阶上，大哭不已，哭声把明中启和石昭美搅得更加心烦。

明中启无心在家里备课，去照相馆找江申开。

照相馆生着火炉，炉旁一高一低放着两只方凳，高的一只搁着一只搪瓷茶缸和一本颜色灰暗的布面旧书。明中启俯身拿起搁在凳子上的书，看看是上海读书出版社民国三十六年（1947）再版的《资本论》第二卷，不禁诧异地翻了翻书页，一见书的230页竟然写着英文标注，惊得眉毛快要抖掉。

"这不会是你写的标注吧？"明中启问。

"我的一个舅舅，说出来吓死你，他不仅通读过这套汉译本，还读过德文版和英文版的《资本论》，三个版本，他是对照着读的，哪个版本和哪个版本不一样，喏，都写在上面呢，一会儿汉文，一会儿英文，还有德文。哼，我就是再活三辈子也活不到他这个份儿上。"

"有这样一个舅舅，你给他提鞋也了不起！"

"哼，想提也提不上了，人已经没了。"

"……你读得懂吗?"

"书是我前年回去探亲带来的,这才看到第二卷。以前我家是开纱厂的,多少有些实际印象,边读边琢磨,前面吃力些,有的地方艰涩,有的地方又很啰唆,不过,现在已经好多了。"

"借我看看。"

"你可要保管好。"

"放心吧。对了,你打算回上海吗?"

"我肯定是要走的,读通了这套书,我会知道自己应该往哪儿走。不是回了上海就万事大吉。"江申开又点燃了一根香烟,"什么户口与工作,我才不会在乎这些玩意儿。你读了这本书就能知道。"

这句很费解的话让明中启沉默片刻,但他仍然理解不了。

"这和回不回上海有什么关系?"

"有什么关系?我问你,回上海的目的是什么?不就是为了一个写着粮户关系的小本本。可是我要告诉你,将来,束缚与摆布人的是资本,而不是什么粮户关系。你读了这本书就知道了,将来,主导人的前途与命运的,是个体对资本的获取和再生方式,这才是最关键的东西。"

明中启越听越觉得匪夷所思,不禁喷笑道:"读了本书,说话都不一样了。不过,说句实话,打一上学就整天喊马克思主义,可是马克思主义到底说的是什么,到现在我也不清楚。"

"没几个人真正清楚,都只是哇啦哇啦地喊口号。你回去慢慢看书吧,你会越看越激动,越看越清醒的。"江申开像发现了一个天大的秘密一样瞪着明中启。

"净卖关子。"

"读了你就会知道,当你用他的方法再去看世界历史,等于是走在了时间的前头。"江申开得意地笑笑。

江申开去里间找《资本论》的第一卷,明中启踅到江申开的办公桌前,打量他最近洗出来的照片。在靠墙的一摞黑白照里,他看到一组王三的照片。照片里的季节不同,王三不是靠在墙根角傻笑,就是坐在马路中央抠脚丫子,有在冬日茂盛渠干涸的河床上仰面朝天发呆的,有夏日里裸着下身被一帮小男孩围着耻笑的,有一张竟然是站在父母家的屋山头,手拿一根柴火棒敬礼的照片。

"你拍他干什么?"明中启沉下脸问。

"这些照片可不能被人看到,不然会有人给我扣帽子的,说我丑化集体和国家。但这个傻小子拍出来真的别有味道。我不是有意去拍的,没事的时候我喜欢四处瞎逛,你别以为我整天只会窝在照相馆里给人家拍笑出八颗大牙的照片。哼,我可是有我自己的想法。这傻小子都是我撞上的,哪能专门拍他。

洗出来以后，放在一起，突然觉得挺有意思。将来啊，说不定，我能拿这组照片搞个个人展览呢。"

照片让明中启的心情变得又沉重又烦躁，他在椅子上坐下来，又将照片看过一遍，那些不堪回首的往事随之历历在目。

见明中启不言语，江申开将烟头扔进火炉，走到办公桌跟前，拉开抽屉，从一沓旧报纸下面又拿出一沓黑白照片，说道："这几张更有看头。"

这一沓照片全是王三在夏天的茂盛渠赤身游荡和戏水的照片。有一张不知在哪个水管站，王三背对镜头，屁股给太阳晒得油黑精光，隔着二十来米远，一个年轻的女人用手臂遮住脸，嘴巴半张着，大概是在叫骂。

"怎么尽是这些个？"明中启问。

"我在拍一组'沙漠与水'的主题照片，夏天拍茂盛渠，不留神就会撞见他，也是赶得巧吧，没想太多，觉得特别刺目，就按了快门。"

明中启眉头紧皱，良久，他抬起头看着江申开，带着一种埋怨的神气，低声说道："怎么看我都觉着它们又无礼又粗暴，你不该这么对待一个傻瓜的。"

明中启带着埋怨口吻的话语没有对江申开产生任何影响，他像是没听见似的，依旧沾沾自喜地欣赏着自己的作品，一边眯着眼睛翻动照片，一边悠然地吐着烟雾，像是无比惬意地沉浸在画面所渗透出来的荒诞、荒唐和冰冷的幽默中。天空中燃烧的火球，水渠边残缺扭曲的身体，天际线上旷古绝今的平坦戈壁，现实是如此的真实和强烈，如此的无情与震撼。但是，显然，江申开与明中启对照片上所呈现出来的这种赤裸裸的现实抱有两种态度，江申开津津乐道于自己的眼力与表现力，明中启则因为深深地被它们刺痛，以至于后来竟然不敢也不愿意再去看它们一眼。

3

距离元旦还有三天，茂盛农场突然放开了给符合回沪条件的上海知青办理发放回沪户口和粮油关系证明的口子。随后的一周里，茂盛农场凡有上海知青的单位和生产连队，都充溢着一种既焦灼又兴奋的气氛。场里老职工的心里尤其不是滋味，左邻右舍地待在一起快二十年了，共同熬过最艰苦的岁月，这一走，就分出了此与彼，分出了彼此不同的内心与未来。

一天接着一天,一批接着一批,茂盛农场天天都有离开的人,分别之际,起初,无论是走的,还是留下来的,大伙儿都哭得挺伤心,都是异乡异土人,都有远方的故土与亲人,当年如何来到这荒僻遥远的边疆,今日如何又天各一方,走的人未来在哪里?留下来的人将如何继续?万千感慨都涌在喉头变成了眼泪。后来,一趟又一趟的眼泪抹干之后,同样送别的话说了又说之后,都感到越说心里越空,于是大伙儿平静淡然了许多,许多人都只在心里无可奈何地叹一声——走吧,该走的都走吧。

转眼临近春节,小年之前的一个礼拜天,早饭后,石昭美和明中启开始大扫除。明中启把角角落落的灰尘和蜘蛛网清理干净,石昭美清扫地面,床下够不到的地方,她让身材纤瘦的明雨钻进去帮她划拉几下,明小雨则拿着一把断成两截的木梳子,蹲在院子当中,给躺在地上晒太阳的小虎和豆豆梳理狗毛。中午饭是野兔肉、炒白菜、腌辣椒配米饭,明中启在锅灶跟前忙活的时候,石昭美伏在洗衣盆上,用力搓洗换下来的床单,一旁的一只方凳上,搁着一大堆等待清洗的被面、窗帘和家人的衣裤。

肉炖好还有些时候,明中启拿着《资本论》第一卷,背对石昭美坐在火炉前,一边吸烟,一边啃读这本难懂的大书。屋子里又是炖肉的香气，又是清洗衣服的肥皂味，还有阳光钻进门缝的清鲜味，连石昭美裸露着的光滑丰腴的小臂似乎都散发着不可言喻的芳香。

两个姑娘在院子里戏耍，不时争执几句，不时又开心地一起咯咯大笑。家人稳妥地待在一起，铁锅里肉汤的咕嘟声和着洗衣的揉搓声，一时间让石昭美心头盈满温存与温暖。她抬头看了一眼明中启的脊背，一颗心却又咯噔往下跌了一截。铁灰色的毛背心是她两年前给他织的，右腰部位有块巴掌大的地方脱了针，入冬前她就看见了，但是一直没有补上。是没有时间吗？哪儿会忙到那种程度！以往每年冬天她都会为他织上一件毛织物，毛衣毛裤当然用不着年年织，但是手套和围巾必然会有。那时候，她真的是把一针一线都当作自己对他的爱，织得又细心又开心。这两年她什么也没织，要说有意这样也不完全是，她是想让他穿得暖暖和和、精精神神的，但是心里的那股劲儿再也指使不了她的双手。她不再像过去那样天真地相信——即使中启哥心里装着别人，她也能用她的爱感染他和转变他，让自己成为他的唯一和全部。石昭美知道，她丧失了对自己的信心。

自从知道明中启去年在因半城见了楼文君，自从那天晚上他伏在她身上意欲求欢而被她以质问击退之后，半年间，他们没有再行过房事，倒不是有意回避，而是明中启在那之后就再也没有兴致了。也许石昭美主动些能够缓和状况，但越是这种时候，石昭美就越是提不起精神。此时此刻，家中如此宁静和睦，所爱的人围绕在她身边，百感交集的她突然责怪起自己来——是不是过分猜忌过分计较了，自己真正想要的，不就是眼前的这一幕吗？石昭美又问了自己一遍，在得到确定的答复之后，她的心里轻松不少。

"你烟瘾越来越大了。"石昭美在明中启背后轻声说道。

"就是看书时多抽两根。"

"克制些吧，你看爸，现在都咳成什么样儿了。"

"……"

明中启没再接话，他正在读《相对价值形态》这一章的第二节，需要投入全部精力才能领悟每句话的含义，更需要反复咀嚼。石昭美这一刻的关心对他来讲完全是打扰。

各想所想，话没说两句两个人又都没话了，石昭美刚刚平缓的心情再次罩上阴影，只好无滋无味地继续洗她的东西。

将近下午两点，饭菜都好了，一家人围坐在方桌前吃午饭。兔肉烫嘴，明雨没事人似的吃得喷香。明小雨给烫出了眼泪，嘴巴却不肯停下。明中启慢慢地咀嚼着，凹下去的双腮被饭菜顶出了两个鼓包。石昭美自己吃两口，就得帮明小雨拉拉胸前的围兜,或者拾起她掉在桌子上的饭粒再搁回她的碗里。

饭后,两个姑娘进屋午睡,石昭美接着洗衣服,明中启收拾锅灶。

"场农业试验推广站的上海学生余加弟要卖一辆女式自行车,她说回去的行李打不下了,问我要不要。是辆26英寸的永久牌女式自行车,前车杠是弯曲设计,样式很少见。"石昭美说。

"买了女式的,是不是还得买辆男式的?那得花多少钱?场里都欠发工资大半年了,你还有心思想这件事。"

"不买就不买,干什么张口就埋怨我?"

"不能见什么好的都想要,你总是羡慕别人的生活,总和别人比。大城市的生活,咱们永远比不上的。你这样下去,只会让自己心里不痛快。"

"你别教训我了。我每个月都要下连队巡诊,有的连队路远,步行来回一趟要四五个小时,每次回来,我的两个脚踝都得肿两天。不是我自己说需要,你能为我想到吗?我就想问你一句,我想要一辆自行车,让自己工作起来不那么辛苦,有什么不对?难道咬着牙受苦受累,就是应该的,心里就会满足?难道农场的职工,就应该过得不如别人?你那么会讲大道理,那么就请你给我讲讲其中的道理何在!"

争吵声吵醒了两个姑娘，她们悄无声息站在房间一角，瞪大眼睛看着互相指责的爸爸和妈妈。夫妻俩这才闭住了嘴巴，明中启转过头去，把责怪妻子的目光换成一缕无可奈何的叹息。

石昭美已经是两个孩子的妈妈了，她的身材丰腴了许多，头发也没有以前那么多了，只要一值夜班，小麦色的脸颊就会显得发黑发黄。明中启感觉得到，妻子看他的目光变化得最厉害，里面经常布满不解与忧伤。从前，他最喜欢她那双煤一般漆黑、镜子一般明亮的清水眼，它们又清澈又灵活，他只要看上一眼，就知道她在想什么，在渴望什么。现在，这双眼睛经常像冬天的井水一样，清冷幽寂，偶尔，还会因为极度的疲惫失去光泽。这一刻，情况又有了新的变化，她在质问他不关心她的时候，眼中露出的不仅是怨尤和委屈，而且是一种不可遏制的愤怒和恐惧，他想不透其中原因，但能感觉到这眼神所包含的意味——绝不仅仅是一辆自行车的问题。

明中启离开屋子，一个人十分苦恼地去院子当中坐下，一边抽烟一边回想争吵的事由与过程。他越想越懊悔，越想越烦闷，甚至有些讨厌起自己来。小昭说得对，他很少考虑过她的物质需要，因为他已经习惯了——所有人都是这么过来的，努力工作和劳动。他明白这种习惯包含着勉强和艰辛，也理解个人需求是一个复杂的东西。但是，即使他同时看到了时代在变、社会在变、人在变这些现实，他还是忽略了与自己朝夕相处的最亲近的家人的需要。这段时间，农场的各种风波与震荡看似都与自己的生活无关，但每一条波纹带来的起伏都潜进了他的心房。返城的知青与他是同龄人，因此他们的离开对他的触动更深、更强烈，这群和他一同在农场劳动生活了将近二十年的人，他们做出了新的选择，他们的人生因此突然发生了转向。那么他呢？他不是也在盼望这种时代的转向吗？但是事到临头，他竟然有些不愿去想、不愿去面对的情绪。

晚上，过了十二点明中启才睡下。石昭美面朝墙壁躺着，明中启不确定她睡没睡着，黑暗中他朝黑黝黝的天花板瞪了良久，脚下才察觉到石昭美放在他棉被里的暖水袋，刹那心头一热，伸出手臂，温柔又固执地把石昭美搂进怀中。

石昭美紧紧贴着明中启的身子，把头埋进他怀里，不一会儿眼泪就浸湿了他的圆领秋衣。

"应该早一点给你买辆自行车的。"

"我说的都是气话，中启哥。"石昭美哽咽着说。

"我知道。"

"我心里只有你和孩子，除了把咱家的日子过好，我什么都不图。每次和你吵嘴生气，我的心里，真像被针扎一样。"

"我也不好受。"

"真奇怪……"

"奇怪什么?"

"孩子都这么大了,但只要我一伤心,你就变回了那个牵着我的手和我一起去认领爸爸遗体的中启哥。无论你说过什么让我生气的话,你都永远是那一天的中启哥,只要想到那一天的你,我就什么都不计较了。"

"……那是因为你当时吓坏了。"

这一夜两人温存了许久,石昭美的身体比什么时候都滚烫和激荡,举止也比什么时候都胆大和无所顾忌,伴随着她无法抑制的呻吟,明中启体内熄灭许久的男子雄风意想不到地得以恢复,两个人为此都异常欣喜与兴奋,直到明中启酣畅淋漓地瘫在石昭美的身上。事后,明中启很快睡去,石昭美听着他轻微的鼾声,思绪却越发轻快地飞散开来。他们的身体没有分开,她的头依然枕着他的胳膊,他身上属于男人特有的干爽气味把她牵回到他第一次吻她的那个夏日的夜晚,他吻她的每一个细节,他的吻给她带来的每一丝新鲜的感觉,此刻回想仍然叫她情不自禁地浑身发烫。想到这里,她不由自主地抬起头,轻轻地吻了吻熟睡中的明中启。

4

明双全家的庭院一年比一年菜蔬肥美、瓜果飘香，这借助于这片老家属区的地理位置。院子向南，隔着一条五六米宽的土巷道，是一条灌溉毛渠，毛渠再向南，依次是杨树林带、职工自留地和排渠，排渠八米深十米宽，是老职工们早年花了上万个工时挖出来的一条贯穿场部乃至直属耕地的总排渠。多亏这条又深又宽的老排渠长年累月地排掉了土壤里的盐碱，场部周围的田地才被改良过来，才能种瓜得瓜，种豆得豆。

自打农场准许家庭自盖院落和小伙房之后，退休在家的李秀琴就一年年地细心侍弄起自家的小院。她把早年在茂盛农场开荒造田的十八般经验都使了出来，先是沿着高低不一的木栅栏种了一圈枸杞树苗，接着把院子里将近三百个平方米的空地一锹一锹地深翻过，又像篦虱子一样把角角落落的杂草捡得一干二净，然后靠大水漫灌的方法把土壤洗了足足有八遍，这才开始施肥。她把自家茅厕的大粪、圈舍里的鸡粪和从畜牧队买来的羊粪像撒胡椒面一样，均匀地撒在地里，接着再深翻再晒土再漫灌，花了一年的时间把地养肥之后，第二年开始种蔬菜、栽果树、养兔子、养鸡、养鹅。将近十年过去了，院子里的葡萄、桃树、梨树和蔬菜已经多得当季吃不完，既可以送给左邻右舍，又能腌制、储存以备冬季食用。除了院落里的瓜果喜人，栽在栅栏外的枸杞苗也长得威风凛凛，如今都有两米来高，那些带刺的枝条密密匝匝纵横交错自行拉起一道绿色的刺篱笆。眼下，红润饱满的枸杞果足有指头大小，一粒粒晶莹剔透地挂满枝头。李秀琴已经采了两大簸箕，都摊晒在小伙房的屋顶上，剩下采不到的，李秀琴养的大公鸡每天跳到刺篱笆上，一口一个地帮她啄了个干净。

　　茂盛农场里，已经不止明双全、李秀琴家有这样漂亮诱人的院落，农场这两年新盖了不少职工住房，每家每户的房前屋后都留足了自留地以便自行解决吃菜的问题，同时又鼓励职工按单位划属的区域联合开荒再分块种植，除了缴纳水费，种什么自己说了算，收多收少也全是自己的。李秀琴是个闲不住的人，不仅把自己的院落打理得井井有条，四月份的时候，又帮刚搬了家的明中启和石昭美栽上了树，种上了菜。但是明中启所在的住宅区距离排渠太远，加上阿娜河的水量一年比一年减少，河水的矿化度越来越高，新住宅区不管是谁家的菜地，再也不能用当初李秀琴那样的方法给自己家的菜园子排碱降盐，所以地里的蔬菜和果树，无论怎么种都种不出李秀琴手中的那样。这也是明双全和李秀琴一直住在老房子里的原因，他们是舍不得那个陪了他们十多年的小院子，舍不得院落里那些带给他们阴凉和果实的绿葱葱的小生命。

相比李秀琴，明中启夫妻俩远不及李秀琴对院子里的菜蔬那么上心，尤其遇上用水紧张的时候，家家户户都等着浇地，轮到明中启住的这片区域，大多得在夜里一两点以后了。

这天晚上，场部家属区菜地统一放水灌溉，明中启和石昭美没有忍住瞌睡，睡过了头，要不是李秀琴披星戴月地赶来，往后的半个月里，明中启就得自己挑水浇地了。第二天，正好是个礼拜天，吃过早饭，明中启一家四口一齐往父母家去。今儿全家人都在，明双全夫妻两人、中启一家四口、明珠，加上专程从水库回来看望家人的明千安，八口人好不容易凑齐。

千安只有两天假期，巡守水库的活儿不是随便什么人都能干的，千安给原来的老梁送了一筐鸟蛋和七八条胳膊长的大草鱼，才能放心回来。看守水库，最重大的责任在于及时发现堤坝有无决漏，尤其南面的两条大堤，依靠沙丘自然连绵，地基松散，各个角落每天都得仔细巡查一遍。水库水不深，因为条件有限，几乎是利用沙丘之间的天然凹陷建成，因此渗漏决口时有发生，一旦漏水过多，包括茂盛农场在内的阿娜河下游五个农场的灌溉用水都会受到影响。巡湖是有危险的，如果不熟悉库区的水下地形，卡盆划得不够好，到了闸口，说不定就会船翻人亡，闸口附近有巨大的水下漩涡，最多只能坐三人的卡盆根本无力挣扎，瞬间就能被吸入水下。

六年寂寞又自由的库区生活从里到外改变了明千安。他明显又魁梧了许多，皮肤不仅被晒成了古铜色，质地也像是厚实了，看起来非常有韧性，胸脯和肩头的肌肉稍一用力，就鼓成一座座小山包。他的精神状态与旁人也大不一样，不像从前那么活泼机灵了，说话时甚至会有些迟钝，但却让人感到放心和踏实。以前与人说话时，他的目光像湍急的小溪，不时还会飞溅起一串明亮的水珠，现在无论面对任何人，都又专注又充满不解，似乎对方是一座神秘的岛屿，嘴里吐出的每一句话，都可能是通往岛屿深处的路标和指引。事情的奇妙之处也在这里，当千安把他人当成一座需要倾听和探寻的岛屿的时候，千安在家人的眼里也变成了一座湖心小岛，在粉蓝色天际线的衬托下，显得遥远、静谧和陌生。

库区生活自然又朴素，像一把凌厉的筛子，筛掉了明千安内心不必要的阴影和杂质。天空阴晴不定，有时蓝如水晶，映照万里碧波，有时狂风来到，片刻就能将湖面吹得昏暗无光，能见度不到十米。孤身一人,四顾茫茫,每天嘴里发出的声音就是唤几声狗,明千安确实感到寂寞,但是他天天从早忙到晚,几乎没有坐下来凝神静思或者咀嚼孤独的时间。湖水、沙子、天气、鱼群、鸟群、马鹿、甘草、野麻、芦苇、风雨雪……每天都会扔给他一堆相同和不同的事情,每天都在催促他学习和创造与自然相处的新办法新思路。

巡湖是每天必须完成的工作,他有三只大小不一的卡盆,大的能坐三人,小的只载得下他一个人。早上七点,他背一杆步枪,枪筒被他用鱼油擦得锃光瓦亮,划着枣核般的卡盆就出发了。巡湖一圈得四个小时,小的渗漏他可以用放在堤坝上的沙袋自己解决,大的决口他就得用步枪鸣放信号弹了,不过那总共只有两次。明千安也学着老梁养了几头猪,猪每天吃鱼,他每天都得网一卡盆鱼回来给猪吃。网鱼的地方在两个小岛之间,他挂了一段五十米长的套网在水下,每天只要提网收鱼即可。必须是每天,因为套在渔网上的鱼如果不及时取下,会卡死在水里,鱼死腐烂,气味在水底传开,鱼群就再不上这片区域来;他还抓过一对马鹿,后来让场里来送粮食的人带走送到畜牧连。抓第一头马鹿的时候他从卡盆上摔进水中,差点被马鹿拖走。春天,库区上的小岛芳草萋萋,马鹿眼馋嫩绿的青草,会冒险浮水一饱口福。明千安守在小岛的草丛中,时机一到，眼疾手快扔出扣在手腕上的绳索，成功套住了马鹿的脖子，比农场打鹿队骑在马上捕马鹿容易多了。但是惊慌失措的马鹿力量也惊人，明千安头一次没有防备，扑通一下人仰船翻，幸亏卡盆扣翻在岛边一团枯萎的草根上，他伸手抓住卡盆尖尖的船角，才没有被马鹿拖向深水区。这下子，鹿会游泳，猪会游泳，狗会游泳……他什么都见识过了。春天还有更有趣的事情，只要他愿意，每天都能在四周的小岛上收获一大筐鸟蛋，鸟蛋大小不一，大的能沉甸甸地压满他的手掌，小的比狗眼睛大不了多少，五颜六色，又可爱又神奇。他数了数鸟蛋的类型，足足有三十多种。遗憾的是，每天看着鸟群飞起又落下，他并不知它们的名字，不知道它们从哪儿来，冬天又会飞去哪里。鸟蛋不好吃，蛋白又粗又硬，腥气冲鼻，他吃了几回就嫌弃地丢在一边，后来意识到每一只鸟蛋里都孕育着一个生命，于是把捡回来的都放回小岛，从此再也不拾鸟蛋。秋天水位下降湖水开始结冰，巡湖的任务减轻，但他更加忙碌。水库东大堤外有一片无人涉足的荒野，遍生着大片的野生甘草。以前他在生产连队挖过甘草，那是为了连队完成上交给场里的生产任务，为了争挖甘草，各连队之间还闹过不愉快。现在，茫茫荒野上，遍地都是多年生的老甘草，却没有人再要求他挖甘草交任务。水库北面是茂盛农场，南边是双河农场，他在巡湖的时候碰上了双河农场甘草膏厂的甘草收购员。此人姓刘,脸上长满米粒大小的麻子,明千安就叫他刘麻子。问清楚刘麻子是干什么的之后,千安就知道自己可以干什么了。东大堤外的荒滩是两个农场的两不管地带,上面只有野兽的足迹,甘草在这片无人光顾的乐园里尽情生长,枝连枝,根盘根。明千安挖了几回,就学会了辨别新甘草和老甘草的方法,所以,他挖出的老甘草里面,一多半都有碗口粗细。刘麻子见到他送来的甘草,眼珠子都要惊出眼眶,直叹千安掉进了金窟窿。这件事当然在秘密进行。刘麻子不会把千安的甘草全部都送回厂子,他挑出成色最好的卖给渐渐多起来的走村串乡的药草贩子,利润翻出三倍。千安也不是吃素的,没几回就识出了他的狡狯,就地提价两倍,刘麻子眨巴了会儿眼睛,也就认了。戈壁滩的荒野里,除了甘草,还有别的药草,一年不到,千安就都会认了,连带着一起卖给刘麻子。这样一来,他私下里装在一只脸盆大小的土罐里的人民币不知不觉就给塞满了。库区岛上的芦苇他看护得很好,如果猪偷偷浮水去岛上啃苇根,回来肯定要狠狠吃一顿他的皮鞭。岛上的芦苇都是要送进造纸厂,为子弟学校的学生印书、印本子用的,他自己的窝棚烂洞了,也都只拣短的芦苇扎苇把。

千安在库区忙得没有时间想心事犯忧愁,刘麻子是他接触最多关系最密不可言的一个人，总是把一些他意想不到的事情告诉他。比如国家的政策眼见着越来越宽松，双河农场的某某个体承包户怎么损公肥私，如何倒卖集体免费发放的生产资料。比如双河农场的上海知青毛弋农，在返城早期因为过于急切，出车祸死在了路上。刘麻子直叹"这死得有个啥劲，纯粹是自己赶着要给阎王报到"。比如双河农场和外国人一起搞了一个棉花良种繁育厂，厂子挣了大钱，厂里的年轻人，无论技术员和工人，无论男女，眼睛一概翻到了头顶上，都往因半城里找对象。比如双河农场已经搞起了自由市场，场里鼓励农工把家里养的鸡啊羊啊种的菜啊水果啊拿到市场上去卖，那不叫投机倒把了，那叫发展庭院经济……明千安从刘麻子的口中领悟到了人心的变化，并且剥离出一个他最关心最敏感的词语——自由。

明双全今儿把脸刮得像玻璃一样发着青光，气温足有三十六摄氏度，他在家里竟然穿着小西装领的短袖白衬衣，下身是一条熨得平展展的深蓝色的确良长裤，脚上穿着李秀琴今年春天新做的布鞋，不像平时趿着一双烂了脚后跟的旧布鞋。

"小昭，你上伙房帮帮你妈，她昨晚帮你们浇菜地的水，今早起来我瞧着脸色不好，你快去搭把手。"明双全笑着对石昭美说。

"明雨,小雨,过来,看这里有什么好东西!"正在家里度暑假的农学院三年级学生明珠朝两个侄女喊道。

"呀,这么多鸡蛋!"小雨娇声叫道。

"不是鸡蛋,是鸟蛋!这两个青白色的是野鸭蛋,两个棕花色的是鹌鹑蛋,两个绿色的是大白鹭蛋。"明珠说。

"哪儿来的?"明雨问。

明珠用手指指蹲在葡萄树旁埋鱼肠的明千安。

"小叔,你养的鸟吗?"明雨问。

"不用我养,它们自己来找我的。"

"鸟多吗?"明雨又问。

"多,有成千上万只。"

"嘎——嘎——,它们是不是这样叫?"明雨张嘴就叫了两声。

"哟,跟真的一样!明雨,你可真行。跟谁学的?"

"二哥,我们明雨的本事可大了,小嘴巴学什么像什么,她要蹲在鸡棚学鸡叫,准能把睡觉的妈妈折腾起来。待会儿啊,你想听什么,就让她给你学个什么。"

两个姑娘这阵儿根本没有心思听大人闲扯,已经行动起来,激动地满院子追母鸡,着急忙慌地要孵蛋。明珠也浑身孩子气,带着两个侄女钻在闷热黑暗的被子里,用手电筒把六只鸟蛋翻来覆去地照了又照,到头来还是不知道它们到底能不能孵出小鸟。

家宴准备了不少菜,豆角、莴笋、茄子、丝瓜、芹菜都是菜地里有的,李秀琴宰了一只鸡和一只兔子,豆腐和鱼是明双全交了钱提前向食堂预订的。各样菜备好之后,由明中启下灶掌勺。李秀琴想在一旁帮忙,但是胃里直犯恶心,中启刚把鱼下到锅里油煎,一阵头晕让她险些跌倒。

明珠把李秀琴扶到葡萄架下坐下,给她倒了杯水。

"妈,要不去屋里躺着?"

"没事。坐着歇歇就好了。"李秀琴脸色灰灰的,有气无力地摇摇头。

"昨晚上给你哥浇地,黑咕隆咚的,回来晚了,估计是着了凉。到底上了年岁。"明双全瞅着李秀琴难看的脸色,继续说道,"去吧,去屋里歇着,别硬撑了。"

"妈,去躺会儿吧!"石昭美也说。

"不用,我在这儿坐会儿就好了。"

千安跟在石昭美身后进了伙房,心事重重地瞧了一眼中启,在灶口的小板凳上坐下来,拿起几根晒干了的棉花秆,准备往灶里添火。

"不用你,你上外边坐着去。"中启说。

千安沉默了一会儿，终于鼓起勇气开了口："哥，我有事要和家里说，不知道今儿合不合适，先和你们商量商量。"

"你说。"

"过完这个冬天我就不在水库干了。"

"上哪儿去？"

"我想上外面看看去。"

"外面？外面是哪里？"

"先去北疆，再去青海、西藏、四川、陕西、北京、上海……哪儿有路，我就往哪儿走。"

"千安，你胡说些什么啊？"小昭插嘴道。

"我没有胡说，"千安很认真地看了一眼小昭，"我就是这样想的。我想上外面看看，除了戈壁滩，世界大着呢。一辈子窝在农场，有什么意思！"

"你不要工作了？你靠什么生活？"

"我到哪里都饿不着自己，要工作干什么。"

"工作再不好，你也是国家的正式职工啊！"

"我不稀罕这个。你教学生文化，小昭给病人看病，你们的工作都有希望和意义。我的工作，啥前途也没有，放几群羊，最后变成了羊肉和羊皮。养几头猪，过年给人宰了。人吃了肉，放几声屁，拉一堆屎就啥也没有了。毛皮捻成线，做成衣服和鞋子，穿戴几年，也烂了。没有前途的事，再正式有什么意思？"

"你是要当流浪汉吗？"小昭惊讶地问。

"你要这么说，也不是不可以。"

"那你觉得，流浪会更有意思？"明中启问。

"好歹长了见识。"

"你不害怕吗？"小昭问。

"害怕什么？我孤家寡人一条光棍，怕什么。"

"你去水库几年，就琢磨出了这件事？"

"这是大事。哥，你说呢？我至少想明白了，人可以有自己的活法。"

"你想好了吗？"明中启停下手中切到一半的洋葱，转过身问道。

"想好了。"

"这事今儿先别说，都高高兴兴的，别惹妈伤心。晚上，我们再合计合计。"明中启说。

菜肴一道接一道地出锅，石昭美遵照李秀琴的嘱咐，将菜一一端入房间的大方桌上，接着摆碗放碟，进进出出，手下一直没停。伙房里只剩下中启、千安兄弟俩的时候，千安又鼓出好大的劲儿，将另一个消息告诉了明中启。

"哥，楼文君男人死了。"明千安冲口而出，说完却不知道自己为什么要这么做。

明中启正好将切好的莴笋下锅，话音入耳，手上一偏，菜撒了一半在灶台上，油点子同时吱啦迸起，溅在了他的额头上，烫得他直用手指头挠。

"死了？咋死的？"

"死了有一年了，他是双河农场上海知青的代表，带队去场部，翻了车，一下死了三个人。"

"听爸说过这件事，但没想到里面有他。"

"我也是前不久才听说的。真不值当，才过了半年，政策就松动了，一批批的，早晚都能走。就因为一时的急赤白脸，把自己的命送了。"

屋外响起了石昭美轻快的脚步声，兄弟俩闭住了嘴巴。

吃完饭，全家人一起待到晚饭后，等收拾停当，天已经凉快下来。不一会儿，又吹起了风，傍晚的风又干爽又清凉，吹得院子里的葡萄叶唰啦唰啦直响。离天黑还早，一群不死心的麻雀仍在不远处的柳树枝上喊喊喳喳，觊觎着就要成熟的葡萄。李秀琴觉得疲倦虚弱，在屋里躺着，石昭美、明珠带着两个姑娘陪她说话。小雨央求明雨教她唱歌。明雨正和明珠玩翻线绳的游戏，看都没看小雨，嘴一张，唱起了《两只老虎》。

她唱一句，小雨跟一句，小雨唱完，她就轻蔑地大笑两声，意思是小雨跑调跑得太厉害了。小雨可怜巴巴地被明雨嘲笑着，仍旧执拗地一句跟着一句唱下去，两姐妹的表现惹得病恹恹的李秀琴笑得合不拢嘴。

把奶奶、妈妈和姑姑惹笑之后，明雨兴奋极了，开始用不同的节拍唱《两只老虎》，唱完一遍强弱强弱的2/4拍，自动切换成强弱弱的3/4拍，声音一会儿从口腔出来，一会儿从喉腔出来，一会儿又从头顶出来，越唱越滑稽，越唱越奇妙，像是没费一点儿力气，清脆嘹亮的音符就跟说话似的流出她的嘴巴。歌声顺着敞开的窗户传到院子里，把屋里屋外的人都听呆了，压着呼吸听完之后都高兴得鼓掌叫好。

明雨天生一副好嗓子，但是从来没有人教过她如何用嗓、如何发声，她只是通过模仿猫、狗、牛、打雷、小孩哭、拖拉机马达发动、风的呼啸……外界的各种声音，找到了让气流在胸腔、口腔、鼻腔甚至头腔来回蹿动和振动的办法，她几乎不用学，自己让气流在身体里翻几个跟头就找到了准确的发声部位，比如她学风的呼啸声，就知道把舌尖抵在上齿龈，她学老牛叫，就知道用气流使劲地刮她的小声带。她会多少种方法只有她自己知道，或许，连她自己也不知道。经常会出现这样的情况，儿歌对她来说太简单了，她觉得没趣，就跟着场部大喇叭播放的歌曲，一起唱《红梅赞》《北京的金山上》，唱《谁不说俺家乡好》和《乌苏里船歌》。她会的歌越多，就越不把唱歌当回事儿，反而更喜欢学自然天地里各种难学的声音，比如风吹芦苇叶子间的摩擦声，比如茂盛渠大闸水的轰鸣声，比如干枯的棉花秆折断时发出的声音。

谁也别想轻易地叫明雨唱歌，连爸爸妈妈也不行，她只在她想唱的时候唱，如果谁用逗她的口吻说一句"明雨，来，唱个歌我们听听"，那么，这个人可能就很长时间听不到她的歌声了。唱歌对明雨来说，从来不是表演，从来不是要讨谁的喜欢，而是她想唱了才唱，高兴了才唱。明中启和石昭美在发现明雨的天赋后，一度在因半城给她找了位音乐老师，打算让她学点乐理知识和接受一些正规的训练，可是明雨去了以后，连着三天不张嘴，连话都不说了。夫妻俩就把她接了回来，并且向她保证，以后她想唱就唱，随她去。明雨这才恢复了原来的天性，天真活泼，桀骜不驯。

千安叔叔今天回家，明雨不同一般地高兴，不用别人开口，她一口气唱了三首歌，最后一首是塔吉克族民歌《花儿为什么这样红》，她的小嗓子稚嫩中带着一股莽撞，反而把这首深情悠扬的经典歌曲唱出了另外一股味道。

明雨的歌声让全家人的心里无比欢快和轻松，稠厚又温暖的亲情弥漫在每个人的心间，每个人的心里都装满了对彼此的爱与珍惜。最感慨的是李秀琴，或许是因为今儿身体不适，她格外动情、格外满足，看见家人每个都稳稳当当、平平安安的，看见他们相互之间都能体恤，都能和睦，她觉得自己一生的操劳与辛苦全都值当了。

俩姑娘哈欠不断，却仍然不想回家，明天要早起上学，明中启说什么都不让她们再闹腾了。小昭前去哄劝两个孩子的时候，千安瞅空和中启说了两句话。

"哥，你没想过离开农场吗？"

"我不打算走。"

"农场的未来，你能看到多远？"

"你的口气和小昭一个样，她也在劝我。可我，我跟你直说了吧，我哪儿也不会去。咱们哥儿俩想法刚好相反，你想上外面看看世界是什么样，而我只想待在一个地方，尽自己最大的力去生活和工作，看看自己最终会在这一条道路上活成什么样。外面的世界，说实话，对我的吸引不大，我总是觉得，到哪里，人都得面对自个儿的内心，不是到了一个好地方，人就能遇上一个好的人生，一定不是这样的。好的人生，在我看来，就是自己觉得踏实和充实。你有自己的想法当然是好事，但想法总是会变的，无论你什么时候回来，我这个当哥的，都欢迎你。"

这天晚上，明中启彻夜难眠。毛弋农身亡的消息像断流的河流，将他心底的卵石暴露出来。一想到楼文君的遭遇，他就忍不住地心疼。母亲的去世，丈夫的身亡，家人的疏远……他努力想象她的痛苦，努力想象噩耗对她的折腾和摧残，他的心一阵阵地揪着疼，她可是一个人在新疆啊！无亲无故，一个人带着一个孩子。她上海的家人、毛弋农的家人会怎样对待她呢？她打算怎么办？

一周后，明中启再也没法忍耐，壮着胆给楼文君写了封信。写完第一封满是担忧的书信之后，明中启彻头彻尾地感受到了一种内心少有的平静和满足。第二个月月末，他收到了楼文君的回信。之后，他们月月都有书信来往。最近的一封信里，楼文君已经开始向他述说内心的无望与苦楚。

转眼到了初冬，浇完最后一趟冬水，茂盛农场的四际就只剩下一抹色的灰白与枯黄，大地披上了这件毫无生机的冬衣之后，天空时常是阴沉沉的，每逢这样的天气，人们就盼着赶快下场雪，可是雪总是扭扭捏捏地欲来不来。千安在一个冷风卷着雪粒儿的冬日离开了茂盛农场，李秀琴哭坏了身体，千安走后，她在床上躺了整整一周，才勉强恢复了精神。

接下来将近半年的时间里，茂盛农场的上海知青走掉了一半之多，他们中大多数是老师、技术员、场部或者连队干部和医务人员。影响最大的是学校，代课老师一个接一个地走掉，补不上老师的班级与课程，或者让孩子们坐教室里自习，或者把代课任务分摊在余下的老师身上。半学期下来，学生成绩和教学质量直往下掉。老师们疲惫不说，心里也乱糟糟的，不知道自己的未来在哪里。

李秀琴身体一直不大好，吃不下东西，胃里总是泛酸，去农场医院检查过几次，每次只能对症开些缓解的药。李秀琴总觉得是那几年苦日子留下的病根，只要药物能缓解一些不适感，能让胃里好受些，她就没事人似的一天一天地挨着，不和家人说她胃里的难受劲儿。

五月里的一天，李秀琴突然让明双全跟场里请假，说他俩差不多二十年没有回过老家山东，说她想趁着腿脚还利索，回去看看家里的亲人，再给亡故的父母长辈上上坟。一起生活的几十年里，李秀琴很少向他要求什么，这一次明双全既觉得她说得有道理，又感到她的神色里有一种莫名的哀伤，他看不透她的这个神情，以为是上了年岁所导致的乡愁，就依照她的话，抓紧给场里打了请假报告，又把家里的菜地、鸡、鹅和兔子托付给邻居和中启，带着她回老家去了。

5

三月第一个星期五的下午，茂盛农场子弟学校的一千七百多名师生浩浩荡荡出了校门，排着队分路向场部机关、商店、招待所、电影院、邮局、银行、医院而去。整齐绵长的队伍里，不管老师还是学生，每个人手里不是拿着扫帚，就是提着铁锹、簸箕和水桶。这一天是全国第二个"全民文明礼貌月"的首个活动日，这一周的"五讲四美"劳动由子弟学校的师生承担，打扫卫生、掩埋垃圾、平整场院，师生们一连劳动了四个下午。到了第五天，子弟学校的劳动基本完成，剩下一项宣传"讲秩序"的任务交在了身兼中学教导处主任、高中语文教研组组长双职的明中启手里。下午第三节自习课后，明中启从高一年级三个班里抽出三十名身材高大的男女同学组成"文明礼貌服务队"，让他们晚饭后到电影院集合，协助放映队维持售票口纪律。

当晚放映的电影是聊斋故事《精变》，离天黑还有两个小时，新盖的露天电影院门口已经黑压压地挤满了人。三十个"文明礼貌服务队"队员夹在人群当中，大声呼喊着"叔叔阿姨请排队""大家请排队""观众们请排队"。明中启也举着小喇叭站在两个售票口当中，不停地重复"不要挤，请大家排队买票"。石昭美排到售票窗口，俯下身前，她喜滋滋地瞧着明中启，问道："也给你买一张？"

"别买，我不看，等人都进去了，我得回家写观摩课的教案。"

"爸爸，我要小喇叭。"明小雨伸出胖乎乎的小手。

"小雨，走，别跟爸爸这儿添乱。"石昭美买完票，骄傲地带着两个穿戴一新的女儿从排队买票的人前往入口处走去，她的眼角余光像弹钢琴一样弹过众人的视线，心里清楚大家伙儿看的不是她的两个女儿，而是她。她穿了一件与众不同的深绿色短呢外套，外套的胸前和两腋下面特别做了剪裁，拼贴了一块绿白相间的细格呢，要说漂亮也不尽然，只是格外醒目。衣服倒在其次，关键是头发。她刚刚烫了头，看电影前又专门洗了头做了卷儿，她的发量多，因此用一只黑色齿状发箍别在头顶，这样一来，她的发型就显得与那些烫了头的女人大有不同，很有一种既古色古香又新潮时髦的感觉，以至于连明中启看见她都像是不认识她似的顿住片刻。

从电影院回到家里已经晚上十点半，明中启把炉子通开，又往炉膛里扔了两块煤，然后端着热茶坐在了写字台前。

下周一有他的语文观摩课，校长、各部教导主任以及全校的语文老师都要来听他的课，这件事对学校的教学研究非同小可，是学校确立教改方案后的第一堂观摩课。他的压力不小，但也十分期待，这个在全校教师眼前展露身手的机会在他三十七岁的时候来临，也算是恰逢其时。从十八岁成为茂盛农场子弟学校的老师，他就在期待有一天成为一位真正的老师，成为心目中尤汪洋那样的老师，尽其所能，教给孩子们更多的知识，让他们养成能感受、会思考、爱真理的品性。

到了今天，他终于领悟到尤汪洋到底教了他什么，给了他什么。"眼望四野万象，心如明镜磐石"，尤汪洋当年让他记住的这句话，今天已经成了他人生的座右铭。

周一，他计划用"创设问题情境"的新方法，让经过自学的学生发现问题并提出问题，引导和鼓励学生在课堂上进行思考和辩论，最后，再由他加以分析、归纳和总结。这个想法在他脑中已经酝酿了两个多月，虽然他已经把学生可能发现和提出的问题做了全面估量，并一一想到了应对和解析的方法，却仍然清楚——自己不可能猜中学生大脑里的全部想法。所以，当他伏在桌前，再一次审视自己的教案时，心里面突然因为这种不确定性而生出一股烦乱的感觉。

为了平息内心的烦乱,明中启将教案本翻到后面的空白页,提笔写起来。

君儿你好:

春节过得好吗?

整个寒假我都在忙着拟定教研组新学期的教研活动,安排业务学习时间,各个教研组提交上来的新教法和教改设想有诸多不尽如人意的地方,我一再提出了意见并和相关老师交流,来回修订多次。

天天都在盼你的来信,只要有机会,我就会借机去一趟收发室。空手而归的感觉真难受,不光是遭到什么打击的感觉,而且是满脑子的胡思乱想。从双河农场回来已经三个半月,给你写了三封信,你却一封也没有回,真不忍心埋怨你。但不埋怨是假的。这一百多个日夜里,除了天天盼信,我还在天天回想那个冬夜,都说冬夜漫漫,然而那一夜要是真没有尽头该多好。那一晚,我们说了一整夜的话,像是把这辈子的话都说完了。让我没想到的是,你对《静静的顿河》熟悉到了可以大段背诵的程度,更让我佩服的是,你以女性的视角,把婀克西妮亚、娜塔莉亚、妲丽亚、叶福杜吉亚、娃西莉萨，还有彭楚克的恋人，你看，她叫什么名字我又忘了……的性格与命运相互对照着阅读，看出了许多我不曾注意到的人心的秘密，真是为我打开了思路。也许，这也让我比从前更理解了你。我想，即便作为夫妻，也很少能像我们这样敞开心扉地交谈和认识对方吧。

不过，你瘦得让我心疼，请你为自己，也为我，照顾好自己吧。

那天晚上，你提到最多的是回上海的事，说自己犹豫彷徨，不知何去何从。我理解你的犹豫，你不似别人，回去以后有亲人和家庭可以依靠和照顾，所以，倘若要回，便一定要有全部的把握，要能完全地自立和独立。回来后，我也来回替你想了想你的处境，总的看法是：无论如何，这一步要走稳妥。你想，你在农场已经是21级干部，上海那边虽然答应你可以调动，但级别下调三级，而且回不到上海市，只是调你去江苏盐城的海丰农场。从新疆的农场到江苏的农场，再到回上海，其间所耗费的年华，这些损失你多少年能补得回来？值不值当？当然，人生的账不能这样简单地算，有得必有失。树高千丈，叶落归根，虽然对你而言为时尚早，然而上海究竟是你的故乡，不说血脉家亲同气连枝，只说你生于斯长于斯，唯有回去，恐怕心里才能得到长久安稳的归属感。人总是要给自己找一个归属地的,生息的也好,内心的也好,必须要找到一个地方,心底里方可消停,不然的话,真的就像你所说的——惶惶不可终日。

你要知道,这一刻我是矛盾的。我理解你,或许比任何旁人都理解得多,要说我的真心话,是不希望你走。然而,即便我不希望你走,现在我对你说的话却无关于我的意愿。我劝你"稳妥"的意思不是为我,只是关乎你与你的孩子未来的稳妥。对比前年上海知青返沪的政策,一年比一年向好,而且上海发展也需要人才,你大可不必自降身份、不顾一切地急着跑回去。你是知道的,不少已经提干的上海学生回去后不是去做临时工,就是去马路上摆摊,甚至还有人因为生计无着又回到了农场。也许,在那些回去的人看来,即使是那样的"苦",吃起来也比农场香,比农场高级,内地的"苦",上海的"苦",大城市的"苦",无论怎么苦,都比在农场吃的苦值当。江苏盐城的海丰农场接收了不少上海知青,我们学校的一位老师就去了那里,前阵子给要好的同事寄来一张照片,照片上,她穿着毛料裙子在农场的什么地方跳交际舞,舞伴当然是男的。办公室同事们拿着这张照片传来传去,都说这个农场真开放,还能随便和别的男人跳交际舞。我想,这大概就是那么多人不惜代价回去的原因吧，除了生活条件的改善，还有思想、文化和精神上的开明度、丰富度。

回或者不回，不是对错的问题，这只是个人的需要，将来，这样的人必然会越来越多。其中多半的原因与时代和社会有关，国家的经济形势正在发生巨大的变化，社会的发展模式、人们的观念与信念都会随之发生巨大的转变，裹住了的手脚被放开，紧紧束缚住的思想被解放，社会各个行业的运转必然会随之加速，规模也必然会很快地提升和扩大，就业机会因此会越来越多。所以，我相信，只要你错开这两年回沪的人潮高峰期，耐心地再等些日子，要不了多久，反而更有可能一步到位回到上海安家落户。

返城回沪，对你们这些上海知青来讲是人生大事，对于只能留在农场的人同样也是大事。往好处走，对眼下的生活，对孩子的教育都是明明白白的实惠，谁能看不到这个实际的利益呢？所以，留下来的人虽然没有走，不代表他们不想走、不会走，他们可能也在等待属于自己的时机。我的意思是说，你们的走，对农场留下来的人是一种思想上的大冲击，所产生的后果，我以为，会让留下的许多人不再安于待在农场了。

时势已经如此，作为个人，多半只能任由时代的潮水来回裹卷,即使身不由己,也得被它带着走。但是,我想,个人还是可以有自我选择的。譬如你,我相信,无论你留在农场,还是回到上海,作为一名老师,你都可以成为一名优秀的教育工作者,都可以一尽自己的能力与才华。所以,最终决定你去留的,可能并不是你个人自我价值能够实现与否,而是你对去留之所的情感,是情感在影响着你意识深处的选择与判断,是情感给予了你对去留之所的信心与期许。至于很多人所说的"为了孩子的将来",我认为这个理由所占的比重很少,因为孩子的将来在十年或者二十年之后,急功近利是人的一项本能,所以,拿孩子当理由做出的重大人生选择大多只是借口而已。

饶舌一通,不知你能否听明白我的意思,更不知我劝你劝得对不对。你从上海来,现在为如何回上海去而惶惶不安,而我,似乎也陷在要往何处去的境遇里,却无人可说。

这一刻,她们都去看电影了,我原本是想再修改一遍教案,打开备课本,从头到尾看过两遍,却发现无可修改或者添补。一时一刻,一个人的思维与视野真的有边界,这一刻,我的头脑就僵在了自己的边界上,无法再突破。周一有我的观摩课,这是学校执行教改计划后的第一堂观摩课,因为我要采用的是布鲁纳发现法教学理论,所以尽我所能预估学生可能在课堂上提出的问题,并做了自以为是的准备。但是这一刻,当我想再为教案补充新的内容时,我发现自己走到了自己的极限。学生的问题在他们的大脑里,他们的大脑一部分在我认知范围内,一部分,则一定在我思维极限的另一边,我意识到那里有东西,却够不到那里。就像在黑夜里看到一坨黑影,却认不出那是什么一样,着实让我有些心急,如果那里藏着一个陷阱怎么办?不过,信写到这里,我突然对着自己发笑了。笑自己才明白,所谓教育实验不是只针对学生,同时也是在考验自己,看自己作为一名教师的平日积累与应变能力,新教法是一把双刃剑,这之前,我竟然没有这么想过,只以为自己的头脑一定大过学生的头脑,所以只管自己如何想,而不在意学生会怎么想。

原是想对你说一说我对观摩课的准备,谁想一说倒将自己说明白了,心态由之平缓许多,君儿,你知道吗?这真是一件再好不过的事情。

妈妈这一年来身体越发不好,老是胃胀泛酸,人消瘦得厉害,观摩课结束之后,我打算带她去因半城医院彻底做个检查。其他一切照旧,没有什么可说的。明雨越来越有个性,倔强却也容易受挫,她有歌唱的天赋,嗓音开阔明亮,我想好好培养她这方面的才能,说不定将来,她真的成了一位歌唱家,那样就太让我欣慰了。小雨呢,总是很乖,最近我看出来了,她心里最大的一件事就是讨好妈妈,比起姐姐明雨,她顺从听话、胆怯柔弱,姐妹两个,完全两种秉性。孩子每一天都会产生令我意想不到的变化,有时候搞得我也很束手无策,看来,教育,不仅仅在学校,家庭也是一个很重要的场所。小昭变化很大,也许是戈壁滩的生活不够多彩,她便努力让自己看起来靓丽一些,今天她做了一个古怪而惹眼的发型,很不适合她。

对了,茂盛农场照相馆的江申开前阵子回到上海,顶替他母亲到了第一人民医院。他母亲是医院的营养师,但他哪里懂什么营养。医院问他是愿意去挂号间,还是做电梯维修,他哪个也不会,医院没办法,只好把他放在收发室管信件报刊。给他的上封信里,我说了你的情况,他似乎有些门路,我请他帮你留心周边学校的情况,他家离你家像是不远。但愿从他那里能得到什么好消息。

不早了,就此搁笔。春寒忽去又忽来,当心身体。凡事量力而行,你一个人,不要与人逞强,但也不要忘记,我一直在这里。

中启

1983 年 3 月 5 日

夜里十一点半，石昭美带女儿回到家里。安顿女儿睡好，夫妻两个也上床躺下。明中启背靠床头，翻开最新一期《人民教育》，石昭美一只手臂搭在额头上，仰面呆望顶棚，一声不吭，一副失魂落魄的模样。

"怎么，难道你也被狐仙迷了心窍？"

"那明明不是小翠，只不过脸长得一样，却说什么——除了你我谁都不要。你们男人啊！"

"不就是个电影嘛。"

"你真该去看看。心心相印，生死不渝，狐鬼能做得到，人却不能。"

明中启不再作声，石昭美带着失神的表情说完这句话，转过身去，心事重重地望着墙裙上的小兰花继续发呆。

天没亮，石昭美早早醒了，她做了一夜的梦，梦里像电影《精变》那样又打雷又闪电，搅得她心惊胆战睡不安稳。她轻手轻脚从床上下来，明中启睡得很沉，鼾声低微而均匀。

解了小手，石昭美没法再睡，索性穿好衣裤去了外屋。天亮前的这段时间，屋子里是最冷的，平常多是明中启起来架火、生炉子、烧水，等到炉火在火墙里发出轰隆隆的声音，她才起得身来，一边洗漱煮粥热饭，一边催着两个女儿起床。石昭美去院子里捡了一把棉花秆和几根劈好的木柴，回来生起炉火，不一会儿，淡淡的柴烟弥漫开来，屋子里的空气不像之前那么冰凉了。接着她打水烧水、清扫地面、下米煮粥、洗脸刷牙，又去院子里的伙房，从浮着一层冰碴的腌菜缸里挑出两块洋姜和几根长豆角。她按部就班地做着这一切，手脚像只走在房檐上的猫一样轻盈无声，大脑像水缸里的清水一样清幽透亮。连她自己也搞不清楚这是怎么了，奇怪的清醒，奇怪的冷静，奇怪的敏锐，仿佛已经感觉到将要发生一件事情。

洗完脸，她就着盆里的洗脸水揉了一把抹布，拧干，开始抹擦桌椅上的尘埃。写字台上搁着明中启的教科书、辅导资料、备课本、正在读的书和杂志，以及带回家的学生作业本，这些书籍和本子差不多占去桌面一半。石昭美来到写字台前，这时院门响了一下，她知道这是送牛奶的来了。她给两个女儿订了牛奶，每天半公斤，早饭时两个姑娘一人一碗，她和明中启还是喝粥。把牛奶搁在方桌上，她继续抹灰。

明中启的备课本总是一摞书本里最大的那一个，他是极认真的人，别人的备课本一页就是一页，他则经常在一页上面又粘了新的纸张，表明他一再修订和补充自己的备课内容。明中启字写得漂亮，瘦硬刚劲，备课内容详尽又丰富，不管石昭美翻到哪一页，每次都会为他的敬业与专业感到骄傲。

屋里光线不好，桌面上高高低低堆得有些凌乱，石昭美把台灯打开，桌面即刻洒满明亮的灯光。明中启的备课本上，放着一支笔帽上缠着胶布的钢笔。她移开钢笔，打开备课本，像欣赏一件艺术品似的，随意翻着，翻着，这就翻到了写着"君儿你好"的那一页。

窗外升起鼠灰色的晨曦，家里暖和起来，炉盘上的钢精锅里，米粥轻柔地翻滚着，粥汤开始变白，一股沁人肺腑的谷物清香氤氲开来，不一会儿，角落里都飘满了这种好闻的味道。

石昭美怔怔站在写字台前，她将明中启写给楼文君的信看了一遍又一遍。他无人可诉的心情，可以写在给她的信里；她瘦得让他心疼，请她为他照顾好自己；他唤她"君儿"，让她不要忘记，他一直在这里……石昭美看着信，想象着他是以什么样的心情写下这些句子，这样温柔、亲昵的语调，对着"君儿"，而自己，不过是做了个古怪惹眼发型的可笑女人。

写字台上的台灯关了，青白色的曙光透过窗棂，照出家具重重叠叠的影子，石昭美背对窗户坐在方桌旁。她手脚冰凉，木然环顾那些在微明的曙光中散发着光泽的桌面、扶手、椅腿、镜面、盆沿，突然感到家里天天被自己抹擦清洁的每件摆设都在冷冷地望着她，甚至还带着一丝取笑的意味。她猛地打了一个激灵，等到贯穿全身的寒冷让她不由自主地开始发抖，她紧紧咬住哆嗦个不停的嘴唇，尽量不出声地穿上外衣戴上围巾，然后出了门。

6

明中启是在一股米粥的煳味里醒来的。他看了看表,不到八点,两个女儿都在酣睡。他把钢精锅从炉盘上端下来,给就要熄灭的炉子里添了块木柴,透过窗户,朝院子里张望,又推开门,冲着伙房喊了一声"小昭"。

屋子里干干净净,奶瓶搁在桌上,底沿围着一圈水渍,两只暖水瓶都满满的,咸菜搁在门背后的简易案板上像是准备要被切开的样子……一切都安静完好地搁在那里。但是,当明中启的目光扫过写字台,他的头皮一紧,脑门上的头发跟着直立起来,立刻,他意识到了什么。

备课本里,写给楼文君的信有满满的三页纸,全都不见了,只留下三道硬生生扯下来的笔直的残边。

明中启将女儿叫醒,着急忙慌把姐妹俩洗漱、吃早饭、上学的时间写在纸上,交给明雨,再三叮嘱要她按时完成,说罢头也不回出了家门。

可是明中启不知道上哪儿去找石昭美,他像只无头苍蝇一样,先是去水井和涝坝上转了一圈,接着去了食堂和医院。离上班时间还早,门诊部各个科室都锁着门。他绕到后院,趴在石昭美办公室的窗台上看了又看,屋里没人。他又上寂寥空旷的茂盛渠大桥附近找了一通,几个熟人都奇怪地打量他。

明中启头一次感到害怕。他在茂盛渠大桥桥头连抽了两根烟,好让自己镇静下来,厘清思绪,想想石昭美最可能去的几个地方。突然,他心中一喜,自欺欺人地想,也许她哪儿也没去,只是到父母家告他的状去了。她以前也这么干过,觉得自己受了委屈,就朝母亲李秀琴告状,而且每次都能找回一些心理平衡。

明中启快步来到父母家里,李秀琴和明双全正在吃早饭。

"一大早的,你来干什么?"明双全一眼瞧出明中启脸色不对。

"小昭来过没有?"

"没有。"明双全说。

"早晨一起来,就没在家里。"

"你俩吵架了?"李秀琴直起身子问。

"没……"

"那你急赤白脸地找她干吗?"明双全问。

明中启在沙发上坐下来，埋头点了根烟，不吭声。

"出啥事了，你倒是说啊！"李秀琴追着问。

支吾一阵，明中启把事情说了。

"你干吗给她写信？"明双全把手里盛着苞谷糊糊的碗墩在桌上。

"你信上说啥了？"李秀琴缓声问道。

"没说啥。"

"没说啥，她跑什么跑？"明双全站起来在屋子里走了一圈。

"你别吼，你一吼，我的脑袋就像被棒槌敲了一样。"李秀琴皱着眉按着胸口说，"中启，你和那个楼文君，没啥吧？"

"没，没有什么。"

"没有什么，她跑什么跑？"明双全又吼了一句。

"都过去这么些年了，孩子也这么大了，早就各是各的，你还跟她缠什么缠？"李秀琴不满地瞪了一眼明中启。

"妈，就是写写信。"

"我不信！写信，没事写什么信。她一个寡妇人家，在农场没亲没故的，承得了一个男人经常给她写信？不写出事儿才怪。孩子都这么大了，你真是的。"

"现在说这个有什么用，赶快找人，别出什么事！"明双全喝道。

揣着明中启写给楼文君的信，石昭美走在往十三连去的马路上。马路上铺着碎石子，她走得磕磕绊绊，不时就会有一块石子被她踢飞在路旁。她用枣红色的毛线围巾把脸裹了一大半，免得叫人认出。

三月，戈壁滩虽然远不像从前那样荒芜，也还只是一片枯黄。路边的渠道、林带和条田一条条一片片一垄垄整齐地分割着，排列着，浅蓝色的天空里浮着大片大片轻纱一般的白云，几乎没有风，一切都又安静又平静。每年她和妈妈成信秀都去十三连给爸爸石永青上坟，这条路她很熟悉，今天却是头一次独自走过。

十公里出头的路程，她走得够快，两个多小时就能到，但她越走越紧张，越走越觉得喘不上气。偶尔，脚下碎石发出的咔嚓声还会把她吓出一头冷汗。她确实是头一遭一个人在茂盛农场的旷野上行走，头一遭在戈壁滩上独自感受天地间的空阔与静默。

四际里的静谧让石昭美感到格外压抑，四周太静了，静得像是有一万双眼睛眨也不眨地盯着她，盯着看她的痛苦和笑话。但是，当她身上走出了一层毛茸茸的汗水，当她越走越快，快到几乎喘不过气来的时候，她猛地停在了空寂无人的马路上，一把拉开捂住嘴脸的围巾，弯下身子，爆发出一种古怪又难听的哭声。跟着,她的右腿狠狠地朝地面跺了两脚,仿佛再大的哭声都释放不出她内心的痛楚。

可不就是个笑话吗?她从十二岁起就爱着的男人,她嫁的这个男人,她两个孩子的爸爸,系着她全部快乐与幸福的男人,她想尽办法和他厮守在一起的男人,心里还是搁着那个女人,还是背叛了她!"那个冬夜",天哪!他什么时候去的双河农场?他竟然偷偷去了双河农场!这么说,他们两个,是已经在一起了!怪不得这几个月他一点和她亲近的兴致都没有!老是没精打采地说累了,总是尽量在她睡着以后溜到床上。

冲着地上跺完脚,石昭美蹲下身去,抱着双膝失声痛哭,但是哭泣与眼泪并不能减轻她的痛苦、屈辱与愤怒,她突然伸出手狠狠地抠抓起自己的脸,越是疼痛,她越是更用力地抓下去,仿佛自己的脸是个耻辱的标记,非得狠狠地抓烂抠破才能缓解心里无以复加的熔岩般的剧痛。明中启不仅已经和楼文君有了身体关系,更关键的是,信中的明中启简直是另一个男人,他的所思所想对她来讲全都闻所未闻,如果纸上不是他的字迹,如果落款不是写着他的名字,她根本不会想到写信的这个男人会是明中启。这么说,他从来不想让她了解他的内心,从来不和她说心里话。他的思考、他的渴望、他的苦恼、他的判断与选择……天哪!她什么都不知道!这么说,她所拥有的，一直只是他的一个躯壳。只有看了这封写给另一个女人的信，她才多少了解了他一些，明白了他一些。还有，他竟然在楼文君面前那样谈论她，她可是他的妻子啊！这么说，她在他的眼里，可能早就成了一个笑话。为什么？为什么啊？她把自己全心全意交付给这个男人，她愿意为他付出一切，他却这么对待她？她把心贴在他的心上，他却与她隔山隔海，他是怎么做到的？她知道他的心里搁着那个女人，但是她总是抱着期待，只要她爱他，她对他好，总有一天，他能放下那个女人，一心一意和她厮守到老。现在，她终于明白过来，那是永远不可能的事情！

石昭美蹲在没有人影的马路上，抱着头哭得直哆嗦。

四十分钟后，她来到石永青的墓前。

一丘丘土黄色的坟包日夜给风吹着，边缘大都连在了一起。坟地四周栽着一圈林木，沙枣树、红柳还有胡杨树，把过去三十年里在戈壁滩上故去的亡人围在一处，围成一个家园。坟地里当然没有人，坟地之外弃耕的望不到头的条田里也没有人，浅黄色的枯草沙沙作响，乌鸦在浅蓝色的天空里使劲地"啊——啊"叫唤，每叫一声，石昭美的头皮就抽搐一下。

认领石永青遗体的那一天，明中启不仅握着她冰凉潮湿的小手，还用他干燥温暖的大手拢着她瑟瑟发抖的肩头，要不是因为明中启在那个时候托住了她，她完全不知道自己会吓成什么样，之后会成为一个什么样的人。那天之后，这一幕就一刻也没有离开过她的大脑。她很快明白过来，往后，不管发生天大的事，都不能跟这一幕相比较，都不能大过她的中启哥。连妈妈成信秀也不知道，她曾经发过毒誓，如果明中启娶了别的女人，这一辈子她就谁也不嫁。为了明中启，为了她的爱情，她可以不顾一切地往前冲，对她来讲，这根本不是什么难事。这就是她看到明中启写给楼文君的信之后直奔石永青这儿来的缘故，二十年前，当着爸爸的遗体，明中启救了她，二十年后，当着爸爸的坟墓，她向他确认，明中启又毁了她。在爱情面前，她和爸爸石永青的命运何其相似，不顾一切地往前冲，最后都冲到了万劫不复的悬崖底下。

  天空没有出门时那么晴朗了，一片片的白云被高空里的风撕得越来越薄，越来越乱。围着坟地的林木丛中，不时发出一连串惊慌失措的窸窣声。石昭美手扶双膝坐在冰冷的沙土上，对着石永青的坟头无声倾诉。她说得比对妈妈成信秀更多，也更加真切。她毫无遮拦地打开自己，把对自己都不敢说的话也说了出来，她一点儿也不怀疑，爸爸石永青的魂魄就在她的眼前，就在她的头顶，他无限慈爱地看着她，就像当年的明中启一样呵护着她。

在坟地里待了将近一小时，石昭美感到自己一下子苍老了二十岁。因为爱情，她可以奋不顾身地往前冲，可以为此焕发无尽的生活热情，因为爱情，她也可以把热情变为至死方休的冷漠和绝望，因此，她决不会原谅任何一个伤害过她的人。

临走前，她用一根干柴棒把坟丘散在四周的沙土往中间堆了堆，又折了一把红柳枝放在石永青的坟头。一切做完之后，她像是已经完全知道自己要怎么做，面无表情地离开坟地，往大路上走去。

下午四点，石昭美坐着一辆拉干柴的手扶拖拉机到了双河农场。路口有家民族餐厅，她站在路边数了数口袋里的钱，不到五块，想到明天的打算，拿出五分钱买了一个馕，而后坐在餐厅外的土台上吃起来。馕是早上打出来的，嚼着有些费劲，但她饿了一整天，已经顾不得这个，嘴巴只是机械地嚅动，眼睛则直勾勾盯着对面通往双河农场的马路。

是餐厅温暖细心的女主人把她从出神状态里拉了回来。女主人是维吾尔族人，肤色沉暗，不会说汉语，四十来岁，紫红色的裙子已经又暗又旧，虽然是餐厅的主人，但看起来比普通人家更加贫寒。她瘦长黝黑的右手端着一壶热茶，左手握着一把无花果果干，等到石昭美被她戳醒回过神来，她朝石昭美举了举手中的茶水与果干，一并将它们放在土台上的小炕桌上。不一会儿,她又从餐厅里拿出一只蓝色的茶碗递到石昭美手里。

石昭美站起来朝她道谢,再坐下时眼泪流了一脸,她赶忙抬手去擦,却越擦越多。眼泪流得让她感到难为情,她转头朝女主人一望,不料女主人正小心翼翼地望着她的脸,仿佛她脸上有什么特别吓人的东西一样。眨眼间,女主人也哭了,脸上流出两行清清亮亮的泪水。石昭美着了慌,一个陌生人什么也不问,什么也不知道,却陪着自己掉眼泪,这在她还是人生的头一遭。于是她又站了起来,带着愧疚又苦涩的微笑,朝着对方把自己的眼泪抹干了。女主人一声不吭,只是无限关切又无限悲切地望着她,望着她的脸。见石昭美抹干泪水,她也抬起手臂擦掉自己的眼泪,而后无声地回到了光线昏暗的餐厅里。

这是个星期六的下午,双河农场和茂盛农场一样,子弟学校的学生们一般都放假了,老师多半还留在学校处理工作。石昭美在教师办公室找到了楼文君。楼文君正在办公室里给一名学生补课,她的小儿子——一个圆头圆脑的六岁男孩低着头喃喃低语,蹲在办公室一角自己玩着弹珠。

楼文君正埋头讲着一道习题的解法,抬头看到站在办公室门口,一身风尘又冷冰冰的石昭美,脸上的惊讶闪出一丝慌乱:"小昭,你怎么来了?"

石昭美傲慢地看了一眼办公室里的其他老师。来双河农场的路上，她已经打定主意，要当着众人的面质问楼文君，要让别人知道她在做什么。但是，离开那个陪着她掉眼泪的餐厅女主人之后，她对此犹豫起来，一直到她踏入办公室前两分钟，她还是摇摆不定。这一刻，当那个在房间一角玩弹珠的小男孩带着沉醉在游戏中的神情欢乐地看了她一眼之后，她低低地说道："我们上外面说。"

"小昭，你这是从哪儿来？你的脸怎么了？"楼文君消瘦又苍白，她迎风站在石昭美对面，吃惊地问道。石昭美还不知道她把自己的脸抓成了什么样儿。

"你给我当过老师，但是今天，我们不以师生论。今天我找你，只是以一个女人、一个妻子的身份……昨天，明中启又在给你写信。我看了信。"

"……"

"你们一直在通信，而且，你已经上过床了。"

"我们没有！小昭，你误会了！我和他之间，没有那种事。"

"孤男寡女地待了一个整夜，你说没有，谁会相信！"

"那天晚上，我实在太虚弱了，心里面只觉得无依无靠……就想找个人说说话。小昭，请你相信我，我们什么也没有做。"

"别在我跟前装可怜！你死了男人，一个人过得憋屈，难道就成了你勾搭别人丈夫的理由？你如果心里没鬼，怎么能和明中启一直通信？怎么能让他上双河农场来找你？怎么能留他过夜？算了吧，做了丑事又想装可怜。你为什么不敢承认？你怕了吗？怕他拖着你不让你回上海？怕他缠着你搞臭你的名声？怕自己毁了别人的婚姻和家庭不得好报？"

"我们真的什么也没有做。"楼文君用恐怖的眼神看着石昭美。

"你们要是一直把这件事瞒得神不知鬼不觉，那样我至少可以稀里糊涂地过下去，我的家至少面子上是完整的。但是现在，你们的丑事第一个被我发现了，那么现在和以后，一切都和之前不一样了，再也装不成没事了。我今天来，就是想提醒你，一个人，是不能平白毁了别人的生活的。我的婚姻被你毁了，家也被你毁了，这辈子你拿什么来偿还我的生活与幸福？这件事，我得慢慢寻思，从长计议。你阴魂不散地搅在我的生活里已经那么多年了，末了，还是毁了我的家我的幸福，我怎么能轻易放过你。冲你刚才所说的话，我更觉得你是一个根本不值得明中启这么痴心对待的女人，你就是拿他当一块擦眼泪的旧手帕，用完之后，洗都不洗就扔掉了。就像你当年把他扔下和别的男人结婚一样，你从来没有真正地爱过他，从来没有真正地为他着想过。"

"你要做什么就做好了,没必要扯得太远。"

"办公室里那个男孩是你的孩子吧?你想一想,等他再长大一些,有了廉耻心,当有人告诉他,他的妈妈怎么破坏别人的家庭,他会怎么想你?还有,我是不是应该找找你的校长,把你干的好事告诉他,好让他知道你到底是个什么人?但这还不够,你毁了我的家,我的两个女儿都这么大了,从今往后,她们的爸爸妈妈再也不能给她们一个安宁完整的家。你尽可以把我往坏处想,尽可以把事情往坏处想,从此以后,我也要阴魂不散地缠着你。"

不远处有别的老师经过,楼文君脸上发烫,慌乱地往后退了半步,想说什么又闭了嘴。

石昭美脸色灰白,她把目光从楼文君满是紧张和尴尬的脸上移开,移向远处灰蒙蒙的天际线,脸上露出深深的厌倦之色:"当年,你把他撇开和别人结了婚,而我,假装你们没事假装了十几年,幻想了十几年,现在我烦透了这一切,烦透了你们两个。今天我来,除了当面戳穿你们的丑事,还有……就是我倒要看看,你们两个到底敢不敢不顾一切地在一起。你们不是喜欢了爱了这么多年吗?现在想做的事情也做了,也被戳破了,你们迟早要给人指指戳戳的,那么,你们还顾忌什么,还怕什么？不然，就别怪我再用丑话来笑话你们。"

楼文君冷漠地看着石昭美，无言以对。

起风了，双河农场的上空笼罩着青灰色的暮霭。石昭美要找个地方躺下来，和楼文君的谈话耗尽了她的心力。她的膝盖像灌满了冰水，冰冷沉重。靠着一股强撑着自己的自尊，她才没让自己绊倒在地。她打算找间招待所住下，歇上一夜，明天一早，再上因半城。

办完入住手续，石昭美跌跌撞撞走进她的房间。房间又大又冷，没有生火，墙壁斑斑点点，天花板的四个墙角挂着发乌的水渍。房间里没有别的客人，沿墙依次摆了五张单人床，白颜色的棉被和白颜色的荞麦皮枕头都透着一股子发霉的气味。石昭美带的钱不多，她花了一块五毛钱要了一个最便宜的房间。

一踏进房间，石昭美就倒在最靠里的一张床上，她顾不上棉被潮乎乎的霉味，拉过来盖在身上，然后抱住自己用围巾裹住的头，像忍着什么剧痛似的，全神贯注感受身体每一块肌肉，每一块骨头，每一根神经传递到大脑的感觉。双脚麻木，双腿酸胀，头痛欲裂，她尽可能去感受身体的每一丝不适，尽可能不去想明中启、楼文君和她破灭的爱情以及就要破碎的家庭。从早上到现在，整整过去了十二个小时。十二个小时里，她一直在走，一直在痛苦，一直在盘算，她真是累得够呛。

二十分钟后,她竟然含着灼烫的眼泪睡着了。

是招待所负责登记的女招待员叫醒了她。女招待员四十多岁,河南人,大高个儿,嗓门震得石昭美脑壳疼。她站在石昭美的床前,把一只搪瓷盆和一只灌满了开水的暖瓶搁在地上,一边来回打量她的脸,一边冲着她直嚷嚷:"我一直等你来取脸盆和暖瓶,等到天黑也不见你的人影,你怎么就睡了?"

"哦,我太累了。"

"你吃东西了吗?早过了买饭的点啦。你的脸咋回事?"

"我有一块馕。"

"你待着吧。我走了,睡觉记得把门插上,有事上对面喊我。"女招待员指指窗户外面,隔着三十米远,有间亮着灯的小屋,接着说道,"晚上我回家住,这儿没火,太冷。"

"你明天早晨能来叫我起床吗?我要去因半城,得坐头一趟班车走。"

"中,我一起来就来喊你。可早哩,早上六点半就发车。"

女招待员走后,石昭美从床上起来,她的嗓子干得像着了火,她想喝水,却找不见杯子,就用暖瓶盖接了半杯水放在窗台上凉着。这时候她瞧见门背后有个生锈的空脸盆架,脸盆架上有片发乌的小方镜。她走到镜子前,很害怕似的盯着镜子里的自己看,越看越不认识镜子里的那个自己。

镜子里的她，脸被抓破了，额头和两颊布满血色抓痕，看起来又可怕又失魂落魄。她的脸被风吹得又干又疼，所以她一直没有意识到那个疼到底来自哪儿，过度的悲痛让她顾不上这点小事。她红肿的眼睛里没有一点活人的光彩，一切的热情都在这双眼睛里熄灭了。颧骨周围的表情肌像是给冻僵了似的，向下僵硬地耷拉着。精心做过的卷发蒙了一层灰，被风薅乱的发梢都打了死结。

石昭美冷冷地望着自己。她知道，即使脸没有被自己抓破，这张脸和楼文君比起来，也从来没有她美，从来没有她天生地懂得眼角生情、眉梢带语，而今，这张脸更加憔悴，更加狼狈，更加可悲，任谁都可以鄙视和嘲笑。她继续盯着镜子里的女人，直到她露出哀伤又疲惫的神情，她一边打量一边冲着镜子里的女人问了几十遍"怎么办"。末了，没有一个回答能削减或者平缓内心的痛苦，她的头痛得像是碰在了凌厉的岩石上，耳朵后面的肌肉像是给一只铁钳紧紧夹住，弄得她搞不清楚——心痛和身体的痛——到底哪一个更强烈。

搁在窗台上的水不烫嘴了，她过去拿起来一口喝完，边喝边在心里想——疼吧，疼完了就不疼了。

屋子里又冷又潮湿，她腹中空空，却不想吃东西，只是一口气连喝了五杯热水。等到身上暖和起来，她去插上门闩，关了灯，缩在冰冷沉重的棉被里，但是一直到凌晨三点，她始终是恍恍惚惚的，仿佛颠簸在一趟永远不得平静的拖车里。

7

因半城连着一周都是好天气，和风丽日，气温猛地升高了五六摄氏度，柳树明显蒙上了一层淡绿色的轻纱。但是这一周石昭美昏昏沉沉地躺在床上，根本没有察觉到春天的脚步声。她病得不轻，伤风连带伤心，连续发了四天高烧，第六天身体与头脑才轻快了一些。

闹心的事接二连三地往一块凑。石昭美生病期间，李秀琴突然被紧急送到了因半城医院。她一吃东西就吐，又连续便血，身体极度虚弱。医院用内窥镜给李秀琴做了检查，诊断结果是胃癌晚期，癌细胞转移已经导致淋巴结肿大，出现血便，是因为瘤体已经破裂。

这天黄昏，李秀琴从昏睡中清醒过来。病房里没有开灯，她望了一阵窗外已经暗下去的天色，然后费劲地转过头去，看了看病房里的另一张空床，静静地寻思起自己这是在哪儿。没多大工夫，她认出了自己待着的地方，也意识到自己发生了什么。她的眼睛继续搜寻，当看到坐在床边的马扎上埋头抵在自己枕边的明双全时，她的心立刻抽紧了。她没有动，也没有发出任何声响，依旧让自己照原样疲惫无力地躺着。但是她的头脑越来越清醒了，不知道为什么，在越发昏暗的病房里，一些温暖又感伤的往事自然而然地涌到她的眼前。她为这些不请自来的记忆吃了一惊，又马上顺着它们到来的次序，梳理起过去的岁月。短短的一阵儿，她依次想起了已经过世的父母、从前的乡亲和几段难忘的幸福时光，但是记忆还没打开，她的思绪就回到了身边的亲人上。这时，她不由自主地叹了口气，心里难受起来，需要她操心的事还多着哪，她怎么就躺下起不来了呢？

中启与小昭，日子正过得好好的，怎么就突然闹成了这样？小昭待中启的心，她作为婆婆，也作为一个尝尽了人生甘苦的女人，是看得明明白白的。小昭的心里只有中启，只有他们的家。她看着小昭长大，把小昭当作自己的女儿，所以知道她最想要什么。小昭最想要的，就是一个完整温暖的家，小昭最怕的，就是中启不爱她，不要她。可是现在，小昭突然从家里跑了出去，把家和孩子都扔下不管了，不是发生了她最害怕的事，还能是什么？中启这孩子，从小到大什么时候都不会忘记自己的本分，怎么又跟那个上海学生掰扯不清了呢？到底怎么回事啊？想起这件事，李秀琴心里就着急，一急气就不够用，就被自己的气呛着，就无力又痛苦地咳起来。

还有千安。千安走了两年多了，一封信也不给家里写，上一回打电话还是在一年前，电话里没心没肺地说自己活得比从前更好，也不说自己在哪里，更不知道下一步自己要上哪里。电话打到场部，接电话的是明双全，明双全说他连五分钟都没到，就没轻没重地挂了电话。这个浑小子，从小就爱惹是生非，但是又总能凭着自己的聪明劲儿，折腾出别人想不到的惊喜来。哪个孩子都是她的心头肉，一想到千安各种淘气逗乐的举止，她就忍不住流出一行又一行的眼泪。

"想到啥了，又掉眼泪？是不是哪儿疼？"明双全凑过来问她。

"千安，这臭小子上哪儿去了？"

"你别瞎操心了，他那一身的猴本事，无论走到哪儿都饿不着，还能捡着大便宜。"

"你说说，这么多的事，我就只能躺在这里干瞪着眼。"

"你要是想找点事做，那就朝我发发火吧。往日里，我让你受的气，趁着躺在床上的好时机，好好地出出气，我准保一声不吭，由着你撒着性子骂，骂得越难听越好，越解气越好。老伙计，你可要抓紧这个机会啊，隔天等病好回了家，我可又要让你受气了。"

"死老头子，你的嘴巴一点儿不笨啊。"李秀琴露出一丝苦笑。

"放心吧，千安好着呢，你啥心也别操，安心地治病，就当是好好休息一场。"

"你说，中启和小昭，他们到底出了啥事？小昭这些日子，人在哪儿呢？"

"哪对夫妻不闹别扭？我还把你气过半死呢，不都好好地过下来了。小昭最近在她妈那里，得了重感冒，发烧，烧得人都糊涂了。"

"没什么事吧？别烧坏了。"

"不碍事，明儿就过来看你。"

"明雨和小雨呢？"

"都在她们姥姥那里。我们也都住那儿，什么都安顿得好好的，你就放心吧。"

这时候明中启来了，他捧着成信秀专门给李秀琴煮的南瓜小米粥，大步走到李秀琴的床边。

"妈，粥熬了有一个多小时，又稠又香。来，我扶你吃一点。"

"我吃不下去，一点都吃不下去，早上喝的一点苞谷糊糊都吐出来了。"

"就是吐也得吃，不然病怎么好。爸，你回去歇着吧，晚上有我呢。"

"明珠回来了吗?"

"从学校坐车回来，路上得一夜，明天早上就到了，别着急，爸。"

明双全离开不久，李秀琴心疼地瞅着儿子发呆，憋了好半天，也没能把心里的悲伤赶走。

"妈，你瞅我老半天了。"明中启努力绷住嘴边的笑意。

"中启，跟妈说实话，你到底，和那个上海学生有没有事?"

"我们没有事，我们就是……就是说了一个整夜的话。"

"一晚上都在说话?"李秀琴冷静地问。

"是，是的。"

"别说小昭不信，妈也不信。"

"妈……"明中启脸红了，气恼地别过脸去。

"中启，"沉默片刻，李秀琴软绵绵地拉起儿子的手，"儿子，你听妈的话，妈走了以后，小昭就是这个世界上最疼你的人。不管你和那个女人到底有事没事，你都要知道这一点，这才是最重要的。有了错，你就认错。如果是误会，你就想办法让她放心。人活一世，只有最疼你的那个人，才会包容你、担待你、关心你。没有人不需要这个，不管你的志向有多大、能耐有多大，你都需要有人疼你。"

"妈，你说什么呢？什么走不走的，明雨的姥爷已经托人联系上了最好的外科医生。"

"记得打听千安的消息。"一串儿泪珠顺着李秀琴的腮边滚落在枕头上。

"你看你，操这么多的心，病怎么能好得快呢？"

"我多么盼望你们都好好的。你爸爸，将来让他跟着明珠过，明珠能找到好丈夫的，这孩子性格好。性格好的女人啊，命也好。"

"别说了，妈，别说不着边的话了。"

第二天下午，石昭美从床上下来，眼睛里一点儿光彩也没有。她头重脚轻地在屋子里走了几步，就由明中启骑着自行车把她送到了因半城医院。

婆媳两个隔了一周没见，见了面像分开了好几年，都心痛地看着对方，紧紧握着手，一个劲儿地流眼泪。

"小昭，你好点了吗？"

"没事，妈，我好了。"

"小昭。"李秀琴抓着石昭美的手在半空里晃了晃,既像是哄她,又像是在央求她,"小昭,女人啊,天生就比男人遭的罪多、受的委屈多,这是女人的命。妈不是叫你认命,而是让你看到这个命,想办法把日子往好里头过。日子啊,咋过都是过,但是过法儿真不一样。往好里想,日子才能有奔头有希望。你说,是不是?"

李秀琴说完朝远远站在房间另一头的明中启睒了一眼,明中启知趣地离开了病房。

"妈,你就好好养病吧,别操心了。"

"你这话说的,我怎么能不操心?你名义上是中启的媳妇,但我从来拿你当女儿,你们要是过不好,你说,我能安心地走吗?"

"妈……你说什么呢,走什么走啊。你好好地养病吧。"

"中启这事做得不对,我和你爸都狠狠地熊了他一顿。你气归气,这事儿搁哪个女人都不能不气,但我问明白了,他们就是写写信,别的真没啥……往后,你们还是要好好的,闺女都这么大了,别叫人看笑话。"

"明雨和小雨都想你了,出门时嚷嚷着要来,我怕她们吵得你休息不好就没让她们来。过两天,等你精神好一点儿,我就带她们来看你。"

"中启、千安、你，还有明珠，你们四个，小时候多好啊，整天腻在一起，掰都掰不开，一会儿好了，一会儿又打起来，一会儿又吵吵得能把房顶掀掉。那时候啊，我都快被你们烦死了，现在，越想越觉得心里热乎。"

石昭美忍住堆积在眼眶里的泪水，倒头躺在李秀琴的枕边，脸贴着她的脸，亲热地说道："我老跟我妈说，你比她更像我的亲妈。"

"你这丫头，哪有这么说自个儿妈的。"

"真的，我就这么告诉她的。我妈不生气，我妈才高兴呢，有人对她的女儿好，她巴不得呢。"

"你妈到底是有大学问的人，想问题就是和别人不一样。"

婆媳俩轻快地说着话儿，一阵儿抿着嘴笑，一阵儿轻声地叹息，但是李秀琴的心里并没有为此轻松下来。她知道，石昭美在用别的话题回避那个最让她担心的事。

时日无多的李秀琴虚弱地躺在病床上，半个月后，连翻一下身的力气都没有了。短短两周时间，她就瘦得脱了形，下巴尖尖的，牙齿顶着薄薄的嘴唇，没有脂肪的皮肤像是一张透明的纸薄薄地贴在腮颊上，从前的长圆脸现在又黄又青，收缩得只有她自己手掌的大小，肩胛骨周围的骨头都顶了出来，从宽大的住院服的领口望过去，脖子周围全是陷下去的小坑。坐在她身边的明双全脸上蒙着灰霜,心里疼得半死的时候,就佝偻起身子,紧紧地握一下李秀琴软软地搁在床沿上的手。

医院下了病危通知书,医生也把实话悄悄地都告诉了明双全父子,让他们把人带回家,让病人安安心心地从家里走吧。

回到家一周后,李秀琴陷入半昏迷状态。这种情形下,她再也操不了什么人的心了。辛苦操劳了一生的她终于可以放下所有的担子,生活里各式各样的痛苦、忧伤和难题再也打扰不到她,她终于可以歇口气了。然而,另外一些更富有意味的意识一直陪伴着她,让她从来没有觉得孤单过。李秀琴每时每刻都和自己的小女儿——明月——在一起,她长大了,梳着两条光滑的黑辫子,穿着印着小红碎花的布衬衣,一步一回头地冲着她笑。明月带她去了许多她不认识的地方,有巨石的夹缝,有缠绕在一起的树根深处,有长长的望不到头的柏油马路,有像画一样好看的山。她走累的时候,明月会让她坐在一棵大树的下面,她舒舒服服地靠着温暖的树干,明月就给她梳头,给她拣头上的白发……昏睡的这些日子,除了因为路走得多有些疲倦,她的心底始终像一片彩色的雾气,轻松又自在地飘来飘去,不会在任何一件事上流连,不会为任何一件事而驻足。明月有时候会过来牵起她的手,指给她看一些奇怪的光线,有一次甚至把她带到了故乡的小河边。但是无论眼前看见的是什么，都会立即被别的景象所替代。她实在走累的时候，明月就做出一个安睡的动作，接着她就睡着了。她重复不停地跟着明月到处看，到处走，再一次次地睡去和醒来，云一般的时光从她头顶飞去又飞来，她感觉到自己的身体越来越轻，心头的疲惫感也越来越轻。

五月里的一天，李秀琴突然从昏睡中醒了过来。一睁开眼，她就看见了明双全凑在近前拿眼正瞅着她黑黑的脸庞。

"老伙计，我听你嘴里咕哝着什么，果然就醒了。"

"我瞧见明月了，你还记得她啥样儿吗？"

"怎么能不记得，四个孩子里，数她和你长得最像。"

"她长高了，身段像中启，跟柳条子似的。"

"她跟你说啥了？"

"没说啥，带着我到处看，到处走，这丫头，把我累坏了。"

"那我给你揉揉脚。"明双全说着就给她搓起脚来。

"孩子他爸，我要走了，明月来接我了。你要好好的，别动不动就发火，你的肝不好，发火更伤肝。等千安回来，别再让他到处跑了。"

明双全抬起手抹了一把眼泪，朝站在床边的明珠说了声"去喊你哥"，低下头继续给李秀琴揉脚，手上的动作在不知不觉中变成了无限温柔的抚摸。

一天后，李秀琴离开了人世。临终前她特别交代把自己埋葬在茂盛农场，坟丘要紧紧挨着早夭的女儿明月。

李秀琴下葬的那一天，明双全整个人像散了架，腿脚根本不听使唤，是明中启把他从坟地背了回来。随后的一个来月里，还没从丧妻的悲痛中缓过劲来的明双全又被支气管炎狠狠折腾了一番，精神头彻底没了。

家里什么东西都照李秀琴走前的样子摆着。明珠担心爸爸睹物思人，有一天打算拾掇屋子，刚把妈妈挂在外屋门后的一件旧外套和搁在床下的一双旧布鞋收在手中，就被明双全呵斥住了："放下，都放在那儿，哪个也不准动。就照你妈的原样放在那里。"所以家里一直还是李秀琴走前的样子，尤其她自个儿的穿戴、梳子、牙刷、枕巾什么的，连搁在床前的一双拖鞋，扫地的时候，明双全都不准人碰。

时间在回归日常，但是生活却回不去了。明珠面临毕业分配，在家待了一段时间，返校参加论文答辩。家里剩下明双全一个人，他不让明中启管他吃饭的事，三顿饭都上场部食堂吃，有时候把饭打回家，搁在桌上，却什么胃口都没有，只能下一顿热热再吃。明中启每天晚饭后过来陪父亲待上一两个小时，父子俩不到五分钟就能把一天里新发生的事情说完，剩下的时光，就是对着满屋的空荡思念逝去的亲人。明中启看着爸爸彷徨无主的神情，就把爸爸心里的痛楚一齐压在了自己的心头。

把爸爸、把家人心里的疼痛都压在他身上也没有关系，明中启确实是这么想的。无论对生死看得多么透彻，妈妈的逝去对他来讲都是一记狠狠的耳光，打醒了他，让他再次记住——失去最爱的人——这种事是随时都会发生的。一个人一生能有几个最爱的人？谁是他最爱的人？现在妈妈走了，他又把自己的家搞得一团乱，这两件事为什么会同时发生？两件事肯定没有任何联系，但明中启无法不把它们当作上天的惩罚。如果自己错了，那么惩罚他好了，为什么却是妈妈？明中启痛得整夜整夜睡不着觉，却不想从痛苦中脱身。

办完李秀琴的后事，成信秀在石昭美家小住数日，临走前一晚，她和石昭美在茂盛渠上一直走到夜里将近十一点。

"你们分居了？"

"是。"

"……你还是要离婚？"

"是。"

"你再想想，别做冲动的事。"

"你们都要我把日子好好过下去，小雨的奶奶也说要往好里想，日子才会有希望。我不是没有这样试过，可是当他出现在我面前，不管他说什么、做什么，我都觉得他是个空心人，都仿佛看见他们在一起的那个夜晚。一个男人对女人能做的一切他都和那个女人做了。妈，他可是我的丈夫啊，他的心早就不在我这里，如今，身体也不在了。所以，我连他的身体也不能接纳了，看见他的手，我会同时想到这双手是怎样放在那个女人身上的，看见他的眼睛，我就会想到他是怎样凝视那个女人的。有时候，我真想凿开自己的脑袋，把这些念头和想象全部挖空，可是我做不到，妈妈，我根本控制不住自己要这样想。以前看他，我总是怀着满心的欢喜和骄傲，现在我每看一眼，都觉得后背发冷。我把自己百分之百地交给了他，他却只用百分之一来回应我。妈妈，这件事也许不能简单地以对错来判断，但必定是不对等的。不对等的感情和婚姻，是怎么过也过不出好来的。我也劝过自己，凑合着过下去。可是转念就又不行了，妈妈，我受不了他对我的伤害。"

"不管怎样，他总是一个负责任的男人。"

"这是我最不能容忍的地方，既想当一个负责任的丈夫和父亲，又不放弃做一个痴心不改的情人，他毫无愧疚地认为他可以这样做，他可能从来没有想过，这件事里还有一个我，我还有我的想法和感受。即使知道他心里放着另一个女人，我除了傻傻地、无可奈何地爱着他，什么事情也做不了。他大概就是这么想的，我恨他这么想，恨极了。"石昭美抹去眼角的泪水。

"我问过中启，中启说那天晚上，他们就是说了一整夜的话。"

"妈妈，你相信会有这样的事吗？"

"不好说啊，也许他们真的什么也没有做。你们俩好好谈过这件事吗？"

"试着谈了一次，谈不下去。我不相信他们就那样你看着我我看着你说了一个整夜的话，我觉得他还在欺骗我。"

"夫妻之间，很多问题平常看似没有，但日积月累，突然就成了大问题。感情与婚姻，包含的内容很复杂，离还是不离，你不要急着做决定，不要轻易地去拆散自己的家庭。"

"他既然喜欢她，就去和她在一起好了，我倒是要看看他们敢不敢不顾一切地在一起，我恨他们欺骗我。"

凉风吹送着茂盛渠的渠水，浮在水面上的白月光起了一层乌亮的皱纹，成信秀着急地在夜色里摇了摇头。

第六章

1

礼拜天是小雨七岁生日。往年,明雨和小雨的生日都是李秀琴操心和操办,离生日还有半个多月,她就会一边和家人念叨,一边琢磨当天给孙女准备些什么特别的吃食。李秀琴和明双全都不咋过生日,但对两个孙女,却年年都当紧得很。明雨与小雨因此都被她惯坏了,把自己的生日看成是理所当然的大事。今年情况大不一样。李秀琴去世了。上一周,石昭美下连队给不符合计划生育规定的妊娠妇女做引产,天天早出晚归,忙得上厕所都在掐时间。自从周三到了生产六连,她就一直没有回家,住在好友陈理真家,像是忘记了女儿的生日。

周六黄昏,明中启在小伙房做饭,明雨坐在院子一角一只放满小画书的木箱上,手里拿着针线,咬着嘴唇像模像样在做一件手工。她打算给小雨缝一只鸡毛毽做生日礼物,所以,小雨感激又听话地搬只小矮凳坐在她的对面。豆豆已经长成了一只毛色乌黑油亮的大狗，它的伙伴——小虎——如今去跟明双全做伴。明雨将鸡毛管往铁垫片上缝的时候，豆豆抬着湿漉漉的鼻子一个劲儿地闻她的手，小雨懂事地抱着它的脖子往后拖，嘴里像个大人似的责怪它："豆豆，别捣乱啦，赶快坐好，你要是听话，我晚上带你去找小虎玩。"

"小雨，你要几根翎毛？五根可以吗？"

"我想要四根。"

"五根好看，凑近些，你自己选。"

"大公鸡已经被我们吃了，大公鸡的毛还在。"

"奶奶把大公鸡的鸡毛都给咱们攒下了。你挑，赶快挑，要一样长短的。"

晚饭吃到一半，小雨丢下筷子，把明雨给她做好的毽子拿在手里，怯生生走到明中启身前，小猫般爬上他的膝盖，靠在他怀里。她仰着头看着爸爸，没说话，脸颊先红了，接着眼睛里就汪满了亮晶晶的眼泪。

"爸爸，妈妈呢？"

"妈妈工作忙。"

"妈妈什么时候回来？"

"……小雨想妈妈了是吧？爸爸明天带小雨和姐姐一起去

找妈妈,好吗?"

"……妈妈是不是生我气了?"

"你好好的,妈妈干吗生你的气?妈妈是工作忙。"明中启把小雨剩下的半碗饭端过来放在她跟前,要她把饭吃完。

傍晚,吃过晚饭,明中启带着明雨、小雨去看明双全。院门从里面上了闩,听到喊声,明双全从屋里出来。

不到半年,明双全老了许多,黝黑的面颊又抹上了一层灰白。他目光黯淡,反应也迟钝了许多,动不动就对着一处地方出神老半天,就是看见两个可爱的孙女,笑得也十分疲倦和勉强。

两人坐在葡萄架下。看了一眼父亲干燥、发青的嘴唇,明中启担心地问:"爸,你咳得厉害吗?"

"不咋咳了。"明双全双肘撑在膝盖上,干瞧着正和狗儿玩得欢天喜地的两个孙女。

"明珠呢?"明中启朝屋里看了一眼。

明珠刚从农学院毕业,在家等待分配,这些天整日毛毛躁躁,怀里像揣着十五只兔子。学校的分配原则基本是从哪儿来回哪儿去,但是她关于"甘草分类"的毕业论文被评为学院农学系的优秀论文,因此极有可能作为优等生留校工作。

"趴着写了一天的东西,像是给什么人的信。刚出门,上邮局寄信去了。哼，又藏又掖鬼鬼祟祟的，以为我糊涂看不出来。小妮子，长心眼儿了。"话音落下，明双全顿了顿，干巴巴的脸上猛然露出一丝笑意，抬起头，冲着明雨说道，"明雨啊，去屋里给爷爷把茶缸端来。"

"不会是谈对象了吧？"明中启说。

"八成是。不小了，搁在咱们老家，都应该有娃娃了。女大不中留。"

"爸，你这是老思想。分配这几天没有消息？"明中启问。

"没有，就跟我叨叨，说不想回农场工作。今天让我好好数落了一顿，怎么，农场把你培养出来了，回来倒把你亏欠了。"明双全说完猛地咳了几声。

"社会风气带的，也怪不得她。"明中启说。

"这一代代的人啊，来来去去的，都跟一阵风似的。"

"是啊，就跟枯干了的骆驼刺一样，被风带着到处跑。"明中启说完这句话，两人猛然陷入沉默。过了一阵儿，他转脸问道："吃过饭了吗？"

"吃了。"

"明珠能做些家常饭了吧？"

"她能做成什么样，都是被你妈娇惯的，打小只管张嘴吃，打个疙瘩汤，面疙瘩快有牛眼睛那么大。"

"场里这阵子又忙了。"明中启不慌不忙把话题转到农场的改革上,农场要推进改革,明双全被抽调在"企业改革和整顿小组"里,担任领导小组的副组长。

"下面意见很大,说什么的都有。"

"都说什么?"

"还是老一套,说什么整来整去就是整职工,怎么整,农场的工资就是提不上去。'大包干'搞了几年,无论是把生产财务指标下放到连队还是班组,只要是和集体合在一起搞联产联酬,经营效益都不理想。也难怪职工怪话多。"

"全国的工业企业都在想办法扭亏增盈、提高经济效益,但哪有那么容易,经济是个庞大的体系,头绪纷繁,牵一发动全身,往上牵涉到机构改革,往下关系到利润的分配方式,哪一条措施制定不力,都会影响全局。农场的情况更特殊,条条框框那么多,管理本身就不畅通,所以改起来更难。"

"这回的改革,国家下了大决心,解放思想,这是要让人把脑袋里的旧东西换掉淘洗干净,就跟把口袋翻过来倒空一样。要我说,社会这回是要大变样了。就说咱们场,场里的领导班子马上就要大动,方向很明确,要让有文化有知识的年轻人上来,修理连那边已经在搞试点。"明双全一口气说得有些吃力,只好停下来,缓口气再往下说,"这些日子,一闲下来,我就开始琢磨，还真琢磨出了一些意思。还是你妈有远见！当初说什么都要让你把书读下来……这世事啊，来来回回地兜转，转两转，一个人这辈子就剩不下多少日子了。"

明中启听到父亲的感慨，略微等了等，把话题绕回到农场改革的事情上来："这次，下面的生产单位要怎么改？"

"政策又放宽了，把生产任务直接下放到家庭或者职工手里，鼓励职工去搞家庭农场。"明双全说到这里突然停下了，他想起了什么，谨慎又小声地问道，"小昭呢？下去几天了，还没回来？"

"没有。"明中启低下头去。

"我就一句话，这个家不能散。"明双全黑下脸，两只眼袋气愤地鼓起来，回头朝两个孙女看了一眼，转过脸压低声音说，"男人年轻时都糊涂过，但不能糊涂得没谱，一个拿你当天、一心一意待你的女人是你几百年修来的福气，也是咱们明家的福荫。这件事，没人能给你擦得了屁股，你要是把这个家祸祸掉了，你妈在天之灵，怕是也不答应。你们得为孩子着想。小昭的心就是硬成了石头，只要你用心去暖，也能暖得过来。"

"小雨明天过生日。"

"哟，我真给忘了，往年，都是你妈操心。"

"明天我带她们去六连,看看小昭。"

"嗯,去,该去看看,她心里还憋着气呢。家里没个女人不行的……这日子,光咱们爷们儿,能有啥过头?"

回到家已经夜里十一点,洗漱完毕,两个姑娘睡下。

屋里彻底安静下来差不多十二点半了,明中启走进夫妻二人的房间,坐在床边发呆。五个月以来,他一直睡在外屋墙角的一张狭窄的行军床上,除非要去找衣服或者别的必要的东西,很少再进这里。石昭美明显表现出对他的疏远甚至嫌弃,搞得他既愧疚又恼火。七月里的一个夜晚,他尝试着向她表示一些亲近,但她从床上惊坐起来的表情,让他感到自己像是一个得了瘟疫的人,为此他心情败坏了好几天。

事情发生后,楼文君联系过他,告诉他石昭美去找过她,说他们之间虽然没有做出格的事,但这种交往确实会给他人带去伤害与痛楚,所以,以后无论发生什么事,彼此都不要再联系了。

无论向小昭怎么解释,她就是不相信他。更让他消沉的是,他一向认为自己对楼文君的感情是真挚、纯粹和深沉的,不然不会这样持久,马上要二十年了,但是,当石昭美执意离开他,当她把离婚协议放在他眼前的时候,他立刻做出了取舍——他不会因为和楼文君的感情而放弃自己的家庭。不只是孩子，不只是名声和面子，不只是父母亲不同意……这些无可避免的原因，还因为他察觉到了——他与石昭美之间——有一种更为亲近和自然的关系已经成形和生长起来。

风把窗帘掀起了一个角，一股清凉发甜的气息钻进屋内。单开门、压着玻璃板的米黄色床头柜上，搁着一只四十瓦的台灯，灯光柔和地落在一旁一只铺着淡粉色枕巾的枕头上。只要看上一眼，明中启就能回想起枕巾上那沁人心脾的味道，那是阳光、香皂和石昭美的头发掺杂在一起的味道。分居之前，并排躺着的两只枕头永远铺着一对同样的枕巾，永远都是小昭那边枕头的气味更好闻。现在，他外屋行军床上的枕巾和这一块不是一对，小昭有意把这对枕巾的另一块收了起来，意思是不再和他成双成对。枕头上有一块温暖的凹槽，不必说，那是小昭留在上面的头印。明中启直勾勾盯着枕头，心里极力阻止自己倒在上面的渴望。

回忆让明中启感到心酸，右耳猛地响起一阵让他额头冒出汗来的耳鸣，他叹口气，突然感到自己失去了判断力，他到底爱的是谁？到底更需要谁？原来，他从来没有搞清楚过这个问题。他的目光落到石昭美压在床头柜玻璃板下的几张照片上，一张是明雨周岁的全家福，一张是小雨周岁的全家福，一张是千安离开前的全家福，还有一张，是石昭美九岁时与父母的合影。小屋里的每个细节都让他重新品咂着家的气息与温度，感受着石昭美留在其中的身影。他还是头一次用这种方式感受石昭美的存在，体味她不在的空落与失落。

带着歉疚、沮丧、苦恼，甚至还有一缕越发明晰的思念，明中启久久地坐在床边。当一阵带着凉意的夜风猛地将窗帘吹得来回呼扇，他看了看表，时针已经指向凌晨两点。他站起身来，去两个女儿的小屋看看窗户有没有关好，回来倒在床上，这张他五个月没有靠近的床是如此亲切与舒适，他的脸颊刚好枕在石昭美留下的凹槽上。

第二天早上，两个姑娘不到七点就醒了。小雨披着乱糟糟的头发，拖着长长的鼻音到处找他："爸爸，爸爸，我以为你是妈妈呢！你把我吓了一跳。"

"哦，小雨，还早呢。"

"天已经亮了，爸爸，你说带我们去找妈妈的。"

"姐姐呢，叫姐姐给你梳头洗脸，爸爸一会儿就起来。"

明雨已经站在小屋门口，她也用同样奇怪的眼神望着睡意未消的爸爸。两个姑娘用暖瓶里的水洗了脸漱了口，来到院子中央，明雨让小雨坐在一只小靠背椅上，开始给她梳头。小雨的头发和石昭美一样又多又黑，明雨很费劲地给她编着小辫，左边的编好了，右边的却编了拆，拆了又编，不是高了，就是歪了,加上小雨一直不停地在逗豆豆,身体坐不端正,搞得明雨急躁起来。

"小雨,你别动好不好?"

"你把我拽疼了。"

"叫你别乱动。"

"我不让你给我梳头了。"

"坐好,别动。"

"不,我不要你梳,我要妈妈梳。"小雨哭起来,抱着头从椅子上跑开。

正在这时,院门外响起了石昭美的声音。

"小雨,怎么了,哭什么哭?"

两个姑娘拉开门,齐齐跳到石昭美的自行车前。

"妈妈,妈妈,妈妈回来了。"两个姑娘一起喊。

"让开路,你们挡着,妈妈怎么进门。"

石昭美浑身散发着朝霞的味道,凉凉的,甜甜的。进得门来,停好车,她俯下身子,伸出双臂,用温暖的怀抱回应了两个女儿对她的思念。

自行车后座上捆着一大一小两个蛇皮袋,大的一袋装着刚从地里挖出来的新红薯、绿油油的白菜和一捆长豆角,小的一袋是两只刚剥了皮的野兔,粉黛色的兔身上像是还有没散尽的温度，挂着一根根鲜红的血丝。

"妈妈，哪来的兔子？"明雨问。

"陈理真阿姨送的，小雨今天过生日是不是？"

"有红薯吃喽，有兔子吃喽！"小雨散着半边头发在院子里蹦。

连豆豆都高兴得呵呵呵直喘气，欢快地围着石昭美摇尾巴。

石昭美把野兔拿进小伙房，舀了半盆沁凉的涝坝水泡上，转身之际，迎面看见站在伙房门口的明中启。他像是慌忙从屋里出来，眼睛直勾勾落在她的脸上，目光里既有惊讶，也有极力克制的欢喜。石昭美吓了一跳，却也情不自禁地将他打量了一通。因为刚刚起床的缘故，他的眼皮还有些浮肿，脸上胡子拉碴，皮肤添了些许暗黄，睡觉压乱的头发凌乱地在后脑勺上朝天挓挲着，白衬衣的领子脏了，领圈上灰黑色的污渍十分显眼。但是他的眼睛却熠熠放着光芒，原本褐色的瞳仁因为背光，完全变成了黑色，黑漆漆地闪动着光泽，良久，眨也不眨地凝视着她。这目光让她感到陌生和意外，同时，又明明白白地传递着发自心底的温柔。石昭美感受到了这缕温柔，身体打出一个激灵，耳下立刻升起一片热流。她怔在原地，听任心口怦怦跳动了一阵儿，猛然间却又垂下了眼睑，告诉自己别去再看，也别去相信那束烫人的目光中的温柔与期待。

初秋是茂盛农场一年里最为舒适的季节，天气又晴朗又凉爽，茂盛渠银光闪闪，安详地流淌在深绿色的田野之间，由青转黄的水稻还有一个月就可以收割；棉花地绿油油的，结铃早的棉花已经进入吐絮期；瓜果大面积成熟，家家户户都能买到十分便宜的哈密瓜和西瓜；善于种菜栽树的农场职工，自家的庭院无比喜人，葡萄甜得齁嗓子，玉沙梨沉甸甸地挂在枝头，西红柿、豆角、丝瓜、茄子、辣椒……多得吃不完，到了休息日，每家每户都会赶着趟儿又煮又腌又晒，想方设法把新鲜的蔬菜保存到天寒地冻的冬日；戈壁滩上的野兔子很多，秋季正是它们有吃有喝的时候，种植粮食的田地少不了它们祸害，因此天天都有人专门打野兔。石昭美到六连的第二天，就让陈理真帮她找人打两只礼拜天早上的野兔。女儿的生日她当然记得，她连着几日不回家，实际是不知道怎么用一种轻快的心情操持这件必须和明中启一起完成的家事。

见石昭美一大早从六连赶回来，明中启心里宽慰许多，他没有计较石昭美耷拉着眼皮不看他，也不与他多说一个字的态度，轻快地把厨房里的活儿都包揽下来。把水缸挑满之后，他去国营副食品商店买了一公斤豆腐、半公斤花生、四百克粉条、三百克黄酱、一瓶高粱酒。从商店出来，又直接拐到后面供销社开的门市部，称了一块精瘦肉，买了一瓶酱黄瓜。转身回家的路上，他迎面碰上两个蹲在商店前的空地上不怎么好意思做买卖的农场职工，一个卖鱼，一个卖自己家灌制的猪肉香肠。明中启一看香肠——这是在农场的四川人家里才能尝到的美味，他自己先馋了，但他带在身上的钱有限，买了条最小的草鱼，只剩下四毛钱，连买一根的钱都不够。农场六七千人，总有明中启不认识的人，所以他打不了欠条，只好尴尬地笑着说了句"钱不够啦"。卖家果然是四川人，张口就说："莫得啥子事喽，拿去撒，我认得你，你是学校的老师嘛。"明中启搜遍全身，把已经揉得软塌塌的每一分钱都摸了出来，总共四毛三分钱，一边说谢谢一边递给了对方。

淡蓝色的天空上飘满薄薄的白云，没有风，一朵朵轻云全都懒洋洋地、优哉游哉地朝东南方向阿娜河的上空散去。石昭美和两个女儿都在院子里忙活，她先是把一家人换下来的脏衣服，包括明中启的都洗了。洗完衣服，太阳差不多直晒到头顶，她开始给两个女儿洗头、剪头、剪指甲。小雨哭闹了一阵，好不容易留长的头发还是让石昭美剪成了一个又短又厚鼓蓬蓬的蘑菇头。

午饭吃得挺轻松，明双全一进门就看见了石昭美，黑脸上的线条立刻柔和了许多。明中启把野兔子肉烧得喷香；香肠蒸熟之后，回锅用青椒爆炒，极为可口；红烧肉是必不可少的；

草鱼剁块炖得浓香；豆腐上锅蒸老，用手掰成乒乓球大小，撒盐，浇上些酱油，再淋上滚烫的葱油；素菜有炒鸡蛋、焖豆角、炸花生米，还有山东人最爱吃的大葱蘸酱。主食是宽挂面，明中启爱吃面食，隔段时间，成信秀就托人从因半城捎来一箱。李秀琴不在了，家里会擀面的只有明双全，但明双全哪有力气擀。

一家人很久没有为什么高兴的事坐在一起吃饭了，团聚像是一个遥远的记忆。李秀琴去世，整个家伤了元气，明双全丢了魂，其他人则常常暗自落泪。每个人都明白，明双全虽然显得是个天不怕地不怕的山东汉子，可是家里的主心骨却是李秀琴，几十年来，都是李秀琴说日子怎么过就怎么过，她把日子里的艰辛与欢喜绗成了每个人踏在鞋底的针脚，叫他们把路走得又温暖又稳当。

"明珠，分配通知下来了吗？"石昭美问。

"……下来了。"明珠小心翼翼地看了一眼明双全，"学校让我留校，但我放弃了，我想，我还是回农场吧。"

"为什么？这是多好的机会啊！"石昭美埋怨道。

"你做这个决定，为什么不跟我们商量一下？"明中启接过话来。

明珠看看明双全，低下头不说话。李秀琴去世后，明双全的身体和精神一直恢复不过来，明中启和石昭美又在闹离婚，她实在不能丢下爸爸不管。

"明珠，你听爸爸的，你要是真心不想回农场，那就别错过这个机会。爸爸没关系的，你哥嫂不是在农场吗？没什么不放心的。"

明双全知道明珠为难，他自己其实也为难。农场留不住人，内地知青一个个离去之后，农场土生土长的年轻人也不愿意在农场待，只要有条件，都想往外面走。更别说大学生、大专生，一旦考取个学校，不管什么专业，会计、师范或者兽医，毕了业全跑得没了踪影。明双全是农场的创建人，自己的青春和人生倾洒在这里，老伴埋在了这里，另有一个夭折的女儿生在这里死在这里，他多么希望农场能越建越好，越来越热闹和繁荣，就像当初他们心里畅想的那样，比得上内地的大城市，让人们心甘情愿地上这儿来，来了以后就能够扎根落户。

"爸，我已经给学校的老师写了信，昨天就寄出去了。我愿意回来，哪儿也不如自己的家待着安心。"明珠的好心肠继承了妈妈李秀琴。

明双全只能欣慰地点点头。不过，今天，他的心底确实可以松口气，因为他从明雨那里知道——石昭美一大早就自己回了家。

天黑以后，石昭美把烧好的一桶热水提进小屋，关上门准备洗头洗澡,两个女儿都和她挤在屋里。片刻,母女三人就在一层雾腾腾的水汽中,亲亲热热地、尖声细语地说起话来了。明中启伏在外屋的书桌前批改作业,耳朵却一直听着背后从小屋里传来的笑声和撩水声,那时而响起,时而又仿佛消失的撩水声,尤其让他没法集中精力。

小屋的门终于开了,明中启觉得这扇门从来没有关过这么长的时间。一股好闻的水汽飘进他的鼻孔,他转头看了看站在门口的妻子,她穿着那身常见的白棉布做成的短袖睡衣,身材丰腴却不失曲线,已经长长的短发湿漉漉地塌在两腮上,水润紧致的脸颊洗得红通通的,连圆润的上臂都晕染着一层淡淡的粉红。她躬起身子,准备往外端洗澡盆,一抬手,露出一段丰腴的后腰。明中启把什么都看在了眼里,这就从桌前起来,走到石昭美身旁,手上轻轻一碰,示意她让开,自己弯下身去,将水盆端出门外,洒在了院子的空地上。

明天一大早,石昭美还要回六连,所以她连声催促两个女儿赶快睡觉。

"妈妈,我要和你睡,我今晚要和你睡在大床上。"小雨抱着一条做成娃娃状的枕巾,靠在床铺的最里端,仿佛担心自己被拒绝一样。

"睡吧,但必须马上睡,不能说话。明雨,你在哪儿睡?"

"我回自己床上睡。"

"去吧,快去。妈妈困死了。"石昭美说着打了一个哈欠。

明中启这时候站在了屋门口:"小雨,去自己床上睡,爸爸有事要和妈妈说。"

"不!我要和妈妈睡……"小雨话说到一半,察觉到了明中启脸上过于严肃的神情,立刻不敢再大声撒娇,赖着不动,眼睛里渐渐浮起一层可怜巴巴的泪光。

"哪有这么多的眼泪,去吧。"明中启口气坚决。

"小雨,走啊。"明雨懂事地把小雨带出小屋。

孩子走后,明中启转身把门关上,缓步坐在缝纫机前的方凳上。石昭美坐在他斜侧里的床头,正用她漆黑明亮的清水眼冷峻地望着他。"咱们早该谈谈了。"明中启说。

"一早我就得回六连。"

"……小昭,都过去了。"

"……"

"小昭,我对你说的话都是真的,我可以对你发毒誓。"

"你对她的感情是真的吗?这么多年,你一直爱着她,想着她,是吗?"

石昭美问得轻描淡写,明中启却听得刺耳。两个人一声不响地干坐了一阵,明中启不时用愧疚的目光看一眼石昭美,感到自己和她从没有这么生分过。

"即使到了现在，你也不会说你不爱她，不想她了。"

"小昭，你和她，是不一样的。"

"一个是为你生儿育女的女人，一个是你日思夜想的红颜知己，是吗？你都想要，都不愿意放弃。"

石昭美把脸转过去，像是没有听见他的话似的，继续轻声说道："你怎么不问问自己，你值得得到这些吗？你的心，真的就可以一分为二给两个女人吗？你也从来没有想过，被你这样对待的女人会怎么想，是吧？"

"……"

"你肯定认为自己什么时候都是真心诚意的。那么持久地爱着另一个女人，那么尽职尽责地做一个丈夫，像个感情和婚姻的烈士一样备受煎熬。按常理，我应该巴望着你的回心转意，可是现在，听了你刚才说的话，我反而更失望。你爱了她那么多年，也不顾一切地做了一个男人想做的事，却不肯再往前走，为什么？因为你怕失去，怕失去名誉，失去外人对你的期待，失去现成的家庭，所以，不管你以什么理由挽回这个家，你都是在做利益的权衡与选择，和感情没有多少关系。更何况，你原本对我也没有多少心肝。我由着你把她放在心里，从结婚的第一天起就幻想你知道分寸，懂得珍惜我、珍惜这个家，可是事实是什么？事实是你非要拿我当傻瓜！"

"为什么你就是不相信我？我和她没有发生过关系。"

"现在，这都已经不重要了。你在信里与另外一个女人说的话，让任何一位妻子看见，都不比上床这件事带来的打击更小。心给了别人，留下的这个躯壳，只能让我的心一阵阵发冷。"

"小昭，别这么咄咄逼人……难道，我们非得拆散这个家吗？"

"这几个月，我一直在问自己一个问题，我可以原谅伤害自己的人吗？我允许自己原谅吗？有时候，我是想做一个大慈大悲的善人，可是，更多时候，我知道，自己不是那样的人。这个世界上，人对人的伤害，总是没完没了，不仅坏人害好人，好人和亲人之间也不停地互相伤害。"石昭美的声音里带着哭音，她停下片刻，尽量让情绪平静下来，"如果那么轻易地去原谅，那么，伤害别人的人是不是就会越来越多？他们是不是就会为自己得到了宽恕而扬扬自得？那个整死我爸爸的人，他伤害了多少人！现在却活得有滋有味，难道这不是事实？好人遭殃，恶人逍遥，天理都拿这件事没办法，我还需要当什么善人？！"

石昭美的话让明中启浑身冰凉，脸色灰沉沉的十分难看。

他完全没有想到，自己的背叛对石昭美造成了这么大的伤害，让她对人与人、人与世界的关系，对善与恶，对自己要做一个什么样的人，都产生了如此灰暗和悲观的认识。

一股疼惜之情涌上心头，明中启从方凳上站起来，走到床边，挨着石昭美坐下来，抓住了她的手："小昭，我知道，你这么说是因为你还在生我的气。你怎么能不生气呢？相信我，我会弥补自己的错误的。我从来没有想过伤害你。"

石昭美冷静又坚决地将手从他手中抽出来，她的脸因为内心的痛楚变得十分苍白，滑过明中启额头的眼神显得又忧伤又绝望。她深深地吸了一口气，转过脸去，望着对面墙壁上的一块斑点，缓缓说道："我已经不是当年那个站在爸爸遗体前，被你拉着手的小女孩了。"

理屈，词穷，这一刻，明中启才意识到他所面临的问题——他已经失去了石昭美对他的信任，失去了那种把全身心的热情集中在他一个人身上，因此携带着巨大能量的真爱。他越是清醒地意识到这一点，越是感到巨大的失落。但他不能失去这样的爱！他需要自己这样被爱着，他习惯了自己被一个女人这样深爱着，不管是出于男人的虚荣，还是出于内心的虚弱与自私。

一股懊恼冲到明中启头顶，他不由分说抬起双臂，强硬地将石昭美的脸捧在自己眼前，强迫她与他四眸相对，强迫她看他眼睛里的真心悔悟。

明中启生气地拧紧了眉头，眼中却是一片柔情，只过了三秒，石昭美就流下了一脸委屈的眼泪。明中启心疼起来，他使劲咬了咬牙，再也克制不住身体里的冲动，将嘴唇贴在了她的脸颊上，一点一点地吮吸着她的眼泪，直到碰到她的嘴唇，于是拼命又贪婪地开始吻她。

"小昭，别这么对我，我受不了你这样，你是我的，永远是我的。"明中启一边吻一边无比动情地说着温柔亲热的话，只消一阵儿，石昭美所有的抵抗就在这些话语中消失殆尽。

他们在一起了。将近半年身体上的疏远让他们比以往更急切地需要和索要对方。明中启用石昭美最熟悉，也是自己最熟练的方式表达着自己的思念、眷恋、欲望和歉意，他尽心尽力，无限温存，像是用一个新生的自己头一次与她缠绵，激情与爱意如波涛翻涌不息。石昭美无比真切地感受着明中启的身体，他肌肤的温度、骨骼的力量，他把她推前或者翻过身去时在她耳边的低语，他吻她的耐心与沉醉，他进入她的节奏……她头一次这么彻底地感受到了一个男人的身体，头一次无法自拔地需要一个男人给予她身体的欢乐，头一次体会到自己对于男人身体的渴望是如此急迫与强烈。

事后，明中启凝视黑暗中的天花板，一只手臂搂着石昭美，另一只搭在额头上。他心满意足地呼吸着，身体里涤荡着一股舒畅轻松的气流。好一阵儿，他们谁都不说话，像是都在静静回味这种历经痛楚之后的宽恕与破镜重圆。

"困了吧，睡吧，明天还得早起。"明中启拍拍石昭美光裸的肩头。

"……你跟她，也是这样的吗?"石昭美的语气像是屋檐下垂吊的冰溜子。

…………

黑暗中，明中启从石昭美颈下抽出自己的胳膊，默默地穿上衣裤，默默地打开屋门，像个幽灵一般，回到外屋墙角处那张狭窄的行军床上。

2

短短三四年里，一多半的内地知青陆陆续续离开了茂盛农场之后，那些空出来的工作岗位渐渐地又由另一批人补上了，他们大部分是内地新来的青壮年，小部分是省内的大中专毕业生。改革开放打开了人们的思维，让各种想法与思路像爆米花一般成倍地炸开。面对这些来到农场的新面孔，老职工们再也不像从前那样说得清这些人对农场、对戈壁滩抱有什么样的想法和情感。春去秋来，人们来了又走了，这河水一般的流逝感给打算留在这里的人或者不知道自己要往何处去的人带来的惆怅最多，看着一张张熟悉的面孔离开，再瞧着一个个新来的陌生人的不同神情，他们无法不陷入回忆，无法不思量自己和农场的未来。

转眼又到了深秋。清晨，大地上的荒草、条田里的土坷垃、树枝的梢头，以及家家户户的柴火堆、芦苇栅栏和晾衣服的铁丝上，都蒙上了一层薄薄的白霜。

十一月的第一个周末，明中启天不亮就起来了。就着一杯热气腾腾的麦乳精，他吃了块干馒头，然后开始检查出门的行装。他仍然睡在外屋的那张行军床上，石昭美坚持要离婚，不懈地以冷战逼迫他。

心里少了温暖和爱，石昭美的性情与言行发生很大变化，一年之间，她的体重又长了十斤，肌肤虽然不失光泽，但是举止间已经失去了以往的灵巧与利落。场医院的工作很忙，防疫站、药房、注射室、卫生统计病案室……各个科室都缺人，医院的外科门诊总是会接到不少突发的急诊病人。她是外科门诊的大夫，人手不够的时候，也管内科的事，门诊病人、急诊病人和住院病人都得照看，所以一大半的精力都用在了工作中。回到家，一半是因为疲惫，一半是因为心情，多半既没有笑脸也懒得多说话，心烦的时候，还会忍不住提高嗓门呵斥孩子，或者冷冷地挖苦几句明中启。夫妻俩已经没有房事，其间明中启找过她两回，都是在喝了酒以后，但也没能如愿。

明中启今天要去打柴，学校后勤处专门有负责为教职员工打柴的人，这一周轮到他家，由上海知青周黎安带着他往沙漠里去。明中启穿上那件颜色已经发黄的军大衣，把斧头、大米、咸菜、咸蛋、毡靴、毛毡装进麻袋背上肩，出门往学校后勤处大步走去。

道路、草木、空地、涝坝边干枯的芦苇，还有房屋校舍都沐浴在寒冷的晨曦里，日出还得一阵子，深灰色的天空里只有地平线上泛出一缕青白。

打建场之初直到眼前，茂盛农场的各个单位——食堂、学校、办公室，以及家家户户煮饭、取暖用的燃料都是沙漠戈壁里的红柳和胡杨树。阿娜河下游两岸自古生长着丰茂壮观的胡杨树原始森林，数千年间，它们汲取着阿娜河河水的滋养，也庇护着阿娜河两岸的水土，阻挡着沙漠移向人类栖居地的脚步。森林里，也有老虎、狼、狐狸、野猪、黄羊等凶猛和少见的野生动物。阿娜河下游建起五个农场之后，人口在二十年间增加了几十上百倍，盖房、修桥、办公、煮饭、取暖，一应木材和燃料都得依靠这片原始森林的供应。大自然从来不是取之不尽的，经过这么多年的砍伐和挖掘，木材眼见着一年比一年减少和紧张了。条件好的人家和单位已经开始买煤烧，但毕竟是极少数，因为每一车煤都得从二百公里外的因半城拉来，煤钱再加上运费，一车煤得花掉几年的柴火钱。况且，有了煤也得用引火柴。

学校菜地前的后勤处，周黎安已经套好牛拉的胶轮大车，正待装车。明中启赶快上前帮忙，一捆手腕粗细的绳子、两把斧头、喂牛的三大捆干草、一棵大白菜、一块用蓝布包裹的切菜板、一麻袋擦藤西瓜、两铁皮桶饮水和大米、咸菜、钢精锅，还有两件脏兮兮的羊皮大衣，都被装上了车。这期间，两人没有什么话，小个子的周黎安有一双十分友善却又警觉的大眼睛，似乎不愿与人多言。明中启了解周黎安的遭遇——他是场里少数几个返沪后又重新回到农场的上海知青，磨难多的人话不会多，所以并不计较他的沉默和冷淡。车装好，他坐上牛车，接过周黎安甩到他脚边的羊皮大衣，披在肩上。

"现在就穿这个，冬天怎么办？"明中启问。

"冬天啊,我就'开火车'。"

"什么是'开火车'?"

"用铁皮桶上食堂炉灶里扒些火炭,边走边添柴取暖,可不就是'开火车'?"

驾!吁,吁——,周黎安挥挥手里的鞭子,两个人出发了。

路很长,差不多要到下午太阳下山的时候才能到达目的地。从马路下到通向沙漠的沙土路上,白苍苍的长路尽头露出了曙光。天际线上一片金红,车轮轧在松软的沙土上几乎发不出什么声音,周围开始出现越来越多的沙丘和一些矮小稀疏的红柳、甘草和罗布麻。明中启七八年前去沙漠里打过柴火,他记得原来这条路的两边远不像现在这样,那时候路旁有不少胡杨树,灌木丛都有半人高,骆驼刺、甘草和罗布麻密得人都走不过去。

路上走了十个小时,下午四点,他们到达目的地——柴窝子。柴窝子只是场部直属单位打柴的一个点,下面的各个连队都不一样。他们在柴窝子的宿营地——一个半塌的地窝子附近——卸下车上的装备。周围除了沙包就是沙包,沙包上面,那些干枯的红柳就是他们明天的劳动任务。赶在太阳下山之前,他们吃了晚饭。晚饭后,周黎安拿出他从加工连买的白酒,就着明中启带来的咸蛋,两人喝下半壶。到了休息的时候，他们在篝火边烤热的沙地上铺上毛毡，裹紧皮大衣，戴着棉帽，就地躺下。

"你把棉帽子倒过来戴，盖住眼睛，不然刮风落沙子，还会冻伤。"几乎不怎么说话的周黎安提醒明中启。

明中启把帽子倒过来遮住眼睛，但是他翻来覆去睡不着，于是又把帽子转了过来。没有风，一边身体给火烤得十分温暖，但是他的大脑却像沙漠里的空气一般冰凉。良久，他静静地望着星辰璀璨的夜幕，只觉天遥地远时光浩茫，躺在沙土上的自己真的成了宇宙间的一粒尘埃。

"周排长，你后悔到农场来吗？我是说当年。"

等了好一阵子，隔着火堆睡在另一边的周黎安没有出声，明中启以为他睡着了，就试着自己替他回答这个问题，不料对方又开口了。

"后悔，是指一个人如果有重新选择的机会，他可能会走另一条路。可是，在这件事上，我们没有后悔的条件和机会。不过，人自古以来都是这样四处迁移的，没有迁移流动，哪会有今天的人和社会。我还好，就是孩子被我们耽误了。"

"你和其他人的想法一样，认为在农场，孩子是没有前途的。"

"留在这里，孩子想改变命运，想过得好一些，会比内地要难许多，做父母的，哪个愿意自己的孩子留在艰苦的地方？"

"农场的教育会越来越好的。"

"我知道，明老师，你们这些老职工的子弟不愿意听我说这些。"

"人心如此，没有什么愿不愿意，我做老师，也是希望他们将来有前途。只是'前途'二字，我想，人们对它的理解也会慢慢在变。还有，无论在哪里，都有要离开的人，也有不走的人。人的一生，就是一枚行走的棋子，自己是棋子，下棋的人，说到底，也是自己。"

篝火渐渐黯淡，寒意仿佛蜥蜴，趴在人的肩头嗤嗤吐着芯子。两人沉默了一阵，周黎安接着说道："农场的上海知青没剩下多少了，中秋节的时候，我们几个要好的在管一歌家里喝酒聊天，何相吉请我们去的，聊的都是上海知青回去后的情况，丢了公职去做小买卖的人很多，摆康乐球摊子、蹬三轮车、卖水果……干什么的都有。咱们场照相馆的江申开回去后先在一家医院做电梯维修的临时工，他哪里会修什么电梯，干了一段时间就不干了，自己开了家照相馆，挣了不少钱。"

"江申开，我和他挺熟的，我们好久没有通信了。他成家了吗？"

"从农场回去，年纪也不小了，不好找，听说他和楼文君在一起了，你应该认识她的。"

明中启头皮一紧，像是一处没有愈合的伤口不小心被生拉硬扯了一下。他已经很久没有楼文君的消息了，此刻，这个名字凭空从周黎安嘴中道出，让他真真切切地体会到什么是心惊肉跳的感觉。幸亏是天黑，谁也看不到他脸上的表情。

"她……她情况怎样？"

"她情况更惨，她条件是有的，当老师的嘛，她的舅舅帮她联系了一个学校，说妥了，就等她回去办手续。但是她刚到上海，家里的街道那边就突然收到一封农场这边寄过去的匿名信，说她在农场和有妇之夫勾勾搭搭，直到最终破坏了别人的家庭，根本不能胜任老师这个职业。这封信一下就把她搞倒了，说得好好的事，人也回去了，学校却死活不要她了。名声也搞得很臭，你想想，街道干部知道了，里弄里的人也就都晓得了。所以她只得自谋生路，江申开和她家住得近，又都是有农场经历的，就拉她去照相馆帮忙。不管怎样，人家两个，现在的经济条件是最好的，自己的房子都有了。"

心惊过后，又是一阵脸烧，接着是恼火和胸闷，明中启憋得半天吐不出一个字来。他艰难地翻了一下身体，穿着棉大衣，脚上套着毡筒，头上戴着棉帽，身上又盖着一件又重又散发着腥膻味的羊皮袄，让他抻抻手脚都得费好大的力气。楼文君嫁给了江申开，去年他和江申开通过一次信，江申开根本没提到楼文君。再有，那封匿名信是谁写的？是小昭吗？除了小昭，还能是谁呢？他想象不到小昭能干出这样的事——写匿名信报复楼文君！事情过去三四年了，她仍然不能释怀，不能放过楼文君。也许不是她吧，明中启想，但不是她，还会是谁呢？除了小昭和他的家人，还有谁知道这件事呢？谁知道了之后，会这样去伤害楼文君呢？

耐着性子，明中启烦躁地躺了一阵，实在是越躺越难受，索性翻起身来，又往快要熄灭的火堆里添了两根柴，拿出烟，点着，狠狠地抽起来。对面的周黎安像是看出了他的心事一样，蒙着半个脸，好半天不出声，突然又说："车上还有半壶酒。"

明中启没有客气，拿来了酒，独自坐在火堆旁，一口接一口地干喝，他喝一口烈酒，吞一口沙漠寒凉的空气，再看一眼黑茫茫杳无人迹的四际，不消一阵儿，酒壶就见底了。但是酒精没有给他带来任何纾解，只是将他击倒在已经冰凉的毛毡上，让他昏头涨脑地落入不安的梦境。

清晨，东方刚刚泛出一缕青白，周黎安已经生着了火。水烧热之后，他煮了半锅苞谷糊糊。明中启闻到糊糊开锅的香气，这才浑身酸痛地爬了起来。明中启提不起精神说话，周黎安就更没有话，两个人吃得饱饱的，赶着牛车往稍远处立着红柳丛的沙包走去。

砍柴并不轻松，不到一小时，明中启已经汗流浃背气喘吁吁。立在沙包上的干红柳丛足有两个房子那么高，沙包四周，堆积着年复一年的落叶，落叶里混杂着成堆的贝壳，结了壳的碱土一踩一个坑。好在天气不错，没有风，青灰色的朝霞被太阳染红之后，没有多久就慢慢消散了，天空越来越蓝，四际无声，只剩下干树枝的劈断声和他们越来越粗重的呼吸声。周黎安戴着帆布手套，手脚并用，进退自如，该用斧子的时候用斧子，该用脚的时候用脚，他边砍，边踩，边拔，没多久，腐烂的和没腐烂的枝条，就在他的身后扔了一大堆。看见明中启累得上气不接下气，周黎安让他放下斧头，把砍下来的红柳枝归拢到一起。

上午十点，打柴结束，他们靠着牛车小憩了一阵，吃了一个西瓜，各自抽了一根烟，然后开始装车。明中启在车下递柴，周黎安在车上码柴，一层压一层，垛得不偏不倚结结实实。接着是捆扎，周黎安娴熟地拉、缠、扣、绑，最后又用一根木棍插在扯紧的绳索当中，再用力绞了两绞，直到绞不动为止。

不到中午十二点，他们踏上了返程的路。周黎安没有原路返回，他挑了一条近路，近路虽近，弯子特别多，岔道也特别多，所以一路上得不停地吆喝牛，再也不能像来时放任老牛自己顺着路走。偶尔,下坡的时候,还得站直在两根辕木上,紧紧拉住辕牛。赶车的事,明中启一点忙都帮不上,只在下坡或者上坡的时候,从车上跳下来,前后左右地看一看垛成小山似的车身有没有发生倾斜。晚上七点,他们从沙漠里出来,牛车才稳当起来,周黎安的心情明显放松了许多,喝牛的声音也轻下来,好半天听不到一声,随后他慢条斯理地抽起了烟,一亮一暗的烟头在暗下去的天光里越发分明。

明中启一路无话,光是那封匿名信的事就让他震惊不已,再加上楼文君与江申开有了一个富裕的小家庭的消息,像是用铁钎子把他的心戳了一连串的窟窿。他难以接受这些离谱的事实,巨大的失落一次次涌上来,让他越来越烦躁,还有那越发强烈的被背叛的感觉,钻头一般钻着他的心。

黑暗中,远处依稀又零星的灯光变得越来越密集、越来越明亮。三头牛像是知道就要到家似的,不用吆喝,齐齐加快了脚步。十点左右,牛车停在明中启家门前。柴火卸完,周黎安饭也不吃,赶回学校喂牛去了。

洗漱完毕,明中启坐在桌边吃晚饭。石昭美在火炉前洗碗,转头看了一眼明中启阴沉的脸。

"拖下去还有什么意思?你赶快签字吧,一了百了,谁也不用再看谁的脸色。"石昭美语气冰冷。

明中启将视线从明雨脸上移到妻子的背影之上,明雨一直在等爸爸,这一刻正趴在桌上陪着明中启一起吃面条。明中启的心情本来已经坏透,这一刻,盯着石昭美的背影,他的目光全是厌烦与恼怒。

"你干吗这样看着我?"石昭美转过头来。

"楼文君上海的工作没了,匿名信是你写的吧?"明中启原本打算等孩子们睡了以后再说这件事,但是憋了一天一夜的话不管不顾地就从嗓子眼里冒了出来。

石昭美眼中闪过一缕慌乱,很快又镇定了,冷冷答道:"是我写的。"

"你怎么能做出这种事情?你什么时候变成了这样的人?"

"我是怎样的人?你们又是怎样的人?"

明雨吃惊地抬起头,从桌前退到一旁,右手举在嘴边,嘴里含着筷子,一边紧张地嚼着筷子头,一边恐惧地盯着爸爸的脸,伏在墙角小床上正在画画的明小雨也不解地回过身来观望。

"你这是故意害人,你知不知道,你毁了一个人的前途!"

"你们合起伙来对我的伤害,可比什么前途重要多了!"

"她毁了你什么?我和她早已经结束,她已经离你十万八千里,我也向你道过歉,你到底有什么深仇大恨要这样做?"

"对,是深仇大恨,她毁了我的家,毁了我对你的信任,毁了我的幸福，一个女人的家庭幸福重要，还是前途重要？干完了丑事，你以为道个歉就结束了吗？结束不了，永远结束不了！一开始我就当面告诉过她，我要让她尝尝伤害别人的后果和滋味。"

"你，你已经疯了。"

听闻此言，石昭美睁大眼睛，失魂落魄地盯着他，眼泪层层涌上。

"明中启，你给我听着。"石昭美的眼泪夺眶而出，突然间，她带着哭腔大声叫道，"是的，从看到你写给她的那封信开始，我就疯了！我是疯了，也是被你们逼疯的，你是罪魁祸首！你不知道吗？我是疯子，你就是不可饶恕的罪魁祸首。一个可怕的疯子，一个可恨的罪人，我们还有什么必要生活在一起，还有什么必要假惺惺地维持下去？我既然是个疯子，你签字啊，你离开我啊！求求你，离开我啊！"

明中启腾地站直身体，他看着满脸泪水喉咙已经嘶哑的石昭美，厌恶地别过脸去，正好看见两个女儿一近一远，正惊恐万分地望着他们。一时间，他再也不能忍受眼前的一切，既不能忍受已经失去理智的石昭美，也不能忍受两个女儿被吓得瑟瑟发抖的可怜样，更忍受不了自己。于是，他大步走到行军小床的床头，一把捞起棉衣外套，迫不及待就往外走。

"你去哪？你把话说清楚，你不能就这么走了，你不能害了我，又来骂我是疯子，你不能想怎样就怎样地对待我！"石昭美伸手扯住明中启的胳膊，她的愤怒十倍于内心的痛苦，她不允许他这么突然无情地撕开她的伤口，再把她扔在一边不管。

石昭美用力抓住了明中启的左胳膊，明中启被她翻来覆去强调自己是受害者的腔调刺激得脑袋快要爆炸，左臂一挥使出全力甩开了石昭美，被甩开的石昭美朝着身后踉跄了几步，但是，她还没有站稳，就听见身后的明雨发出一声尖厉的惨叫。

这一回，轮到明中启与石昭美惊恐不安了。

明雨手捂着嘴巴，痛苦不堪地站在原地，一边睁大眼睛瞧着对面的爸爸妈妈，一边呃呃呃地发出窒息且嘶哑的哭声。

那双含在明雨嘴里的筷子深深地扎进了她的口腔！

明雨被父母的争吵惊呆，抬着手臂忘记拿出含在嘴里的筷子，石昭美被明中启挥手甩开的那一刻，她踉跄着向后退去，正好撞在明雨的手臂上。

石昭美扑通一声跪在明雨身旁，双臂颤抖，不敢去碰已经脸色发白的女儿，嘴里发出绝望的哀号。

明中启一条腿跪在地上，他同样吓软了膝盖，费了好大的劲才将女儿抱起。

口腔里的灼烧痛与撕裂痛吓坏了明雨,她已经哭不出来,只是低着头一下下地开始呕吐,筷子戳穿了上颌,引起她阵阵恶心。不一会儿,她的嘴巴里就涌满了血水。

3

无论心里多么痛苦,明中启与石昭美都明白,是他们两个一同给女儿明雨带去了终身的伤害。所以,尽管两人心里都深怀着对对方的不满和失望,却再也没提分开的事。也许是负罪感使他们不得不抱有默契——必须共同承担这份过错,谁都不能躲开,都应该被钉死在这个令人绝望的婚姻里。

明雨令所有人惊叹的发声天赋消失了。腭部穿孔因为连带上颌窦损伤,缺损组织的转移缝合难度大,两个月里,明雨在因半城医院连做了两次腭裂修补手术。另外,她的声带也因为过度惊吓而发生了撕裂。出院后,明中启和石昭美再也听不到女儿明亮柔滑、灵巧多变的声音了。不久,他们又为她做了检查,腭部穿孔合并上颌窦伤虽然已经痊愈,声带也恢复了,但是明雨不再开口唱歌,更不再模仿任何大自然的声音。她看起来倒没有多么伤心,就是变得沉默,胆子小了许多,而且多疑。只要明中启和石昭美同时出现在她眼前,她就又紧张又不安,黑灵灵的眼眸中全是猜疑、警惕和恐惧。很长一段时间里,明雨连大声说话都不敢,她怕用声,仿佛一张口自己的嘴巴就会流血。

明雨的变化同时进入明中启与石昭美的内心,像针扎,像发红的烙铁烫,像有人掏他们的肠子。但是他们从来不向对方表露内心的疼痛,他们羞于表露的同时还憎恨着自己与对方。明雨尚小,还体会不到自己所失去的东西有多么宝贵,但是明中启与石昭美了解这个伤害有多么深重和不可饶恕。他们对彼此的伤害像焚烧一切的岩浆,流到了女儿的命运里。他们都明白——自己没有权力这么做,他们没有权力让无辜的孩子承受他们的过错。他们都想到了这一点,他们深深责怪着自己,既不原谅自己,也不肯减少对对方的怨恨。

事情过去一年多了,想到女儿明雨,明中启的心还是一阵阵地绞着痛。时光流逝,他慢慢意识到了自己的过错要大于妻子,他也曾想过主动求和,也鼓起过几次勇气,但是一看到小昭决绝的脸色与目光,便打消了这个念头。小昭的脸和心,已经像一堵坚硬冰冷的水泥墙体,还没有靠近,他已经感受到了墙体散发出的阵阵寒气。他从来没有这么压抑过,痛苦过,现在,他不得不承认,感情是世界上最艰难的一件事,而他是个彻彻底底的失败者。

又到了每年大地化冻的时节,地面开始翻浆,马路、学校的操场和行人经常踩踏的空地,都出现了弹簧床一般软塌塌、稀糊糊的地段。载重的汽车、拖拉机或者牛车最怕这样的路面,搞不好,一只轮子就陷在了沼泽般的泥浆里。

四月里的一个礼拜天,一早起来就没见到太阳,天空里一半儿灰一半儿黄,让人掐不准这到底是什么样的天气。家里烟雾腾腾,只有明中启一个人,石昭美带小雨在医院值班,明雨一个人跑到马路上,踩翻浆的泥巴玩。午饭后到现在,明中启不停地抽烟,一直抽到口干舌燥,才想起给自己倒杯水。之后,他伏在桌上开始工作。工作,现在已经成了他躲开情感和婚姻烦恼的避风港。

学校开始在初中和高中推行"六课型单元教学法"。他是高中教导处主任兼语文组组长,在学习过不少外地"六课型单元教学法"的经验之后,又将创立这种教育方法的黎世法教授的论文研读了许多遍,他计划在高一和高二年级各开一个实验班,这个想法他已经和组里的同事们做了商量。刚刚设立的高三年级因为牵涉到高考,暂且推后。"六课型单元教学法"是有风险的，会拉大用功勤奋学生与被动懒惰学生之间的差距。在实施之前，他必须在下周开两个会，一个给学生开，一个给家长开，给学生和家长事先打个预防针，让他们明白学校在做什么。

明中启把书桌上夹着纸条的资料打开来阅读了一遍，然后把自己的思路整理一遍，开始一条一条地在备课本上记下要做的一系列准备工作：第一，周一下午，高二（1）班开班会。周二下午，高一（3）班开班会。第二，班会内容：1.讲解"六课型单元教学法"；2.要求人手一至两本语文工具书；3.每人准备两个笔记本——自学笔记和课堂笔记；4.通知家长开会（强调重要性）。第三，油印第一个教学单元的学生自学提纲、老师小提纲以及辅导资料。第四，周四下午开家长会……

这时，院门一响，一串密集的脚步声打断了他的工作，接着是一声清亮的，他许久没有听到的明雨的呼唤声："爸爸，爸爸，小叔回来啦！爸爸，你快出来啊！"

明中启呼的一下站直身体，大步向前，一把拉开屋门。

兄弟俩高兴地抱在一起，明中启一只手紧握着千安的手，一只手扳着他厚实的肩膀，来回地摇动，仿佛不相信他是真实的，仿佛摇一摇才能确认他是真实的。

"哥，这是徐彦，我媳妇，这是我儿子，明佳宝。"

"佳宝！来，好啊，佳宝，来，来让伯伯抱抱。小徐，快坐。"

万语千言，一时不知从哪儿说起。

"快说说，千安，你怎么一直没音讯，这几年你都上哪儿去了？"

千安把五年来的经历简单地说了说。当年离开茂盛农场的时候，他给自己规划了一条线路，先往东，一直走到哈密，然后朝北走，沿着省界线一步步地往西走。他先是到了伊吾，接着是巴里坤、木垒、青河、阿勒泰。每个地方待的时间有长有短，接下来是哈巴河、吉木乃和塔城。他说不清为什么会选择这样的路线，大概是心理上认为边界线与边境线应该是人们所能够想象的最远的地方。他浑身是力气，到了一个地方总能找到活干，打井、放牧、修路、修理机械，再加上他带有在水库打甘草攒下的积蓄，所以到了哪里都逍遥自在。他碰上过很多闻所未闻的趣事。有一回，他忘记到底是在哪儿了，他借宿在一个牧民家里，这家人一共四口，夫妻二人和两个刚成年的女儿。两个姑娘露过脸后就再没有出现，但是晚上吃过晚饭，男主人却过来问他愿不愿娶他的任意一个女儿为妻，而且当晚就可以成婚，两个姑娘随他挑选。听完男主人的话，他吓得赶快离开了牧民的家，生怕第二天一早自己不明不白成了这家人的女婿。后来他就到了阿拉山口，在这里，他遇上了一个建筑队，建筑队承接了一个"三线"工厂的工程，需要大量临时劳力。他说明了自己的情况后，建筑队就把他留下了。不久，工厂有了外形，紧接着就进来了不少工人和技术人员，其中有不少大学生。工人和技术人员的职工食堂没有建好，就在建筑队这边搭伙。这时候，千安已经流浪了两年出头。建筑队的工期长，他的体力好，干活肯卖力，休息的时候，他和大家一起玩扑克、喝酒、打篮球，加上人也长得又干净又精神，从建筑队的队长到食堂的大师傅都很喜欢他。千安在这群建筑工人中待得舒心愉快，也就把继续往前走的打算撂在了一边。二月里的一天，卸完两车石头，到了吃饭的点儿，他拍了拍浑身的土，在搁在一边盛水的汽油桶里洗了洗手，来到食堂。食堂里有不少技术员，都长着朝气蓬勃的脸，哪里都清清爽爽的，不像他，不修边幅大大咧咧，头发蒙着灰，指甲盖里全是黑泥。路过一堆坐在一起的年轻人时，不管男女，他们都好奇地看他，冲着他笑。有几个小伙子他是认识的，他跟他们打过篮球。他冲他们笑笑，又眨了眨眼睛，就在这一瞬间里，他在这堆人里碰上一束让他连打两个激灵的目光。这是个女孩子，只有她没有笑，而是大胆又撩人地看着他，瞪得他心里像关了五十只兔子。这个女孩子就是徐彦。后来，他总能在食堂碰上徐彦。徐彦明摆着是在等他，看到他来，就大大方方站在他身旁，和他打一样的饭菜。次数一多，他的心开始慌了。心慌了，他就躲着她。再后来，连食堂的大师傅也看明白了情况。"你小子，福气不赖啊！你知道人家是哪儿毕业的大学生吗？西北电讯工程学院啊！她怎么就看上你这个盲流蛋子了！"这以后，他更不敢靠近徐彦了。远远地，只要瞧见她穿着绿军装和蓝裤子的身影，他就一个飞跃，躲到她找不到的地方。但是到了晚上，当四周鼾声震天，震得他无法入睡之际，他开始越来越多地想到徐彦。这个有着一对水汪汪的眼睛，勇敢又自信的四川姑娘，一次次地让他的脸发烧，烧得全身都跟着了火似的。徐彦一眼就喜欢上了千安，她也知道他躲她，但是他越躲，她就越追着他不放。建筑队的老老少少都听说了这件事，工厂的工人和技术员也听到了这件事，都拿他们俩这种女追男的形式当乐事当谈资，有的打趣，有的撮合，就是不知道他们俩其实从来没有真正地对过一次话。明千安觉得这样下去不行，他打算走了。但心里又说不出地不舍，这么好的姑娘，人家白白追了他好几个月，他却不吭一声地走了，这不像个男子汉。有啥想法，他得告诉她，让她早一点死了这条心。明千安把徐彦找到工厂对面的一片河滩地上，一五一十把什么都告诉了她，说他喜欢过一个女孩，这个女孩现在是他的嫂子，说他打伤过人坐过牢，说他养过猪看过水库挖过甘草，说他打算马上就离开建筑队，让她别再追着他不放了。可是徐彦根本不管他的拒绝，听完他的讲述，眼泪汪汪地说了一句："你去哪我都跟着你，我工作也不要了。"千安听了心里更害怕，他对自己说——你哪里能担得起她的人生啊！你凭什么拥有这么好的姑娘！没两天，千安就悄悄地走了。但是走了一周，他就走不动了，他莫名地烦躁，莫名地觉得有什么事情会发生，随后就不管不顾地往回走。回到建筑队一打问，说是徐彦给工厂打了辞职报告，等了三天厂里没批，自己也悄悄地走了。厂里派人把她从长途汽车站拽了回来，先是通报批评，后来轮番苦劝，才稳住了她的情绪。千安向她承认了错误，又把心里的为难对她说了一通，最后，反而是徐彦的真情说服了他，打动了他。半年后，两个人就结婚了。

"大哥，他说得没错，是我追的他。一开始我就横下了心，我横下心的事情，没有办不到的。"

"这下好了，妈总算可以……"

"爸爸妈妈都好吗？"

"妈妈，妈妈她已经走了快四年了。"

明千安傻了眼，张着嘴巴愣住不动，跟着就哭得又是眼泪又是鼻涕，惹得明中启鼻头酸了好久。

千安的回家给家人带来了惊喜与欢乐，对于明双全来说，更像是一剂宽心舒肺的良药。他抱着刚满一周岁的小佳宝，一会儿眼睛红了，一会儿笑得合不拢嘴，仿佛不知道该怎么对待这个家庭的新生命。

一家人在这个春天不期然地聚全了，一家人都百感交集。明双全尤其感慨良多，妻子离世，千安出走，一度空落失散的家现在又被新的成员补上了。但欣喜之余，他的心里总是伴随着一种寂寥和无力之感。

这几年，家里变故频繁，茂盛农场的变化比家里还要猛烈。三年里，他的职位一换再换，从主抓农业生产的副场长到政治处主任，再到工会主席，最近，又从工会主席变成了新成立的物资供应站站长。下一步，他将会被改革的大潮推向哪里，连他自己也不知道。

阿娜河下游五个农场开始推行民主选举制度，从上至下，从场里的核心领导班子，到机关各科室的正副科长、主任，再到各个生产单位的正副职小头头，全要通过职工的无记名投票重新产生。茂盛农场被上级师部定为唯一的民主选举试点单位，目的很明确，要挽救经济停滞不前的茂盛农场。选举之前，师部派出工作组，一批接一批地来到茂盛农场，从上至下，一层层地开座谈会，找不同的人挨个进行秘密谈话，把职工的不满、牢骚、意愿和建议一起写进了一个个机密的硬壳笔记本里。畅所欲言或者谨言慎语之后，所有人的心都被一根绳子揪了起来，所有人都知道茂盛农场的领导层将迎来新的变化，大多数人也都期望领导层的变化能让茂盛农场变成阿娜河下游最扬眉吐气的一个绿洲小镇。隔壁的双河农场已经连年被评为国家、兵团和师部的先进单位，年年都能捧回金灿灿的丰收奖杯，连食堂都能在评比中获头等奖。茂盛农场却只能叫人摇头叹气。大前年，粮食产量不升反降，只完成了计划的百分之八十七，场长在师部遭到严厉批评；新开采的石棉矿最终被确定为只是一个无开采价值的鸡窝矿而不得不放弃，工业发展仍无起色。前年，全场废弃长绒棉种植，改种陆地棉，棉花单产比大前年提高两倍还多，但是其他农场提高得更多。去年，二月撤销工业科成立工商科；三月把采购站和食堂从粮食科剔出去，成立生活服务公司，结果五月生活服务公司又莫名其妙地撤销；四月，场里把生产科从行政机关剥离出来，组建成两个不同的公司——农林公司和农机公司，但两个公司都不知道如何开展业务；到了五月，又把基建科从机关分离出来，组建了一个基建公司，九月又倒闭了……农场为此到处流传着嘲笑这些短命公司的风凉话。

只知道紧跟形势，却没有任何生产经营计划和科学研判的改革措施把农场职工惹得既恼火又泄气，农场里怨声四起，越发地羡慕起外面风生水起的世界，都希望来一拨有头脑有手段的新领导，别像现在的头头们——除了盲目跟风，什么好用的招数都没有。明双全所在的物资供应站其实就是原来的供销科，新成立的供应站实行生产资料价格双轨制，可是家庭农场的职工基本买不上计划内那部分平价化肥、地膜、种子和农药，因为调控到茂盛农场的平价生产物资从来都不够用，从来都是还没有入库就已经被场里调度走了。买不到平价的生产资料，不明就里的职工就骂明双全，骂什么的都有——别有用心、口是心非、营私舞弊、投机倒把、贪财好利，骂得他翻肠倒肚抑塞郁闷，越干越没有精神头儿。

现在，第一轮民主选举已经结束，和明双全料想得差不多，领导班子换了八成，从场长、政委，到副场长、政治处主任和工会主席，全都按要求换成了又年轻又有专业技术文凭的知识分子。明双全看着这批新上来的年轻领导，心里倒不是不乐意，只是感到一阵阵的凄凉。这就是长江后浪推前浪，场里像他这样的农场创建者走的走死的死，剩下的不过百八十个，现在，要真的靠边站了，要真的给年轻人让路了。当年，时代招招手，让他们留在这里扎根落户，现在时代又挥挥手，让他们退在一边，看别人怎么建设他们搭建起来的家园。他确实有些不甘心，农场是他的第二个故乡，他大半生的心血都倾洒在这里，没存一点儿私心，更受了许多不堪回首的罪，可是却没能把农场建成他所希望的那样——到处都是绿油油金灿灿的庄稼地，果园里的果实压弯了枝头，一筐筐的水果甜得当蜜吃，瓜田里的哈密瓜、西瓜不要钱分给职工，牛奶当水喝，食堂里天天磨豆腐、炸油条、宰猪烹鱼，灰土淹脚的马路铺上沥青，又平又直，黑油油的，一直伸向戈壁滩的尽头……可是现在，不仅他自己不满意，农场的职工更不满意。但他尽了力，他已经使出了他全部的力气和能耐，现在，除了退到一边瞧着，他还能怎么着呢？

"爸，还有两年你就退休了，到时候跟我去北疆。你在农场干了一辈子，也上外面瞅瞅去。太不一样了。"千安说。

"回来几天了，也没听你说你到底在干什么。"明双全说。

"爸爸，他可忙了，忙得都顾不上回家吃饭。"徐彦快人快语。

"那地方能忙啥，大风口子，风能把人吹上天。我可是知道，跟你们那儿的大风比起来，戈壁滩简直不算啥。"

"爸，你真是不知道，阿拉山口岸每天的过货量有多少！别说中亚和苏联要的东西从这里运出去，连德国的货都从这里往出拉。风大，它的地理位置却一点不赖。告诉你一个更想不到的消息，国家马上要在这里修铁路了。铁路一通，它说不定就成了全国最大的陆地口岸，中亚的石油、矿石、钢材，我们国家的工程机械、轻工业产品，进出口的数量不知道要比现在多多少倍。你就想想吧，铁路一通，那里马上就会成为欧亚大陆的快速通道。瞧着吧，不出两年，那里的人口会多出一倍来。"

"你到底在干什么？"明双全追着问。

"我，我在口岸搞车辆调度。但是不甘心，好钱都让别人挣走了。"

"爸爸，你说说他，他胆子越来越大，跟别人一起倒钢材。"徐彦扶着刚会走路的小佳宝在葡萄树下走来走去。

"你小声些。"千安漠然地吐了口烟。

"千安，这可不成，你，你可不敢再捅什么娄子了。"

"千安，有些钱是不能挣的，你现在有家了。"明中启跟了一句。

"我就知道，不能跟你们说。你们啊，真应该上外面看看去，那才叫改革开放，农场这边发展太慢了，比坏了的老牛车走得还慢，可是外面，外面一天一个样，每天一眨眼机会就被别人抢走了。这些，你们都不了解吧？"

话题又拐回到那个老问题上，离开还是留下，所有人都不吭声了。明中启平静地看着弟弟，仅仅看着他的样貌——高高的鼻梁、凹陷的两腮，带着几分冷漠的双眼，以及眉心会不期而至的阴鸷，也觉得他陌生了许多。一个人不必非得热爱自己的故乡，一个人有权选择自己的未来与前程，明中启当然清楚其中复杂的情感因素，以及掺杂的现实利益。因为理解与尊重，他从不说挽留的话。但是现在，反倒是离开的千安，一次次地劝告他，一次次地提醒他是自讨苦吃，他是在耽误自己也耽误家人。他能理解千安和更多人的离开，但千安和更多人却理解不了他的留下，或者说不愿意理解他，这就是他沉默不语的原因。还能说什么呢，这个世界上，大多数人都会急着朝前赶，但是，也总是会有留下来守护一方天地的人。

4

天空下着黄沙，又密又匀又结实，土腥气从窗缝和门缝里钻得满屋子都是。屋内静阒无声，除了黄沙落在窗台和屋顶的声音。女儿们睡下后，石昭美关上卧室门，坐在床头柜边，铺开信纸。近些日子，消化不良搞得她的嘴里时常发苦，可是再苦也比不上心里的苦。她感到自己无法再忍受眼前的生活，更不知道往后的日子怎么往下挨。她头一次产生了逃离的念头，头一次觉得自己没有力气再反抗或者还击，甚至连面对自己人生的耐心也没有了。

已是夜里两点，她毫无睡意。屋子里的土腥气越来越重，原本锃亮的五斗柜上和罩着蓝布罩子的缝纫机上都蒙着一层灰，无论给窗户缝里塞进去多少棉花，还是挡不住那些无处不在的沙尘。沙暴早晚是要过去的，家具上的灰尘也能抹干净，唯独她的痛苦看不到尽头。

石昭美打算给母亲成信秀写封信，她想让母亲帮她托托人，把她调到因半城随便哪家医院。她不知道如何去计算将来，目前情况下，更愿意走一步看一步，先在因半城找到落脚点，再说下一步。但这又戳到了她的痛处，她真的想离开明中启吗？真的想把这个家拆散吗？她做得到吗？

事情过去五年了，她仍然接受不了明中启背叛她的现实，但当面对自己，她无法再自欺欺人，这就是——即使她把所有的责任都推到明中启身上，把所有的怨气都发泄到明中启身上，那又能怎样呢？往日的快乐与幸福还能回到她的心里吗？还有——如果她去了因半城，如果她的生活能够重新开始，她能够重新获得快乐与幸福吗？

明千安带着妻儿回家，看着他们一家三口和睦又甜蜜地在她眼前走来走去，她的心里又酸楚又羡慕。她不止一次注意到徐彦投向千安的眼神，又骄傲又温柔，那种眼神是装不出来的，是爱到骨头里的自然流露。千安还是那么生龙活虎，一种稳重又有了城府的生龙活虎，当他凝望徐彦，脸上全是信任的爱意，仿佛不论她说什么、做什么，都会得到他和所有人的倾听与赞誉。她当然知道自己爱上并嫁给明中启对千安的打击，看守水库、孤身流浪、断绝与家人的联系……千安这些叫人生疑的举动，无须开口去问，她也清楚其中缘由。但这次回来，千安用他的神情、举止，哪怕一缕无意中碰在一起的目光，都明明白白地告诉她——他已经彻底把她从心底抹去了。一切都在无可言传的气息里清晰道明，千安解脱了，开始了自己的新生活。然而她呢，她为他高兴，真心地祝福他与徐彦，但同时，心里却多了一个空洞。是因为失掉了明中启的爱，又看到了千安对别的女人的爱吗？她为脑海里闪过这样的念头吓得慌了神，但即刻又平静地纠正了自己。她不爱千安，一丝一毫的非分之想都没有，她只是因为知道自己又失去了一个人对她的惦念，从而感到生命又失去了一份重量。一个人的存在，不是全由自己的所有和所爱来称重的，至少有一半的重量，是来自他人对自己的爱、惦念、需要、信任和尊重。一个人是不能只靠自己存在的，无论这个人有多伟大，有多自强自立，他都得依赖外部世界而存在。

收回思绪，石昭美侧耳倾听，黄沙打在玻璃上、落在窗台和屋顶上的声音小了许多，再细听，风似乎停了，沙子也都落光了。尘埃落定之际，她又转回头来思索自己的困境。虽然她现在已经是场医院妇产科的一名副主任医师，一名让病人喜欢和信任的好医生，不管是她的论文获得了医院的科技成果优秀奖，还是个人获得了师部颁发的优秀科技工作者称号，说到底，她最渴望的，还是和自己所爱的人长相厮守，仍然是有一个幸福美满的家庭。她曾以孩子前途为由劝过明中启离开农场，但是夫妻冷战的这几年让她更加看清了自己，她最需要的是一种——家里有爱，心里有温暖——安稳又踏实的普通人的生活。

信纸铺开一个多小时，一个字也没有写下。石昭美打消了给母亲写信的念头。许寅然年纪大了，肺气肿十分严重，最近一直在住院，母亲一个人照顾许寅然已经是精疲力尽。石昭美越想越烦，抓起信纸揉成了一团。

院门突然啪啪啪地被人拍响，同时传来"石医生，石医生"的呼喊声。

"什么事，小刘？"石昭美打开门。

"有急诊病人，大出血，估计要手术。"小刘护士说。

"马大夫呢?"

"马大夫叫你去,说是情况复杂,她得和你一起商量。"

躺在病床上,脸像纸一样惨白的病人原来是管一歌。晚饭后她开始流血,最初以为是经血,量大而已,但是睡熟不久便被身下黏糊糊的冰凉惊醒,打开灯一看,她和何相吉都被吓傻了,血已经洇透了两个脸盆大小的床铺面积,再一低头,又一股热烫的血哗的一下顺着大腿流到了脚后跟。

初步检查结果出来,管一歌的子宫黏膜下面长了两个肌瘤,已经有男人拳头的大小,她自己则全然无感。因为长年经血过量,加上今晚失血过多,管一歌开始出现体温下降、神志模糊、心跳放慢的症状。

必须马上输血。管一歌是AB型血,医院里AB型血的库存血量只有一百毫升。已经夜里三点,就是打电话向师部医院求救,或是向因半城的"血头"买血,血源送到医院,也得等到下午了。马大夫盯着护士给管一歌输血的时候,石昭美赶快找到全院职工血型登记册,只有两人是AB型,于是赶快派人去叫。这是很久都不用的老办法了,曾经,每个医院的职工都是病人的移动血库。

一百毫升的血根本不够,只能暂时维持生命体征,在急诊室内侧的小办公间里,石昭美双臂撑在摊着化验报告的桌上凝神思索，她掐了掐眉心，又揉了揉太阳穴，突然一个激灵，想起了什么。婆婆李秀琴去世前也要输血，全家都查了血型，明双全是A型，李秀琴是B型，明中启是B型，明珠是A型，明千安因为不在，所以不知道是什么血型，但很有可能是AB型。

化验结果出来，明千安是AB型，交叉配血试验成功通过。

千安一次献出四百毫升的血。温暖的血液流进放有抗凝剂的储血瓶，冰凉透明的玻璃瓶变得温热。沉甸甸的一满瓶鲜血，除了医生和护士，守在旁边的人谁看了都觉得头晕。徐彦半蹲在千安身旁，心疼地看着千安略显严肃的脸，自己的脸也慢慢失去血色。明中启与何相吉并肩而立，注视着那支放在白色铁盘内已经吸满鲜血的五十毫升大针筒，默然无语。

何相吉被吓坏了。他垂着两条长长的胳膊，红着眼睛，半张着嘴，完全不知道自己该干什么、该说什么。看到千安的血液由一个手腕结实有力的男医生缓慢推进管一歌的静脉，他先是呜呜呜地低下头哭起来，然后朝明中启转过身来，想说什么话没能说出来，边哭边捂着脸，像是没脸见人似的，右腿一弯，就要给明中启下跪。明中启紧张地手一伸，拦住了他。

五六年间，茂盛农场的上海知青一批接一批地离开，眼下已经走掉了八成。管一歌没有走，她安安定定地跟何相吉留在了农场。当然，她与那些走掉的知青一样，不会不思念家乡。

偶尔，她会一个人踱到碧水清幽的茂盛渠边，望着落进渠水里的绚丽霞光，想象落日下的黄浦江，一连两个小时都不挪动一步。回过神时，霞光已沉入水底，夕阳也早已坠入紫蓝色的地平线下。但是无论哪一次，当她回转身来，一抬头看见的都是站在不远处，守候着她又不肯打扰她的何相吉。不管他们对别人如何，管一歌与何相吉在外人眼里，都是最稳妥也最浪漫的一对。管一歌不愿意为回上海折腾何相吉和孩子，何相吉因为自己的"小土块儿"身份拖累了管一歌而愧疚不安，越是世事波动，二人越是互相珍惜。别看何相吉为人粗粗拉拉，张口就是半荤半素的笑话和段子，跟人说话从来真假参半，可是回到家里，不管看见管一歌紧蹙的眉头还是她站在锅台前炒菜煮饭的清瘦身影，他立马成了另一个人。他私下里叫管一歌"小扳手"，这个昵称后来在一次他与朋友的欢聚中不小心流传出去，大概他喝多了酒，嘴里把不住心里的得意，糊里糊涂说了出去。"小扳手"的意思大家当然都懂，那是说管一歌像一个机械修理工，把何相吉这个弯曲不成器的小混混硬是扳直过来，将他打磨成一个像模像样走上正路和直路的男人。所以，曾经的"返城潮"不管如何扰乱了农场人的生活，至少管一歌与何相吉风平浪静，像和自己没有关系似的过着自己的日子。放弃一种需求，这个需求就不会再折磨自己，慢慢地，这件事也就不重要了。管一歌与何相吉就是如此，他们没让自己受到离开或者留下这类问题的困扰，生活把他们带到哪里，他们就在哪里安顿下去。他们不向命运抗争，风平浪静地接受了时间和时代赋予他们的动荡、安宁与平凡。

灰色的晨曦爬上急诊室的窗台，管一歌转危为安，明中启、徐彦陪着千安休息片刻，准备回家。何相吉受了一夜的惊吓，此时头发蓬乱，脸色灰白，愁苦的胡楂爬满两腮，像是从坍塌的废墟夹缝中逃生出来。他又羞愧又着急地挡在明中启和明千安的面前，颤抖着嘴唇，说了声"我对不住你们，我对不住你们"，便只用凄哀的目光望着兄弟二人，仿佛在乞求什么。明中启刚想开口劝他回去照顾病人，石昭美快步从一旁走过。

"你在这儿干什么？赶快跟我去医生办公室，马上要手术，手术方案要和你商量。"

必须要进行手术，石昭美与马大夫在是否全部切除管一歌子宫的问题上意见不一致。石昭美主张留下子宫两边的附件，也就是留下卵巢，管一歌未满四十岁，虽然不打算再要孩子，但卵巢产生的激素，留给她作为女性的身体，是有益于健康的。马大夫则从可能出现的坏处——粘连、囊肿、癌变——着想，认为全切方案是病人永绝后患的最佳选择。两人都有自己充分的理由，只好等副院长前来会诊。这之前，石昭美需要将两种方案的利弊告何相吉，他的意见会决定方案的最终确定。

"我哪儿懂这个啊，石医生，你们定吧。"

"你不懂，我不是正在给你解释嘛，一种是留下子宫附件，因为子宫附件会产生一些预防衰老、动脉硬化、骨质疏松的激素，有益于身体健康，但也有可能出现意外的情况，比如炎症、囊肿导致的宫颈癌变。另一种全部切掉，啥都没了，病变的可能性会降低，但是会出现排尿困难、阴道萎缩、性交困难等情况……"

"那还是后一种保险彻底，其他都是小事情，我可不想她再受什么罪了。"

"也不是你想的那么简单。不过，好吧，你的意见我记下了。"

副院长、马大夫和何相吉都同意全切方案。手术当天下午进行，副院长主刀，石昭美做第一助手，手术完成得很顺利。病人从手术室回到病房后不久，石昭美也回家了。

危险丛生的一天过去了。连续工作二十一个小时，石昭美累得浑身酸痛，站在家门前的时候，双臂已经没有一点力气，来回推了几次才把家门推开。

明中启和两个女儿都在家。进屋后，她站在门边发了阵呆，宁静又疲惫地看着分别坐在桌边和沙发上的两个女儿，仿佛自己离家多年，归来时家人和她都认不出彼此了。她太累了，累得又迟钝又麻木，简直不会思想了。

"别站着了，坐下吧，先洗把脸，饭都给你热着呢。"明中启从小屋里出来。

"我要睡觉。"石昭美看也没有看他。

"吃点东西再睡吧。"

石昭美没说话，也没有回头，走进自己的卧室里，关上了门。

睡到半夜三点，石昭美醒了，她又渴又饿，不得不支起酸痛的身体。拉开卧室的门，大屋灯亮着，再一看，明中启坐在沙发上正在看书。

"醒了？是不是饿了？"明中启站起来温柔地望着她。

石昭美不解地站在原地，如在梦中。

"我知道你半夜会醒的。"

石昭美无力地坐在方桌边，明中启为她倒满水杯，放在她手边。

"我去给你拿饭，还在锅里热着呢。"

饭菜端到石昭美身前，她没说什么，拿起筷子，安静地吃饭。她不想问他为什么突然关心起她来，也不想向他表示感谢，她已经习惯对他、对他所做的一切表示漠然了。他什么都不做，她也同样漠然。

"手术做了？"

"做了。"

"都顺利吧？"

"顺利。"

"天黑前，何相吉的妈妈来了一趟，给千安送了些营养品，还有一百块钱。感谢你的话说了一大堆，又说了手术的事，说要是早让她知道，她就不同意什么全切，说全切倒是痛快省事，可是以后的日子还长着呢。她说了一大通埋怨何相吉的话，说他哪里懂女人的事。我也听不太明白。"

"手术都做了，说这些还有什么意思。"

"小昭，你总能临危不乱。"

石昭美转过脸，惊讶地望着坐在她斜侧里的明中启，不知道他到底怎么了。

"你一直都能这样，从来就是这样。"明中启说得又诚恳又温存。

"你到底想说什么？"

"从医院回来，我就一直在想，我想了一整天，我真的……很惭愧。今天我是头一次看你救治病人，你已经是一个让人敬佩的医生了，敬业，有决断，敢担当，你不再是我了解的那个小昭。我……真的是太粗心，或者说太自私了，一直只把你当作当年的那个小昭，一个永远依赖别人长不大的小姑娘。小昭，你不原谅我是对的，现在，连我自己都感到自己一无是处。我想通了，我的确是太自私，把自己的选择强加在你和女儿的身上，我不能再这样下去了，以前我认为这都是理所应当的，从来不把你们的意愿考虑进来，以后不能了。小昭，如果你还想离婚的话，我同意，你提什么条件我都答应。离开了我，你可以去因半城发展，你的能力我看见了，你不比任何人差，你是有前途的。别让我耽误了你，这几年，你有多痛苦，我都知道。"

"大半夜的，你说这个，是成心不让我睡觉了。"

"我总是做错事。"

"今天，你是说对了一句话，你从来不知道我在想什么，即使是现在——在你以为了解我的时候。"

"那我该怎么办呢？小昭，我不愿意这样，不愿意你再痛苦下去。"

"……我请了几天假，阿爸病了，情况不太好，我能感觉得到。周末我想带孩子去因半城看看他。你，你能去吗？"

"能，能。"

去因半城的班车什么时候都挤翻天，茂盛农场从来没有始发班车，坐车的人都得天不亮就上大路去等。始发车有从老生地农场来的，有从好汉农场来的，每天上午九点左右，班车顶着半人高甚至更高的行李包，车身上结着厚厚的灰泥，醉汉般在坑坑洼洼的砾石路上摇晃了数个小时，终于抵达茂盛农场。距离人群还有五百米，等在路边的人就朝着班车跑开了，身强力壮的总是跑在前面。人群凌乱焦灼，有的喊"快跑"，有的喊"你先上，别管我"。首先接近班车的人伸手扒住还在移动的车门，直到班车停稳。咣当一声，车门开了，随之抖下车门上厚厚的灰土。车门上的土与车轮轧起的灰搅在一起，车下的人顿时被裹进一团呛鼻的土尘里，谁也看不清谁的脸。要坐车的人哪里顾得上落了一脸的土吃了一嘴的土，只知道拼尽全力往上挤，直到车厢里的人愤怒地喊出"再挤要出人命了"。上不了车的人这下更加焦急，有人来到车尾，透过灰蒙蒙的车窗往里瞧，一边瞧一边喊："后面还空着呢，还能上，往后走，往后走，上，上，继续上。"当然会有挤不上去的人，努力了几次，壁虎一般趴在前人的后背和屁股上，还是没能让车门关上，只好失望至极地下来，气恼地再等下一辆。而上了车的人，从来没有坐过座位，只能见缝插针挤在人堆里，如绳子一般被来来回回甩荡上七八个小时，下午三四点钟的时候，才能到达目的地因半城。

明中启不肯让妻女受挤班车的这份罪，出发前到处打听去因半城的便车，幸运地遇到一辆拉煤的货车，说尽好话之后，又给司机买了一条烟两瓶酒，一家四口才被允许坐在驾驶室里。

虽然是去探望病重的外公，但是两个孩子却像是去因半城过春节一样，前一晚兴奋得不睡觉，第二天一早，屋里阒黑，就一个劲地催爸爸妈妈别睡懒觉了。

一家人在场招待所的小院里等了将近一个半小时，长着一脸络腮胡的矮个子司机才不慌不忙从屋里出来，手里拎着一只暖水瓶一般粗大的罐头玻璃杯，刚刚扔进去的砖茶茶叶还没有完全泡开，零碎又轻飘地浮在水杯上端。司机打开车门，让明中启一家四口先上车，自己不知又忙什么秘密的事情去了。他钻进门房，和屋里的什么人交涉了很久，然后往怀里揣进了什么，这才回到车边。但他仍不着急，仿佛开车启程是万般不得已才做的事情，又在车外抽了一根烟，盯着墙角的一片阴影发了阵呆，才终于坐进驾驶室。

路上的风景两个姑娘见过多次，每年石昭美都要带她们去因半城看外公外婆，但今天她们格外开心和兴奋，汽车驶上省道不久，话就说个没完，灵巧的眼睛像是看不够窗外的风景似的。覆满灰尘的胡杨树、芦苇丛，荒滩上的羊肠小道，一个偶然出现在阿娜河河岸上的牧羊人，蔚蓝色天空中飞过的鸟群……都会引起她们热烈的关注与述说。孩子们开心是有原因的，她们灵敏聪颖，不需要爸爸妈妈说什么，也能从他们彼此的眼神与说话的语气中感受到一种可喜的变化。

明中启今天穿一件长袖白衬衣，下身是条八成新的藏蓝色长裤，普普通通，却透着与平常不一样的整洁清新。早晨出发前他洗了头刮了胡子，石昭美紧挨着他的肩膀，到现在还能闻到他腮边传来的好闻的香皂味。她不经意地打量过他好几次，每一次心里那个硬生生戳着自己的冰块都情不自禁地融化一些。这一刻，他们互相紧挨着，隔着两层薄薄的衣衫亲密无间地靠在一起，每一次车身的摇晃和颠簸，都会让他们彼此更猛烈也更自然地靠紧对方。他有多久没有抚摸过她的脸颊了？她有多久没有靠在他的怀里了？她似乎都忘了那种叫人沉迷在无边幸福里的滋味，如此甜蜜，如此遥远。心中所想让石昭美出了汗，甚至脸颊也在悄悄地发热，于是她将脸转向窗外的风景，看着在尘雾中逐渐退去的沙丘和生长在沙丘间的胡杨树、红柳丛，她不知道自己的内心到底是欣喜还是忧伤。

距离因半城三十公里处，过了白鸟河大桥，车轮咯噔向上一弹，驶上平坦的柏油路。两个姑娘同时发出了欢呼声："上油路啦，上油路啦！"石昭美跟着女儿轻盈的喊声，松下一口气，她的腰不必为了防备颠簸而一直绷着劲了。明中启同时向后靠了靠，动动麻木的双膝。

两个姑娘热烈的欢呼声就是她们内心的渴望，生在戈壁滩的她们，像所有人一样喜欢城市、向往城市，车开上一条平坦的柏油马路对她们而言都是一件值得高兴的大事。这一刻，明中启一边为女儿们的高兴而高兴，一边想到了女儿、自己和农场的未来。两个女儿生在农场，注定要比生在热闹和发达都市的孩子获得的少付出的多，后天即使付出全部努力，最终所得也得依赖运气。他其实是不太相信命运这件事的，所谓命运，只不过是一系列偶然和必然的组合，其中偶然所占的比重要更大。但是，假如要把偶然发生的事也视为冥冥中命运的安排，一切就没什么好争论的了。他认真地思索过父辈们的过去与今天，他们的人生越来越让他相信，命运就是时间、风、尘暴和四季，命运没有公平不公平和对错，也没有确定的方向和目标，命运就是自然本身。但是这样想也并不表明他就把命运这件事想明白了，他只是不让自己在这件事上纠缠不休，他在意的是另外一件事，是一个人得知道自己要往何处去，至于结果，也就是那个谁也不知道它是啥样的"命运"，它到底属不属于自己，到底合不合自己的意，就随它的便吧，他不能过早地把它当回事儿。他当然知道，即使是家人，在这件事上的想法也不一定和他一样，更何况女儿们还小，还根本犯不着为这个不着边的问题浪费她们宝石般的童年时光。女儿们啊，明中启看着两个浑身散发着细雨和绿叶气息的女儿，听着她们浑然不知自己在表达什么的欢声笑语，一时间感慨万千。

许寅然从医院回到家中静养，石昭美仔细阅读过诊断书，意识到同时患有肺气肿和冠心病的许寅然情况非常危急。他脸色发青，一整天不间断地喘息、咳痰，两个小腿已经出现水肿，因为胸闷，根本无法平躺着睡。床边放着一只沉重的氧气瓶，是从医院借来的，随时需要缓解咳嗽带来的呼吸困难。作为医生，石昭美知道，氧气瓶起不到多少作用，因为即使有氧气，许寅然已经严重损伤的肺功能根本吸不进去人体所需要的足够氧气量。

"阿爸应该戴呼吸机了。"石昭美悄悄地和妈妈成信秀说。

"我知道，在医院里天天戴，他戴得不耐烦，说什么都要回家，埋怨我让他那样，还不如让他死了痛快。"

"妈，阿爸……没有多少时间了。"

"我知道。"

"妈，我很难过，真心地难过，我又要没有爸爸了。"

"……"成信秀低头抹起了眼泪。

"命运太不公平了，妈妈，它让你，也让我的两个爸爸受了那么多的罪，临去时，又不让他们少受一点痛苦。"

"这样想有什么好处呢？只能让我们的心里更加痛。想开点吧，幸好，幸好，我和你阿爸还过了十几年安宁的日子，幸好，我们有了你。"

"请个人来帮帮你吧，照顾病人很辛苦的，你自己身体也不好。往后，阿爸可能下不了床的。"

"我给院里打了报告，院里会指派保姆过来。小昭，你和中启情况怎样？"

"妈，你放心吧，我们……我们会好好过下去的。小时候你经常不在家，后来爸爸又突然走了，我们的家似乎很少完整过。我经历了这些，就不想自己的女儿再经历，自己更不想，所以……你放心吧。"

"这样就好，这样就好，你说对了，小昭，亲人和家对任何人来讲，都应该是最稳妥最安心的归宿，什么时候，都不要轻易毁了它。"

离开前一晚，成信秀母女坐在许寅然床边，他刚刚咳完痰，呼吸稍稍平顺了些。石昭美拿起水杯，帮他服下两粒丹参片。

"小昭，把中启叫来。"许寅然无力地说道，经常剧烈地咳嗽，声带也嘶哑了。

明中启在楼下空地上陪两个女儿打羽毛球，听到石昭美喊，很快回来。

"我说不了多少话，就几句。你们两个，要好好地往下过，你们都是好孩子，哪个人能没有错，只要不是伤天害理，就都不是大事。我跟师部的老战友都交代过了，往后，你们要是有什么困难，就去找他们。你妈那儿，都有他们的联系方式。其他的话，我想了想，要是现在说，还为时过早，那就不说了。明天你们回家，想办法把那台电视带上，那是我给两个外孙女买的，要让她们知道，时代变成啥样了。"

5

儿童节刚过，茂盛农场集资修建的电视差转塔落成，周末早上，场部特别举行了一个剪彩仪式。上午十一点，大伙儿都去看电视差转塔的落成典礼。

众人围站在电视差转塔周围，仰着头凝望着这个足有百米高的等边三角形铁塔，仰得头发晕、眼睛花了，才会松口气跟左右的人说几句闲话。石昭美带着女儿夹杂在人群中，好友陈理真过来拉了她一把。

"小昭，你也在，正好，我跟你说件事。"

"什么事啊？"两人退到人群边上。

"我家王光明要当公安了！师部设了一个公检法分部，驻地在双河农场，我家王光明因为搞过治安，就被他们选上了。这下可好，我们全家都跟农场不挨边了，户口以后都能转到因半城。"陈理真把她肉乎乎的小眼睛瞪得大大的、亮亮的。

"真是好事！王光明当公安，你干啥？"

"我？他们没说怎么安置我。我才不管那么多，男人去哪我就去哪，没事干我就在家里当家属，让他养活我。嫁汉嫁汉，穿衣吃饭，这辈子，我不图别的，就图给他一个热炕头。"

"你可真是想得开。"

"我不像你，男人哪有不贪吃的？但家是我的，孩子是我给他养下的，最疼他的人也是我，他闹够了，还得老老实实回到我这里。我不想那些折磨人的事，我只图日子过得轻松、过得长久。"

"我不信你什么都依着他。"

"我没你那么高的要求。女人啊，天生就比男人低、比男人弱，跟他们争什么呢？也争不过啊。"

"得了，得了，你可千万别把这套裹脚女人的论调再教给女儿，说着说着就变味了。谁告诉你女人天生就比男人低的？你不如说，自己情愿给他当使唤丫头呢！"

"哧……哧……"陈理真捂着嘴直笑，"我就是不像你那样，和自己的男人置气。我稀罕他心疼他，就一辈子跟着他，顺着他的意，他高兴我就高兴，他不好我就陪着他不好。你以为男人傻啊，他可是比你还算计得清楚，轻与重，冷与暖，他可是掂量得透透的。"

两人没说几句便道了别，剪彩仪式也结束了，石昭美拉着小雨往家走。回到家，石昭美开始做午饭，出门前她已经和好了面，准备用小白菜、鸡蛋和豆腐包顿饺子。不一会儿，明雨浑身是土地回来了，石昭美让她在院子里把头发、耳朵和裤腿里的土抖搂干净再进屋。

"明雨，你去学校找到爸爸了吗？"石昭美问，明雨出门前嚷嚷着要找爸爸给她的排球打气。

"找到了。他在办公室里给两个傻大个补课。"

"他什么时候回家？"

"我忘记问了。"

明中启周末很少休息。今天，他先是要给两名不接受语文的"六课型单元教学法"的学生补课，再将数月来自己摸索出的教学经验写成书面材料，以备周一的交流会用。"六课型单元教学法"推行以来，初、高中各个年级各个学科都设立了实验班，但是一多半的老师都觉得效果不好，嚷嚷着这种方法只适合优等生，对那些贪玩，没有自觉性和上进心的学生来说，反倒放纵了他们的坏毛病。因为他们已经习惯了被老师揪着耳朵学，现在把学习的方法改成以自学为主，这简直是把一群猴子扔进了森林，由着他们偷懒胡闹了。明中启不同意这样的观点，他认为"六课型单元教学法"难在开头，如果开始的方法找对了，做扎实了，后面的步骤和局面就会越发顺利。

凡事好说不好做。今天，仅仅给两个补课的学生讲清楚"六课型单元教学法"的好处在哪里、目的是什么，就费了他将近两个小时的唇舌。两个学生离开后，明中启开始为交流会做准备。他意识到"六课型单元教学法"中的两个环节"自学课"和"改错课"的重要程度，所以着重把改善这两个环节的教学成果的经验和启示写在了备课本里。

这时，一位学生家长气哼哼走进办公室，踏过门槛时，她一把将办公室门磕在墙壁上，又朝门外尖声喊道："进来！你哆哆嗦嗦的干什么？没出息！"

来人是一对母女，高二（1）班的陈月文和她在商店冷饮部卖冰棍的妈妈。陈月文是明中启班上的优等生，被母亲拉到明中启办公桌前时，她布满雀斑的脸颊因为惊恐和羞怯涨得通红。

陈月文母亲手里提着一张试卷，走到明中启桌前，啪的一声把试卷拍在了桌子上。

"明老师，我女儿的语文可从来没有下过九十分，你看看这次，七十二分！她马上就要高考了，我可是打算让她高二就要考大学的，在这么关键的时刻，你搞什么教改实验，把学生当实验品，把她的成绩生生地给我改下去了。万一影响了她的高考，这责任你负得起吗？"

"上新教法之前，这些情况我在家长会上都说过的。会有同学适应不了新学法新教法而出现成绩掉下去的情况，但只要坚持，当掌握了新的学习方法，成绩就会提升，学习能力就会更强。"

"你敢白纸黑字地立个军令状吗？你能百分之百保证成绩上去吗？只要坚持，说得好听，你说，要坚持多久？我女儿下学期就要参加高考，她没有那么多时间陪你搞实验。你的实验万一失败了怎么办？"陈月文母亲拍着桌子说。

"妈，你别这样和明老师说话，是我自己的问题。"

"是你的问题，你还有脸说？你说，你说，你什么问题？！你不着急吗？你马上就要高考了，你是给我考的吗？考不上，你就再在这个鬼都不来的戈壁滩上待一年，你就那么情愿吗？"

陈月文的母亲拿着试卷朝女儿头上摔了过去。

"你怎么能这样对孩子?"明中启从椅子上站起来。

"我应该怎么教她？你这个当老师的教不好学生，我当然要去教她！你说，我应该怎么教！你说！像你一样拿学生当实验品吗？像你一样拿我孩子的前途当实验品吗？"陈月文母亲气急败坏地大声嚷道，一边嚷，一边像只斗鸡似的逼近明中启。

正巧，明雨来给明中启送午饭，她老远就听见了办公室里的吵闹声，这一刻，见到陈月文母亲一副要扑向明中启的架势，把手里还热着的饭盒往办公室窗台上一搁，转身就往家里冲去。

"妈妈，妈妈，不好了，有人要打爸爸！"明雨上气不接下气冲进家门。

石昭美正准备午休，听到明雨这么说，脑袋轰的一声像是什么东西爆炸了，顾不上多问，手忙脚乱穿上衬衣，头发也没梳，抬腿就往学校跑。

教职员工多数都住在学校家属区，石昭美脚下紧忙，七八分钟就赶到了。

"妈妈，你不要这么对明老师!"陈月文边哭边去拉母亲的手臂。她的母亲一把甩开她的手，朝她喝道："你真不知好歹，我这是为了谁？你站一边儿去，今天我非要让他把话说清楚。"

"你给我女儿调班，我不上你的实验班，你去祸害别人家的孩子吧！别糟践我女儿的前程。我女儿可是要往北京和上海考的，禁不住你的折腾。你给我调班，你今天必须答应我，明天就得调班！"

"不能只看你女儿一个人的成绩，语文成绩还有不少学生有进步，你看，这是成绩统计表，都在这里，你看看吧。"统计表就搁在桌上，明中启伸手递给她。

这下更激怒了陈月文的母亲，她的脸涨得一半青一半红，眉毛一抖，一把夺过成绩统计表，怒气冲冲地扫了一眼，手一挥，把统计表扔在了半空中，接着身子一挺，下巴一昂，又向明中启贴近半步："你什么意思？你是说我女儿不会学习？不会学习她年年拿三好生，年年年级前三名？怎么就是这学期搞了实验以后语文考成了这样？怎么别的课没有下滑？有你这样当老师的吗？自己教不好，却要怪学生学不好。"

"我不是说她学习不好，是还没有掌握新的学习方法，有的学生应变能力强，有的就慢一些。"

高中理化教研组的张老师和从菜地浇水回来路过的周黎安这时候听到吵闹声先后走进办公室，两个人都在劝她有话好好说，她反而更大声地抖着身子嚷道："我女儿年年当三好生，怎么到你这里就比别人慢了！你别找理由，我就看成绩！说是搞教改，实际是你当老师的在偷懒，说什么提高学生的自学能力，学生能自学，要你当老师的干什么？作业你也不改了，让学生自己改，好学生能改差生的，差生能改好学生的吗？说白了，你们搞这个东西，就是不负责任，就是在糊弄家长，在祸害学生的将来。作业你都不批了，偷奸耍滑到这种程度，你就不配当老师！"

"他配不配当老师，由不着你来说。"石昭美一步站在陈月文母亲和明中启中间，大家都没注意到她是什么时候进来的。只见她眉头紧蹙，手里拿着那张扔在地上又被踩出一个脚印的成绩统计表，用她那双仍然十分清澈的清水眼轻蔑地瞪着对方。

"你……这不关你的事。我找他！"

"怎么不关我的事？你可以作为家长来胡搅蛮缠，我为什么不能作为家属说句公道话？你是真不明白还是装不明白，你以为学校是他明中启的吗？你以为教改是他脑子发热自己闹着玩的吗？你以为教改是他一个人的事吗？这是全国在推行的教育改革！内地有的大城市已经施行了好几年！你不懂教育，有什么资格来这里瞎嚷嚷！再有，我不准你这么说明中启，偷奸耍滑，糊弄学生，这些词用不到他身上！你知道他为这次教改花费了多少心血吗？你知道他把周末时间全都搭进工作里了吗？你知道他用自己的工资给学生印辅导材料吗？……"

"你少说两句。"明中启打断石昭美已经哽咽的话音，伸手把她拉向自己。

"你干吗不让我说？我不许她这么污蔑你。"石昭美一扭肩，挣开明中启的手，继续说道，"哪个学生的学习成绩没有上下起伏，就凭一次测验成绩，你就龇牙咧嘴地要把他吃了一样，有你这样当家长教孩子的吗？你配当家长吗？"

"我……我来说说孩子的成绩，问问学习情况，怎么不行？"

"你这哪里是问，你的声音快把房顶掀翻了！"石昭美气得双唇苍白，手一个劲地在抖。

站在一旁的老师和校工担心石昭美情绪失控再发生什么不可预料的事情，赶紧把陈月文母女俩劝出办公室。

办公室里只剩下明中启、石昭美和站在门口墙边吓得不敢走近的明雨。明中启拉着石昭美，让她在自己的椅子上坐下来，自己拉过来一只方凳坐在她身旁，默默地看了她一阵，目光里又是疼爱又是歉疚。末了，他把自己喝了一半的水杯递在她手里，说道："别哭了，这有什么好哭的。"

石昭美将滑在脸颊上的泪串儿抹掉，吸溜了一下鼻子，抬起头，红着眼睛问道："你就让她这么欺负你！一个卖冰棍的，也能指着你的鼻子骂。"

明中启垂下头，在无声中来来回回搓着自己的手指头，突然面带微笑小声说道："我怕她以后不卖给我冰棍吃了。"

石昭美立刻破涕为笑，抬手抹掉了眼泪。

夜里，轻柔的凉风从敞开的窗户吹进卧室，窗外明月当空，窗台和院子里的空地上镜子般散发出幽幽静静的白光。石昭美被明中启紧紧搂在怀里，她的背紧紧贴在他温暖的胸膛上，心里却像热天里喝了一口冰凉清甜的水，透心地舒畅。窗帘开着，白月光落在她丰腴的臂膊上。

这时，明中启在她耳畔轻语道："再叫我一声'中启哥'。"

"不叫。"

"为什么？"

"我们都老了，叫不出口了。"

"再老，我都是你的中启哥啊。"

"心里叫就行啦。"

"那我听不见。"

"你想听就听得见。"

"……小昭，那年他们打我，你也是像今天这样冲上去的。你一点都不怕吗？万一……"

"哪儿想那么多啊。"

"……你原谅我了吧？"

"我不知道,我就是……撇不下你,无论有多生你的气,我都撇不下你。今天,是陈理真把我说明白了。"

"她说什么了?"

"我不告诉你。对了,陈理真和王光明要调走了,上双河农场,师部在那里设了一个公检法分部,王光明去当公安。"

"走的人越来越多了。"

"……"石昭美轻轻叹了口气。

"小昭,你早就想走了,是吧?都是我的缘故……"

"你在哪儿,我就去哪儿,只要我们好好地过日子,我就知足了。不过,你就真的不想离开这儿,真的就舍不得茂盛农场吗?你对学校做的贡献也不小了。从十八岁到现在,马上要二十年了。二十年里,老师们走了一茬又一茬,你难道还没待够?还有,你喜欢当老师,可以上别的地方当,不一定非要在这里啊,有谁喜欢住在沙漠和戈壁滩里呢?"

"如果我们自己都放弃了自己,别人——谁——还能给我们一个更好的未来呢?"

"可是,就像今天那个女孩的妈妈,她并不觉得你能给她女儿带来一个更好的未来。这样的人,不只有她一个的。"

"你说得对。但是,我只能做我自己认为应该做的事情。"

第七章

1

茂盛农场热闹了许多。国营第一综合门市部南面的农贸市场里，不再只是周末人头攒动，即使工作日，石棉瓦蓝色的棚廊下面，也走动着川流不息的人。农贸市场上卖什么的都有，蔬菜的花样越来越多，农场人从前一直把荬瓜当西葫芦，现在有人种出了真正的西葫芦——瓠瓜，大多数人虽然吃不惯或者不知道怎么去烹饪，但看着它覆满茸毛却又油光圆滚的体形，还是会为生活里又多了一件新鲜的事物而感到愉快。桃、杏、苹果、玉沙梨、葡萄的品种也越来越多，哪位摊主的杏子或者葡萄和别人卖的不一样，立刻就会引起一圈人的注意。明双全今年种的两棵新葡萄树，就是去年秋天在农贸市场上发现的新品种回来自己扦插的。活羊、活猪、活鸡、活兔、活鱼，炒瓜子、炒黄豆、豌豆炸饼、挂面、风味香肠与豆豉，连坎土曼的木头把子、柳树枝条编的圆筐……都有卖的，农场的人家像是把自家的庭院和锅灶里的稀罕东西都移到了农贸市场上。

农贸市场这么红火是有原因的，前几年农场依照"大包干"责任制推行的家庭农场没能搞出成果，没两年都解散了。但随后的庭院经济却火了起来，不管干部还是农工，只要符合条件，场里都分给一亩半的自用地和宅基地，地里爱种什么种什么，院子里爱养什么养什么，自己想吃就吃，想卖就卖，得的钱都归个人。这样一来，尤其那些连队的农工，立刻就活泛起来，不出两个月，就把农贸市场里的水泥台都占满了。没有人愿意和自己能挣到的钱过不去，上一周还羞羞答答不好意思伸手去接熟人递过来的钱，下一周就大大方方地招揽顾客了。一年之间，一多半职工因为庭院经济而增长的家庭收入，就让茂盛农场得到了上级师部的通令嘉奖。

农贸市场人多又热闹，没有多久，就被茂盛农场人改口叫成了"自由市场"，自由地买卖，自由地进出，自由地谈天说地，没有比逛自由市场所体会到的自由更叫人轻松愉快了。人人都爱去，每到周末，户户都是全家出动。周末逛市场成了一场盛大的社交活动。熙熙攘攘的自由市场会让人产生一种错觉，尤其那些越来越多的陌生面孔——他们是接连不断从内地迁来农场的新户，让大多数人以为农场的人口在一个劲儿地往上长。事实上，自打一九八〇年上海学生开始返城，农场人口就一年年往下降，七八年里，茂盛农场已经从最多时的近八千人跌到六千来人。

这一年，明珠在家里哼得最多的一首歌，来来回回就是那么一句"外面的世界很精彩"。明珠已经二十八岁了，在场农科所工作，大学毕业后，就跟着农科所所长肖新常一起搞棉花新品种选育。她是个话不多心思简单的姑娘，到了农科所，一看自己的老师是大名鼎鼎的棉花专家，曾经培育出的棉花品种让亩产皮棉成功翻倍，并且在全师推广种植，心底稳当了许多。想想吧，仅是阿娜河下游五个农场都种肖新常研发出来的棉花就够让人自豪的，更何况是更多的二十多个农场。肖新常是贵州人，比明双全小六七岁，二人经历大致相似，都是五十年代初就地转业的军人，不同在于肖新常念过书、上过专科职业学校，所以一直在做与农业科研有关的事。他在茂盛农场待了十多年，后来又调到师部棉花研究室当主任。明珠给肖新常当了五年门徒，学习和做事都又踏实又专注，肖新常非常满意这个朴实又善良的姑娘，就把她介绍给了自己的儿子肖录，哪料两个人一眼定终身，以后的事，根本无须肖新常再多言什么。肖录在因半城工作，还是让人眼红的铁路系统，但爸爸明双全在茂盛农场，明珠左右为难，只能劝肖录等待两年，待明双全退休,二人再做结婚的打算。

这一年,明双全从供销科科长的职位上退休了。明珠哼唱的歌词让明双全的耳朵长出了茧子,但是歌词被他听进了心底。明双全这样的老军垦干部,退了休,要不回老家养老,不想回去的,就由上级师部安置在因半城居住,房子都是分配好的。明双全不想离开茂盛农场,但是他又晓得,他如果不走,明珠就会磨叽着不嫁人,所以他答应了明千安,退休后就去阿拉山口市跟他住在一起,顺道再去北疆的大医院看看病。他患上了氟骨症,戈壁滩的水,无论井水还是涝坝水,都含有超量的"氟",他的四肢经常疼痛,左手肘关节已经出现屈曲无法伸展的症状。明双全在心里盘算清楚了,不免又生怅然,妻子走了,将来他跟着千安离开了茂盛农场,明珠早晚也要离开,就剩下中启一个。他突然心疼起这个大儿子来了,说到底,只有这个并未出生在茂盛农场的大儿子,才是真正把农场当成家的人。

这一年,石昭美与明中启在越过了婚姻长满暗礁的河道之后,生活和内心都日渐平实宁静。石昭美更加珍惜每一天的时光,心里有了爱,时间才能生出更多的希望,日子才能溅出欢乐的浪花。关于匿名信一事,她没有再去回避,如实向明中启道出了心中所想。其实她在信寄出后两天就后悔了,想象中的报复在变为事实的那一刻就变了味道，她的心底感受不到一丝快乐与满足，反而深受另一个自己的谴责。这让她明白了一件事，伤害别人并不是一件容易的事，伤害别人并不能使自己的伤口愈合，后果只能是给自己也给他人再添一道伤口。让伤害停止、让伤口愈合的办法只能是让伤害他人的念头停下来，放下过去的怨恨，宽恕别人和自己。夫妻二人都比从前信任和理解了对方，石昭美待人做事的心情也柔和了许多、明亮了许多，渐渐地，明中启望着她的目光又多了几重欣慰与诚挚。

这一年，茂盛农场又接收了一百来户从内地迁来的"生产大军"，南方人居多。他们来农场的目的十分明确——发家致富，不是包地种棉花就是包果园栽果树。一家十来口人，都是抱成一团的亲朋好友，手里有些资金，加上农场的承包政策宽松许多，一次承包就是几十上百亩地。他们脑子比拿惯了工资的农场职工灵活，也肯吃苦，从技术员那里学到调治碱害的办法后，丝毫不计较戈壁滩初春的刺骨寒风，昼夜连班倒，一丝不苟地按照灌排的工序走。播种时，他们都像吝啬鬼似的跟在播种机后面，生怕漏掉哪一行。四月份，棉种出苗率不高，上百亩地，他们趴在地里人工补种，灰茫茫的天地下，他们半蹲半卧，像腿脚残疾的乞讨者一样，一寸一挪，与土地不依不饶地纠缠着。第一趟补苗出苗还是不好，于是再补第二趟，直到一行行棉垄齐刷刷长出队列般绿油油的秧苗。他们将种子珍惜到每一粒，一公斤种子播多少面积地，一公斤种子出多少棵苗，一公斤地膜铺多少面积地，全都称斤量数，计算得无比精确，严格禁止一丝一毫的浪费。更让农场老职工咋舌的是，秋天，棉花成熟后，别人的棉田最多捡三遍，他们的棉田要拾六遍，直到地里看不见一缕白色的花絮。这在茂盛农场的历史上可是闻所未闻见所未见的。他们如此这般地耕种与收获，即使遭遇自然灾害，亏损和歉收也绕开了他们，即便有，也远低于农场老职工的田地。对此，农场老职工只能望而兴叹，瞧见他们这样搞生产，心里又是佩服又是不服气。"生产大军"到来的头一年，承包户平均超产25%，不仅自己赢利，场里还给他们发了奖金。农业生产是农场的发展命脉，茂盛农场太需要这样的劳动者了，像干涸的土地对于水的渴盼。"生产大军"让茂盛农场的皮棉单产从三年前的六十五公斤上升到了八十公斤，茂盛农场为此在阿娜河下游五个农场多年的皮棉单产竞赛里终于扬眉吐气，由垫底上升到了第二名。但是农场的老户不买"生产大军"的这笔账。"他们是冲着钱来的。""地这么贫瘠，水越来越少，这么发狠地用地，瞧着吧，苦头在后头呢。""我们把这里当家，他们把这里当成摇钱树，树上的钱摇完了，他们就会拍屁股走人。""瞧瞧他们的院子，他们的屋子，一根菜不种，一棵树不栽，又脏又空，扔的全是垃圾，连锅灶吃饭的家伙都不全乎，存心是来挣钱的，挣一把就跑，才不管留下的后患。"……

这一年，师部卫生防疫站对农场饮用水进行检验，阿娜河下游五个农场近百眼井水的含氟量全部超标，国家饮水含氟量的卫生标准为不超过1.0毫克/升，而井水中有的最高达到了4.4毫克/升，不少农场老户为此患有氟斑牙和氟骨病，矿化度达到2.5克/升。茂盛农场为此投资两万元，在场部附近地下水质相对较好的地方打了一眼深井，同时建起井房和咸水淡化房，但是用了不到两个月，井水的矿化度不降反升，急剧升高到3.96克/升，比从前更咸更苦，许多人都说那样的苦赶得上失去至爱之人的苦，而且出水越来越少。场里不得已将之放弃，随后还是回到了三季吃涝坝水，也就是饮用河水的老办法。以前的涝坝经过改良，名字更换成储水池。新建造的储水池选在场医院东侧，医院药房每日需要自制大量蒸馏水，还要为医护人员以及病人提供开水，用水量大，所以新储水池修在这里，大家都没有意见。储水池有两个足球场那么大，建成不久，周围就长出了一圈青翠的芦苇，储水池的里面还有两个更深的沉淀池。相比翠绿色的储水池，沉淀池的池水变成了清澈幽深的深绿色，场部通过两台高压泵，将沉淀池里的水压进水房水塔内，从此，场部附近的单位和住家都喝上了他们一心向往的"甜水"。只有一直生活在农场的老户，才懂得这些甜水的珍贵，所以他们倍加爱护。有人认为储水池周围长的芦苇不够厚实和浓密，会自发地在草茎稀疏的地方栽上沙枣刺或者枸杞苗，筑起刺人的高篱，以免家禽或者牲畜钻入污染水源。

七月里的一天，天气酷热难耐，地面活像烧红的炉壁一般烫脚。忍受了一天的汗流浃背和头顶火针，人们都盼着赶快天黑。老户们都知道，只要天一黑，气温很快就能降下来，只需要一股轻柔的晚风，一天的燠热立刻就被驱散了。夜里十一点钟的样子，天空最后一缕青灰彻底变成了黑色，家家户户的院落里都坐着出来乘凉的人，多数人都会隔着既不隔音又满是漏缝的栅栏与邻居扯闲篇，说说笑笑，有的摇着蒲扇，有的嗑瓜子，有的洗衣服，有的泡一杯浓酽的砖茶或者清淡的茉莉花茶。要一直坐到吹在肩头的晚风有了凉意，有人打出一声半里地都能听见的长长哈欠，众人才互相打一声可以不打的招呼，各自回屋休息。

各家各户的庭院安静下来，月光越发白润，凉爽的晚风就要将人们送入梦乡。突然，家属区的巷道里传出一阵紧急的脚步声和愤怒的喧哗声。声音越来越大，巷道里人影幢幢，有的提着铁锹，有的抄着棍子，一概大步走出巷口，脚下带起的灰尘翻滚在手电筒昏黄的光束中。

"出什么事了？"听到声音打开院门的人都会问一句。

"狗日的们在储水池洗澡，被逮住了，还想闹事。"

"都是谁？"

"还能是谁？就是那帮外来户。"

农场的老户叫新来的"生产大军"们为外来户。

这种事刚入夏时发生过一次，被抓住的四人当中有位生产能手。后来，老职工气愤地把事情告到场部，场部只是简单批评一通，让对方写了检查，再未做其他的处罚。

这一次事件升级，双方都动了手。外来户聚集了有二三十号人，老户这边一下子拥来了更多。场部警卫排、治安股都来了人，将几个受伤的人围在中央，不让任何人再靠前。

"给他们灌几口排渠的碱水，让他们尝一尝祸害别人的滋味。"

"你凉快了，别人得喝你的洗澡水。"

"他们根本没和农场一条心。"

外来户们没吭声，但是个个紧握拳头，眼睛直勾勾瞪着，一副不认输的神情。治安股的两盏野外电筒一左一右放在人群中央，炫目的光束由低而高，双方的面孔都像岩石一般僵硬冷峻。

"洗澡事件"改变了农场老户与外来户的关系，彼此隔膜加深许多，双方如果遇在一起，目光和表情都又木然又漠然，即便有绕不过去的交流，话也说得简短克制。但人们要继续迎接和拥抱新的生活，茂盛农场也得继续花费力气发展经济。与新来的"生产大军"滋生了诸多的不愉快之后，不少农场老户回忆起三十年前初来乍到的自己，或者想起二十年前内地知识青年来这里的情形。善于回忆的人们总是禁不住感叹，当初大伙儿可不是这样，那时，大伙儿都和和气气和欢天喜地的，为了把农场建设好，都使出了全身的力气。现在这批"生产大军"看起来也使出了全身的力气，但老户们就是觉得他们生分，就是不愿意和他们亲近。时代不同了，时代给茂盛农场送来的人也不同了，农场人也在悄悄地改变，然而大家都能感受到，尽管生活越来越好，尽管变化越来越快，但不知不觉中，他们经常会情不自禁地、更多地回忆起从前来。

国庆节，明千安带着徐彦和两个孩子回到茂盛农场，专程来接已经退休的明双全。千安头脑灵活手脚利索，这几年自个儿跑边贸生意挣了不少钱，瞅准时机就在阿拉山口买了一个将近二十间房的院子，自己留了五间，剩下的都出租，院子后面还有两分空地，养了几十只鸡。去年，一条东西贯通的城市主干道从千安家的院子前面通过，他当即把临街房子的屋门都改成面朝大路，两间自己开了个小卖部，三间租出去做了餐厅。小卖部由徐彦老家来的一位亲戚帮忙照应，千安自己只管进货，顺带赚些车皮集装箱的中介费。

周末的晚上，明双全全家十口人围坐在菜香扑鼻的餐桌前。

"徐彦嫂子，看你都瘦成什么样了，脸都没我的手掌大。"明珠关心地说。

"佳宝每天两趟接送快把我累死了。"徐彦的四川口音拖得长长的。

"跟前没有学校吗？"

"有，主要是想将来能从铁小直接升到铁中，铁中都是尖子生，过几年不知道要难进多少倍。"

"你们两口子，眼光真是远得很哪！"石昭美说。

"哥，要不你也跟我走吧，你如果能来铁中当老师，咱家孩子上学不是都不用发愁了吗？"千安接话道。

"你别瞎出主意！场里统共没剩下几个自己培养起来的好老师，你哥和你不一样，你就让他在这里好好待着，都走了，农场的娃娃指靠谁？"明双全呷了一小口酒，又瞪了一眼千安。

"反正不能都指靠我哥！"

"千安，农场这两年不一样了，你该去好好看看，这两年学校扩大了至少五倍。而且，场里已经做了计划，三年内，要让学校改头换面，新校区的总建筑面积要五千多平方米，教学楼、教学设施啥的，都不差城里多少。"明中启缓缓说道。

"学校就是盖得再漂亮，场里的经济上不去，将来还是白搭。"千安很固执。

"农场就这么个条件，你能让它一下子变成上海、北京？"明双全气愤地咬了一截大葱在嘴里嚼着。

"爸，你就别跟我争了，感情是感情，现实是现实，两回事，你别老往一起掺和。我不在农场，可不代表我不了解情况。咱们的磷肥厂、石灰煤矿、石棉厂……都垮了吧，去年和福建联营的阀门厂倒闭了吧，和上海搞的番茄加工厂产品卖不出去，也停产了，是吧？人家双河农场有和美国合资的种子加工厂，你信不信，至少将来三年，全师的棉种都得去双河农场买……那才是挣大钱的活儿。"

"你不要光长别人的志气，你还不知道吧，油脂化工厂马上就要开工生产了，阿娜河下游五个农场的联营公司，规模大着呢，到时候，五个农场的棉籽都会运到咱这儿加工生产，加工富余出来的产品咱们场有销售自主权。我都听说了，年底的头一批棉籽油、棉饼和棉壳都早早地被订光抢光了。哼，你小子，农场是你的家，你少跟我说风凉话。"

"爸,我这是着急,着急农场发展太慢了。"

"千安,过节了,咱们都说些长心气的话。来,爸,千安,徐彦,明珠,小昭,都把杯子斟满,今天的酒,我可是藏了一年都没舍得喝。"

2

过了国庆,石昭美要去上海参加业务培训。医院里,有大中专学历的人越来越多,她错过了考大专文凭的机会,只能抓住别的进修机会,否则今后职称职位都会受影响,医院里的竞争不像以前了,以前是凭医术凭口碑,现在要看盖着大红印戳的文凭证书了。

临走前的晚上,石昭美被抱着她撒娇的明小雨惹得心绪不宁,两个女儿一个十四岁,一个十二岁,虽说都大了,可还是头一次离开她这么长时间。还有明中启,就是夫妻关系最不好的时候,他们也没分开过这么长时间。她在两个女儿面前表现得克制平静,但是当女儿们都睡下之后,她钻进了明中启的被窝,眼泪热辣辣地就淌了下来。她紧紧地抱住明中启的脖子,伤心又委屈地嘟囔道:"五个月,我都见不上你们。"

明中启拍拍她的肩头:"你可真不像你妈的女儿。"

"我永远不想像她那样,把我和爸爸一扔就是一年半载。"

"这次学习可是好机会,多少人在偷偷地羡慕你。"

"放心吧,我会贪得无厌地学满五个月。对了,学校马上要停课拾棉花,你要带队吧?小雨怎么办?六年级也要参加劳动吗?"

"要参加,我已经安排好了。六年级就在场部拾棉花,而且是半天,我把她托付给邓老师了,邓老师的女儿琳琳和她一个班,让她中午去邓老师那里吃饭休息。"

"明雨呢?"

"明雨跟着我,我骑车带她。"

"千万别让她去坐学校的拖拉机,去年不是把学生的腿都给轧了。"

"不会的。你就安心走吧。"

每年的十月中旬,都是茂盛农场子弟学校的勤工俭学季,停课半个月,小学五年级以上,全体师生下连队拾棉花。今年的拾花点在九连,学校拉送学生的拖拉机每天早晨七点整从场部篮球场出发,路上要走一个多小时,到了地头,太阳才能从东边沙漠的后面露出头来。

清晨,七点刚过,看着明小雨进了邓老师家的院门,明中启转身回来,明雨已经急不可耐地锁好家门,站在自行车旁朝着他走来的方向翘首以盼。

"明雨,东西都带齐了吗?午饭、水壶,不然咱俩中午可得饿肚子。"

"带了,爸爸,你就记着吃。看,我还带了一个玻璃瓶呢。"

"带玻璃瓶干什么?"明中启俯身上车。

"我要捉叶甲虫。"明雨轻轻一跃,坐稳在后车座上。

黎明黑沉沉的,空气里飘满露水冰甜的味道,星星三五成群地镶嵌在深蓝色的天幕上,宝石般闪耀着淡金色的微光。戈壁与荒漠凝聚了一个晚上的沉寂还没有退去,还在大路、条田、屋舍、果园和渠水之间徘徊,静谧因此重重压在早起人们的额头、嘴巴与腿脚上,除非晨曦出现,否则人们要冲破这层厚厚的静谧非得花很大的气力。

"爸爸,你听出来了吗?天亮之前,我们说话的声音都变了,和平常不一样。"

"有什么不一样?"

"它们飞不起来,要费很大的力气才能说得响亮,才能传出去。好像什么东西把声音包住了。"

"什么东西呢?"

"爸爸,你为什么老是问我,自己不去想?"

"呵呵,你想的比爸爸好。"

"爸爸,你说光线和声音有没有重量呢?"

"没有吧。"

"不对,我觉得有。比如现在,我们声音变了,就是因为被夜晚的光线和声音裹住了。"

"夜晚的光线是黑色,声音是什么呢?"

"是安静呗。安静也算是声音的一种,而且是有重量的。"

"想象力不错,可以写成一篇好作文。"

"爸爸,你就知道写作文,我可是在和你讲物理力学。"

"物理力学,那可是要用大量的数字演算来证明的,不是靠想象。"

"演算就演算呗,要是想都不会想,怎么知道朝哪个方向演算呢?"

父女俩的谈话让明中启又高兴又感动,他十分欣慰经过那番挫伤后,女儿的心灵还保有一个十四岁少女应有的晴朗和明亮。路上不只他们父女两人骑车,还有不少人在他喘气歇汗的时候超过他们往前头去了。

九连在茂盛农场的最东边,旁边就是阿娜河,阿娜河过去，就是茫茫沙漠了。明中启朝九连的方向望了一眼，地平线上已经渗出一缕灰白，又一辆载满学生的拖拉机从他们身后驶过，在半明半暗的天光中带起一长串乱腾腾的尘雾，尘雾里夹杂着孩子们随着车身颠动而发出的欢乐清脆的叫闹声。

阳光洒向一望无际的棉田，田块之间栽种着挺拔的钻天杨，生机勃勃的沃野令人心情舒畅。路上他们花了整整两个半小时，明中启先把女儿放在初二年级的地头，而后顺着一条灌溉毛渠往高二年级的条田走去。毛渠两边的大麦草已经泛黄，蝗虫在毛蕊和风毛菊上横冲直撞。骆驼刺和甘草挂满了露水，没走几步，他的裤腿就被打湿了。大多数同学都是坐拖拉机来的，到得比他早，这阵儿胸前都系着白色拾棉袋，开始拾花了。他像往年一样，先是点名，然后嘱咐同学们盯着株行一个挨着一个，不然空出来的株行叫来回走动的人一蹚，棉花上就沾满了干碎的叶末，根本没法捡了。拾花是有报酬的，一公斤两毛五分钱，全归同学自己，手快的同学一天能拾五六十公斤，赶得上一个壮劳力。

明中启系上棉袋，加入同学们的行列。不知不觉，太阳移到了高空，明中启微微冻僵的手指慢慢暖和起来，一侧的脸颊也给晒得发热。气温升上来，同学们的情绪跟着活泼许多，棉田里传出了女同学高高低低的笑声，爱偷懒的男生借着喝水的机会扎堆坐在田埂上讲废话。明中启沿着同学们放在田埂上的棉花布袋，瞧了一圈大家的拾花进度，也坐在田埂上喝水休息。他的额头正对着太阳，阳光刺得他半闭起眼睛。一时间，棉朵里的阳光味、芦苇与甘草的苦甜味、蓝天的寂静与高远以及移动在对面沙丘上的人影，让他产生了不知此时为何时的恍惚感——不仅仅是眼前所见，就连嗅到的气息，这二三十年里都丝毫没有改变，完全成了一幅定格在时光里的镶嵌画，熟悉得就好像直接从他怀中取出来一样。

中午，和同学们一起吃完午饭，明中启让大家休息一小时，自己去初二年级的条田里找到明雨，带她去看阿娜河。

条田往东先是一条干涸的排水渠，接着是一道五十米宽的防护林，林子并不密实，稀稀松松，林中有大片被黄沙掩埋的空地，越往东走，沙层越厚，到了防护林的东界线上，每一棵树至少都被埋掉了一米高，有的甚至是一半。

父女俩爬上一个高高的沙丘，明雨还没站稳，就发出一声惊喜的尖叫。

眼前是一片一望无际的沙漠，它浩瀚宁静，寸草不生，在金色太阳的照耀下，一座座沙丘像雕塑一般凝固着它的每一根纤细的线条、每一片柔软的阴影，再连绵而去，消失在刺眼的白色地平线后面。

更使人赏心悦目的是，浩浩荡荡蜿蜒流淌在沙丘间的阿娜河。河水金光闪闪，不知深浅，河的中央，不时出现一些小小的深色沙洲。大河在父女俩视线最近的地方拐了一个小弯，而后向南，朝着远方更加平坦更加寂静的荒漠缓缓流去，宛如一条巨大的金色游龙。

"爸爸，不是说阿娜河边有大片的胡杨树吗？"

"你看，有些沙丘比较平，还有些草根或者树根的干枝露在地面之上，那些地方，原来都生着胡杨树和红柳丛。住在这里的人要修路、盖房子和生火煮饭，砍掉了许多。现在，也不全都是这样，有的地方还是像以前那样生着大片的胡杨林，只是比从前少了许多。"

"爸爸，阿娜河的尽头在哪里？"

"老生地农场，妈妈就出生在那里。你要是想了解阿娜河，以后去因半城，可以多问问姥姥。关于阿娜河，她比谁知道的都多。"

"姥姥让我以后考大学考到湖南去，她说那里也是我的老家。"

"你想去吗？"

"爸爸，我到底是哪里人？爷爷说我是山东人，姥姥说我是湖南人，可是我不是在茂盛农场长大的吗？我觉得我应该是这里的人。"

"这里人那里人其实都不重要，重要的是你想去哪里，想待在哪里，喜欢哪里。"

"爷爷说山东有大海，姥姥说湖南有崇山峻岭，我都喜欢！"

"你喜欢茂盛农场吗？"

"谁会喜欢戈壁滩啊，爸爸，考大学不就是为了离开这里。吴西子说她爸爸让她回四川，陆长长的弟弟已经回上海了，他将来肯定也会回去的。不过，现在我还不知道自己想去哪里。"

明中启叹了口气，觉得明雨说得没错，大人们在家里是这样引导孩子的，老师在学校也是这样教导孩子的，连他也不例外，他虽然从来不说"不好好学习，将来只能留在农场包地种棉花"这样的话，但从心底，他是希望自己的学生能远走高飞，去更大更精彩的地方实现自己的人生抱负。但这多么矛盾啊！他留在农场教育孩子，却是为了让孩子们都离开农场、离开茂盛农场，一批批的人来了，一批批的人又走了，难道这里不需要人留下来吗？难道这里不能成为更大更精彩的地方吗？

明中启带着女儿在沙包上眺望阿娜河的时候，石昭美已经抵达上海。

对上海的想象已经伴随石昭美许多年，现在，这个全中国最繁华的大都市就在她眼前，她却几乎没有时间真正地去了解它，感受它。这次培训的机会是王久宝帮她联系的，王久宝所在医院的妇产科开办了一个长三角地区的专业学习班，她借用同学在卫生部门的关系，为石昭美找了一个名额，不交学费，但是吃饭和住宿需要自费。石昭美想去学习，但一听吃住自费便犹豫起来，如果不是明中启支持和一再坚持，她也许就放弃了。

到了上海，石昭美在医院开办的内部招待所住下来，每天早出晚归。来了将近一个月，上完课就去门诊、病房、手术室做临床学习和实践，每天只在招待所与医院之间奔忙，根本抽不出时间外出闲逛。不过她宁愿待在医院，医院人多事情多，让她顾不上想家。

已经十二月底，上海的天气又湿又凉，她在招待所的小房间除了一张床、一只脸盆和一张桌子之外，什么都没有。王久宝从家里拿来一个用作取暖的老旧汤婆子。晚上，她只有把它紧紧地抱在怀里，才能勉强入睡。

元旦前的一个周末，王久宝说什么都不让石昭美待在医院加班或帮别人顶班，非要带她逛逛大上海。

吃过早饭，石昭美趴在窗台上等王久宝。透过二楼的小窗户，她望着里弄里来来往往的中年男女小儿老叟，闻着清晨飘动在巷道里乳白色的混合着晨霭与蜂窝煤烟的雾气，听着咿咿呀呀既熟悉又陌生的上海话，第一次体会到上海人和自己并无二致的日常所需和生活节奏。

窗户对面的一楼，有一位穿着蓝色棉袄围着发了白的蓝布围裙的中年妇人。她一天里的大多数时间都站在只有半人高的栅栏门后面，手里织着毛活，那毛活像是永远都织不长也织不完的样子。她天天就那么站着，看着放在她门前码放得整整齐齐的一摞蜂窝煤，有人来买走几块，她就从栅栏门后再拿出几块填住那几个凹下去的缺口。她像是在做一件艺术品似的，让她摆起的那些蜂窝煤永远整齐完整地垛在她的房檐下。她家的栅栏、门框、窗框都旧得脱了漆皮，她用竹竿搭在水泥电线杆上的男式棉毛裤和深色罩裤也洗得变形脱色，但是一切看起来都干干净净停停当当，各样物事简朴又有序地待在它们该在的地方，就连挂在门框上沥水的拖把、立在电线杆下晾晒的老蚌壳棉鞋，都像是画一般地恰如其分地待在它该在的地方。

石昭美趴在窗台上将这位中年妇人观察了个够，王久宝敲门进来的时候，她禁不住叹着气说："这女人像个木头人一样，几个小时都不动一动。"

王久宝探头瞥了一眼，微笑着说："里弄里的老阿姨，老百姓的生活，大多数都是这样的。"

中午，她们在外滩的东风饭店一楼吃肯德基。王久宝特地要让石昭美尝尝外国人的洋快餐。餐厅刚开半年,一开业就火得不得了,就连上海人去一趟都激动得像过节。东风饭店是典型的英国古典建筑,在半圆形的沙发上坐下来,王久宝就激动地给石昭美讲述饭店的气派与历史:"地段好,档次高,老时髦的,当然生意也是好得哩,啥辰光都人山人海的。"

"这儿很贵吧?"

"哎呀,侬勿要操这份心,来一趟忒不容易。"

王久宝回上海不久就和史良离了婚,具体原因她总是回避不说,石昭美不便多问。后来经人介绍,王久宝和一位狱警结了婚。对这新开始的第二段婚姻,王久宝倒讲得十分仔细。这男人长得矮小黑瘦,力气却大得吓人,脾气更不小,婚后不久就对王久宝动粗,夫妻同房时活像个强奸犯。二人婚后有一个女儿,今年已经五岁,但男人的坏脾气还是照样,隔三岔五从单位回到家里,不过就是发泄一次性欲,而后再发上一通无名火。

石昭美听得眼睛发直,嘴巴半天也合不拢,但王久宝的脸上却始终是漠然又麻木的神情:"现在啊,我只想息事宁人过日子,小孩嘛,都大了,不好再折腾了,怪只怪自己命不好。"

"当初怎么就同意嫁给他?照片上看,他都没有你高。"

"还不是图他有房子!住在阿拉爷娘家,你是不晓得那个滋味。我同你讲,你是想不到的,吃饭的时候有人要上马桶,拉上帘子就在旁边方便,谁也不会讲什么。时间一长,哪能受得了!"

窗外传来轮船闷声闷气的汽笛声,石昭美喝了一口冰凉的可乐,随口问道:"有个叫周黎安的,你认识他吧?他后来又回茂盛农场了。"

"认识,怎么能不认识,回农场前我们都去送他的,他喝多了,哭得我们都跟着落泪。不过,他那样的,毕竟是少数,多数再艰难也熬过来了。也有好的,江申开,照相馆的那个,后来和楼文君结婚了,两个人现在在美国,江申开现在成了艺术家,个人摄影展都办过了,老风光喽。"

听到楼文君的名字,石昭美的眼睛像触电似的睁大了,王久宝瞧出她的失态,就小心翼翼地问她:"怎么,你还这么紧张她?她都走好几年了。"

"她真是潇洒啊,到处跑。"

石昭美把明中启和楼文君之间发生的事,还有她自己后来给上海方面写的匿名信,以及明雨被误伤的事原原本本告诉了王久宝。

"作孽作孽,可怜明雨小囡啊。"王久宝边说边取下眼镜抹眼泪,那句"作孽"的话也不知道是在说楼文君,还是说他们的情债一起给孩子带来的伤害。

"一个女人要是真爱一个男人,那是会奋不顾身陪他上刀山下火海的,可是,明明知道楼文君对他没有真爱,他对她还是念念不忘。那几年,我心里恼怒的就是这个,我想弄明白这是为什么。但现在,我不再纠缠这个问题了,感情里的许多事是问不清所以然的,就像我自己,恼过他,恨过他,下决心离开他,最后,还是舍不下他,这哪里能讲得清为什么。没有办法,后来,我想通了,我不是向谁屈服,我是向自己屈服了。"

"他们两个,到底有没有做过啊?"王久宝压低声音问。

"做没做过,已经不重要了。刚开始,我计较的是身体的背叛,后来又觉得如果他把心给了别人,这是更可怕的事情。"

"明老师是个负责任的男人,只要负责任,心就跑不了多远的。"

"毕竟,他是真的让我感受到了他的回心转意。而你,久宝,你不能让他再对你动粗了,万一把你打坏了怎么办?打人是犯法的,而且他本人就是执法人员。"

"我能怎么办呢?我怕吓着小孩。老大喜宝比明雨还大一岁,上次他动手,喜宝差点和他打起来,那以后,喜宝住在学校都不愿意回家了,还吓唬我说将来他要回新疆。"

两个人在洋快餐店里待了有两个小时,把能道的委屈该说的烦恼都倾吐一空,最终,谁也无法为对方或者自己找出一个谋得快乐和幸福的万全之策。之后,两个人去逛南京路。

南京路上的行人和公交无轨电车川流不息,在最繁华的路段上,高楼鳞次栉比,人和人的肩膀几乎挨在了一起,每个人都既神色匆匆又兴致盎然,到处都是鼎沸的人声和轰隆作响的车轮声。石昭美抬头看去,林立的商铺牌子望不到头——"上海时装股份有限公司""冠龙照相器材商店""上海卧室用品公司""龙昌眼镜公司",一根根标牌垂直悬挂在门店的上方,沿着街道一溜排开,标牌有简化字也有繁体字,花花绿绿层层叠叠,很像是电视连续剧里琳琅满目洋味十足的香港。从悬挂的店名来看,像是无论什么东西,在上海这个地方,都不会买不到的。和她透过招待所窗户看到的上海里弄不一样,南京路是另外一个上海,南京路上的这个上海,石昭美把眼睛睁破了都看不过来。

南京路的热闹与拥挤让石昭美有些承受不住,到处都是车声人声,吵得她太阳穴突突突地跳着疼,王久宝禁不住她的催促,提前带她回到了招待所。

在上海待到三月中旬,石昭美完成学习,终于踏上了归途。临行前一晚,她幸福地盼着天亮,不想再在这个繁华的大都市多待一个晚上。她归心似箭,火车拉响汽笛驶离车站之际，她只要想到自己走在回家的路上，只要想到再有七八十个小时就会见到亲人，甚至想一想农场平阔的田野、干爽通透的空气，心里就无比畅快和激动。列车开动了，随着车轮不断加速的轰隆声，车窗外高低不一、层层叠叠的房屋、桥梁、马路和树木退得越来越快、越来越模糊。在这个繁华都市生活学习了五个月，临别前，她真的没有生出丝毫的留恋之情，只觉得这里的一切都与自己无关。这五个月里，她尝到了思乡的滋味，深深体会到了远离亲人心中的飘摇与胆怯，终于理解了当年上海知青渴望回乡的焦灼。这一刻，坐在车窗边，震动耳郭的车轮声，一下又一下地叩击着她的记忆，往事涌上心头。她的心底，无论想起过去的哪一段时光，都充满了柔情和悲悯。

3

四月，茂盛农场的气温虽说已经回暖，但反复经过了两次倒春寒，天气才真正暖和起来。紧接着又刮了一个礼拜的风，刮得天空灰蒙蒙的，都是从早晨刮到午饭后，下午就停了。这样折腾了有二十来天的样子，四月已经过去大半，春天的气息才总算贴在了人的脸蛋上。彻底化冻的大地开始返潮，排渠渠底渗出的碱水在阳光下的枯草间闪闪发亮，路边的野草比赛着露出嫩绿色的芽尖，偶尔到来的细雨虽然连地面都没打湿就已经停了，但纤长的柳枝却以一触即发的速度，一夜之间就吐出了鹅黄色的柳絮，让茂盛农场一连数日都浸泡在柳絮甜丝丝的清香里。

转眼到了五一，沙枣花开始吐露芬芳，放假这天，镶着蓝色有机玻璃的二层砖混结构的茂盛农场大商场在阵阵花香和锣鼓声中开业了。这是茂盛农场至少半个世纪以来的第一座楼房，里面又宽敞又明亮，光滑的水磨石地面能够照出人的影子，虽然兴冲冲挤进去的农场职工发现货架几乎空着一半，但还是热情洋溢地从头逛到尾，有的人甚至上上下下来回逛了三四趟。人最多的要数电器柜台，简直是里三层外三层，摆在架子上的十来个电饭锅一眨眼就被抢光了。

石昭美牵着明小雨随着人流在茂盛农场大商场走过一圈之后，莫名觉着心慌，下得楼来，遥望蓝天里飘浮的白云，心中更加不安。她左右望望，除了兴冲冲走来走去的人，什么也没看出来，却越看越纳闷。她心不在焉地往家走去，小雨嘟哝着想买一块电子手表，连喊了她两声，她才听到。到家不过十分钟，石昭美就收到了场部值班人员送来的紧急口信，说母亲成信秀刚刚打来电话，让她和全家人速速赶到因半城，许寅然病危。

去因半城的班车上午十点之前已经发完，明中启到场部打听一通，没有找到便车，无奈，一家四口直接上大路拦车，花了将近四十分钟，终于搭上一辆从老生地农场过来的油罐车。四个人挤在驾驶室里，晚上将近十一点才到达因半城。

每间屋里的灯都大开着，窗户也敞开着，成信秀的几位老友钟顺之、董泰平、张文定陪着她一起守在已经离世的许寅然身边。所有人都平静镇定，他们这代人，经历过太多的大起大落，面对人自然的生老病死，都能淡泊通透。

成信秀脸色蜡黄地坐在床边的一只小靠背椅上，一动不动地握着许寅然已经冰凉的手，看见石昭美进来，嘴角抽动了一下。石昭美上前坐在床边，把自己的双手分别放在成信秀和许寅然的手之上，哭红了的眼睛又流出一串滚烫的泪珠。

"是心脏衰竭，很突然。"成信秀说。

"去医院抢救了吗？"

"去了，送过去人就叫不醒了。要是……最后你能和他说说话就好了。"

"阿爸走前说了什么？"

"就说了一声,'快喊小昭'。"

葬礼办完,明中启带着两个女儿先回茂盛农场,石昭美留了下来。

屋子里剩下母女二人,顿时显得又空荡又安静。这天上午,吃过早饭,成信秀就一直坐在阳台上,面朝窗外,一动不动坐到中午,右臂空空的袖管垂落在靠背椅的扶手上。石昭美在她身后走来走去,成信秀像是没有听到似的毫不关心她在做什么。

"妈妈,跟我回农场住些日子吧。你一个人,我不放心。"

"放心吧,我没有那么脆弱,我知道自己现在更需要什么,我想一个人待着,好好想一想过去的许多事,想一想自己的一生。你阿爸这些日子心里痛得很,他放不下我们,前两天又跟我说了一通对不住我们母女的话。我越是安慰他,他越是愧疚……刚才啊,我看见你石永青爸爸了,他那么年轻,那么爱读书……又那么倔强。"

"妈妈,你更爱谁?"

成信秀一点儿没有为这个问题感到吃惊和难为情:"我和你永青爸爸是情侣,和你寅然阿爸更像是战友与亲人。"说完她停顿片刻,忽然转过头,像是怪女儿打断了她的思绪一样,用一种不以为意的语气问她,"那你觉得呢?我应该更爱谁?"

"我哪里知道。"

"整个上午,我都在回想我们三个人的一生,我们三个,真是有想也想不完的往事啊!我们有那么多值得记住的往事!这辈子,我们没有白活。"

石昭美靠近成信秀,紧紧搂抱住妈妈的肩头,把脸贴在她被眼泪打湿的脸颊上,柔声说道:"妈妈,我觉得你真的了不起,也比我幸福多了,爸爸和阿爸都那么爱你,只对你一个人好。你还是水利专家,能做别人做不了的事情,那么被人需要,建过大桥修过水库,阿娜河流到哪里你就去过哪里。爱情和事业,你都比别人好,我敢说,一多半女人都会打心眼里羡慕你。"

这句话提醒了成信秀,她问道:"你和中启……没有再闹别扭吧?"

"没有……妈妈,什么都在变化,我就把所有发生过的快乐和痛苦都当作自己的人生所养育的孩子吧,既然是自己的孩子,就得包容和接纳。"

"你这样想我就放心了。中启是个好孩子,无论做没做过错事,他都是个重情重义的好男人。"

"他是太重情重义了,重得多少人离开了农场,他都不会离开。"

"茂盛农场的人啊,就像流沙一样,被风吹来了,又被吹走了,他却像磐石一样决定留下来,这正是他的可贵之处。"

"这两年学校的教改效果很不错,他越干越有信心。他主要带高二和高三,这两届的高考成绩起色很大,去年本科考走了五个,蒋校长在大会上表扬了他不说,又给教研组和个人都发了奖金,这还不够,后来又到家里感谢了他老半天。"

"一个人的品质决定了他的不同,人啊,最后留下来的能有什么呢?就是身上那些可贵而稀少的品质。"

"这样的人,心里苦得很。"

"只要是自己心甘情愿的,苦也就不苦了。你爱中启,爱得那么苦,不也觉得幸福吗?"

"我想通了,我就陪着他待在农场吧。生在农场,长在农场,我对农场也是有感情的。因半城的街头人流不息,我可以从人群中一眼认出谁是农场人,谁从农场来,就像知道自己是从哪儿来的一样。"

"是啊,一个人是要知道自己从哪儿来,要到哪里去的。"

"妈妈,跟我回农场住一段日子吧。"

"等你阿爸过了'四七',我想回湖南老家一趟,你小舅舅喊我回去喊了好多年。"

"你一个人走我不放心,平常请不了假,要不等到春节我送你回去？"

"不用，小舅舅家的老三过一阵出差，顺道来这边接我，现在交通好了很多，你不用担心。我回去也待不了多长时间，最晚十一月就得回来。你还不知道吧，年底，全疆三十多个单位要对阿娜河中下游搞一次实地踏勘，主要针对河道变迁、漫溢耗水和水利工程情况，是一个多学科多部门的综合性大考察，规模大着呢，我也在专家组里。踏勘的时间都定了，十二月中旬，全程三千多公里，县、乡、牧场、农场都要走到。这件事上面做了批示，考察一结束马上出报告，阿娜河中下游的综合治理跟着立刻开始，这回可不是闹着玩的，除了水和水利设施的问题，还有农、林、畜牧、气象、土地、经济各个领域的问题，以后啊，阿娜河流域的水资源会严格执行统一调度。要我说，这就对了，解决好阿娜河流域的水和生态问题，沿线的经济、农场的未来才会更好。"

"妈，你不会也要跟着下去吧？你身体不好，别逞能啊！"

"大概分了几条线，我主要去碱泉农场和老生地农场看看，那里的地下水埋深我估摸着都在十米以下了，那里的情况我最熟悉。"成信秀说着拢了一把耳边斑白的头发，叹息道，"唉，再给我五十年的时间，阿娜河水利上的事情也做不完。你呀，不用担心我的身体，专家组不止我一个上了年纪的，上边会为我们考虑周到的。对了，中启这次来脸色不好，嘴唇发黑，我听着老咳嗽，怎么回事？"

"前阵子肺炎发烧，还没好利落。"

高三毕业会考之后，紧接着就是迎接高考了。明中启带的是当届毕业班，他又是文科重点班的班主任，每天待在学校的时间足有十二个小时。期盼与压力是双重的，既在学生身上，也在他的心头。阿娜河下游五个农场自办的子弟学校里，茂盛农场高二、高三年级的文科班已经成为佼佼者，每学期的期末统考连续四年稳居第一。另外还有连续两年的高考成绩，也出人意料地排在首位。每年的七月，有高考生的家庭没有一个不在盼望家里的孩子金榜题名鱼跃龙门，没有一个学生不在悄悄地梦想自己成为某座内地高等学府的学子。

明中启和所有任课老师一样，在这最后的冲刺阶段，不管心底揣着多少担忧和期待，神情与言语都要表现出恰当的关切与平静。上午，各科老师简单地讲讲难点、画画重点或者拆解试卷的得分方法，下午一律改成了自习课，学生们自主复习，不影响他人就好。除了任课老师的课，明中启几乎时时都待在教室里，不是为了监督和管束学生，而是陪伴。他和学生们的关系很融洽，头几天下午他不去班里，免得坐在一旁让大家不自在，但是学生们又联合起来要求他坐在教室里，说他们不习惯被他放任自流。

会考之后，参加高考的学生剩下一半，两个文科班的学生合并在一起，教室与紧迫感都满当起来。明中启在讲台上放了一只暖水瓶，打开瓶盖让水自然凉凉，但是倒水喝水的学生很少，对于时间，他们比明中启更精打细算。明中启坐在教室角落里，桌上放杯水，拿几本教育杂志默默地看，或者归纳一下高中年级那些重点课文的景物描写方法，用于下学期的教学。

教室里又闷又热，不少男同学衬衣的后背都被汗水浸湿了。孩子们埋头苦读的身影让明中启感慨万千。翻滚在他脑海里的，仍然是那个让他感到无解的现实——他教出孩子是为了让他们展翅高飞，但为什么不能是为了让孩子们留在农场呢？如果学生中的五分之一甘愿留下来建设农场，农场将会发展得更快。农场希望更多人来，却巴望着自己的孩子离开农场，这是多么大的悖论啊！茂盛农场的未来在哪里？每一次思绪落到此处，明中启便用一次深呼吸来结束这过度的忧虑。

这一年茂盛农场的高考成绩差强人意，全校一百五十多个高考生只考上了三个本科生、四个大专生，明中启心情沉闷了好几天，尤其对于接近分数线的那几位同学，见到他们年轻又失落的身影时，心里满是愧疚。但是明雨却带来了喜讯，她考上了一所东北的财经学院，学的是财政税务专业。家人都为她高兴得合不拢嘴，她却用一种懊悔的语气对妈妈石昭美说了好几次——自己是可以考上更好的大学的。

为女儿准备上学行装的日子充满欢乐，石昭美挂在脸上的自豪与喜悦像五月的微风，熏暖扑面，让身边的人都跟着她和颜欢笑。红艳艳的喜报贴在新盖的教学楼前的布告栏里，也贴在场部人流最集中的百货商场的瓷砖外墙上，过往行人夸奖完了孩子，再连带着夸夸家长。医院里，石昭美天天都能收到同事们的祝贺。查房诊病的时候，病人和病人家属即使和她不怎么熟悉，也要和她说两句暖心的话。她仔细回忆一番，发现无论是自己结婚、生孩子，还是工作上荣获各种奖励，都没有得到过这么多人的关注和赞誉。明雨为她争气又争光，不仅考上了一个好学校，还考得那么远。

新皮箱、新被子、新褥子、新床单、新皮鞋、新饭盒、新书包、新钢笔……石昭美从里到外地为女儿准备起来，就是再心疼钱也不会舍不得花，一想到女儿要生活在一群学习优秀的孩子当中，要去学更多的知识，她就止不住地激动。她想到的是——不能让女儿被人瞧不起，不能让人瞧着寒酸。所以，她要让女儿从头到脚新崭崭地出现在别人的眼睛里，一个亭亭玉立的少女，身上哪儿都闻不出一丝"农场味儿"。从前，上海人叫农场子弟"小土块儿"，后来，因半城的人也说出"农场土包子"的话，以后和将来，就让我的女儿去嘲笑你们吧！石昭美一边想一边欢喜得合不拢嘴。

等待开学的日子里，石昭美要求明雨每天早晨七点钟听中央人民广播电台的新闻节目，每天晚上七点钟收看中央电视台的《新闻联播》，目的是学好普通话，把嘴巴里含混着山东与河南腔的"农场口音"全部剔除干净，把她自己从来弄不清楚、女儿也经常发不标准的前鼻音、后鼻音字，挨个拣出来，挨个练习发声。一开始，明雨不听她的话，嫌她大张旗鼓，兴奋得过了头，竟然在意这种虚有其表的小事。明中启也站出来帮明雨的腔，说全国各地都说方言，农场孩子为什么不能有"农场口音"。明中启反对她的时候，石昭美正在为明雨缝被子，夫妻俩你一句我一句地抢白对方，石昭美分了神，一连被缝被子的大针扎了好几次，气得她缝到一半甩开不缝了。但是，过了两天，明雨乖乖地按照石昭美的要求做了，一点儿没有不情愿的意思，连明小雨也跟着听广播看《新闻联播》。一周以后，拥有发声天赋的明雨便能够拿声拿调地用播音腔跟石昭美讲话了，而且总是批评妹妹小雨说话夹着嗓子不打开嘴巴。这一回，石昭美心里不仅仅是高兴了，她又一次体会到了二十年前嫁给明中启时的幸福感。

4

　　日升月落，春去秋来，时间还是像从前一样踏着昼夜与季节的步伐无声流逝，生活的节奏和变化却越来越快。过去的十来年里，先是大伙儿都喝上了自来水，虽然还是储存下来的涝坝水，可至少不用再去挑水吃了；农场贴出了"场部城镇化，连队园林化"的标语后，开始重新规划场部的结构，把东起二支排，西到茂盛渠三支干渠，南起二支排，北至油脂化工厂的区域都界定为小城镇建设区域，按照规规整整的"井"字形开始建设。据说这个建设图纸一送到师部，当即就被师部传阅给阿娜河下游流域的四个农场参照学习。规划确定之后，以前土木结构的旧房、危房都作价卖给了职工，并给在规划区盖新房的人家都发放了补贴。于是，也就是一年的时间，大多数人都搬出了以前凌乱零散的住宅，住进按单位和街道划分的新家属区。出人意料的是，场部区域的马路像城市铺着沥青的街道一样都有了名字。好多老职工为此笑话了好久，因为多数路段以前就是一条只能通过牛车的机耕路，现在路面平整了一些也拓宽了一些，就变成了什么"迎春路""振兴路""建国路"。

明中启家的菜地里种着一棵桃树、一棵梨树和三株葡萄，这两年结的果实越来越少，即使上了羊粪，春天也不肯好好地抽条，家家户户都这样。地旱，盐碱排不出去，不像李秀琴还在世的那些时候，院子里的果树没几年就蹿成了大树，收的果子自个儿吃不完。今年的韭菜长得也不如往年粗壮。昨天，菜地东埂子上的韭菜割了第一茬，他爱吃饺子，石昭美特地把头茬韭菜包成了韭菜鸡蛋虾皮饺子，中午，两个人包了三十个都没吃完，要是明雨和小雨在，这点韭菜根本不够吃。

明雨大学毕业后回到了因半城，努力多年，终于拿到执业注册会计师资格，丈夫是位律师，两个人都是高收入。小雨从陕西师范大学毕业也有十年了，留在西安定居。如今，姐妹两个都成了家有了孩子，时间和精力被紧紧扯在自己的工作、婚姻和家庭上。小雨已经有三年没有回家，明雨回来得多一些，但是每回来一次都要唠叨一顿，说茂盛农场发展太慢了。逢年过节，明雨会把明中启、石昭美接到因半城，顺道看看姥姥成信秀。成信秀已经七十二岁，腿脚还利落，每天在家写大字、画花鸟，又经常对陪伴照顾她的湖南老家的晚辈唠叨——自己这么没心没肺地活着，是石永青和许寅然把他们的寿数加在了她的身上。

四月末一个阳光明媚的礼拜天早上，吃过早饭，明中启感到嘴唇发干，右后背上像是扭伤了肌肉，隐隐地顶着疼。他从书桌前站起来几回，抬起右臂，小心地做了几次后绕圈活动，还是不管用，便打消了接着写论文的念头，打算出门散散步。

这些日子，他在写一篇关于近二十年高中语文教改的论文，把整整两箱子的旧备课本、旧教案都翻了出来，按阶段做了整理和标记。从十八岁开始当语文老师，到明年就满四十年了。前二十年没有经验却有热情，所谓教书，多半是对孩子们进行文化的启蒙，后二十年才是他真正的人生，也许是为了弥补之前被蹉跎的青春时光，也许正是因为蹉跎让他体会到了生命的价值所在，领悟到与虚无、与时间抗争的力量与方式。现在，他手里正写的这篇论文，就是他对自己这二十年的交代，必须要这样细致又清晰地爬梳一下，他才能让自己的心里更有底气。

扣上门，明中启往巷道里走，石昭美从后院冒出头来，在他身后喊："你药吃了吗？"

"我出去走走，回来吃。"明中启的慢性支气管炎一到换季时节就复发，半个月来咳嗽夹带着痰多，石昭美跟他嚷嚷了好几回去医院看看，他一直拖着不去，连石昭美拿回来的药都不肯按时吃。

这片十年前盖的房子是司法所、水管站、邮局和学校四家单位的住宅区，左中右三列，有三四十户的样子，房屋结构相似，都是前门有菜地，后门连着后院。十年里，房子老旧了不少，房子里的人，将近换了一半，有的干脆就空了。

明中启呼吸着春天干爽清新的空气，朝左手无人居住的空院子望了一眼。巷口左手面朝小康路的第一排房子有两户人家，一户空了，一户就是何相吉的家。何相吉在油脂厂管机械设备，管一歌仍然在场机关负责人事工作，再有三五年的样子，他们这代人也该退休了。两家又做回了邻居，也是"城镇化"建设的成果，虽然人口只降不升，但农场也像城市一样分别规划出了办公区、居民区、商业区和加工生产区，农贸中心、文化中心、酒店、商住楼、税务所、烟草专卖点、生活服务站等。农场已经什么都有了。

何相吉很会侍弄果树，庭院经济被他发展得红红火火。这几年玉沙梨价格好，他就把自己的院子连同东面屋山头的空地全都栽上了玉沙梨树，院子也就成了一个名副其实的果园，围着一人高的刺篱笆。除了自家人，不让任何人进。所以谁也弄不清他到底种了多少棵梨树，每年能收多少箱玉沙梨、能多挣多少钱。前年春天，他的邻居司法所李所长退休回老家四川，何相吉没和任何人商量,就把空出来的菜园子种上了蔬菜,于是他自家的菜地里,又多栽了十来棵梨树。左右邻居们看在眼里,也说不出什么,地里种点东西,总比荒着好。

明中启走到南出口的时候,何相吉正蹲在菜地里忙活,铺着地膜的辣椒、西红柿、豆角都出了苗,他小心地将出苗部位的地膜撕开,以免秧苗捂死。对着这些刚露出嫩绿色小脸的秧苗,何相吉又黑又长的脸满是慈爱,手上小心拨拉着土块,嘴里不停嘟哝,像是半哄半吓地训着不听话的小娃娃。这时,他一扭头看见了明中启。

"我那桃树和梨树,有空你也帮我剪剪枝,都长乱了。"明中启说。

"成,我一会儿就过去。你们老不压枝,就由着枝条往上抽,摘果子都不方便。"

"你的果园,头遍水浇上了吗?"

"没有,昨天上面扒口子的人太多,下午没到咱们这儿水阀就关了。还得再等两天。你这是上哪儿去?"

"转转。"

"你听说中心农场的事了吗?"

"什么中心农场?"

"重新组合资源,调整农场格局,该撤的撤,该合的合。"

"你这是从哪儿听来的？撤？往哪儿撤？合？跟谁合？"

"反正不是胡说。你要有思想准备，这事啊，说来就来了。撤就是撤销啊，把撤销的农场合并到别的农场里，这不就是合了。"

"这么多的企事业单位，这些花了钱刚刚修起来的马路、楼房、水塔、地暖管子……怎么办？学校，学校去年才重建的中小学住校部，水、电、暖、餐厅、浴室、被褥、床铺……里里外外全是新的，花了多少钱！这都怎么办？"

"怎么办！都给别人呗！都成了别人的。"

"这道理说不通！"

"你看你，这就跟我急上了。我和你一样想不通。如果把咱们农场给撤了，人和地都得重新安排规划，我这一院子的果树，花了多少年的心血，我上哪儿哭去？前阵子我在北疆的朋友告诉我，他们那儿的农场已经开始合并了。我又问了问师部的老上级，我看啊，苗头已经不对了，咱们农场有点悬。"

明中启怔在原地，心头的惊讶、气愤和不解让他半天缓不过神来。他不客气地瞪着何相吉，一副要跟何相吉据理力争或者吵架的样子，好像这坏消息就是他整出来的名堂。

"你瞪着我干什么啊！要是真有那一天，我比你还生气！你想想，我老婆十七岁就响应国家号召来建设茂盛农场，后来别人都走了,她留了下来。你数数,全场现在还剩下几个上海学生!人家爹妈不管了,自己的故乡也不要了,把咱们这个鸟不拉屎的地方当成自己的家园,到头来却给撤销了。人家上海还有家人呢,人家的亲人要是问一句,你建设的农场咋样了?像没像个样子了?她怎么回答?她说,没了!没了!你说说,她这一辈子,到底折腾了个什么?这几天,一想起这件事,我这心里就往上蹿火。跟你透个底,这个消息啊,我都没敢跟管一歌说。"

"你说实话,这事到底定没定?"明中启不死心地又问。

何相吉叹了口气,声调低下来:"你要是不信我,自个儿上师部打听打听。场里不会有人跟你说实话的,头头们自己也一头疙瘩,要撤销的话,他们损失最大,乌纱帽小了一圈,以后说话再也不算数了。这么大的家业,要让别人合并掉,他们自己先得顺顺气。对了,我瞧着你脸色不对劲,你没啥吧?"

"没事,没事,吃着药呢。我去转转。"

"转转吧,转不了多少日子了。"

明中启已经转过身去,听了何相吉的这句话,回过头,又狠狠瞪他一眼。

过了马路就是一片东西向的玉沙梨果园,这片地方原来栽种着一溜高大挺拔的白杨树,每到秋天,白色枝干上的金黄色叶片总是把蔚蓝的天空衬托得又宁静又深邃。五六年前，连同再往南一些的一片棉田都承包了出去。承包人是内地来的，合同一签，就把原来的白杨树砍了个一干二净，再和棉田打通，将这片挨着排水渠土质尚佳的几十亩沙地改造成了梨园。

梨花正在开放，但是果园四面都用沙枣刺堵得严严实实。明中启只好站在排水渠的涵洞桥上，透过刺篱的顶梢，略微领略园中花海的醉人景象。

在涵洞桥桥头，他停住了脚步，他原本是想沿着涵洞桥下的毛渠渠帮，再往前走走的，也不是为了看到什么，只是想在春天的阳光下舒展舒展筋骨，缓解一下论文写作的疲惫。田野里春天的气息更加清晰，风儿带着野草嫩芽甜苦的清香，空气里到处都是阳光的味道，又温暖又亲切。他在桥头站了很久，像是头一次看到这片熟悉得不能再熟悉的田野。人要是能和这些草啊树啊的一样就好了，每一年都跟新的似的，明中启独自在心底感叹。这样平静地站了一会儿，方才被何相吉搅扰的情绪才稍有平复。

何相吉那句"转不了多少日子了"刺激了他，他不知不觉走到了场部人最多也最热闹的商业区。农贸中心正对的两间国营商店早就被个体商户抢走了生意，已经倒闭多年，里面空空荡荡，只剩下一排砖砌的长条柜台。场里好几次打算拆掉它，但是反对的人也不少，一来它是农场所剩不多的老建筑，二来它哪里都好好的，当个仓库也不是不行。两间国营商店的门面房留了下来，正面罗马柱之上还留着农场初建时的红色标语"鼓足干劲，力争上游，多、快、好、省地建设社会主义"，屋山头写的是"扫除文盲，普及小学和中学教育"，字迹随着墙皮的剥落已经斑驳，但明中启不用看也全都记得清清楚楚。

挨着国营商店外墙的墙基，有一溜两米宽半米高的土台阶，眼下依然又硬实又光滑。土台向南，一览无余地朝着太阳。几十年来，逢到节假日和休息日，无论是家住在跟前的，还是前来买东西的连队职工，都喜欢聚在这溜土台上闲聊，这里因此成了农场大是小非、人情世态的消息集散地。

今天仍然如此，土台上不仅蹲着农场老户，外来户们也扎堆凑在这里，乌泱泱全是男人，有的蹲，有的直接坐在地上，有的靠在墙基上，有的不知从哪里弄只小马扎坐着，眯着眼舒坦地一口一口地吐着烟雾。几乎人人都抽着烟，不少人自己卷莫合烟。闻惯莫合烟的人永远觉得它香气袭人，明中启已经戒烟半年，这一刻馋瘾被勾上来，他强忍了一阵，只能把哗啦啦流个不停的口水咽进肚子里。

瞧这样子，大伙儿还什么都不知道。秘密与担忧独自压在心头的滋味让明中启的嘴里又苦又干。有人看见了他，招呼他过来坐下。坐在小马扎上的人立马站直了身体,诚恳地向他连连招手。在茂盛农场,盖得最好、条件最优越的办公用房,一个是学校,一个是医院,直到今天,挤满了机关干部和头头们的场部,还待在四十年前的那座"工"字形的连廊式老房子里。好传统已烙在人们心里,所以,老师和医生也是农场里最受尊敬的人。

"明老师,来来来,坐会儿,这儿太阳最好。"

"谢谢,谢谢,我站着就行。"

"那哪儿行啊!快来,快来坐下。"

"明老师啊,今年你头发白了不少。"

"可不,再有三年就六十了,要退休了。"

"快,时间可真快。我还记得那一年石医生挺着大肚子,和你一起上场部后勤仓库交肥料,那是哪一年啊,一九七三年还是一九七四年?石医生还好吧?"

"好,好着呢!是一九七四年的开春。我也记着呢!那一年,咱们场在北山上找到了磷矿,大伙儿都指望赶快把磷肥厂办起来,那样就可以不拾肥了。"

"磷肥厂办起来没多久就垮了,后来的几个厂子都没干起来,搞工业咱们不行,还是得弄农产品加工,油脂化工厂、轧花厂和鹿茸加工这几年挣了不少钱。"

"你怎么知道挣钱了?"

"不挣钱不就倒闭了!喊,你脑子长哪儿去了。"

"办厂子不行,学校和医院可是为场里争光了。上回我住院,连双河农场的病人都往咱们医院送。"

"其他农场的学生也上咱们场的学校里来呢。"

"唉,可惜学校和医院都只是往进投钱的。"

"你让学校和医院挣谁的钱?净说瞎话!学校挣学生的钱,医院挣病人的钱,你愿意?"

"我不是这个意思……我是说,农场经济如果上不去,以后就没法往学校和医院投更多的钱。"

突突突驶过来一辆宝蓝色的三轮农用车,车厢里拉了一只身形硕大的公羊,螺旋状的巨型羊角以及耷拉在颈下的两个深深的横褶皱,立刻引来大家惊讶的目光。柴油马达震天响了一阵,又放出一股黑烟,打断了唠嗑闲聊的人。大伙儿一看这么大个儿的公羊,都朝三轮农用车走过去。

明中启去市场上买了把大葱和芹菜,回到家已经快十二点。进屋后,石昭美一边数落他跑出去时间太长,一边盯着他把中午的药喝下去。

何相吉带来的消息压在心里无法消化,苦涩的中药喝进胃里之后搅起阵阵烧心烧肺的胃酸,右后背上的疼痛似乎没有减轻，明中启泥塑般靠在单人沙发上，望着妻子进进出出，不出一声。忙着家务事的石昭美没有注意到他脸上异样的神情。洒完水，她走进后院厨房，挽起袖子开始洗菜淘米准备午饭。天气好，前后门都敞着，她把明中启买回来的芹菜抓在手里，站在厨房门口，正准备往下揪芹菜叶子，电话铃响了。

电话是茂盛农场传染病预防控制中心打来的。非典疫情过后，农场在原来的医院内部修建了一座占地一千平方米，专门用来提升流行性疾病防控能力的医疗点，任命石昭美为中心主任。这之前，有几年的时间，茂盛农场医院一度成为阿娜河下游五个农场医疗技术最为过硬的医院，近九成医护人员都有响当当的专业技术职称，师部因此将医院确定为五个农场的急救中心。但是到了世纪之交，大量骨干医生突然一个接一个地跳槽。失去了一半具有多年临床经验的内外科大夫之后，医院元气大伤，不到两年，就从一甲医院沦落为一个普通门诊。现在，石昭美所负责的传染病预防控制中心不仅要做职业病预防和传染病防治，还得负责妇幼保健和为职工做健康档案。

电话是值班大夫向石昭美咨询一位产妇的急诊，产妇在分娩后十五天内已经连续出现数次呼吸困难情况，嘴唇肿胀，双腿内侧有大片风团性皮损。石昭美放下电话，匆匆出了门。

5

　　五一劳动节到了,放假头一天晴空丽日,石昭美计划两天后等到她轮休,就与明中启一起去因半城。谁料第二天气温急剧下降,风力至少有八级。到了第三天晚上,雨雪交加,气温降到零下十摄氏度,茂盛农场五十年来,还从来没有在五月份下过这种打得人脸颊生疼的雨雪。

　　十天之后,气温回升,但是玉沙梨、苹果等果树都遭了灭顶之灾,包地的果农气得在地里又是跺脚又是骂娘。棉花也同样没有逃脱厄运,农场近一千六百公顷出了苗的棉花要重新播种,剩下被埋在土里的棉种,需要人工破土出苗,因为受雨雪的浸泡,土壤表面结了厚厚的碱壳,必须一块块地捏碎。

　　茂盛农场连年纪最大的老职工都记不起有哪一年的自然灾害比得过今年。时间不等人,场部的通知传达到各个单位后,全场所有机关干部停止办公,中学生停课,下连队帮助农工破碎碱壳。

明中启带着学生在五连劳动。地里的土层一踩一个坑，地面结起的碱壳有的地方足有十厘米厚，沉甸甸地压在塑料薄膜上。所有人都蹲在地里，沿着棉垄一步步向前挪动。

田野尽头弥漫着一片乳白色的烟尘，被风雪袭击过的天空格外宁静，从灾害中逃生的树木与野草在无声中酝酿新的生机。移动在田野里的人们小心呵护着地里的秧苗，就像在深夜里为自己疗伤，脸上带着寂寞与肃穆的表情，连十二三岁的孩子都感受到了大地的创伤，不再嘻嘻哈哈打打闹闹。

打劳动的第一天起，明中启的脸色就不好，青里带黑，嘴唇的颜色乌灰乌灰的。头一天还能坚持，到了第三天，他全身的肌肉都连带着疼，眼睛看什么都模模糊糊，费了力往大睁还是不管用。中午，阳光十分暖和，许多学生都脱了外套，他却觉得冷。午饭后，他坐在地头休息了片刻，再想起身时，整个人一歪，晕倒在田埂上。

低烧，轻微咳嗽，气短，肺部有阴影，医院门诊先以肺炎进行治疗。石昭美拿着明中启肺部的CT影像，左看右看，心中升起一股不祥的预感。一周后，明中启转院去了因半城。一项项检查做完，石昭美最担心的事发生了，明中启被确诊为肺部肿瘤，下一步要确定肿瘤的性质。石昭美慌了神，但又极快地稳住自己。因为无法信任因半城医院的肿瘤穿刺技术，一周后,明中启再次转院到六百公里外的医科大肿瘤医院。一切都是在石昭美不容置疑的决定下进行的。化验结果出来,肿瘤是恶性的,但万幸发现得早,没有转移。石昭美当即决定赶快手术,全家人在床边陪伴明中启的时候,她一个人一遍遍地和主治大夫商量手术的方案与细节。手术十分顺利,出院后,明中启在家人的照顾下恢复得不错,随后的一个月里,又做了两次化学治疗。

死神出其不意地降临,在明家每个亲人的心头不轻不重地抓了一把之后,又无声无息地扬长而去。明中启的这场重病吓坏了家里所有的人。快要八十岁的明双全不顾千安阻拦,执拗地赶到医院,把明中启送进了手术室,等候手术结果的四个多小时里,他哆嗦着嘴唇,从头到尾怀着白发人送黑发人的悲痛,浑浊的眼泪渗进两腮上的皱纹,再顺着下巴滴落到衣襟上。明千安一家四口,明珠一家三口,明雨和明小雨都带着丈夫和孩子,还有因为风湿已经腿脚不便的成信秀……没有一个不为此震惊、担心和伤心。

最受煎熬的当然要数石昭美,但是她的痛苦来得要比所有人晚一些,因为就医、诊断、手术、治疗,所有的要拿主意、要做决断,更要坚定和坚强地守护在明中启身边的人是她。那些日夜奔波的日子,她顾不上感受内心的沉重、痛苦和恐惧,时时刻刻,她想的都是下一步该怎么办,去哪个医院、做什么样的检查、找什么样的人、接受什么样的治疗,最关键的,是她要像看管一个孩子似的照看明中启的精神状态。别看明中启平常对工作对人生内心都像面明镜似的,但对待自己遭遇病苦的身体,他完全失去了把握的能力,他根本弄不清楚那个该死的癌细胞把他到底怎么着了,就被推进了手术室。

最初那段时间,反复不停的低烧没几天就夺走了明中启的镇静和淡定,他被昏昏沉沉的意识和酸软无力的肌肉搞得心烦意乱。等到病情确诊,看到家人瞧着他的目光佯装平静和无事,他才意识到问题比他想象的严重得多。他立刻陷入了茫然和无措中,他还有许多没有做完的事,他还想亲眼见证茂盛农场喜人的未来,尤其是,他突然感到哪个亲人他都放不下、都舍不得。但是他什么也做不了,只能老老实实地坐在病苦的魔爪下,任由它在自己的身上乱抓乱挠。明中启不知道该拿自己怎么办,他每天躺在病床上,唯一的期盼就是看见石昭美微笑着朝他走来、微笑地看着他,然后告诉他"病好了咱们回家吧"。石昭美注视和体会着明中启的每一个举动每一个心理变化,在她眼里,病床上的他迅速变成了一个可怜的老男孩,他再也不是那个当年在石永青的尸首前牵着她的手、搂着她肩膀的大哥哥了,他变成了一个需要她关爱、呵护、牵引的病弱者，一个被死亡点过标记、抄写进随访者花名册的可怜人。她就是这么想的，她的中启哥现在躺在病床上，他束手无策等待着命运判决的样子无数次惹得她心酸心痛，但是直到两次化疗结束，她一次也没让自己流过眼泪，她也不让两个女儿在明中启面前表现出伤感伤痛的情绪，于是，她们母女三人就像一个坚固的三脚架，护佑在明中启的身边，让他丝毫也没有觉察出她们内心的悲伤与彷徨，让他有了力量，相信自己能度过人生的这次厄运。

第二次化疗结束后，明雨把明中启接回家中休养，那天，家里只剩下石昭美和明中启两人，正是暑热高温的时节，明中启想好好地洗个澡，石昭美就在卫生间放了只凳子，扶着晃晃悠悠的他坐在上面。她将水流开到合适的大小，一点一点地为他冲洗身子，小心避开身上的刀口和针眼儿。她已经好久没这么仔细地抚摸和打量他的身体了。他瘦得真难看，四肢细细的，剩下不多的肌肉软塌塌的没有一点儿活力，像一小块一小块发过头的面团，肋骨一根根地顶着皮肤，她不用敲，都能听到里面空洞的回响。她轻轻地揉搓着他的皮肤，像是在修复一本已经破损的旧书，专注又小心翼翼。之前她从没有以这种方式接近过他的身体，她一寸一寸地帮他清洗，有时候觉得陌生，有时候觉得心疼，这副从前给了她万般温暖和慰藉的男性躯体，现在比一个婴儿更虚弱、更需要她的照料。现在，这副身躯既不会让她感到羞涩，更不会令她心跳加速身体发潮。现在，虽然她如此亲密地掌握着这副躯体，但她再清楚不过地感觉到，她与他身体的距离远了。这似乎是一种考验，考验她与这副男性身躯在没有了男欢女爱的欲望之后，还能对它怀有多大的耐心多深的情感。她肯定不能仅仅把它视为一个普通病人的身体，所以她只能把它当作一个孩子的身体加以照料和爱护。清水冲到他最隐秘的地方，她的手也经过那里，他有了反应，但很快就恢复了平静。温暖的水流让两个人的心都又柔软又湿润，明中启有些难为情，石昭美则像慈母一般轻轻地捏了捏他的膝盖，说了声"抬起脚，我给你搓搓脚趾缝儿"。

洗完澡，明中启身上畅快多了，他喝了一杯明雨专程从因半城老街买回来的手工酸奶，躺在床上很快就睡着了。

楼下是一片茂盛的树林和绿茵茵的草地，小区铺着行道砖的小径上不时走过几个神情悠闲的人。石昭美一个人坐在客厅的阳台上，望着这恬静安详的场面，眼中却像是什么也没有看见。她呆呆地望了很久，明中启患病期间的一幕幕镜头似的在她眼前接连走过。突然间，一个这些日子她从来没有好好想过的问题闯入她的脑海——明中启要是死了怎么办？这些日子，她根本不敢去碰这个念头，根本不允许自己这么去想，她所有的选择与决定，都是把他当作一个要和她白头偕老的人来对待的，她从来不去想这个世界上会没有明中启这个人的事。但显然，她是在自欺欺人，今年她正好五十周岁了，一个年过半百的人，不可能不去思考和面对自己与死亡的关系，更何况她是一位医生。

现在，她终于要想一想这件事了，她再也躲不开了。她的心里乱腾腾的，想到自己人生的每一次大起大落都跟明中启有关，想到自己的悲与喜被他左右了一生，想到眼前这骤变的突然下塌的生活，她的喉头突然就被一股热流哽住了。从她十二岁爱上他的那一刻起，他就成了她的精神依赖，她像是他身上的一根藤蔓，由他带着穿越生活与时光。他确实在很多方面都可以开导和引领她，并且一直在用他自己的选择告诉她一个人怎样活着才能感受到充实和存在的价值。她不解过，也抵抗过，但是最终她和他走在了一起，她接纳了他的人生选择，外部世界的喧嚣干扰不了他，他知道自己的生命该往何处去，她跟随着他，从最初的反对，到现在的安然若素。可是现在，他还能像从前一样带着她一起走向未知的将来吗？而她自己，在如此漫长的时光里，难道从来就只是被明中启牵着手，被引领的一个长不大的小姑娘吗？不，她早就不是了。从那一年她挡在那群发疯的少年面前，抱住明中启的头、用自己的身体护住他的生命时，她就已经成为她自己了。一直以来，她都能在他最危难的时候为他挺身而出，无所畏惧地保护他，想到这里，她为自己哭了，高兴又心酸地哭了。这么说，她比自己想象的勇敢多了，也坚强多了，她不用怕这怕那的，女儿、妻子、母亲、医生，人生的哪一个角色她都没有失职，她需要的，只是相信自己。那么她就不用再害怕那件事了。明中启要是死了怎么办？任何人都是会离开这个世界的，明中启当然也会离开，离开的人走了，活着的人要继续好好地活着。是的，她简单又朴素地回答了自己这些日子以来不愿意去面对的伤心事，更何况，明中启挺了过来，病魔暂时被她和家人赶出了他们的家园。

九月初，天气稍稍凉快，明中启回到茂盛农场。到家当天，他就把老师尤汪洋送给他的那句话——眼望四野万象，心如明镜磐石——写成一副书法对联，挂在自己的书房里。这句指引了他一生的箴言，在他经历了病苦的考验之后，此刻更令他从容淡定。他在这副刚刚写成的书法对联前默默地站了好一阵儿，心里越想越透彻。与病魔进行过一番殊死搏斗，他的体力大减，最明显的是双腿发软，走起路来东摇西晃，但是现在病情得到了控制，在全家人的陪伴下，他闯过了这艰难的第一关，所以他一点儿也不担心自己的消瘦和虚弱，他也顾不上，因为凡是大病初愈的人再回到平平常常的生活中来的时候，都会去感恩生命，感恩这世上有亲人，有雪，有雾气，有苹果树，有阳光，有长长的马路，有数不尽的谜和听不够的歌，并且更知道自己需要什么了。

回到家里，明中启发自肺腑地喜欢上身边的每一样东西，他那笨重又结实的书桌和书架、院子里的一把旧木凳、涂成浅褐色的窗棂、刷着蓝色墙漆的厨房、他与石昭美结婚时做的大木床、他读书坐的单人沙发上那块快洗烂的沙发巾……每一样他都觉得又亲切又温暖。尤其对于石昭美，他什么都听她的，随她怎么安顿自己，让他吃药他就吃药，让他出去晒太阳他就出门安安静静地坐着。有几天，那是他头一次做完化疗被明雨接到家里休养的一段日子，石昭美回农场医院处理一些财务上的事情，有一些医疗设备的预算需要她回去审核签字。身边没了石昭美的身影，明中启心里像爬着上千只蚂蚁，没有一刻安宁过。他不停地向明雨嘟哝，怪石昭美把他的东西放得他找不见，明雨问他找什么，他又说不出来，非要明雨打电话问。到了第四天，他简直发起脾气来，威胁明雨如果石昭美明天再不回来就自己回茂盛农场。妻子石昭美毫无疑问已经成了他身体的一大部分，没了她，即使拄着拐杖，他也觉着自己会跌倒。

除了感恩生活和亲人，明中启也感谢自己，他庆幸自己没有离开茂盛农场，庆幸自己从来没有过这样的打算，无论以后将发生什么，他也会认为自己这样走过的一生是值得的。

回到家的当天下午，五六点钟的样子，戈壁滩下了一场大雨，雨下得痛快淋漓，晒得发烫的大地彻底凉爽下来，蒙着灰尘的草木也被清洗得闪闪发亮。空气里到处是泥土的腥鲜气和野草特有的药香味。黄昏时分，东边朝着沙漠方向的天空上，架起了一道巨大的彩虹，明中启这时候正好抵着拐杖踱到南面的涵洞桥桥头，正好面对面、无比清晰和整个儿地瞧见了彩虹。彩虹从南到北，像是跨越了整个天空，戈壁滩雨少，彩虹就更少，明中启更不记得自己看到过如此壮丽的天象。一时间，他百感交集，身心由里到外都畅快了许多，这道天上的彩虹之桥，仿佛刹那将他的心灵送到了一个更广大的境地，让他看见了更多的生命，领会到了更多的欢乐与悲伤。一只金色的蜻蜓从他眼前飞过，他叹了口气，欣慰地朝四下里望着。刚刚进入秋天的茂盛农场，四周尽是绿色田野，五月遭了灾的大地、庄稼、果树和野草，早已恢复了生机。他的身后，是被雨雾时提高了水位的排水渠，这阵儿，水流轻声低语，水里的芦苇、香蒲有节奏地轻轻晃动，水草之间不时传出一阵清脆的溅水声，是鱼还是水蛇，或者是水老鼠？倾听这些声响就仿佛在回忆童年里那些少有的快乐时光，仿佛过去的岁月都被这明澈的新鲜的光线浸染得熠熠生辉。

晚饭后，何相吉提着一袋自家产的瓜果蔬菜登门探望。

"你瞧，我地里今年的莴笋、芹菜和刀豆都长得不赖。"

"能把菜种这么好，周围只有你了。"明中启在何相吉身边坐下来。

何相吉半张着嘴，眼也不眨地看着他，半晌，没有说话，直到明中启忍不住问了一句："老何，有事啊？"

"没事，没事，我就是来看看你……你，别发愁，咱们啥病都好治，可是治病要花不少钱，如果缺钱，你就声张，我这里有。"

石昭美赶忙道谢："谢谢老何，眼下还周转得开。"

何相吉没管明中启眼中的意外，继续说道："场里的事，你们听说了吧？"

"听说了一点，咱们给合并到双河农场了。"明中启说。

"场里这几天炸开了锅。文件我看到了，说是要搞集团化大农场，加快小城镇建设，重新组合资源，向规模化、集约化、市场化方面发展，茂盛农场并入双河农场，以后就没茂盛农场这个名字了。咱们成了双河农场的一个分场，机关撤销，所有干部并入双河农场场机关各部门，人、财、物统统都归到双河农场。"

"干部转过去了，连队的农工呢？"

"干部有一半人都得重新安置，因为要精简机构，双河农场自己也得减，机关原来的十几个部门要减掉一半。连队职工基本不动，原来啥样还是啥样，就是归人家管了。"

"干部怎么安置？"

"估计多一半拿着安置费就走掉了，没了铁饭碗，还待在戈壁滩干啥。"

"机关在哪儿办公？"

"机关迁到双河农场那边，家都得跟着走，场部是空了，但连队都还留着，所以学校和医院也得留下。油脂厂不动，怎么动啊，去年刚投建了一套高烹油生产线，土建才交工。"

沉默片刻，明中启突然侧过脸，微笑着对妻子说："这不正好，小昭，咱俩哪儿也不去。"

"你还有心情笑。"石昭美边说边把晚上的药放在他的手中。

"这两天，人心全乱了。老职工最受不了，哭得那真是让人心酸。但是，哭有什么用。头头们比他们更想哭，场长、政委都变成了别人的副手，脸上再也不比从前那么风光了。"

"农场这两年经济刚有好转。"石昭美说。

"你说，我们这一辈子，不是瞎忙活了一通是什么？一辈子的光阴都倒在这里了,到头来,却又归了别人!"

"一歌姐在机关,你们俩,这分成两头,怎么办啊?"

"我不想让她干了,拿着安置费提前退休吧,我还有三年退休,等退了休,我们上因半城去。"

"这就像把自己的孩子给了别人,名字也跟别人姓了。"石昭美说。

"改革,总是要有人做出牺牲的。再说,哪有一步到位的改革,都是一步步地往前走。过去的几十年,不都是这么过来的,我专门打听过,上一辈人来这里开荒时,最早在阿娜河下游建了九个农场,是后来给合成了咱们现在的五个。将来啊,肯定还会有新的改革。最初我也接受不了,但后来想想,历史与时代,总是处在变革和更新中的,我们这些微不足道的人,只要知道自己该做什么就行了。"明中启平静地看着何相吉。

"老何,别听中启现在说得这么轻巧。他啊,自个儿不知难受了多少个晚上呢。"石昭美看了一眼明中启,叹口气说。

"你有什么打算?中启,要我说,你身体成了这样,就别留恋农场了,好好治病去。"何相吉两臂支在双膝上,两只宽大又粗糙的手掌无力交握在一起,一向生硬的脸上布满了哀伤与无奈。

明中启没有接话。何相吉带来的消息反倒让他安下心来,学校留了下来，医院留了下来，他可以继续当他的老师，他们夫妻俩也可以不用分开，眼下这个结果，对他而言，倒成了最好的安排。

石昭美接过话去："老何，你们不打算去上海？"

"大儿子在上海，老二在因半城，我就去因半城搞套房子养老吧。一歌也不想回上海，她跟我在农场待了一辈子，早就习惯咱这儿的生活了。我闷在心里好几天了，瞅着你们回来，觉得终于能找个放心的人说句心里话了。"何相吉说完又看了看仍旧在出神地想着什么的明中启，转过头长长地叹了口气，说道，"你好好歇着吧，缺啥就言语一声。"

夜里，夫妻俩睡不着。望着被月光映亮的窗帘，石昭美轻声说道："我在想何相吉的话，这辈子，咱们是不是在瞎忙活？"

"农场是国家的，不管合并给谁，谁合并了谁，全都是国家的。何相吉说瞎忙活，多半是气头上的话，哪能是瞎忙活呢？五十年前的农场，五十年前的阿娜河两岸，那是什么样，咱们比谁都清楚。"

"这就像自己养大的孩子又给了别人。"

"情感上，说实话，我也接受不了。但想开了，实际就是农场换了个名字。二三十年后，说不定，双河农场也改了名字。过去的过去，未来的未来，名字上的事，换来换去的多了。"

"机关和行政单位一离开,场部就空了,上学的孩子怕是走掉不少。"

"连队职工的孩子,我估摸着,得有一半多吧。"

"学生少了,老师肯定得重新安排。你身体这样,要不,也提前退吧?"

"小昭,这两天,我的眼前总是晃动着当年尤老师教我打火墙的情形。"

"好了,我不劝你了,你想咋样就咋样吧。唉,你说,场部走空了,以后的连队倒比场部热闹了。"

"你说对了,回头一看,才明白事情常常就是这样颠倒着往前走的。"

"以后,地图上就找不到茂盛农场的名字了。"石昭美说。

"名字不在了,地方还在。"

"再过几十年,这里还有人吗?"

"五十年前,咱们能想到今天吗?小昭,咱们只要盼着它好,为它尽力就够了。"

接下来几天,茂盛农场的场部人来人往、吵嚷不休,场部会议室里,每天都得接待一大批老泪纵横的老职工,他们说出的话和使用的语气全都和何相吉一个样。他们边说边回忆起当年如何开荒、如何度过艰难岁月、如何对农场充满信心的往事，一开口就停不下来。

场部负责接待的干部早就预料到了这一点，他们客客气气地给老职工让座，给他们端来茶水，面对面跟他们坐在一起，一声不响地由着他们回忆往事、宣泄心中的失落与不舍之情。此番情景持续了一周左右，等到多数职工不得不接受这个消息，农场才正式召开了一个职工大会。会上所说的，无非是把之前在会议室里对大伙儿的解释换成另一种语言——公文式的语言，通过放大音量的麦克风再说一遍。

"一个具有前瞻性、科学性和可持续发展性的战略部署。"

"既能精简机构又能减轻职工的负担。"

"以大带小、以强并弱！"

"成本下降，负担减少。"

"管理资源优化、经济资源优化、人才资源优化、自然资源优化。"

音箱里电流乱窜，尖厉的噪声和硬邦邦的词语打在人们脸上，落向人们的耳郭。大伙儿都平静地听着，平静得近乎麻木。多数人实在记不住这些高大的词汇，实在不知道怎样把自己的伤感和对未来的未知与这些词汇捏合在一块。

明中启想去参加职工大会，没能去成，不是石昭美不准，而是他自己的身体不允许他这样做。他现在走路已经需要一根拐杖，进行过两次化疗之后，他的身体就像一把接榫处开始松动的椅子，常给人一种随时可能散架的危险。有时候他忍不住会拄着拐杖去校园里看看，石昭美知道后会数落他几句，说他如果不老老实实地待在家里安静休养，就别想回学校上讲台。明中启这就听话多了。石昭美上班不在家或者出门办事的时候，他就安安静静地待在家里，看书、小憩，或者搬只椅子坐在窗台边晒晒太阳、听听风的声音。他很少这样悠闲地独自待着，他把这看成病痛附加给自己的赠予，因此并不忧伤，反而时时处处都能感受到生活和时间里的温暖。

有一次，当太阳晒热了他的脑门，他抬起头来想要捕捉风的足迹。他盯着斜上方一片比他拳头大不了多少的葡萄叶，固执地等着风的到来。许久，叶片终于动了，一片，两片，一大片，于是他满意地叹了口气。听着这缕初秋的微风款款走过深绿色的葡萄叶，一时间，记忆里所有的风声都朝他吹来，在他耳边萦绕，许多人的面庞也随之浮现，像是风声送来了他们——尤汪洋、葛有才、妈妈、千安……风声飒飒，片刻，他们亲切的脸颊又融化在了风中。他还努力去听各种声音，尤其是孩子们乱糟糟闹成一团的声音。他屏住呼吸，努力地听。他的听力明显好过记忆，他认为自己听到了很多远方的声音。听到了前些天职工大会上的各种声音，听到了老职工蹲在场部大院里抹泪抽泣的声音，听到了女儿明雨出生时的第一声哭喊，听到了楼文君在那个晚上的叹息，听到了小昭不停地喊"中启哥中启哥"，听到了那个秋天，两个小男孩朝他哀求——哥哥，哥哥，给我留一棵吧……

事实是，这一刻，他真的听到了许多真真切切的声音，那是从巷子口传来的拖拉机的声音，间杂着硬朗干脆的男人的声音和爽快尖细的女人的声音。他知道这些声音在干什么，玉沙梨成熟了，承包商带着人前来采摘。五月初的寒流让果树和庄稼遭了灾，但四个月过去后，他却从这些陌生的声音里听到了收获的喜悦。人们害怕不幸，但从不会被不幸击垮。他仔细地听，努力地听，他听到他们在表达赞美，在说生活的辛劳，在调侃，在叹气，在大声地笑。

明中启的身体渐渐康复，石昭美心情跟着大为好转，周围不少邻居都在准备搬家的事宜，他们两个，却开始为房子修修补补。石昭美从五金商店买了些泥子粉回来，调好之后，一块不落地把玻璃窗上的缝隙都抹了一遍。石昭美从没干过刮泥子的活儿，明中启就跟在她身后，一只手拄着拐杖，一只手端着调好泥子的小碗，耐心给她讲解动作要领。抹完一个窗户，石昭美差不多就掌握了要领，明中启却不肯离开，陪着她补完最后一块玻璃。后院的篱笆墙也有掉泥开缝的地方，明中启和了半簸箕泥巴，把漏洞补上了。鸡棚里早就没鸡了，石昭美打算再养几只，便用家里的石灰粉里里外外给鸡棚消了毒。厨房里面还有个小储藏间，里面放着冬天防冻的棉窗帘、棉门帘和包果树的棉毯子、厚塑料，石昭美把它们抱到秋天的太阳下好好晒了两天，又将落在上面的灰尘都打扫干净。

这个九月，风和日丽的好天气格外多。白天，碧蓝的天空亮得能照出人的影子；傍晚，地平线上霞光万丈，将等待收获的田野染得金碧辉煌。

一天黄昏，吃完晚饭，石昭美推着轮椅，陪明中启出门散步。他们沿着巷道往南而去，路过原来水管站的一排住房，往西一瞧，突然发现一户人家门前的菜地里蹲着两位年轻人。再一看，屋门前三米来宽的过道和他们家一样铺上了红砖洒上了清水。两人都有些吃惊，回来这些天他们只顾忙家里的事，竟然没有发现家属区有了新邻居。两位年轻人埋着头在地里鼓捣着什么，瞧他们肩碰肩亲近又自然的背影，不是对小夫妻也应该是对小情侣。明中启拄稳拐杖停下脚步，极有兴致地打量起新邻居的房舍来。半年前蒙着灰尘和泥点子的窗户，东倒西歪的木栅栏，扔着死麻雀、烂布鞋、沙枣刺的宅院现在焕然一新。窗玻璃擦得明净亮堂，原来长短不齐的圆木栅栏现在都锯齐了垛在一起等待重新栽上，后院漏风的院墙虽然还是老样子，但是墙角已经码起一堆崭新的红砖，看样子准备重新砌墙。原先整块的菜地似乎被分隔成了几个区域，明中启饶有兴味地看了又看，也猜不出新主人将如何摆弄它们……这时候，女主人一转头看见了他们。

"你们，你们是新来的？"明中启望着朝他们大方走来的年轻姑娘问道。她的脸背着光，他看不太清她的眉眼，只觉得她的身影清新又充满力量。

"明老师，石医生，是你们吧？我早就知道你们了，我们一搬来何伯伯就告诉我们了。"年轻姑娘个头将近一米七，方圆脸上架着一副镶有红边的全框近视眼镜，轻轻一笑，粉白色的两腮就旋出两个可爱的酒窝。她的声音又真诚又快乐，像是水面上闪动的霞光，立刻感染了明中启夫妇二人。

"你们是……"石昭美笑吟吟地跟着问。

"我们是阿娜河干海子水文控制站的工作人员，我搞水文分析计算，他做水环境监测，我们一结婚就搬来了，也就五个月。"年轻的妻子侧过脸幸福地看了一眼走到她身旁的丈夫说。他明显比她大出好几岁，又宽又浓的眉毛只要稍稍一提，两道抬头纹就清晰地浮现在脑门上。

"你看，我们这段时间刚好出门不在家，都不知道水文控制站的事情。你们打算在这里安家了?"

"对啊,四年前,阿娜河水资源实施统一调度后,水文控制站的作用越来越大,干海子水文控制站就是在原来茂盛农场水管站的基础上改建扩建的,我们站所在的位置特殊又重要,数据监测的可靠性直接关系到下游地区的年际调节水量,所以啊,我们就来这里了。"

"你们知道茂盛农场被合并了吗?以后这里可没有现在这么多人了。"石昭美关切又担忧地问。

"嗐,我们干的这一行本来就不是跟人打交道的。"男主人接过话来,他的声音洪亮而轻快,厚实的胸膛里像放着一只大音箱,一张口就底气十足,"水治好了,人才会留下来,人跟着水走,阿娜河畔上千年的历史,一直都是这样。"

"石医生,何伯伯说您母亲是位水利高级工程师。"年轻的妻子高兴地说。

"是的,她说再给她五十年的时间,阿娜河水利上的事情也做不完。"

"我们俩也是这样想的,要做的事太多了!"男主人憨厚地摸了摸自己剃得短短的小平头。

"明老师,石医生,你们上家里坐会儿吧?"

"不了,我们去茂盛桥上走走,以后日子长着呢。"石昭美说。

"你们在地里忙什么呢?"明中启刚要抬脚,又问了一句。

"我们在栽芹菜,何伯伯给我们的苗,他说现在栽下去,冬天教我们做好防冻,一冬都能吃上新鲜的芹菜。"年轻的妻子说。

"这个老何啊,一说到种菜栽树就上瘾。成,没错,你们跟着他学种菜,一点儿不会错。你们先忙着,回头聊。"明中启说。

明中启拄着拐杖走了三四百米,感到气力不足,便坐上轮椅让石昭美推他一段。路上,他们遇到一位熟人,虽然尽量不去触碰茂盛农场不复存在这个感伤的话题,但最后还是不得不说,明中启不愿在这个令人惆怅的话题上纠缠太久,宽慰了对方几句,挥挥手走了。

"我这上班下班的,每天来来回回,怎么就没注意到他们呢?"石昭美自言自语道。

"看见他们,是不是心里踏实些了?"

"也说不上,就是有些心疼他们,愿意上这里来,不容易啊。"

"年轻人能找到自己想做的事,这是好事。"

他们最终停在了茂盛渠大桥桥头。明中启从轮椅上下来,一个人沿着渠帮往南走了有三五十米。茂盛渠的河床已经铺上了坚硬的水泥，这个时节，只有半渠不流动的水，一群群一拃长的小鱼神气活现地游来游去。三十年前栽下的白杨树都有脸盆粗了，笔直地沿着两岸向前延伸。桥头的视线很好，左右是碧绿绵长的渠水，前方是一望无际的棉田与果园，棉田与果园之间，一条平坦的柏油路通往淡紫色的天际线。空中全是晒热了的渠水散发出的湿热气息，浸泡在霞光里的棉田、马路、渠水、树叶、果园，像极了一幅色泽纯净的风景画，宁静又富有诗意。

不知不觉，到了茂盛农场场部整体搬迁的日子。

中秋节过完一周，场部机关的大院里，堆满了大大小小的箱子、高高低低的桌子和柜子，大伙儿忙着搬运装车，齐心协力地吆喝来吆喝去，听起来已经接受了新的未来。

搬迁这天，依然是风和日丽的好天气。南飞的大雁在蓝天里排出好看的"人"字阵形，它们大概飞得不高，飞过场部上空时，人们都听到了它们嘹亮苍劲的嘎嘎声。不少人抬头去望，目光若有所思。明中启也抬起头来，他望着雁群，猛然记起在茂盛农场子弟小学成立的头一天，也有这样的一队大雁，他也听到了它们的鸣叫声。他记得自己仰头看了它们许久，那简洁又熟悉的队形不知道为什么在那一天变得别有意味。而今，同样的雁阵又排列在他的头顶，同样的叫声又在耳边响起，嘎嘎——嘎嘎，明中启想，它们是在呼唤着什么吗？它们在呼唤什么呢？

二十多辆卡车排开在场部南边的马路上，前面是一车接一车的办公物品，后面是拖家带口的机关干部。路边送行的人一直排到了茂盛桥的桥头，大伙儿无声地等待着，有的人已经露出了哭相，但咬牙忍着。石昭美扶着明中启站在人群里，神情也和大伙儿一样露着几分伤感。坐在车上的人，像是受了什么打击，一律垂下眼皮默默地呆坐在装满家具、锅碗瓢盆的货车车厢里，忽地又抬起目光，深深地望一眼就要离开的家园和车下送行的人们。

大雁的鸣叫声再次传来，车队发动了。等候多时的人群这时候发生了预料之中的骚动，一道尖细的哭声首先传进每个人的耳朵，长蛇状的队伍随之颤动和移动起来。原本呆坐在车厢里的人立刻靠近车厢边沿，激动地朝车下的人伸出双手。送别的人群在同一时刻拥向卡车，急切去够从车厢里伸出来的手，不管认不认识，不管是否有过矛盾，一双接一双的，都紧紧地握住再松开。顷刻间，送行的长队里传出一片哭声，也响起更多的告别与祝福声。车厢里的人个个哭红了眼，每个人都不想再克制自己憋了许久的眼泪，每个人都不知道自己握了多少双手、握过谁的手,每个人都有着同一种感觉——每一双手都同样温暖、同样充满力量。

人群发生骚动的第一时间,石昭美拉住明中启,将他拽出情绪激动的人群。

明中启拄着拐杖站在路边,对着每一辆缓缓驶过的卡车和卡车上的人,深情又克制地挥动手臂。他一边挥手,一边流泪,干瘦的身体紧紧靠着妻子。石昭美感受到了他抑制不住的颤抖,手臂更有力地搀扶住他,刹那,也忍不住抽泣起来。车队缓缓前行,送行的长队跟着微微移动。石昭美与明中启并肩站在路边,她一边心酸地挥动手臂,一边心疼地替明中启抹去脸上的泪痕。

国庆日紧接而来。又是个大晴天,湛蓝干爽的天空飘着淡粉色的朝霞,风收住了翅膀,把秋天的大地都留给了阳光。吃过早饭,简单打扫了一下家里的卫生,再抱出几床棉被搭在后院的铁丝上,石昭美就拎着那只已经褪色的深蓝色帆布袋出了门。昨晚明雨打来电话,国庆假期要带着全家人回来过节,"明天一早我们就出发,姥姥也要来,她嚷嚷着要去咱们农场的集市上买干海子水库的草鱼吃,还说要买今年的新棉花打几床新网套"。场部跟前的菜市场步行十来分钟就到了,但是石昭美还是越走越急。现在可不是从前,从因半城开车回来一路都是平坦的柏油路，一个半小时就到了，她得在母亲和女儿到家之前赶紧把菜买回来，这些天她忙里忙外的，家里就剩下几个鸡蛋和一小块牛肉，她与明中启的饭食吃得越来越简单了。一片鱼骨似的云霞在她头顶徐徐散开，她边走边念叨着一会儿要买的东西。

菜市场明显没有从前热闹了，早到的人，不管是卖菜的还是买菜的，说起话来都不像以往那样高声粗气，但是，一个挨着一个的菜摊、水果铺和肉店，还是和往常一样摆满了新鲜的蔬菜、瓜果与各样食材，仿佛大伙儿都明白一个道理——不管怎样，也要齐心协力往前走，要铆足劲补上离去的人留下的空白，要和从前一样让日子朝着更好的方向去。石昭美在菜市场来回转了两圈，买了一只冠子鲜红的黑芦花鸡、两条大草鱼、一只羊腿，还有几样时令蔬菜。那个随身带来的帆布袋根本不够用，走出菜市场没几步，她就得放下左右手上沉甸甸的食品袋稍稍歇口气。路走到一半，幸亏顺路碰上学校一位骑着三轮车送教材的后勤工作人员，这才省下力气回到家里。

不到十一点，石昭美正在后院烫鸡拔鸡毛，明雨家银灰色的轿车停在了屋山头。石昭美挽着袖子，湿淋淋的双手还沾着鸡毛，就急忙出门迎接。明中启跟着走出屋门，拄着拐杖站在新上了漆的窗户前，笑盈盈地望着从女婿怀中挣脱出来的小外孙，高兴地伸出一只手呼唤孩子的小名。

　　成信秀的头发全白了，但是整个人从头到脚干干净净的，脸上不仅看不到多少皱纹，连老年斑都很难找见，下车之后，她没有着急和女儿女婿打招呼，而是站在洒了清水的红砖过道上，抬起头眯着眼睛打量家属区水蓝色的上空，空气里溢满秋日阳光的清香，她像是满意地吸了两口。进屋后，明中启亲亲热热地把刚满五岁的小外孙拢在怀中，然后把他推给石昭美，让她也好好地亲一亲这个又调皮又可爱的外孙子。成信秀慈祥又愉快地坐在三人沙发的正中央，一会儿望望目光离不开小外孙的明中启，一会儿看一眼被石昭美抹擦得亮亮堂堂的家具和窗玻璃，最后，才将微微下陷的双眸疼爱地落在坐在她身边紧握着她左手的女儿脸上。

　　明雨把给父母带来的营养品放下之后，一转眼就成了家里的女主人，一边指挥丈夫把没拔完的鸡毛拔完，一边系上围裙，大声地在厨房里问妈妈都打算做些什么菜。不一会儿，家里就飘满了各样喷香的气味，米饭蒸熟了，鱼煎好了，鸡炖熟了，羊肉下锅的吱啦声、炸丸子的油香味、老南瓜在锅里咕嘟咕嘟地冒泡……七碗八碟摆满了餐桌，一家人开心又轻松地吃着滋味地道的家常美食，都沉浸在节日欢聚的喜悦中，谁都没有提茂盛农场的事。大家一边品说记忆中的一道饭食，一边唠叨家里层出不穷的琐事，或者聊一聊工作中碰上的新情况，似乎已经发生的改变反而更让每个人的心底笃定许多、从容许多，似乎不管农场发生什么，它都还像从前一样实实在在地存在着，不会消失，也不可能消失。阳光和风的气息，食物与水的味道，夜晚与清晨的光泽，大地与房屋的颜色，打招呼或者说话的声音……所有这些出自茂盛农场的一呼一吸都不会离开他们，都浸透在他们的皮肤里、记忆中和生命深处，那被取走的只不过是一个可以换来换去的名字。

一家人都吃得饱饱的，明雨又给家人切了一盘哈密瓜，洗了一盘甜得齁嗓子的无核白葡萄，大伙儿都嚷嚷着没有地方吃了。饭后拾掇利索，明雨哄孩子睡午觉，石昭美给躺在床上、被暖烘烘的阳光晒得昏昏欲睡的成信秀掏耳朵，母女二人有一句没一句地说着话。明中启与女婿坐在屋门前的一张棋盘小桌前下象棋，棋子一声高一声低地落在棋盘上。

正午的光线亮堂堂暖融融的，家里安静极了，这时，一连串轻捷有力的脚步声和兴奋的说话声像击破水面的石子儿，为平静的午后时光划出一道晶莹的浪花。六七位不期而至的小客人迈着欢快的步子朝家门而来，还没走近，就在巷道里激动地喊，"明老师——明老师——"明中启手中拿着一枚还没放下的棋子，先是吃惊地半张着嘴，紧接着脸上就露出了亲切又慈爱的笑容。几个孩子都是明中启从高一带到高三的应届毕业生，今年高考失利，在学校复读的他们趁着国庆放假赶来探望他们的明老师。孩子们走上来就围在明中启身边，明中启也和孩子们一样高兴和激动，他着急着想站直身体，没等抓稳拐杖，就被孩子们按回在椅子上。分别的这半年，孩子们和明中启都经历了属于自己的曲折和考验，再相聚时，彼此望着对方的眼睛里都有了更多的关切和珍惜。孩子们抢着说话，一会儿让明中启安心休养身体，一会儿互相揶揄，一会儿又不喘气地把明中启不知道又想知道的更多同学的信息告诉给他。他们时而大声争执，时而又开心地笑，高高的蓝天，寂静的家属区，都飞扬着他们青春又健朗的嗓音，这声音飘进屋内屏息倾听的耳朵，搅得每个人的心底又湿润又暖和。

2022 年 10 月 26 日　改